DOCTOR SLEEP

닥터 슬립

STEPHEN KING

DOCTOR SLEEP

닥터 슬립

2

스티븐 킹 장편소설

이은선 옮김

황금가지

DOCTOR SLEEP
by Stephen King

차례

10장

유리 장식품

1

아브라의 아버지가 가운 차림으로 싱크대 앞에 서서 그릇에 담은 달걀을 젓고 있었을 때 부엌 전화가 울렸다. 2층에서는 쏟아지는 물 소리가 들렸다. 만약 아브라가 평소처럼 일요일 아침 모드를 발동 중이라면 그 소리는 뜨거운 물이 다 떨어질 때까지 계속될 것이었다.

그는 수신창을 확인했다. 지역번호는 617번인데 그 뒤로 이어지는 숫자는 그가 아는 처조모의 보스턴 아파트 전화번호가 아니었다.

"여보세요?"

"아, 여보. 당신이 받아서 정말 다행이다." 루시였고 기진맥진한 목소리였다.

"어디야? 왜 휴대전화로 안 걸고?"

"매스 종합병원 공중전화야. 여기서는 휴대전화 쓰면 안 돼. 온 사방에 경고문이 붙어 있어."

"모모는 괜찮으셔? 당신은?"

"난 괜찮아. 그리고 모모는 진정됐어…… 지금은…… 하지만 잠깐 동안 아주 심각했었어." 침을 삼키는 소리가 들렸다. "지금도 그렇고."

순간 루시가 무너졌다. 우는 정도가 아니라 심장을 토할 듯이 흐느꼈다.

데이비드는 기다렸다. 아브라가 샤워하는 중이라서 다행이었고 뜨거운 물이 금세 떨어지지 않기만을 바랄 따름이었다. 예감이 안 좋았다.

이윽고 루시가 다시 말을 할 수 있게 됐다.

"이번에는 할머니 팔이 부러졌어."

"아. 그렇군. 그게 다야?"

"아니, 전혀 아니야!"

그녀는 그가 질색하는 '남자들은 왜 그렇게 바보 같아' 말투로 거의 고함을 지르다시피 했다. 그는 자신이 가끔은 정말 바보 같을 때도 있다는 생각은 전혀 하지 않은 채 루시에게 이탈리아인의 피가 섞여서 그렇다고 제멋대로 단정 지었다.

그는 숨을 골랐다.

"어떻게 된 건지 말해 봐, 여보."

그녀는 이야기를 시작했지만 두 번이나 울음을 터뜨렸고 데이비드는 그때마다 기다리는 수밖에 없었다. 그녀는 쓰러지기 직전이었지만 그건 사소한 문제에 불과했다. 머리로는 몇 주 전부터 알고 있

8

었던 사실을 가슴으로 받아들이려니 괴로운 것이었다. 모모가 정말로 죽어 가고 있었다. 그것도 고통스럽게 죽어 가고 있었다.

콘체타는 이제 아주 얕은 선잠밖에 못 자는데, 요의를 느끼고 한밤중에 눈을 떴다. 그런데 변기 갖다 달라고 루시를 부르지 않고 일어나서 혼자 화장실에 가려고 했다. 두 다리를 침대 밑으로 내리고 일어나 앉는 단계까지 성공했지만 현기증이 나는 바람에 침대에서 떨어져 왼팔을 바닥에 부딪쳤다. 왼팔이 그냥 부러진 정도가 아니라 산산조각이 났다. 배워 본 적도 없는 야간 병간호를 몇 주 동안 하느라 녹초가 됐던 루시는 할머니가 지르는 비명 소리를 듣고 깼다.

"도와 달라는 소리가 아니었어." 루시가 말했다. "그리고 할머니가 그냥 소리를 지른 게 아니라 비명을 질렀어. 무시무시한 덫에 걸려서 다리가 찢어진 여우처럼."

"정말 끔찍했겠다."

간식 자동판매기와 (놀랍게도) 정상적으로 작동이 되는 전화기 몇 대가 설치된 1층 휴게 공간에 서 있었던 루시아 스톤은 식은땀으로 뒤덮인 온몸이 욱신거리고(풍겨 오는 그녀의 몸 냄새가 돌체 앤 가바나의 라이트 블루 향수 냄새는 분명 아니었다.) 4년 만에 겪는 편두통으로 머리가 지끈거렸지만, 실제로 얼마나 끔찍했는지 남편에게 알릴 방법이 없다는 것을 알았다. 그것이 얼마나 역겨운 깨달음이었는지 알릴 방법이 없었다. 기본적인 사실(여자는 나이를 먹으면 약해지고 그러다 죽는다는 것)을 이해한다고 생각했건만 알고 보니 그것은 빙산의 일각에 불과했다. 그 시대를 통틀어 가장 위대한 시를 발표했지만 이제는 자기가 싼 오줌 웅덩이 속에 누워서 손녀딸에게 고통을 멈추어 달라고, 그걸 멈추어 달라고, *마드레 데 크리스토*라고, 그걸 멈추어 달라고 비명을 지르는 여류 시인을 접하면 그렇다는 것을 깨달을 수 있었다. 한때는 매끈했지만 이제는 행주처럼 뒤틀린 팔뚝을 보면, 시인이 그걸 빌어먹을 물건이라고 부르며 이렇게 아플 바에 차라리 죽어 버렸으면 좋겠다고 하는 소리를 들으면.

　나는 여전히 잠이 덜 깬 상태였고 뭐라도 건드리면 잘못될까 봐 아무것도 할 수 없었다는 걸 남편에게 무슨 수로 말할 수 있을까? 옮기려 하자 할머니가 내 얼굴을 할퀴면서 길거리에서 차에 친 개처럼 울부짖었다고 어떻게 말할 수 있을까? 사랑하는 할머니를 대자로 뻗은 그대로 내버려 둔 채 911에 전화하고, 물에 탄 옥시코돈(진통제의 일종 — 옮긴이)을 구부러지는 빨대로 먹였을 때 심정이 어땠는지 무슨 수로 설명할 수 있을까? 기다리고 또 기다려도 구급차는 오지 않고 고든 라이트풋이 부른 「에드먼드 피츠제럴드 호의 난파」가 생각났다는 것을, 파도는 치고 몇 분이 몇 시간으로 바뀌는 때 자비로우신 하느님은 어디 갔느냐고 묻는 그 노래가 생각났다는 것을 무슨 수로 설명할 수 있을까? 모모에게 들이닥친 파도는 고통의 파도였고 모모는 허물어져 가는데 파도는 계속해서 밀려왔다.

　모모가 다시 비명을 지르자 루시는 그녀의 밑으로 두 팔을 넣어서 어설픈 용상 자세로 침대로 옮겼다. 앞으로 몇 주는 아니더라도 며칠 동안은 어깨와 허리가 아플 것이었다. *"내려놔라, 이러다 내가 죽겠다."* 하는 모모의 외침에는 귀를 닫았다. 그런 다음 머리카락이 뺨에 가닥가닥 들러붙은 꼴로 벽에 기대앉아서 숨을 헐떡이는데, 모모는 흉측하게 뒤틀린 팔을 감싸 안고 흐느끼며 루시에게 왜 자기를 아프게 하느냐고, 왜 이런 일이 자신에게 벌어지고 있는 거냐고 물었다.

마침내 구급차가 도착했고 어떤 남자(루시는 그의 이름을 몰랐지만 두서없는 기도를 하며 그에게 축복을 빌었다.)가 주사를 맞히자 모모는 기절했다. 그 주사를 맞고 모모가 죽었으면 싶었다는 말을 남편에게 무슨 수로 할 수 있을까?

"진짜 끔찍했어." 그녀가 한 말은 이게 전부였다. "아브라가 이번 주말에 오고 싶지 않다고 했던 게 정말 다행이었어."

"가고 싶어 했지만 숙제가 많아서 어제 도서관에 가야 된다고 했던 거잖아. 정말 중요한 숙제였나 봐. 평소 같으면 미식축구 경기 보러 가자고 나를 들들 볶았을 텐데." 그는 횡설수설하고 있었다. 바보처럼. 하지만 달리 뭘 어쩔 수 있었겠는가. "루시, 그걸 혼자 겪게 해서 정말 가슴이 아프다."

"그냥…… 모모의 비명 소리를 당신도 들었어야 하는 건데. 그럼 당신도 이해했을 거야. 아무라도 그런 식으로 비명 지르는 거, 두 번 다시 듣고 싶지 않아. 모모는 항상 놀라우리만치 침착했잖아……. 주변 모든 게 무너져도 이성을 잃지 않고……"

"나도 알아……"

"그런데 어젯밤 그 모습으로 쪼그라들어 버렸어. 기억하는 단어가 *빌어먹을, 망할, 오줌, 젠장* 그리고 *갈보*뿐이었어."

"여보, 잊어버려."

2층에서 샤워 소리가 멈추었다. 몇 분이면 아브라가 몸을 닦고 일요일 용 누더기로 갈아입을 것이었다. 그러고는 금세 셔츠자락을 휘

날리고 운동화 끈을 펄럭이며 일층으로 내려올 것이었다.

하지만 루시는 아직 잊어버릴 태세를 보이지 않았다.

"예전에 모모가 썼던 시가 생각나. 정확하지는 않지만 이런 식으로 시작됐어. '하나님은 연약한 것들을 수집하는 애호가라 어둑어둑한 시야를 가장 고운 유리 장식으로 치장한다.' 예전에는 콘체타 레이놀즈의 '시'치고 조금 진부하게 예쁘장한 표현을 쓰지 않았나, 거의 앙증맞은 수준 아닌가 생각했지."

이제 그의 아바-두가(그들의 아바-두가) 샤워를 해서 발그레한 얼굴을 하고 등장했다.

"무슨 일 있어요, 아빠?"

데이비드는 한 손을 들었다. *잠깐만.*

"이제는 그게 무슨 뜻이었는지 알 것 같아서 다시는 그 시를 읽지 못하겠어."

"아비가 내려왔어." 그는 짐짓 유쾌한 목소리로 내려왔다.

"알았어. 할 얘기가 있었는데. 더 이상 징징거리지 않을 테니까 걱정 마. 하지만 끝까지 쉬쉬할 수는 없어."

"그래도 가장 끔찍한 부분들은 그럴 수 있지 않을까?"

그는 부드럽게 물었다. 아브라가 식탁 옆에 서 있는데 젖은 머리를 몇 가닥으로 땋아서 다시 열 살로 돌아간 것처럼 보였다. 하지만 표정은 심각했다.

"어쩌면." 그녀는 맞장구쳤다. "하지만 더 이상 못 하겠어, 데이비. 낮에는 간병인이 있는데도 그래. 할 수 있을 줄 알았는데 못 하겠어. 여기서 가까운 프레이저에 호스피스가 있대. 신참 간호사한테 들었어. 이런 상황에 대비해서 병원들을 알아 두나 봐. 아무튼 헬렌 리빙턴 하우스라는 곳이야. 당신한테 전화하기 전에 그쪽이랑 통화했는데 오늘 자로 빈 병실이 생겼대. 하나님이 벽난로 선반에 두었던 장식품을 어젯밤에 또 한 개 밀쳐냈나 봐."

"모모는 깨어나셨어? 모모랑 의논해……"

"몇 시간 전에 깨어나셨는데 아직 제정신이 아니야. 과거와 현재가 샐러드처럼 한데 뒤엉켜 있어."

나는 그동안 쿨쿨 자고 있었네. 데이비드는 죄책감이 들었다. 두말하면 잔소리지만 새 책 꿈을 꾸면서.

"모모 정신이 맑아지면(분명히 맑아질 거야.) 내가 최대한 마음 상하지 않게 말씀드릴 거야. 이건 모모가 결정할 수 있는 문제가 아니라고. 이제 호스피스에 입원해야 할 때가 됐다고."

"알았어."

루시가 뭔가를 결정하면(정말로 결정하면) 옆으로 완전히 비켜서 자기 뜻대로 하도록 내버려 두는 게 상책이었다.

"아빠? 엄마 괜찮으시다나요? 모모는요?"

아브라는 엄마와 증조할머니가 괜찮지 않다는 것을 알았다. 두 뺨 위로 눈물을 흘려 가며 샴푸를 칠하고 샤워를 하면서 루시가 남편에게 한 이야기를 거의 다 들었기 때문이었다. 하지만 그녀는 이제 슬픈 표정을 지어야 한다고 누군가가 알려 줄 때까지 행복한 표정을 짓고 있는 거라면 도가 텄다. 새 친구 댄 아저씨도 어렸을 때 이 행복한 가면 수법을 터득했을지 궁금해졌다. 아마도 분명 터득했을 것이다.

"여보, 아비가 당신이랑 통화하고 싶은 눈친데."

루시는 한숨을 쉬고 말했다.

"바꿔 줘."

데이비드는 딸에게 수화기를 내밀었다.

2

그 일요일 오후 2시, 모자 쓴 로즈는 자신의 특대형 RV 문에 '꼭 필요한 경우가 아니면 방해하지 말 것'이라고 적힌 표지판을 걸었다. 앞으로 몇 시간 동안 해야 할 일들을 신중하게 계획했다. 그녀는 오늘 하루, 아무것도 먹지 않고 물만 마실 작정이었다. 오전에는 커피 대신 구토제를 마셨다. 그 아이의 머릿속을 추적하는 순간이 되었을 때 그녀는 빈 유리잔처럼 투명한 상태일 것이다.

신체적인 활동에 정신을 팔 일이 없으니 필요한 모든 정보를 알아낼 수 있을 것이다. 그 아이의 이름, 정확한 주소, 아이가 얼마만큼 알고 있는지 그리고 (가장 중요하게는) 누구한테 말을 했을지. 로즈는 오후 4시부터 밤 10시까지 어스크루저의 더블 침대에 누워서 천장을 올려다보며 명상에 잠길 것이다. 몸처럼 머릿속까지 투명해지면 금고에 숨겨 둔 깡통에서 스팀을 마시고(한 모금이면 되겠지.) 다시 한 번 세상을 뒤집어서 그녀가 그 아이의 안으로 들어가고, 그 아이가 그녀의 안으로 들어오게 만들 것이다. 동부 시각으로 새벽 1시면 그녀의 사냥감은 쿨쿨 자고 있을 테고, 로즈는 아이의 머릿속을 마음껏 뒤질 수 있을 것이다. 최면을 걸어 놓을 수 있을지도 몰랐다. 어떤 아저씨들이 올 거야. 그들이 널 도와줄 거야. 그들을 따라가.

하지만 고루한 농부 겸 시인 바비 번스가 200여 년 전에도 지적했다시피 여럿이 함께 아무리 계획을 잘 세워도 어그러지기 십상이라 그녀가 긴장을 푸는 주문의 맨 첫 구절을 외기 시작했을 때 문을 두드리는 소리와 함께 엇나가기 시작했다.

"저리 가!" 그녀는 고함을 질렀다. "표지판 안 보여?"

"로즈, 월넛이랑 같이 왔어." 크로가 외쳤다. "당신이 부탁한 걸 만들어낸 것 같은데 당신의 승인이 필요하대. 이런 물건은 타이밍을 맞추기가 지랄 같아서."

그녀는 잠깐 누워 있다가 분노의 한숨을 터뜨리고 일어나 사이드와인더 티셔츠(세상의 꼭대기에서 내게 입을 맞춰 줘!)를 홱 하니 집어서 입었다. 허벅지 윗부분까지 가려지는 길이였다. 그러고는 문을 열었다.

"별것 아니면 큰일 날 줄 알아."

"나중에 다시 와도 되는데." 월넛이 말했다.

그는 체구가 아담하고 정수리는 대머리인데 수세미처럼 생긴 회색 머리가 귀 윗부분에 복슬복슬하게 달린 남자였다. 한 손에 종이를 들고 있었다.

"아냐. 대신 요점만 간단히 말해."

그들은 부엌 겸 거실에 놓인 식탁에 앉았다. 로즈가 월넛의 손에 들려 있던 종이를 낚아채 대충 훑어보았다. 육각형으로 가득한 복잡한 화학식이었다. 그녀에게는 아무 의미 없는 것이었다.

"이게 뭔데?"

"강력한 진정제." 월넛이 말했다. "신종이고 깔끔해. 지미가 NSA에 있는 우리 물건한테서 얻어 낸 화학식이야. 이걸 먹이면 과다 복용으로 죽을 걱정 없이 정신만 잃게 만들 수 있어."

"우리한테 필요한 약물이 맞긴 하네." 로즈는 자신이 마뜩찮아 하는 말투임을 알고 있었다. "그런데 내일까지 기다리면 안 되는 거였어?"

"미안, 미안." 월넛은 고분고분 사과했다.

"나는 생각이 달라." 크로가 말했다. "만약 당신이 잽싸게 움직여서 이 아이를 깔끔하게 납치할 생각이면 이 약물을 입수해서 우편함으로 배달시켜야 한다고."

트루는 미국 전역에 수백 개의 우편함을 두고 있었는데 대다수가 MBE(Mail Boxes Etc.의 약자로 사무지원 서비스 업체 — 옮긴이) 아니면 곳곳의 UPS 지점이었다. 그들은 항상 RV를 타고 이동하기 때문에 우편함을 이용하려면 며칠 전에 미리 계획을 세워야 했다. 트루 멤버들 입장에서 대중교통을 이용하는 것은 자기 목을 가르는 것이나 다름없는 행위였다. 전용기를 동원할 수는 있었지만 불편했다. 그들은 고공병이 지독했다. 월넛의 짐작에 따르면 그들의 신경계가 얼뜨기들과 180도 다르기 때문에 벌어지는 현상이었다. 로즈가 걱정하는 부분은 국민들의 세금으로 유지되는 신경과민 시스템이었다. 신경이 *아주* 과민한 시스템이었다. 9월 11일 사태 이후로 국토안보국에서는 전용기까지 일일이 철저하게 감시했고 트루 낫의 생존 제1원칙이 절대 남의 시선을 끌지 말자는 것이었다.

각 주를 연결하는 고속도로 시스템 덕분에 RV가 늘 유용한 교통

수단이 되어왔는데 이번에도 그럴 전망이었다. 소규모 공격조가 여섯 시간마다 운전자를 교체해 가며 달리면 사이드와인더에서 뉴잉글랜드 북부까지 30시간 안으로 주파할 수 있었다.

"알았어." 그녀는 누그러졌다. "뉴욕 북부나 매사추세츠의 90번 고속도로 근처에 뭐가 있지?"

크로는 말을 더듬거나 확인하고 알려 주겠다고 하지 않았다.

"매사추세츠 주 스터브리지에 EZ 메일 서비스."

그녀는 월넛이 들고 있는 뭔지 모를 화학식이 적힌 종이 가장자리에 대고 손가락을 퉁겼다.

"이걸 그쪽으로 보내. 뭔가 잘못되면 딱 잡아뗄 수 있게 최소 세 군데를 거쳐서. 아주 빙빙 돌게."

"그럴 만한 시간이 있을까?" 크로가 물었다.

"안 될 건 또 뭐야." 로즈가 말했다. 나중에 두고두고 후회하게 될 한마디였다. "남쪽으로 보냈다가 중서부로 보냈다가 뉴잉글랜드로 보내면 되잖아. 목요일까지 스터브리지에 배달되게 해 놔. 페덱스나 UPS 말고 속달로."

"그렇게 할게." 크로가 말했다. 일말의 망설임도 없었다.

로즈는 트루의 의사에게로 관심을 돌렸다.

"제대로 판단한 거라야 해, 월넛. 만약 그 애가 잠이 들기는커녕 과다 복용으로 죽기라도 하면 당신이 리틀 빅 혼 전투(1876년 치러진 미 연방 정부와 아메리칸 인디언 사이에 벌어진 전투 ─옮긴이) 이래 처음으로 추방당하는 트루 멤버가 될 테니까."

월넛의 얼굴이 살짝 하얘졌다. 만족스러웠다. 그녀는 아무도 추방

할 생각이 없었지만 방해를 당한 것 때문에 아직까지 언짢았다.

"약은 스터브리지로 배달할 거고 사용법은 월넛이 알 거야." 크로가 말했다. "문제없어."

"그보다 간단한 건 없어? 이 근처에서 조달할 수 있는 건?"

월넛이 말했다.

"그 아이가 우리 앞에서 날뛰는 걸 보고 싶지 않은 한 없다고 봐야 해. 이게 안전하고 약효도 빨라. 그 아이가 당신이 생각하는 것처럼 막강하다면 빠른 게 중요……"

"알았어, 알았어, 알겠다고. 끝난 거지?"

"한 가지 더." 월넛이 말했다. "나중에 해도 되는 이야기지만……"

그녀가 창밖을 내다보니 맙소사, 지미 넘버스가 또 다른 종이를 들고 오버룩 산장 옆 주차장을 바삐 건너오고 있었다. 뭐 하러 문고리에 '방해하지 마시오' 표지판을 걸어 놓았던가? 차라리 '모두 환영합니다' 표지판을 걸어 놓을 것을.

로즈는 끓어오르는 울화통을 모조리 부대자루에 넣어서 머리 한쪽 구석에 처박고 꿋꿋하게 미소를 지었다.

"뭔데?"

"플릭 할아범." 크로가 말했다. "더 이상 똥을 참질 못해."

"지난 20년 동안 그래 왔잖아." 로즈가 말했다. "기저귀를 안 하겠다는데 내가 억지로 채울 수도 없고. 아무도 그럴 권한이 없는 거 아니야?"

"이번에는 달라." 월넛이 말했다. "침대에서 거의 일어나지도 못해. 바바하고 다크서클 수지가 최선을 다해서 돌보고는 있지만 냄새로 캠핑카가 진동을 해서……"

"괜찮아질 거야. 스팀 좀 먹이면." 하지만 그녀는 월넛의 표정이 마음에 안 들었다. 트럭 토미가 2년 전에 세상을 떠났는데 트루의 시간 계산법에 따르면 2주 전이나 다름없었다. 그런데 이제는 플릭 할아범마저?

"정신이 오락가락하고 있어." 크로가 툭 내뱉었다. "그리고……" 그는 월넛을 쳐다보았다.

"오늘 아침에 페티가 간호했는데 할아범이 사이클하는 걸 본 것 같대."

"본 것 같다는 거잖아." 로즈가 말했다. 그녀는 믿고 싶지 않았다. "다른 사람도 본 적 있대? 바바는? 수지는?"

"없어."

그녀는 *그것 보라*는 듯이 어깨를 으쓱했다. 더 이상 논의를 진행하기 전에 지미가 문을 두드렸고 이번에는 방해꾼이 고마웠다.

"들어와!"

지미가 고개를 디밀었다. "정말 들어가도 돼?"

"응! 로키츠 농구팀이랑 UCLA 악단까지 데리고 들어오지 그래? 젠장, 몇 시간 동안 즐겁게 토악질하기 전에 명상이나 잠깐 할까 했더니."

크로가 살짝 나무라는 눈빛으로 그녀를 쳐다보았고 욕을 먹어도 싼 상황일 수 있었지만(다들 그녀가 부탁한 트루 일을 처리하고 있을 따름이었으니 어쩌면 그런 상황일 수 있었지만) 크로도 리더의 자리에 앉아보면 이해할 것이었다. 죽음의 고통으로 협박하지 않는 한 단 1초도 혼자 있을 수 없었다. 아니, 죽음의 고통으로 협박해도 그러지 못하는 경우가 허다했다.

"네가 보고 싶어 할지 모르는 걸 들고 왔어." 지미가 말했다. "크로하고 월넛도 있으니까 내 생각엔……"

"네 생각은 뭔지 알겠으니까 됐고. 뭔데?"

"네가 지목한 프라이버그하고 애니스턴, 두 도시의 뉴스를 인터넷에서 뒤졌거든. 그러다 《유니언 리더》에서 이걸 찾았어. 지난주 목요일 신문이야. 아무것도 아닐 수 있지만."

그녀는 종이를 받아들었다. 예산 삭감으로 인해 어느 별 볼일 없는 학교의 미식축구 프로그램이 없어졌다는 게 주요 뉴스였다. 그 아래, 지미가 동그라미를 쳐놓은 좀 더 짤막한 기사가 있었다.

애니스턴에서 발생했다는 '주머니 지진'

지진의 규모가 작으면 얼마나 작을 수 있을까? 소코 강으로 한쪽 끝이 막힌 애니스턴의 짧은 도로, 리치랜드 코트에 사는 주민들의 주장에 따르면 아주 작을 수도 있다. 지난 화요일 오후, 이 길가에 사는 몇 명의 주민들이 미진으로 창문이 덜컹거리고 바닥이 흔들리고 찬장에 있던 유리그릇이 떨어지는 사태가 벌어졌다고 전했다. 이 도로 끝 집에 사는 데인 볼랜드라는 퇴직자는 아스팔트를 새로 깐 그의 집 앞길에 금이 간 부분을 가리키며 이렇게 말했다.

"증거를 원하면 저걸 보세요."

매사추세츠 주 랜섬에 위치한 지질 조사 센터에 따르면 지난 화요일 오후에 뉴잉글랜드에서 미진이 발생한 바 없지만 매트와 캐시 렌프루 부부는 그

참에 '지진 파티'를 열었고 대부분의 이웃 주민들이 참석했다.

지질 조사 센터의 앤드루 시튼펠드의 설명에 따르면 리치랜드 코트 주민들이 느낀 진동은 하수도를 지나다 갑자기 출렁인 생활하수나 음속 장벽을 통과하던 군용기에 의해 발생한 것일 수 있다고 한다. 렌프루 씨는 이 말을 듣고 호탕하게 웃으며 이렇게 말했다. "우리가 느낀 게 뭐였는지는 우리가 알아요. 지진이었어요. 지진이 났다고 안 좋은 건 없었습니다. 피해는 경미한 수준이었고 덕분에 근사한 파티를 즐겼으니까요."

— 앤드류 굴드

로즈는 두 번 읽고 나서 눈을 반짝이며 고개를 들었다.

"잘했어, 지미."

그는 씩 웃었다.

"고마워. 그럼 나머지는 너희들한테 맡길게."

"월넛도 데리고 나가. 할아범 체크해야 하니까. 크로, 당신은 잠깐 있고."

둘이 나가자 그가 문을 닫았다.

"그 아이 때문에 뉴햄프셔에서 지진이 났다고 생각하는 거야?"

"응. 백 퍼센트 확실하진 않지만 팔십 퍼센트 정도는 돼. 집중할 장소가 생겼으니까(그것도 한 도시가 아니라 도로 이름을 알게 된 거잖아.) 오늘 밤에 그 아이를 찾아 나설 때 일이 훨씬 수월하게 됐어."

"그 아이 머릿속에 '따라와' 바이러스를 주입할 수만 있으면 기절시킬 필요도 없는데."

그녀는 웃으며 다시금 크로는 이 아이가 얼마나 특별한지 전혀 모른다는 생각을 했다. 나중이 되면 *나도 몰랐었지, 아는 줄 알았지만 몰랐었지,* 이런 생각을 하게 되겠지만.

"그럴 수 있길 바라지 말라는 법은 없지. 하지만 일단 그 아이를 데려오면 아무리 최첨단이라도 미키 핀(약을 탄 술—옮긴이)보다 조금 더 성능이 좋은 무언가가 필요할 거야. 그 아이를 고분고분, 말 잘 듣게 길들일 수 있는 마법의 약물이 필요할 거야. 아이가 자발적으로 협조하는 게 최선이겠다는 판단을 내릴 때까지."

"그 아이를 잡으러 갈 때 당신도 같이 갈 건가?"

로즈는 원래 그럴 작정이었지만 플릭 할아범 생각에 망설여졌다.

"잘 모르겠어."

그는 아무것도 묻지 않고(고마운 일이었다.) 문 쪽으로 몸을 돌렸다.

"다시는 아무도 방해 못하게 내가 조치를 취할게."

"그래. 그리고 월넛더러 할아범을 철저하게 검사하라고 해. 똥구멍에서부터 입맛에 이르기까지. 정말로 사이클을 시작한 거라면 내일 내가 퍼다(이슬람 국가에서 여자들이 남자들의 눈에 띄지 않도록 집 안의 별도 공간에 살거나 얼굴을 가리는 것—옮긴이)에서 나왔을 때 알려 줘." 그녀는 바닥 아래 금고를 열고 깡통을 하나 꺼냈다. "그리고 여기 남아 있는 걸 할아범한테 주고."

크로는 깜짝 놀랐다.

"그걸 *전부 다?* 로즈, 할아범이 정말로 사이클을 시작한 거면 그래 봐야 소용없잖아."

"그냥 줘. 며칠 전에 몇 명이 지적했던 것처럼 올 한 해 동안 성적이 좋았잖아. 조금 사치 부려도 돼. 게다가 트루 낫에 할아범은 한

22

명뿐이잖아. 유럽인들이 공동 소유 콘도가 아니라 나무를 떠받들며 살던 시절을 기억하는 사람이기도 하고. 방법만 있다면 떠나보내지 않을 거야. 우리가 미개인도 아니고 말이지."

"얼뜨기들은 생각이 다를 텐데."

"그러니까 얼뜨기 소리를 듣지. 이제 나가 줘."

3

노동절이 지나면 티니타운은 일요일마다 3시에 문을 닫았다. 오늘 오후 6시 15분 전에는 미니 크랜모어 가 끝 쪽 벤치에 앉아 있는 세 명의 거인들 때문에 티니타운 약국과 티니타운 뮤직박스 극장(성수기에는 창밖에서 들여다보면 미니 화면 위로 미니 영화가 상영되는 것을 볼 수 있었다.)이 유난히 작아 보였다. 레드 삭스 모자를 쓰고 이 자리에 참석한 존 돌턴은 법원 청사 앞 미니 광장에 세워진 미니 헬렌 리빙턴 동상의 머리에 모자를 걸었다.

"이분도 레드 삭스 팬이었을 거예요." 그가 말했다. "이 동네 사람들은 다 그러니까. 나 같은 유배객이 아닌 이상 모두들 양키스라고 하면 일말의 찬사를 보내죠. 무슨 일이에요, 댄? 가족들이랑 저녁 먹는 날인데 나온 거예요. 우리 집사람이 마음이 넓긴 하지만 인내심의 한계에 다다랐는데."

"선생님이 나랑 같이 며칠 동안 아이오와에 가야 한다면 부인께서 어떤 반응을 보일까요?" 댄이 물었다. "비용은 전액 제가 부담합니다. 술과 코카인으로 죽게 생긴 삼촌을 12단계 방문해야 하거든요. 가족들이 제발 말려 달라는데 저 혼자서 할 수가 없어서요."

알코올 중독자 협회에 규칙은 없지만 전통은 많았다(그것들이 사실 규칙이었다.). 그중에서도 가장 철저한 전통이 있다면 현재진행형 알코올 중독자를 12단계 방문할 때 문제의 그 자가 병원이나 치료 센터나 정신병원에 안전하게 감금되어 있지 않은 한 절대 혼자 가면 안 된다는 것이었다. 그랬다가는 그자와 대작을 하게 될 가능성이 크기 때문이었다. 케이시 킹슬리도 입버릇처럼 말하다시피 중독은 계속 퍼주어도 마르지 않는 재능과 같았다.

댄은 빌리 프리먼을 보며 웃었다.

"하실 말씀 있으세요? 있으면 편하게 하세요."

"자네한테 삼촌이 있다고? 남은 가족이 아무도 없지 않나 싶은데?"

"그래요? 없지 않나 싶다고요?"

"음…… 가족 얘기를 한 번도 한 적 없잖아."

"가족이 있어도 얘기 안 하는 사람들 많잖아요. 하지만 아저씨는 저한테 가족이 없다는 걸 아시는 거죠? 그렇죠, 빌리 아저씨?"

빌리는 아무 대꾸도 하지 않았지만 불편한 기색이었다.

"대니, 아이오와에는 못 가요." 존이 말했다. "이번 주말까지 예약이 꽉 차 있어요."

댄은 계속 빌리에게 오롯이 관심을 보였다. 이번에는 주머니에 손을 넣어서 뭔가를 집더니 주먹을 쥐고 내밀었다.

"이 안에 뭐가 있게요?"

빌리는 그 어느 때보다 불편한 기색을 보였다. 그는 존을 흘끗 쳐다보았다가 아무 도움도 안 되겠다는 판단이 들자 다시 댄에게로 시선을 돌렸다.

"존은 내가 어떤 사람인지 알아요." 댄이 말했다. "한 번 도와드린 적이 있고, 내가 다른 회원들도 몇 번 도와준 적 있다는 걸 알거든요. 아저씨는 지금 한 패거리를 상대하고 있는 거예요."

빌리는 고민하다 입을 열었다.

"동전일 수도 있겠지만 알코올 중독자 협회 메달 같은데. 한 해 동안 금주할 때마다 주는 거 말이야."

"몇 해째에 받은 메달이게요?"

빌리는 댄의 주먹 쥔 손을 바라보며 머뭇거렸다.

"제가 도와 드릴게요." 존이 말했다. "댄은 2001년 봄에 술을 끊었으니까 메달을 걸고 다녔다면 아마 12주년 기념 메달일 거예요."

"논리상으로는 이치에 맞지만 그건 아니에요." 빌리가 정신을 집중하자 양쪽 눈 위로 이마에 세로로 깊은 주름이 두 개 생겼다. "내가 보기엔…… 7주년 같은데?"

댄은 손바닥을 펼쳤다. 메달 위에 큼지막하게 Ⅵ 숫자가 새겨져 있었다.

"젠장." 빌리가 말했다. "원래 때려 맞히기 잘하는데."

"그 정도면 맞힌 거나 다름없어요." 댄이 말했다. "그리고 이건 때려 맞힌 게 아니에요. 샤이닝이라는 거지."

빌리는 담배를 꺼냈다가 벤치 옆자리에 앉은 의사를 보더니 다시 집어넣었다.

"그렇다면 그런 거고."

"제가 아저씨에 대해서 조금 이야기해 볼까요? 아저씨는 어렸을 때 때려 맞히는 걸 *아주* 잘했죠. 어머니의 기분이 좋을 때를 알아차려서 한두 푼 얻어낼 수 있었고. 아버지의 기분이 안 좋을 때를 알아차려서 피해 다녔고."

"저녁에 남은 고기 찜 먹기 싫다고 난리부리면 절대 안 될 때가 언제인지는 분명 알아차렸지."

빌리가 말했다.

"도박하셨어요?"

"세일럼에서 경마. 떼돈을 벌었지. 그런데 스물다섯 살쯤 됐을 때 우승마를 맞히는 재주가 없어져 버렸지 뭔가. 어느 달에 집세를 미뤄달라고 애걸복걸한 뒤로 경마하던 버릇을 싹 고쳤어."

"맞아요. 나이를 먹으면 능력이 희미해지죠. 그래도 좀 남아 있잖아요."

"자네는 나보다 더 많잖아." 빌리가 말했다. 이제는 목소리에 망설이는 기미가 없었다.

"지금 두 분이서 장난하는 거 아니죠?" 존이 물었다. 사실은 묻는 게 아니라 자신의 의견을 밝히는 것이었다.

"선생님은 이번 주에 꼭 진찰해야 하는, 남한테 넘길 수 없는 예약 환자가 딱 한 명이에요." 댄이 말했다. "위암에 걸린 여자아이죠. 이름은 펠리시티이고……"

"프레데리카예요." 존이 말했다. "프레데리카 빔멜. 메트리백 밸리 병원에 입원해 있죠. 담당 종양전문의와 아이 부모님과 상담하기로 되어 있어요."

"토요일 오전에."

"맞아요. 토요일 오전에." 그는 어안이 벙벙한 표정으로 댄을 쳐다보았다. "맙소사. 하느님 맙소사. 능력이…… 그렇게 엄청날 줄은 몰랐는데."

"아이오와에 갔다가 목요일까지 올 수 있게 해드릴게요. 아무리 늦어도 금요일까지."

경찰에 체포되면 이야기가 달라지겠지만. 그는 생각했다. *그러면 좀 더 오래 있어야겠죠.* 그는 찬물 끼얹는 이런 발상을 빌리가 알아차렸을까 싶어서 안색을 살폈다. 그는 알아차린 기미가 없었다.

"무슨 일인데요?"

"선생님의 또 다른 환자가 걸린 문제예요. 아브라 스톤. 빌리나 저 같은 아이죠. 선생님도 이미 알고 계셨을 것 같지만. 한 가지 다른 점이 있다면 우리보다 훨씬, 훨씬 더 강력하다는 거죠. 제 능력이 빌리보다 상당히 뛰어난데, 그 아이에 비하면 저는 풍물 장터에서 손금 읽어 주는 사람 수준이에요."

"맙소사, 그 숟가락."

댄은 1~2초가 지난 다음에서야 기억해 냈다.

"숟가락을 천장에 매달았었죠."

존은 눈을 휘둥그레 뜨고 그를 쳐다보았다.

"내 *생각*을 읽은 거예요?"

"그보다 시시한 방법으로 알아낸 건데 어쩌죠? 그 아이한테 들었거든요."

"언제요? 언제요?"

"그 부분은 나중에 얘기하기로 해요. 아직은 말고요. 먼저 정식으로 독심술을 시도해 볼게요." 댄은 존의 한쪽 손을 잡았다. 도움이 됐다. 신체적인 접촉을 하면 거의 언제나 그랬다. "아브라가 아직 아장아장 걷는 아이였을 때 부모님이 선생님을 찾아왔군요. 부모님 아니면 이모 아니면 증조할머니가. 그들은 아브라가 숟가락으로 부엌을 장식하기 전부터 아이에 대해 걱정했어요. 그 집에서 벌어진 온갖 초자연적인 현상 때문에. 피아노에 관련된 사건도 있었는데…… 빌리 아저씨, 저 좀 도와주세요."

빌리가 존의 나머지 한쪽 손을 잡았다. 댄은 빌리의 손을 잡아서 원을 만들었다. 티니타운에서 소규모 강신회가 열렸다.

"비틀스 노래." 빌리가 말했다. "기타가 아니라 피아노로 연주하는. 곡명은…… 모르겠네. 엄마, 아빠가 그것 때문에 한동안 골머리를 앓았지."

존은 그를 빤히 쳐다보았다.

"선생님." 댄이 말했다. "아브라가 선생님더러 얘기해도 좋다고 허락했어요. 선생님이 얘기해 줬으면 좋겠대요. 내 말 믿으세요, 존 선생님."

존 돌턴은 거의 1분 동안 고민했다. 그러다 두 사람에게 한 가지만 빼고 모든 사건을 이야기했다.

텔레비전의 모든 채널에서 「심슨 가족」이 방영됐던 사건은 너무 섬뜩했던 것이다.

28

4

이야기가 끝났을 때 존이 빤한 질문을 했다. 댄이 어떻게 아브라스톤을 알게 됐느냐는 것이었다.

댄은 뒷주머니에서 조그맣고 너덜너덜한 수첩을 꺼냈다. 곳에 부딪치는 파도 사진과 '갑자기 이루어진 위대한 일은 없다'는 문구가 표지를 장식한 수첩이었다.

"항상 들고 다니는 수첩이죠?" 존이 물었다.

"네. 케이시 K가 내 후견인인 건 알죠?"

존은 눈을 부라렸다.

"어떻게 모를 수 있겠어요? 당신이 모임에서 무슨 얘기를 꺼낼 때마다 '제 후견인인 케이시 K 씨가 늘 말씀하시길'로 시작하는데."

"선생님, 시건방진 사람은 아무도 안 좋아해요."

"우리 집사람은 좋아해요." 그가 말했다. "나는 수컷스럽게 시건방지거든요."

댄은 한숨을 쉬었다.

"수첩을 보세요."

존은 수첩을 뒤적였다.

"모임 기록이네요. 2001년부터 적은."

"케이시가 90일 동안 90번 모임에 참석하고 기록을 남기라고 했거든요. 여덟 번째 기록을 보세요."

존은 여덟 번째 기록을 찾았다. 프레이저 감리교회였다. 자주 참석하지는 않지만 그도 아는 모임이었다. 메모 아래에 정성을 들인 대문자로 ABRA라는 단어가 적혀 있었다.

존은 못 믿겠다는 표정으로 댄을 올려다보았다.

"*생후 2개월 때* 당신한테 메시지를 보냈다는 거예요?"

"그 바로 아래에 다음 모임 기록이 있죠?" 댄이 물었다. "그러니까 내가 선생님을 홀리려고 나중에 그 아이의 이름을 추가한 게 아니에요. 수첩을 통째로 조작했다면 그럴 수도 있겠는데, 내가 그 수첩을 들고 다니는 걸 봤다는 회원이 한두 명이 아닐 거예요."

"나도 그중 한 명이고요." 존이 말했다.

"그렇죠, 선생님도 그중 한 명이죠. 내가 그 당시에 항상 한 손에는 모임 수첩을, 다른 손에는 커피를 들고 다녔거든요. 그래야 마음이 놓여서. 그때는 그게 누구인지 몰랐고 별 신경도 안 썼어요. 그냥 아무렇게나 찾아온 접촉이었으니까요. 침대에 누워 있는 아이가 손을 내밀어서 내 코끝을 건드리는 그런 식의.

그러다 2~3년쯤 뒤에 그 아이가 내 방 스케줄 보드판에 단어를 하나 썼어요. '안녕'이라는 단어를. 그 뒤로 어쩌다 한 번씩 꾸준히 연락을 하더군요. 무슨 베이스 터치를 하듯이. 그 아이가 알고서 한 짓이었는지 그것도 잘 모르겠어요. 아무튼 내가 곁을 지켰죠. 도움이 필요할 때 그 아이가 아는 사람도 나였고 연락한 사람도 나였어요."

"어떤 도움이 필요했는데요? 어떤 어려움을 겪었는데요?" 존은 빌리 쪽을 돌아보았다. "아저씨도 아셨어요?"

빌리는 고개를 저었다.

"그런 아이에 대해서는 들어 본 적도 없고 애니스턴에는 거의 갈 일도 없어."

"아브라가 애니스턴에 산다고 누가 그러던가요?"

빌리는 엄지손가락으로 댄을 가리켰다.

"*저 친구가 그랬잖소. 아닌가?*"

존은 다시 댄 쪽으로 고개를 돌렸다.

"좋아요. 이제 믿을게요. 어디 처음부터 끝까지 들어봅시다."

댄은 야구하는 아이가 등장하는 아브라의 악몽에 대해 이야기했다. 그 아이에게 손전등을 비추고 있었던 사람들. 칼을 들고서 자기 손바닥에 묻은 아이의 피를 핥던 여자. 그리고 한참 뒤에 아브라가 어떤 식으로《애니스턴 쇼퍼》에서 그 아이의 사진을 맞닥뜨리게 되었는지까지.

"그런데 아브라가 어떻게 그런 꿈을 꿀 수 있었던 건가요? 그들 손에 살해된 아이도 샤이닝 능력자였기 때문인가요?"

"처음에는 그렇게 시작됐을 거예요. 아이가 고문을 당하니까 (아브라는 분명 고문이라고 했어요.) 손을 내밀었고 그게 연결고리가 된 거죠."

"그리고 브래드 트레버라는 이 아이가 죽은 뒤에도 그 연결고리가 없어지지 않았고요."

"나중에는 트레버라는 아이가 썼던 물건이 접점이 됐어요. 야구 장갑이오. 살인범들 중에서 한 명이 그걸 꼈었기 때문에 연결이 될 수 있었던 거죠. 어떻게 그럴 수 있는지는 아브라도 모르고 나도 몰라요. 내가 아는 거라고는 아브라가 엄청 강력하다는 것뿐이에요."

"당신처럼 말이죠."

"그런데 말입니다." 댄이 말했다. "실제 살인을 저지른 여자가 그 사람들(인간인지 그것도 잘 모르겠지만)의 리더예요. 아브라가 그 지역

신문의 실종 아동 코너에서 브래드 트레버의 사진을 보았을 때 그 여자의 머릿속으로 들어갔어요. 그 여자는 아브라의 머릿속으로 들어왔고요. 몇 초 동안 상대방의 눈으로 세상을 본 거죠." 그는 두 손을 들어서 주먹을 쥐더니 돌렸다. "이렇게 빙글빙글 돈 거죠. 아브라는 그들이 자기를 잡으러 올지 모른다고 생각하고 나도 마찬가지예요. 아브라가 그들에게 위험 요소가 될 수 있으니까요."

"그뿐만이 아니지, 그렇지?" 빌리가 물었다.

댄은 그를 쳐다보며 기다렸다.

"이 샤이닝인지 뭔지를 할 줄 아는 사람들은 *뭔가*가 더 있지? 그들이 원하는 뭔가가. 사람을 죽여야만 얻을 수 있는 뭔가."

"맞아요."

존이 물었다.

"이 여자는 아브라가 어디 사는지 압니까?"

"아브라는 모른다고 생각하지만 이제 겨우 열세 살이니까요. 그 애의 착각일 수도 있어요."

"아브라는 이 여자가 어디 사는지 압니까?"

"서로 연결됐을 때(그러니까 상대방의 눈을 통해 보게 됐을 때) 이 여자가 샘스 슈퍼마켓에 있었다는 것 말고는 아무것도 몰라요. 그러니까 서부 어디라는 소린데 그 슈퍼마켓이 있는 주가 최소 아홉 군데예요."

"아이오와에도 있고요?"

댄은 고개를 저었다.

"그럼 거기 가서 뭘 하겠다는 건지 이해가 잘 안 되는데요."

"야구 장갑을 찾으려는 거예요." 댄이 말했다. "아브라는 야구 장갑이 있으면 그걸 잠깐 꼈던 사람이랑 연결이 될 수 있을 거라고 생각하거든요. 아브라 말로는 이름이 중국놈 배리라던데."

존은 고개를 숙이고 생각에 잠겼다. 댄은 그러도록 내버려 두었다.

"알겠습니다." 마침내 존이 말했다. "미친 짓 같지만 같이 갈게요. 아브라의 전적과 당신의 전적을 아는 이상 그러지 않을 도리가 없네요. 그런데 아브라가 어디 사는지 이 여자가 모른다면 이 상태 그대로 내버려 두는 게 낫지 않을까요? 괜히 자는 사자의 코털을 건드리지 말고요."

"이 사자는 자고 있지 않아요." 댄이 말했다. "이……

(속이 빈 악마들은)

변태들은 트레버에게 욕심을 냈던 것과 같은 이유에서 아브라에게 욕심을 낼 거예요. 그 부분에 관한 한 빌리의 짐작이 맞아요. 게다가 아브라를 살려 두면 자기들한테 위험하다는 걸 알잖아요. 알코올 중독자 모임의 표현을 빌자면 그들의 익명성을 무너뜨릴 만한 능력이 있으니까요. 그리고 그들에게 우리는 잘 알지 못하는 재주가 있을 수도 있죠. 선생님의 환자가 앞으로 몇 달 동안, 어쩌면 몇 년 동안 불가사의한 맨슨 패밀리(두목인 찰스 맨슨을 교주처럼 떠받들며 연쇄 살인을 일삼은 범죄 집단―옮긴이) 비슷한 인간들이 길거리에 등장해서 자기를 납치해 갈지 모른다는 공포를 느끼면서 살면 좋겠어요?"

"당연히 아니죠."

"이 나쁜 놈들은 아브라 같은 아이들을 먹고 살아요. 저하고 비슷한 아이들, 샤이닝 능력이 있는 아이들을요." 그는 험상궂은 표정으로 존 돌턴의 얼굴을 빤히 쳐다보았다. "만약 그게 사실이라면 막아야 해요."

빌리가 말했다.

"나는 아이오와에 안 가면 뭘 하면 되는 거지?"

"간단히 설명하자면……" 댄이 말했다. "아저씨는 다음 주 동안 애니스턴을 손바닥 보듯 속속들이 파악하게 될 거예요. 케이시가 휴가를 내주면 거기 모텔에서 머물게 될 거예요."

5

로즈는 마침내 작정했던 대로 명상에 돌입했다. 플릭 할아범에 대한 걱정을 떨쳐버리기가 가장 힘들었지만 결국에는 잘 넘겼다. 결국에는 뛰어넘었다. 이제 그녀는 자신의 내면을 떠다니며 입술을 거의 움직이지도 않은 채 똑같은 문구(*사바타 한티. 로드삼 한티 그리고 카하나 리조네 한티.*)를 계속 반복했다. 그 골치 아픈 여자아이를 찾아 나서기가 아직은 시기상조였는데 혼자만의 시간인 데다 안팎으로 조용했으니 서두를 필요가 없었다. 명상은 그 자체로 훌륭했다. 로즈는 도구를 모으고 생각을 집중하며 천천히, 꼼꼼하게 작업을 진행했다.

사바타 한티. 로드삼 한티, 카하나 리조네 한티. 트루 낮이 마차를 타고 유럽을 누비며 토탄과 싸구려 장신구를 팔던 그 옛날부터 쓰인 문구였다. 아마 바빌론보다 더 오래됐을 것이다. 그 아이가 강력

하기는 했지만 트루 낫은 막강했으니 로즈는 아무 문제없을 거라고 생각했다. 아이는 자고 있을 테고 로즈는 살금살금 움직이며 정보를 수집하고 작은 폭탄을 심듯 이런저런 생각들을 심어놓을 작정이었다. 한두 개가 아니라 한 무더기를 심어 놓을 작정이었다. 어떤 생각은 아이가 감지하고 해지할 수도 있었다.

하지만 다 그런 건 아니었다.

6

아브라는 그날 저녁에 숙제를 마치고 어머니와 거의 45분 동안 통화했다. 통화는 이중으로 이루어졌다. 표면적으로 두 사람은 아브라의 오늘 하루와 앞으로 한 주 동안의 학교생활과 며칠 앞으로 다가온 핼러윈 댄스파티 때 아브라가 입을 의상에 대해 이야기했다. 북부의 프레이저 호스피스(아브라는 지금도 '핫 스파이스'라고 생각하는)로 모모를 옮기는 문제에 대해서도 의논했다. 루시는 아브라에게 "모든 걸 감안했을 때 상당히 좋은 편"이라고 모모의 최근 상태를 알려 주었다.

하지만 한 꺼풀 벗겨 보면 할머니의 기대에 부응을 못하고 있다고 끊임없이 걱정하는 루시의 마음과 모모의 진짜 상태(겁에 질려서 정신이 없고 통증으로 괴로워하는)가 아브라의 귀에 들렸다. 아브라는 위로가 되는 생각을 어머니에게 전하려고 애를 썼다. *괜찮아요, 엄마* 그리고 *사랑해요, 엄마* 그리고 *엄마는 능력이 닿는 한도 내에서 최*

선을 다하신 거예요. 그녀에게는 수많은 재주가 있었지만(아주 멋지게 느껴지기는 동시에 무섭게 느껴지기도 하는) 상대방의 기분을 바꾸는 재주는 없었다.

댄은 그럴 수 있을까? 아마 그럴 수 있을 듯했다. 그가 샤이닝을 이용해서 핫 스파이스의 사람들을 돕는 게 생각났다. 정말로 그럴 수 있다면 모모가 거기 입원하면 모모도 도와줄 수 있지 않을까? 그러면 좋을 텐데.

그녀는 지난 크리스마스 때 모모에게 선물 받은 분홍색 플란넬 잠옷을 입고 1층으로 내려갔다. 아버지가 맥주를 마시면서 레드 삭스 경기를 보고 있었다. 그녀는 쪽 소리 나게 아버지의 코에 입을 맞추고(아버지는 늘 싫다고 했지만 사실을 좋아하는 쪽에 가깝다는 것을 그녀는 알았다.) 이제 그만 자러 가겠다고 했다.

"라 홈워크 에 콩플레트, 마드무아젤?(프랑스어로 '숙제는 다했나요, 아가씨?'—옮긴이)"

"네, 아빠. 그런데 숙제가 프랑스어로는 드부아르예요."

"알려 줘서 고맙다, 알려 줘서 고마워. 엄마는 어떻디? 내가 통화를 시작한 지 90초쯤 됐을 때 너한테 수화기를 빼앗겼기 때문에 묻는 거다."

"잘 지내고 계세요." 이 대답이 거짓말은 아니었지만 아브라도 알다시피 '잘 지낸다'는 것은 상대적인 개념이었다. 그녀는 현관 쪽으로 걸어가려다 말고 다시 돌아왔다. "엄마 말로는 모모가 유리 장식 같대요." 어머니가 그런 말을 입 밖으로 내지만 않았지만 속으로는 그렇게 생각했다. "우리 모두 유리 장식이래요."

데이브는 텔레비전을 무음으로 만들었다.

"그래, 맞는 말이긴 하다만 놀라우리만치 튼튼한 유리로 만들어진 사람도 있지. 너희 모모가 선반 위에서 아주 오랫동안 끄떡없었다는 걸 잊어버리면 안 돼. 자, 아바-두, 이제 와서 아빠 좀 안아 줘라. 너는 필요 없을지 몰라도 아빠는 안아 췄으면 좋겠거든."

7

그로부터 20분 뒤에 그녀는 아주 어렸을 때부터 썼던 곰돌이 푸 야간등을 서랍장 위에 켜놓고 잠자리에 들었다. 댄을 찾아보니 지그소 퍼즐과 탁구대가 있고 벽에는 대형 텔레비전이 달려 있는 휴게실에 있었다. 거기서 핫 스파이스 입소자들과 카드를 치고 있었다.

(존 선생님한테 얘기했어요?)

(응, 모레 아이오와에 가기로 했어.)

그 대답에 이어 구식 복엽기 그림이 그녀에게 전송됐다. 구닥다리 헬멧을 쓰고 스카프를 매고 고글을 쓴 두 남자가 그 안에 타고 있었다. 아브라는 미소가 절로 지어졌다.

(우리가 그걸 들고 가면⋯⋯)

포수 장갑 그림. 야구하는 아이가 쓰던 장갑과 생김새는 달랐지만 아브라는 댄이 무슨 소리를 하려는 건지 알 수 있었다.

(기겁하지 않겠니?)

(아뇨.)

그러지 말아야 했다. 죽은 아이의 장갑에 손을 대려면 끔찍하겠지만 그래도 어쩔 수 없었다.

8

리빙턴 1관의 휴게실에서는 브래독 씨가 머리끝까지 짜증이 난 한편 살짝 곤혹스러워 하는 표정으로 댄을 멀뚱멀뚱 쳐다보고 있었다. 정상과 치매의 경계선상에 있는 아주 나이 많은 노인만 제대로 지을 수 있는 표정이었다.

"대니, 카드 한 장 버릴 건가 아니면 만년설이 다 녹을 때까지 거기 앉아서 저쪽 구석만 쳐다보고 있을 건가?"

(*잘 자 아브라.*)

(*안녕히 주무세요, 댄 아저씨, 토니한테도 인사 전해 주세요.*)

"대니?" 브래독 씨가 관절이 퉁퉁 부은 손등으로 테이블을 두드렸다. "대니 토런스, 정신 차려라. 대니 토런스, 내 말 들리나?"

(*경보기 설치하는 거 잊지 마.*)

"똑똑, 대니." 코라 윌밍햄이 말했다.

댄은 두 사람을 쳐다보았다.

"제가 카드를 한 장 버렸나요, 아니면 아직 제 차례인가요?"

브래독 씨는 코라를 보며 눈을 부라렸다. 코라도 덩달아 눈을 부라렸다.

"이런데도 내 딸은 *나더러* 점점 정신줄을 놓고 있다고 그런다니까요?" 그녀가 말했다.

9

아브라는 내일 학교에 가는 날일 뿐 아니라 아침 당번이었기 때문에(버섯과 후추와 잭 치즈를 넣어서 스크램블 에그를 만들 계획이었다.) 아이패드의 알람을 맞춰 놓았다. 하지만 댄이 말한 경보기는 그게 아니었다. 그녀는 눈을 감고 미간을 찌푸려 가며 정신을 집중했다. 한쪽 손이 이불 속에서 슬그머니 빠져나와 그녀의 입술을 문지르기 시작했다. 그녀가 시도 중인 일은 까다로운 작업이었지만 그만한 보람이 있을 터였다.

경보기도 괜찮기는 하지만 모자 쓴 여자가 찾아올 경우, 덫이 훨씬 나을 것이다.

5분쯤 지났을 때 미간의 주름살이 펴졌고 손이 입에서 떨어져 나왔다. 그녀는 옆으로 돌아누우며 이불을 턱까지 잡아당겼다. 그녀는 전사의 복장을 완벽하게 갖춰 입고 백마를 타고 달리는 자신의 모습을 상상하다 잠이 들었다. 아브라가 네 살이었을 때부터 서랍장 그 자리를 지켰던 아기 곰 푸우 야간등이 그녀의 왼쪽 뺨을 희미하게 비추었다. 불빛에 비쳐 보이는 곳이라고는 그곳과 머리카락뿐이었다.

그녀는 꿈속에서 40억 개의 별을 머리에 이고 기다란 벌판을 달렸다.

로즈는 월요일 새벽 1시 30분까지 명상을 계속했다. 이제 준비가 됐다고 결론을 내렸을 때 다른 트루들은 쌔근쌔근 잠을 자고 있었다 (플릭 할아범을 돌보는 앞치마 애니와 덩치 모만 예외였다.). 그녀는 컴퓨터에서 출력한 애니스턴의 사진을 한 손에 들었다. 그다지 인상적일 게 없는 뉴햄프셔의 중심지였다. 다른 손에는 깡통을 들었다. 느껴질락 말락 한 스팀의 냄새 말고는 남은 게 없었지만 장담컨대 그 정도로도 충분할 것이었다. 그녀는 깡통을 따려고 밸브 위에 손가락을 올려놓았다.

우리는 트루 낫, 우리는 인내한다: 사바타 한티.

우리는 선택받은 자들이다: 로드삼 한티.

우리는 행운아다: 카하나 리조네 한티.

"이거 마시고 본전 뽑아라, 로지 걸." 그녀가 말했다.

밸브를 돌리자 쉭 하는 소리와 함께 은색 연기가 잠깐 피어올랐다. 그녀가 연기를 들이마시고 베개 위로 쓰러지자 깡통은 나지막이 통 소리를 내며 카펫 위로 떨어졌다. 애니스턴의 메인 가를 촬영한 사진을 눈앞에 갖다 댔다. 팔과 손이 사라진 것이나 다름없었기 때문에 사진이 허공에 떠 있는 것처럼 보였다. 메인 가에서 멀지 않은 곳, 아마도 리치랜드 코트라 불리는 도로에 어떤 여자아이가 살고 있었다. 아이는 쌔근쌔근 자고 있을 테지만 아이의 머릿속 어딘가에 모자 쓴 로즈라는 존재가 들어 있었다. 아이는 모자 쓴 로즈가 어떻게 생겼는지 모르지만(로즈도 아직은…… 그 아이가 어떻게 생겼는지 모르는 것처럼) 모자 쓴 로즈가 어떤 느낌인지는 알았다. 그리고 로즈가 어제 샘스 슈퍼마켓에서 뭘 쳐다보고 있었는지도 알았다. 그것이 그녀의 표적이자 들어갈 입구였다.

그녀는 멍한 눈으로 애니스턴 사진을 뚫어져라 쳐다보고 있었지만 사실은 '모든 고기가 최고급 카우보이 컷입니다!'라는 샘스의 정육 코너를 찾고 있었다. 자기 자신을 찾고 있었다. 잠깐 동안 득달같이 뒤진 끝에 그녀를 찾을 수가 있었다. 처음에는 청각으로 감지되는 흔적에 불과했다. 슈퍼마켓의 백그라운드 뮤직. 그다음에는 쇼핑 카트 소리. 그 너머로는 모든 게 캄캄했다. 그래도 괜찮았다. 나머지가 다 따라오게 되어 있었다. 로즈는 저 멀리서 웅웅대는 백그라운드 뮤직을 따라갔다.

어둡고 어둡고 어둡다가 살짝 빛이 드는가 싶더니 조금씩 환해졌다. 이제 슈퍼마켓 통로가 보였고 잠시 후 그것이 입구로 변했다. 이제 거의 다 들어간 셈이었다. 심장 박동이 조금 빨라졌다.

그녀는 무슨 일이 벌어지고 있는지 아이가 알아차리더라도 (그럴 가능성이 낮기는 해도 아예 없지는 않았다.) 아무것도 볼 수 없도록 침대에 누워서 눈을 감았다. 그러고는 잠깐 일차적인 목표를 다시 점검했다. 이름은 뭔지, 정확히 어디 사는지, 어디까지 알고 있는지, 누구한테 이야기했을 가능성이 있는지.

돌아라, 세상아.

그녀는 힘껏 문을 밀었다. 이번에는 돌아가는 느낌에 놀라지 않고 계획 아래 완벽하게 통제할 수 있었다. 그녀는 그 뒤로도 잠깐 동안 입구에 머물다(두 의식세계를 잇는 통로였다.) 말총머리 꼬마가 자전거를 타며 말도 안 되는 노래를 부르는 널따란 방으로 이동했다. 아이의 꿈속이었고 로즈가 그걸 구경하고 있는 것이었다. 하지만 그러고 있을 때가 아니었다. 사면의 벽이 진짜 벽이 아니라 파일 서랍이었다. 이제 그녀는 그 안으로 들어왔으니 아무 서랍이나 마음대로 열어볼 수 있었다. 아이는 로즈의 머릿속에서 다섯 살로 돌아가 생애 첫 자전거를 타는 꿈을 마음 놓고 꾸고 있었다. 아주 훌륭했다. *계속 꿈을 꾸려무나, 꼬마 공주님.*

아이는 *라-라-라* 노래를 부르며 아무것도 보지 못한 채 그녀의 옆을 지나갔다. 자전거에 달린 보조바퀴가 생겼다 사라졌다 했다. 공주님이 꿈속에서 드디어 보조바퀴 없이 자전거를 타게 된 날로 돌아간 모양이었다. 아이의 인생에서 얼마나 신나는 날이겠는가.

아가, 내가 너에 대한 모든 것을 알아내는 동안 너는 재미있게 자전거만 타고 있으면 돼.

로즈는 자신만만하게 서랍 한 개를 열었다.

그녀가 안으로 손을 넣자마자 귀청을 찢을 듯한 경보가 울렸고 새하얀 스포트라이트가 온 사방에서 뜨겁게 그리고 환하게 그녀를 비추었다. 모자 쓴 로즈가, 북아일랜드 앤트림 구 출신의 로즈 오하라가 오랜만에 완벽하게 허를 찔린 것이었다. 그녀가 미처 손을 꺼내기도 전에 서랍이 쾅 하고 닫혔다. 그녀는 비명을 지르며 손을 당겼지만 꽉 끼어서 옴짝달싹도 하지 않았다.

그녀의 그림자가 벽 위로 쑤욱 솟았는데, 그녀의 그림자만 드리워진 게 아니었다. 고개를 돌려보니 꼬마가 위에서 그녀를 내려다보고 있었다. 그런데 더 이상 꼬마가 아니었다. 지금은 봉긋한 가슴 위에서 용이 꿈틀거리는 가죽 재킷을 입고 파란색 고무줄로 머리를 묶은 아가씨였다. 자전거는 백마로 바뀌었다. 백마는 그 여전사처럼 눈을 번뜩였다.

여전사는 긴 창을 들고 있었다.

"다시 찾아왔군. 댄 아저씨 말대로 정말 다시 찾아왔어."

그러더니 (아무리 스팀이 엄청나다 하더라도 얼뜨기에 불과한데 믿기지 않게도) 기뻐했다.

"좋았어."

그 아이는 이제 가만히 누워서 그녀를 기다리던 그 아이가 아니었다. 로즈를 죽일 작정으로 덫을 쳐놓았는데…… 불안한 정신 상태를 감안했을 때 로즈는 정말 목숨을 잃을 수도 있었다.

로즈는 모든 힘을 그러모아서 만화책에 나올 법한 창이 아니라 그동안 축적된 연륜과 의지가 실린 뭉툭한 공성 망치로 반격을 가했다.

"저리 비켜! 꺼져! 네 스스로 뭐라고 생각하건 너는 꼬맹이 계집애일 뿐이야!"

아이가 만들어 낸 여전사(그녀의 아바타)는 계속 달려왔지만 로즈가 날린 생각에 맞고 움찔하는 바람에 로즈의 옆구리를 겨냥했던 창이 그녀의 바로 왼편 벽에 부딪쳤다.

아이가 말머리를 틀자(이러니저러니 해도 아이일 뿐이라고 로즈는 속으로 계속 중얼거렸다.) 로즈는 손이 붙들린 서랍 쪽으로 고개를 돌렸다. 남은 한손으로 위를 벌리고 통증을 무시한 채 있는 힘껏 잡아당겼다. 처음에는 서랍이 단단히 버텼다. 그러다 살짝 입을 벌리자 그녀는 손바닥의 불룩한 부분까지 뺄 수 있었다. 살갗이 벗겨져서 피가 나고 있었다.

또 다른 무슨 일인가가 벌어지고 있었다. 새 한 마리가 날아다니는 것처럼 머릿속이 펄럭거렸다. 젠장, 이건 또 뭘까?

그 망할 창이 지금 당장이라도 등에 꽂힐 수 있었기에 로즈는 있는 힘껏 손을 당겼다. 손이 빠져나오자 그녀는 얼른 주먹을 쥐었다. 조금이라도 꾸물거렸더라면 서랍이 쾅 하고 다시 닫히는 바람에 손가락이 잘릴 뻔했다. 손톱이 욱신거렸고 나중에 확인해 보면 알 테지만 피가 고여서 자주색으로 변했을 게 분명했다.

그녀는 고개를 돌렸다. 아이가 보이지 않았다. 방 안에 아무도 없었다. 하지만 그 펄럭이는 느낌은 가실 줄 몰랐다. 오히려 더 강해졌다. 문득 아픈 손과 손목은 로즈의 관심 밖으로 사라졌다. 턴테이블에 올라탄 사람이 그녀 말고 또 있었고 그녀가 현실 속에서는 더블 침대에 누워 눈을 꼭 감고 있건 말건 상관없었다.

그 버르장머리 없는 애새끼가 파일 서랍들로 가득한 다른 방에 들어가 있었다.

그녀의 방에. 그녀의 머릿속에.

빈집을 털러 나섰던 로즈가 빈집 털이를 당하게 된 것이었다.

"나가. 나가. 나가. 나가."

펄럭임은 멈추지 않았다. 오히려 속도가 빨라졌다. 로즈는 공포를 떨치고 맑은 정신으로 집중하는 데 전념했다. 그러자 희한하리만치 묵직하게 느껴지기는 했지만 턴테이블을 다시 돌릴 수 있을 만한 상태가 되었다.

돌아라, 세상아.

잠시 후 미친 듯이 펄럭이던 머릿속이 점차 가라앉더니 아이가 제세상으로 돌아가자 완전히 멈추었다.

하지만 그렇다고 해결된 게 아니야. 자기기만이라는 호사를 누릴 수도 없을 만큼 심각한 사태야. 네 쪽에서 그 아이한테 접근했어. 그러다 덫에 제대로 걸렸지. 왜 그랬을까? 다 알면서 얕잡아보았기 때문이지.

로즈는 눈을 뜨고 일어나 앉아서 두 발로 바닥을 디뎠다. 한쪽 발이 빈 깡통에 끼자 걷어차 버렸다. 눕기 전에 입었던 사이드와인더 티셔츠가 축축했다. 온몸이 땀 냄새로 진동했다. 냄새가 고약하고 아주 역겨웠다. 반신반의하며 손을 내려다보았더니 살갗이 벗겨져서 멍이 나고 부어 있었다. 손톱은 자주색에서 검은색으로 변해 가고 있었고 못해도 두 개는 빠질 듯했다.

"하지만 그럴 줄 몰랐어." 그녀가 말했다. "알 도리가 없었잖아." 그녀는 칭얼거리는 자기 목소리가 듣기 싫었다. 짜증 난 할망구의 목소리였다. "전혀 없었잖아."

이 빌어먹을 캠핑카에서 나가야 했다. 이 세상에서 가장 넓고 호사스러운 캠핑카일지 몰라도 지금은 관처럼 느껴졌다. 그녀는 휘청거리지 않도록 손으로 짚어 가며 문 쪽으로 걸어갔다. 나가기 전에 계기판에 달린 시계를 흘끗 확인했다. 2시 10분 전이었다. 그 모든 게 20분 만에 벌어진 일이었다. 놀라웠다.

내가 도망치기 전까지 그 아이가 얼마나 알아냈을까? 얼마나 알고 있을까?

확실히 파악할 도리는 없었지만 아주 조금이라도 위험했다. 그 애새끼를 얼른 처리해야 했다.

로즈는 희미한 새벽 달빛 속으로 걸어 나가서 상쾌한 공기를 대여섯 번 길게 들이마셨다. 기분이 조금씩 좋아지기 시작했고 조금씩 예전의 모습으로 돌아갈 수 있었지만 그 펄럭이던 느낌을 지울 수가 없었다. 누군가가(그것도 얼뜨기가) 그녀의 안에서 가장 은밀한 부위를 쳐다보는 듯한 기분이었다. 아픈 것도 나빴고 덫에 걸려든 것은 그보다 더 나빴지만 그중에서도 최악은 침범당한 기분과 모멸감이었다. 그녀는 도둑맞았다.

대가를 치러야 할 거다, 공주님. 상대를 잘못 건드렸어.

시커먼 그림자가 그녀를 향해 다가왔다. RV 계단 제일 위 칸에 앉아 있었던 로즈는 긴장하며 일어나 만반의 태세를 갖추었다. 시커먼 그림자는 그녀를 향해 계속 다가왔고 이제 보니 크로였다. 그는 잠옷 바지에 슬리퍼를 신고 있었다.

"로즈, 아무래도……" 그는 말을 하다 말고 멈추었다. "그 손은 어쩌다 그렇게 된 거야?"

"신경 쓸 것 없어." 그녀는 쏘아붙였다. "새벽 2시에 여긴 어쩐 일이야? 가뜩이나 내가 바쁠 가능성이 높다는 걸 알았을 텐데?"

"플릭 할아범 때문에." 크로가 말했다. "앞치마 애니가 그러는데 조만간 눈을 감을 것 같다고 해서."

11장

토메이 25

1

그날 아침 플릭 할아범의 플릿우드에서는 소나무 향 공기청정제
와 앨카자 시가 냄새 대신 똥과 질병과 죽음의 냄새가 풍겼다. 거기
다 복잡했다. 적어도 열댓 명은 되는 트루 낫이 찾아와서 몇몇은 할
아범의 침대 주변에 옹기종기 모였고 대다수는 거실에 앉거나 서서
커피를 마셨다. 그 나머지는 밖에 있었다. 모두들 멍하고 불안한 표
정이었다. 트루 낫은 멤버들의 죽음에 익숙지 않았다.

"자리 비켜 줘." 로즈가 말했다. "크로하고 월넛…… 두 사람만 남
고."

"저것 좀 봐." 중국년 페티가 떨리는 목소리로 말했다. "저 반점
들! 지금 미친 듯이 사이클 하고 있어, 로즈! 아, 끔찍해!"

"나가달라고."

로즈는 부드럽게 말하며 위로하듯 페티의 어깨를 꽉 잡았지만, 사실은 그 런던내기의 뒤룩뒤룩한 엉덩이를 걷어차서 문 밖으로 쫓아내고 싶었다. 그녀는 배리의 침대를 데우는 용도 말고는 아무 짝에도 쓸모가 없는 게으른 수다쟁이였는데 어쩌면 그 재주도 별 볼일 없는 것일 수 있었다. 로즈가 생각하기에는 잔소리가 좀 더 페티의 주특기에 가까웠다. 그것도 겁에 질려서 제정신이 아닐 때는 예외였지만.

"자자, 다들 나가 줘." 크로가 말했다. "플릭 할아범이 정말로 죽을 거라면 남들 보는 앞에서 죽을 필요 없잖아."

"이겨낼 거야." 하프맨 샘이 말했다. "삶은 부엉이 고기보다 질긴 사람이 플릭 할아범이니까."

하지만 그는 충격에 휩싸인 러시아에서 온 바바의 어깨에 팔을 얹고 잠깐 동안 꼭 끌어안았다.

다들 움직였다. 그중 몇몇은 마지막으로 어깨 너머를 한번 흘끗 쳐다본 뒤 계단을 내려갔다. 셋만 남았을 때 로즈가 침대 쪽으로 다가갔다.

플릭 할아범은 그녀를 향해 고개를 들었지만 그녀를 보지는 못했다. 입술이 뒤집혀서 잇몸이 드러났다. 가늘고 흰 머리털이 뭉텅뭉텅 베개 위로 빠져서 디스템퍼 전염병에 걸린 개처럼 보였다. 휘둥그레 뜬 두 눈은 축축했고 고통으로 가득했다. 사각팬티 말고는 입은 게 없었는데 뼈만 앙상한 몸이 뾰루지 아니면 벌레 물린 자국처럼 보이는 빨간 반점들로 얼룩덜룩했다.

그녀는 월넛을 돌아보며 물었다.

"저것들은 도대체 뭐야?"

"코플릭 반점." 그가 대답했다. "내가 보기엔 그래. 보통은 입 안쪽에 생기지만."

"알아듣게 좀 설명해 봐."

월넛은 점점 숱이 적어져 가는 머리카락을 두 손으로 쓸어 넘겼다.

"홍역에 걸린 것 같다고."

로즈는 놀라서 숨을 헉 하고 들이마셨다가 웃음을 터뜨렸다. 여기 이렇게 서서 그런 헛소리를 듣고 싶지 않았다. 심장이 뛸 때마다 지끈 거리는 손을 아스피린으로 달래고 싶었다. 만화 속 주인공들이 나무 망치에 맞았을 때 손이 어떤 식으로 변했는지 계속 그 생각만 났다.

"우리가 얼뜨기들 병에 걸릴 리 없잖아!"

"음…… 예전에는 그랬지."

그녀는 성난 눈빛으로 그를 노려보았다. 모자를 벗었더니 벌거벗은 듯한 기분이라 쓰고 싶었지만 어스크루저에 두고 왔다.

월넛이 말했다.

"나는 보이는 그대로 말하는 거야. 풍진하고도 증상이 비슷한 홍역이거든."

풍진하고도 증상이 비슷한 얼뜨기들의 병. 이 얼마나 빌어먹도록 완벽한가.

"저건 그냥…… 말똥이야!"

그가 움찔했다. 그럴 만도 했던 것이 로즈의 목소리가 그녀의 귀에도 사납게 들렸다. 하지만…… 맙소사, 홍역이라니! 트루 낫의 가장 오래된 멤버가 요즘 아이들은 걸리지도 않는 아이들 병으로 죽어가고 있다니!

"아이오와에서 야구를 했던 그 아이의 몸에 반점이 몇 개 있긴 했지만 전혀 생각도 못 했지……. 왜냐하면 너도 말한 것처럼 우리가 얼뜨기들 병에 걸릴 리 없으니까."

"그건 몇 년 전 얘기잖아!"

"나도 알아. 스팀 속에 들어 있다가 그동안 동면을 하고 있었던 게 아닐까 싶어. 그런 병들이 있거든. 몇 년씩 잠복해 있다가 발병하는 경우도 있어."

"얼뜨기들이나 그렇지!" 로즈는 계속 같은 소리만 반복했다.

월넛은 고개만 저을 따름이었다.

"할아범이 그 병에 걸렸다면 우리도 전부 다 걸려야 하는 거잖아? 어린아이들이 잘 걸리는 병(수두, 홍역, 볼거리)은 얼뜨기 어린애들 사이에서 삽시간에 번지잖아. 똥이 거위 뱃속을 통과하는 속도로. 말이 안 돼." 그러더니 그녀는 크로 대디를 쳐다보며 앞뒤가 안 맞는 소리를 했다. "멤버들이 옹기종기 둘러서서 할아범이랑 똑같은 공기를 마시고 있었는데 당신은 도대체 무슨 생각으로 내버려 둔 거야?"

크로는 침대 위에서 부들부들 떨고 있는 늙은이에게 시선을 고정한 채 어깨만 으쓱했다. 좁고 잘생긴 크로의 얼굴 위로 수심이 어렸다.

"상황은 바뀌기 마련이야." 월넛이 말했다. "우리가 50년이나 100년 전까지 얼뜨기들 병에 걸리지 않았다고 지금도 그러리라는 법은 없어. 이게 자연스러운 과정의 일부분일 수도 있어."

"지금 나더러 *저게* 자연스러운 과정이라는 거야?"

그녀는 플릭 할아범을 가리켰다.

"한 사람이 걸렸다고 전염병이 되는 건 아니야." 월넛이 말했다. "그리고 다른 증상일 수도 있고. 하지만 이런 증상이 다시 보이면 누가 됐건 철저하게 격리시켜야 해."

"그러면 효과가 있을까?"

그는 한참 동안 머뭇거렸다.

"글쎄. 어쩌면 우리 모두의 몸속에 들어 있을 수도 있어. 시간이 맞추어진 알람시계나 타이머가 맞추어진 다이너마이트처럼. 가장 최근에 발표된 과학 이론에 따르면 얼뜨기들은 그런 식으로 늙는대. 한참 동안 거의 아무 변화가 없다가 유전자 속에 있던 뭔가가 꺼져버린다는 거야. 주름이 보이는가 싶더니 갑자기 지팡이를 짚지 않으면 걸을 수 없는 상태가 되는 거지."

크로는 할아범을 지켜보고 있었다.

"또 시작된다. *젠장.*"

플릭 할아범의 피부가 희부옇게 변했다. 그러다 반투명 상태가 되었다. 그랬던 것이 점점 투명해지자 로즈의 눈에 그의 간과 쪼글쪼글한 진회색 허파와 두근거리는 빨간색의 울퉁불퉁한 심장이 보였다. 그녀의 계기판에 달린 GPS상의 고속도로와 국도처럼 생긴 정맥과 동맥도 보였다. 그의 눈과 뇌를 잇는 시신경도 보였다. 섬뜩한 끈처럼 느껴졌다.

그러다 잠시 후 그가 다시 돌아왔다. 그는 눈을 움직이다 로즈와 시선이 마주치자 똑바로 쳐다보았다. 그러고는 손을 내밀어서 그녀의 멀쩡한 쪽 손을 잡았다. 그녀는 처음에는 손을 치울까 싶었지만

(월넛이 말한 그 병에 걸린 거라면 전염성이 있으니까.) 될 대로 되라 싶었다. 월넛의 짐작이 맞다면 그들 모두 병균에 노출된 셈이었다.

"로즈." 그가 속삭였다. "날 떠나지 마."

"안 떠나요." 그녀는 침대 옆에 앉아서 그와 손깍지를 꼈다. "크로?"

"응, 로즈."

"스터브리지로 보낸 꾸러미 말이야…… 거기 잘 있지?"

"물론이지."

"좋았어. 우리, 끝까지 포기하지 말자. 그런데 여유를 부릴 시간이 없네. 꼬마 아가씨가 내가 생각했던 것보다 훨씬 위험하더라고." 그녀는 한숨을 쉬었다. "골치 아픈 일들은 왜 항상 한꺼번에 닥치는 걸까?"

"그 아이가 당신 손을 그렇게 해놓은 거야?"

그녀로서는 직접적인 대답을 피하고 싶은 질문이었다.

"나는 같이 갈 수 없어. 그 애가 이제는 나를 알거든." *게다가, 그녀는 지금 하고 있는 생각을 입 밖으로 내뱉지는 않았다. 이게 월넛이 생각하는 그 병이 맞다면 여기 남아서 억척 어멈 노릇을 해야 할 테니까.* "하지만 그 애를 잡아야 해. 그게 그 어느 때보다 중요한 일이 됐어."

"어째서?"

"그 아이가 홍역에 걸린 적이 있다면 면역이 생겼을 거 아냐. 그러면 그 아이의 스팀이 여러모로 쓸모 있어지지."

"요즘 애들은 온갖 예방주사를 다 맞기도 하고." 크로가 말했다.

로즈는 고개를 끄덕였다.

52

"그런 면에서도 도움이 되겠지."

플릭 할아범이 또다시 사이클을 시작했다. 보고 있기 힘들었지만 로즈는 그래도 참고 지켜보았다. 그러다 얇디얇은 살갗 너머로 비치는 늙은이의 내장기관들을 더 이상 견딜 수 없는 지경에 이르자 크로 쪽을 돌아보며 멍이 들고 긁힌 손을 들어 보였다.

"그리고…… 본때도 좀 보여 주어야 하고."

2

댄이 월요일 아침에 일어나 보니 칠판에 적어 놓았던 스케줄이 또다시 지워지고 그 대신 아브라가 보낸 메시지가 적혀 있었다. 맨 꼭대기에 웃는 얼굴이 그려져 있었다. 이를 다 드러내고 있어서 신이나 보였다.

그 여자가 찾아왔어요! 내가 기다리고 있다가 몸에 상처를 입혔어요!
내가 정말로 해냈어요!
그 여자는 당해도 싸잖아요. 그러니까 만세!
아저씨한테 할 말이 있어요. 이거 말고 채팅도 말고.
예전 그곳에서 3시에 만나요.

댄은 침대에 누워서 눈을 가리고 그녀를 찾았다. 친구 세 명과 학교까지 걸어가고 있었는데 그의 눈에는 그 자체만으로도 위험해 보였다. 아브라뿐만 아니라 친구들도 위험했다. 빌리가 제대로 임무를 수행하고 있기만을 바랄 따름이었다. 빌리가 조심스럽게 움직여서 동네를 열심히 주시하는 주민에게 수상한 존재로 찍히지만은 않았 길 바랄 따름이었다.

(*존하고 내일 떠나니까 갈 수는 있는데 짧게 그리고 조심스럽게 만나야 해.*)

(*네, 알았어요. 좋아요.*)

3

댄이 담쟁이덩굴로 뒤덮인 애니스턴 도서관 앞 벤치에 또다시 앉 아 있었을 때 아브라가 빨간색 점퍼에 아주 근사한 빨간색 운동화 로 이루어진 등교복 그대로 등장했다. 그런 차림새로 배낭에 달린 한쪽 끈을 잡고 있었다. 댄이 보기에는 마지막으로 만났을 때보다 키가 2~3센티미터쯤 더 자란 듯했다.

그녀가 손을 흔들었다.

"안녕, 댄 아저씨!"

"안녕, 아브라. 학교는 어땠어?"

"좋았어요! 생물 보고서 A 받았어요!"

"잠깐 앉아서 얘기 좀 듣자."

그녀가 벤치 쪽으로 길을 건너는데 어찌나 우아하고 에너지가 넘 치는지 거의 춤을 추는 것처럼 보일 지경이었다. 반짝이는 눈동자, 혈색 좋은 얼굴. 온몸 구석구석이 초록불인 건강한 십 대. 그녀의 모든 것이 제자리에 준비 땅을 외치고 있었다. 댄은 이걸 보고 불안해할 이유가 없었는데 불안했다. 한 가지 아주 다행스러운 사실이 있다면 별 특징 없는 포드 픽업트럭이 반 블록 멀리 세워져 있고 어떤 할아버지가 운전석에 앉아서 커피를 마시며 잡지를 읽고 있다는 것이었다. 적어도 남들 눈에는 잡지를 읽는 것처럼 보였다.

(빌리?)

아무 대답이 없었지만 그는 잡지를 보다 말고 잠깐 고개를 들었고 그것으로 충분했다.

"그래." 댄은 언성을 낮추었다. "정확히 어떤 일이 있었는지 들어보자."

그녀는 어떤 함정을 설치했고 그게 얼마나 효과가 좋았는지 이야기했다. 댄은 놀라워하고 감탄하며 이야기를 듣는데…… 불안감이 점점 커져만 갔다. 자기 능력을 과신하는 그녀가 걱정스러웠다. 어린애 특유의 자신감인데 그들의 상대는 어린애가 아니었다.

"나는 그냥 경보기를 설치하라고 한 건데."

이야기가 끝났을 때 그는 이렇게 말했다.

"이 방법이 더 효과적이었어요. 내가 『왕좌의 게임』에 나오는 대너리스로 분장하지 않았더라면 과연 그 여자한테 그런 식으로 달려들 수 있었겠어요? 아마 못 그랬을걸요? 그 여자는 야구하는 아이뿐만 아니라 여럿을 죽였잖아요. 그리고……"

처음으로 그녀의 미소가 살짝 흔들렸다. 댄은 그녀의 이야기를 들으면서 열여덟 살로 자란 그녀의 모습을 상상할 수 있었다. 그런데 지금은 아홉 살 때 어땠을지 상상이 됐다.

"그리고?"

"인간이 아니거든요. 그 사람들 전부 다 인간이 아니에요. 예전에는 인간이었을지 몰라도 지금은 아니에요." 그녀는 어깨를 펴고 머리를 뒤로 넘겼다. "하지만 내가 더 세요. 그 여자도 그걸 알아요."

(그 여자가 널 떠밀었다며?)

그녀는 짜증이 난 표정으로 그를 향해 눈살을 찌푸리며 입을 훔치다가 자기가 무슨 짓을 하고 있는지 깨닫고 무릎 위로 손을 다시 내려놓았다. 그런 다음 움직이지 못하게 다른 쪽 손으로 꽉 붙잡았다. 그 모습이 왠지 모르게 낯이 익었다. 하지만 당연히 그럴 수밖에 없지 않을까? 댄은 그녀가 전에도 그러는 걸 본 적이 있었다. 지금은 그보다 더 심각한 걱정거리들이 많았다.

(다음번에는 철저하게 준비할 거예요. 다시 한 번 기회가 생길지 모르겠지만.)

그럴 수도 있을지 몰랐다. 하지만 다시 한 번 기회가 생긴다면 모자 쓴 여자도 만반의 준비가 되어 있을 터였다.

(조심했으면 좋겠다.)

"그럴게요. 꼭." 모든 아이들이 어른을 달래고 싶을 때 하는 말이지만 그래도 댄은 그 소리를 듣고 기분이 좋아졌다. 아주 조금은. 게다가 빛바랜 빨간색 F-150을 몰고 나선 빌리도 있었다.

그녀의 눈동자가 다시 춤을 추었다.

"알아낸 게 아주 많아요. 그래서 아저씨더러 만나자고 했던 거예요."

"어떤 거?"

"어디 사는지, 거기까지 알아내지는 못했어요. 하지만…… 그 여자가 내 머릿속으로 들어왔을 때 나도 그 여자 머릿속으로 들어갔거든요. 꼭 무슨 바꿔치기 게임을 하는 것처럼. 이 세상에서 제일 큰 도서 열람실이기라도 한 듯이 서랍들로 가득했어요. 아마 그 여자가 서랍을 보고 있어서 나도 그렇게 보인 걸 거예요. 그 여자가 내 머릿속에서 컴퓨터 화면을 보고 있었더라면 내 눈에도 컴퓨터 화면이 보였겠죠."

"서랍을 몇 개나 열어 봤니?"

"세 개. 아니면 네 개요. 그 사람들은 자칭 트루 낫이에요. 대부분 나이가 많고 정말로 흡혈귀 비슷해요. 나 같은 아이들을 찾아다녀요. 예전의 아저씨 같은 아이들을. 다만 피를 빨아먹지는 않고 특별한 아이들이 죽었을 때 나오는 무언가를 마셔요." 그녀는 혐오감에 움찔했다. "아이들을 많이 괴롭힐수록 그게 더 강해지거든요. 그 사람들은 그걸 스팀이라고 불러요."

"빨간색이지, 그렇지? 빨간색 아니면 불그스름한 분홍색이지?"

그는 확신했지만 아브라는 눈살을 찌푸리며 고개를 저었다.

"아뇨, 흰색이에요. 밝은 흰색 연기예요. 빨간 기미는 전혀 없어요. 그리고 있잖아요, 그걸 보관까지 할 수 있어요! 안 쓰는 건 보온병처럼 생긴 통 안에 넣어요. 그런데 그게 늘 부족해요. 예전에 상어에 대한 프로그램을 본 적이 있거든요. 거기서 말하길 상어들은 먹을 게 항상 부족해서 계속 움직인다고 했어요. 트루 낫도 비슷해요." 그녀는 얼굴을 찡그렸다. "그 사람들 나빠요, 진짜로."

흰색 연기. 빨간색이 아니라 흰색. 나이 많은 간호사가 헐떡임이라고 한 그것일 텐데 종류가 달랐다. 육신이 물려받은 온갖 질병으로 죽어가는 노인이 아니라 건강한 젊은 사람한테서 나온 거라서 그럴까? 아니면 아브라 말처럼 '특별한 아이들'한테서 나온 거라서 그럴까? 아니면 둘 다일까?

그녀는 고개를 끄덕였다.

"둘 다일 거예요."

"그래. 하지만 가장 중요한 문제는 뭔가 하면 그 사람들이 너에 대해서 알고 있다는 거야. 그 여자가 너에 대해서 알고 있다는 거."

"내가 아무한테라도 자기들 얘기를 할까 봐 살짝 겁을 먹었어요. 엄청 겁을 먹은 건 아니고요."

"너는 어린애에 불과하고 어린애 말은 아무도 안 믿으니까."

"맞아요." 그녀는 이마를 덮은 앞머리를 훅 불어서 날렸다. "모모라면 내 말을 믿어 주시겠지만 많이 편찮으셔서……. 아저씨가 일하는 핫 스파이스에 가실 거예요. 그러니까 호스피스 말이에요. 우리모모 도와주실 거죠? 아이오와에 가실 때만 빼고요."

"최선을 다할게. 아브라…… 그 사람들이 널 잡으러 올 것 같니?"

"아마도요. 하지만 내가 뭘 알고 있어서 그러는 게 아니라 내 자체때문에 그러는 거예요."

이런 상황과 정면으로 맞닥뜨리자 행복해하던 모습이 사라졌다. 그녀는 다시 입을 문지르다 손을 떨구고 성난 미소를 지었다. *이 아가씨 성깔 있네.* 댄은 생각했다. 이해가 되는 대목이었다. 그도 성깔이 있었다. 그 때문에 애를 먹은 게 한두 번이 아니었다.

"하지만 그 여자는 오지 않을 거예요. 그 나쁜 년은 말이에요. 내가 이제는 자기 존재를 알아차려서 가까이 접근하면 눈치 챈다는 걸 알거든요. 우리 둘이 서로 연결 비슷하게 된 상태라. 하지만 다른 멤버들이 있으니까요. 그 사람들이 나를 잡으러 나서면 거치적거리는 사람이 등장할 때마다 닥치는 대로 해치울 거예요."

아브라가 그의 손을 잡더니 세게 쥐었다. 댄은 걱정이 됐지만 잡은 손을 뿌리치지 않았다. 지금 그녀는 믿을 수 있는 상대의 손길이 필요했다.

"그들이 아빠나 엄마나 친구들을 해치지 않게 우리가 막아야 해요. 그리고 다른 아이들도 더 이상 죽이지 못하게요."

순간 그녀가 생각한 이미지 하나가 댄의 머릿속에 선명하게 떠올랐다. 그녀가 보낸 게 아니라 배경으로 깔려 있던 것이었다. 여러 사진들을 한데 모은 콜라주였다. 수십 명의 아이들 위에 '저를 보신 적 있나요?'라고 적혀 있었다. 그녀는 그중 몇 명이 트루 낫에게 납치돼서 영혼이 깃든 마지막 숨결(그들 일당이 먹고 사는 구역질 나는 별미)을 노리고 살해되었고 묘비도 없는 무덤 속에 묻혔을지 궁금해하고 있었다.

"그 야구 장갑을 꼭 찾아오세요. 그게 있으면 중국놈 배리가 어디 있는지 알아낼 수 있을 거예요. 분명해요. 나머지 일당도 그자와 함께 있을 거예요. 아저씨가 죽이지는 못하더라도 경찰에 신고는 할 수 있잖아요. 그러니까 그 장갑을 찾아 주세요, 댄 아저씨. 꼭."

"네가 말한 거기 있으면 찾을 수 있을 거야. 하지만 아브라, 조심해야 한다."

"조심할게요. 하지만 그 여자가 다시 내 머릿속으로 들어오려고 하지는 않을 것 같아요." 아브라는 다시 미소를 지었다. 댄은 그 미소

속에서 아브라가 가끔 흉내 내는 대너리스인가 뭔가 하는 단호한 여
전사의 모습을 느낄 수 있었다. "그랬다가는 후회하게 될 거예요."

댄은 이쯤에서 그만두기로 했다. 두 사람은 위험할 정도로 오랫동
안 벤치에 앉아 있었다. 사실은 이미 위험수위를 넘었다.

"나도 너를 대신해서 경보 시스템을 설치했어. 내 속을 들여다보
면 어떤 걸 설치했는지 알 수 있겠지만 그러지 말았으면 좋겠다. 이
낫인가 뭔가 하는 일당이 네 머릿속을 뒤지러 나서더라도 (모자 쓴
여자 말고 다른 사람이) 네가 모르는 건 알아낼 수가 없으니까."

"아. 알겠어요."

그는 그녀가 누가 됐건 그랬다가는 후회하게 될 거라고 생각하는
것을 알 수 있었고 그래서 한층 불안했다.

"만약…… 궁지에 몰리면 있는 힘껏 빌리라고 외쳐라. 알았지?"

(알았어요, 예전에 아저씨가 딕이라는 친구를 불렀을 때처럼 말이죠.)

그는 살짝 움찔했다. 아브라는 미소를 지었다.

"몰래 들여다 본 거 아니에요. 그냥……"

"알아. 헤어지기 전에 마지막으로 한 가지만 묻자."

"뭔데요?"

"정말로 생물 보고서 A 받았니?"

4

같은 날인 월요일 저녁 8시 15분 전에 로즈의 워키토키가 두 번

지직거렸다. 크로였다.

"이쪽으로 건너오는 게 좋겠어." 그가 말했다. "시작됐거든."

트루들이 할아범의 RV를 중심으로 말없이 동그랗게 서 있었다. 그 사이를 뚫고 들어간 로즈는(이번에는 평소처럼 중력을 무시하는 각도로 모자를 쓰고 있었다.) 앤디를 안아 주고 계단을 올라가서 문을 한 번 두드리고 안으로 들어갔다. 월넛이 하는 수 없이 할아범을 간호했던 덩치 모, 앞치마 애니와 함께 서 있었다. 크로는 침대 발치에 앉아 있었다. 로즈가 들어서자 그는 자리에서 일어섰다. 오늘 저녁에는 나이가 얼굴에서 드러났다. 입가에 주름이 패었고 까만 머리 사이로 하얀 명주실이 몇 가닥 보였다.

다 같이 스팀을 마셔야겠군. 로즈는 생각했다. *이 사태가 끝나면 마셔야겠어.*

플릭 할아범은 이제 빠른 속도로 사이클하고 있었다. 투명해졌다가 다시 불투명해졌다가 다시 투명해졌다. 하지만 투명하게 바뀌는 시간이 점점 늘었고 그럴수록 점점 더 많은 부분들이 사라졌다. 로즈가 보기에 그는 어떻게 된 영문인지 알고 있었다. 겁에 질린 표정으로 눈을 휘둥그레 뜨고 있었다. 변화의 고통으로 온몸을 비틀었다. 그녀는 마음속 깊은 곳에서는 트루 낫의 영생을 믿었다. 50년이나 100년마다 한 명씩 죽기는 했지만(제2차 세계 대전이 끝나고 얼마 안 돼서 아칸소에 폭풍이 닥쳤을 때 떨어진 송전선에 감전돼서 죽은, 그 덩치만 크고 바보 같았던 네덜란드 출신의 내 멋대로 한스, 물에 빠져 죽은 누덕누덕 케이티, 트럭 토미) 그들은 이례적인 경우였다. 다들 생각 없이 굴다 저세상으로 끌려갔다. 그녀는 그렇게 믿었다. 하지만 산타클로스와 부활절 토끼를 믿는 얼뜨기 어린애들만큼이나 멍청한 발상이었다는 것을 이제는 알 수 있었다.

다시 불투명한 상태로 돌아온 할아범은 끙끙대고 흐느끼며 온몸을 부들부들 떨었다.

"멈추어 줘, 로지-걸, 멈추어 줘. *아파아아.*"

그녀가 뭐라고 대답하기도 전에(정말이지 뭐라고 대답할 수 있겠는가.) 그는 다시 희미해졌고 뼈대와 허공에 둥둥 떠서 멀뚱멀뚱 쳐다보는 눈동자만 남았다. 그 눈동자가 가장 흉물이었다.

로즈는 정신적인 접촉을 통해 그를 달래려고 했지만 거점으로 삼을 만한 게 아무것도 없었다. 플릭 할아범(거의 항상 툴툴거리지만 가끔 다정한)이 있었던 자리에 이제는 깨진 이미지들만 포효하는 폭풍처럼 어지럽게 날아다녔다. 로즈는 충격을 받고 그에게서 물러섰다. 다시금 이런 생각이 들었다. *어떻게 이런 일이.*

"평화롭게 눈을 감을 수 있게 해 줘야 하는 거 아니야?" 덩치 모가 물었다. 그녀의 손톱이 애니의 팔뚝을 파고드는데 애니는 모르는 눈치였다. "주사나 뭐 그런 거 맞혀 봐. 당신 가방 안에 뭐 있지 않아, 월넛? 분명 있을 텐데."

"그래 봐야 무슨 소용 있겠어?" 월넛이 쉰 목소리로 대답했다. "조금 더 일찍 손을 썼더라면 모를까 지금은 진행이 너무 빨라. 장기가 하나도 안 남아서 약을 쓴들 퍼지지도 않을 거야. 팔에 주사를 놓더라도 5초 뒤면 침대로 스며들어 버릴걸? 놔두는 게 상책이야. 금방 끝날 거야."

그런데 그렇지가 않았다. 로즈가 센 바로는 완벽한 사이클이 네

바퀴 반복됐다. 다섯 번째 사이클이 시작되자 심지어 뼈대마저 사라졌다. 잠깐 동안 눈알은 남아서 처음에는 그녀를 쳐다보다 옆으로 굴러서 크로 대디를 쳐다보았다. 눈알 밑에 놓인 베개는 그의 머리에 눌려서 움푹 들어갔고 그가 쟁여 놓고 쓰던 와일드루트 크림오일 헤어 토닉 얼룩이 졌다. 그녀는 그가 이베이에서 그 헤어 토닉을 산다고 예전에 욕심꾸러기 G를 통해서 들은 기억이 났다. 이베이라니, 맙소사!

그리고 잠시 후, 그 눈알마저 사라졌다. 물론 완전히 사라진 것은 아니었다. 로즈도 알다시피 나중에 꿈속에 그 눈알이 등장할 것이다. 플릭 할아범의 임종을 지킨 다른 사람들도 마찬가지일 것이다. 잠이나 잘 수 있을지 모르겠지만.

그들은 노인네가 햄릿의 아버지나 제이콥 말리(디킨스의 소설 『크리스마스 캐럴』에 등장하는 인물. 스크루지를 찾아온 첫 번째 유령이다 ─ 옮긴이)나 기타 등등처럼 유령의 모습으로 다시 등장하지 않을까 싶어서 기다렸지만, 사라진 그의 머리가 남긴 흔적과 헤어 토닉이 남긴 얼룩과 그가 입고 있었던 똥오줌 묻은 사각팬티뿐이었다.

모는 와락 울음을 터뜨리며 앞치마 애니의 푸짐한 가슴에 고개를 묻었다. 밖에서 기다리던 사람들이 그 소리를 듣고 누군가가(누구인지 로즈는 죽을 때까지 알 수 없을 것이다.) 말을 꺼냈다. 그 뒤를 이어서 두 번째, 세 번째, 네 번째 목소리가 들렸다. 이윽고 그들이 별을 머리에 이고 다 같이 주문을 읊조리자 로즈는 등줄기를 타고 지그재그로 번지는 한기를 느꼈다. 그녀는 손을 내밀어 크로의 손을 꼭 붙잡았다.

애니도 따라하기 시작했다. 그러자 모도 웅얼웅얼 따라했다. 월넛도. 그리고 크로도. 모자 쓴 로즈는 한숨을 내쉬고 그녀의 목소리를 더했다.

로드삼 한티, 우리는 선택받은 자들이다.

카하나 리조네 한티, 우리는 행운아다.

사바타 한티, 사바타 한티, 사바타 한티.

우리는 트루 낫, 우리는 인내한다.

5

나중에 크로가 그녀의 어스크루저로 찾아왔다.

"당신 정말 동부에 같이 안 가는 거야?"

"응. 당신한테 맡길게."

"우리 이제 어쩌지?"

"애도해야지. 이틀밖에 못 하는 게 안타깝긴 하지만."

원래 애도 기간은 7일이었다. 7일 동안 잠자리도, 쓸데없는 이야기도, 스팀도 삼갔다. 그런 다음 동그랗게 모여서 한 사람씩 앞으로 걸어 나와 조너스 플릭 할아범에 얽힌 추억을 한 가지씩 이야기하고 할아범한테 받은 물건을 한 개씩 내놓는(로즈는 이미 골라놓았다. 미국 이 지역이 아직 인디언의 땅이었고 그녀가 아일랜드에서 온 로즈라고 불리던 시절에 할아범한테 받은 켈트풍 반지였다.) 작별 의식을 치렀다. 트루 낫은 죽으면 시신이 없기 때문에 기념품이 그 역할을 대신했다. 기념

64

품을 하얀 천으로 싸서 땅에 묻었다.

"우리 팀은 언제 떠나? 수요일 밤 아니면 목요일 오전?"

"수요일 밤." 로즈는 그 아이를 가능한 한 빨리 잡고 싶었다. "쉬지 말고 달려가. 스터브리지 우편함에 기절시키는 약 보관되어 있는 거 확실하지?"

"응. 그건 걱정 마."

맛있게 쪽쪽 빨아먹을 수 있는 스팀이 가득 들어 있는 그 계집년이 수갑을 찬 채로 약에 취해서 내 눈앞에 누워 있는 꼴을 보기 전에는 마음을 놓을 수가 없어.

"누구누구 데려가? 말해봐."

"나, 월넛, 지미 넘버스. 지미 없어도 괜찮을지……"

"괜찮아. 그리고 또?"

"방울뱀 앤디. 누굴 재워야 하는 상황이면 앤디가 필요할 테니까. 그리고 배리. 배리는 꼭 데리고 가야 해. 할아범이 죽은 마당에 배리만큼 탐지 능력이 뛰어난 멤버도 없잖아. 물론 당신 다음이지만."

"물론이지. 그런데 이 아이는 탐지고 뭐고 할 필요가 없을 거야." 로즈가 말했다. "아무 문제없이 찾을 수 있을걸? 차는 한 대면 충분하겠다. 스팀헤드 스티브의 위니바고 끌고 가."

"벌써 얘기해 놨어."

그녀는 만족스러워 하며 고개를 끄덕였다.

"그리고 또 한 가지. 사이드와인더에 디스트릭트 X라는 조그만 가게가 있어."

크로는 눈썹을 추켜세웠다.

"쇼윈도에 간호사 풍선인형이 있는 그 포르노 왕국?"

"아는구나." 로즈는 무미건조한 투로 말했다. "이제 내 말 잘 들어, 대디."

크로는 귀를 기울였다.

6

댄과 존 돌턴은 화요일 아침, 해가 막 떠오르기 시작할 무렵에 비행기를 타고 로건을 출발했다. 멤피스에서 비행기를 갈아탄 두 사람은 7월 중순이라기보다 9월 하순처럼 느껴지던 그날, 중부시간으로 11시 15분에 디모인에 도착했다.

댄은 보스턴에서 멤피스로 가는 동안 존의 머릿속에서 잡초처럼 고개를 내미는 의구심과 고민을 상대하기 싫어서 처음에는 자는 척했다. 그러다 뉴욕 북부 어딘가를 지날 때 실제로 잠이 들었다. 멤피스에서 디모인으로 가는 동안에는 존이 잤기 때문에 괜찮았다. 그런데 아이오와에 도착해서 전혀 아무런 특징 없는 포드 포커스 렌터카를 몰고 프리먼이라는 마을을 향해 달려가는데, 존의 모든 의구심이 가라앉은 게 느껴졌다. 적어도 지금 현재로서는 그랬다. 호기심과 조마조마한 흥분이 그 자리를 대신 채우고 있었다.

"보물을 찾으러 나선 어린애들 같다고요?" 댄이 물었다.

그가 낮잠을 더 오래 잤기 때문에 운전대를 잡았다. 초록색보다 노란색에 더 가까운 키 큰 옥수수밭이 양쪽으로 지나갔다.

존은 살짝 움찔했다.

"에?"

댄은 미소를 지었다.

"그 생각하고 있지 않았어요? 우리가 보물을 찾으러 나선 어린애들 같다고."

"이 양반 정말 소름 끼치네."

"맞아요. 이제는 그런 소리는 듣는 데도 도가 텄어요."

정말 그런 건 아니었다.

"남의 생각을 읽을 수 있다는 걸 언제부터 알았어요?"

"단순히 남의 생각을 읽는 게 아니에요. 샤이닝은 특이하게 변수가 있는 능력이에요. 그걸 능력이라고 할 수 있을지 모르겠지만. 가끔(가끔이 아니라 종종) 보기 싫은 모반처럼 느껴질 때도 있거든요. 아브라도 똑같은 소릴 할 거예요. 언제부터 알았느냐면…… 그런 거 없어요. 원래 그랬어요. 기본 장비에 딸려 온 거예요."

"그걸 달래느라 술을 마셨던 거로군요."

토실토실한 마모트가 겁도 없이 여유롭게 150번 도로를 터벅터벅 가로질렀다. 댄은 녀석을 피하느라 핸들을 틀었는데 마모트는 여전히 서두르는 기미 없이 옥수수밭 사이로 사라졌다. 이렇게 나오니까 좋았다. 하늘은 깊이가 1000킬로미터는 되게 보였고 온 사방에 산 하나 없었다. 뉴햄프셔도 좋았고 이제는 고향처럼 느껴졌지만 그래도 댄은 평지가 더 편안하게 느껴졌다. 더 안전하게 느껴졌다.

"이거 왜 이러세요, 조니. 알코올 중독자가 왜 술을 마시게요?"

"알코올 중독자라서?"

"딩동댕. 단순해요. 정신적으로 어쩌고저쩌고 하는 헛소리를 다 걷어 내면 냉혹한 진실만 남죠. 우리는 술꾼이라 술을 마셨던 거예요."

존은 웃었다.

"케이시 K한테 단단히 세뇌 교육을 받았네요."

"뭐, 유전적인 것도 있고요." 댄이 말했다. "케이시는 늘 그런 소리 집어치우라고 하지만 정말 있어요. 선생님 아버님도 술을 드셨나요?"

"아버지하고 사랑하는 어머니, 두 분 다요. 골프장 클럽하우스를 두 분이서 먹여 살릴 수도 있었을 만큼. 어머니가 테니스 옷을 벗고 우리들이 놀던 수영장으로 뛰어들었던 날이 아직도 생각나요. 남자들은 박수를 쳤죠. 아버지는 그걸 재미있다고 생각했어요. 나는 아니었어요. 그때 내 나이가 아홉 살이었는데 대학교에 입학할 때까지 내 별명이 스트립 쇼하는 엄마 아들이었거든요. 당신은요?"

"우리 어머니는 마셔도 그만, 안 마셔도 그만이었어요. 가끔 자칭 맥주 두 잔 웬디라고 한 적도 있었고. 하지만 아버지는…… 와인 한 잔이 됐건 버드와이저 한 캔이 됐건 일단 마셨다 하면 그 길로 달렸죠." 댄이 주행 기록계를 확인해 보니 아직도 갈 길이 65킬로미터 남았다. "이야기 하나 들려줄까요? 아무한테도 한 적 없는 건데. 미리 경고하지만 희한한 이야기예요. 샤이닝이 텔레파시처럼 쓰잘머리 없는 걸로 시작돼서 그런 걸로 끝난다고 생각하면 엄청난 착각이에요." 그는 잠깐 하던 말을 멈추었다. "여기에는 또 다른 세상이 있어요."

"당신은…… 그러니까…… 그 또 다른 세상들을 보았고요?"

댄은 존의 생각의 흐름을 놓쳤는데 갑자기 그가 조금 불안해하는 것처럼 느껴졌다. 옆자리에 앉은 사람이 갑자기 셔츠 속으로 손을 집어넣고 나폴레옹 보나파르트의 환생이라고 선포할지 모른다고 생각하는 듯한 표정이었다.

"아뇨, 그곳에 사는 사람들을 몇 명 만났을 뿐이에요. 아브라는 그들을 유령인간이라고 부르죠. 들을래요, 안 들을래요?"

"잘 모르겠지만 듣는 게 좋겠어요."

토런스 가족이 오버룩 호텔에서 보낸 겨울 이야기를 뉴잉글랜드의 이 소아과 의사가 어디까지 믿을지 댄으로서는 알 수 없었지만 생각해 보니 믿거나 말거나 별 상관없었다. 아무 특징 없는 이 차 안에서, 눈이 부시도록 파란 중서부의 하늘 아래에서 그 이야기를 할 수 있다는 것만으로 충분했다. 그 이야기를 믿을 사람이 한 명 있었지만 아브라는 너무 어렸고 이야기는 너무 끔찍했다. 존 돌턴에게 맡겨야 했다. 하지만 어떤 식으로 시작하면 좋을까? 잭 토런스에서부터 시작해야겠지. 교사로서도 작가로서도 남편으로서도 모두 실패한, 너무나도 불행했던 남자. 연속 삼회 삼진 아웃을 야구 용어로 뭐라고 하더라? 골든 솜브레로(원래는 한 게임에서 네 번 삼진을 당하면 골든 솜브레로라고 한다 ─옮긴이)라고 하던가? 댄의 아버지는 딱 한 번 괄목할 만한 성공을 거두었다. 마침내 그 순간이 다가왔을 때(그들이 도착한 첫날부터 오버룩 호텔은 그 순간을 향해 그를 몰아붙였다.) 끝까지 버티고 아들을 죽이지 않은 것. 그에게 걸맞은 묘비명이 있다면 아마…….

"댄?"

"우리 아버지는 노력을 하셨다." 그가 말했다. "가장 괜찮게 해드릴 수 있는 말이 그것뿐이네요. 아버지의 인생에서 가장 고약한 악령이 술이었어요. 아버지가 알코올 중독자 협회의 문을 두드렸더라면 많은 게 달라졌을지 모르는데. 하지만 그러지 않았죠. 어머니는 그런 게 있다는 사실조차 몰랐을 거예요. 알았더라면 아버지한테 한번 가보라고 했을 테니까요. 친구 소개로 겨울 관리인으로 취직돼서 온 가족을 데리고 오버룩 호텔로 건너갔을 때 아버지의 모습은 사전에서 *건성 중독*(알코올이나 약물은 끊었지만 사고나 행동이 중독되어 있을 때와 큰 차이가 없는 상태 — 옮긴이)의 뜻을 설명하는 옆에 예로 실려도 될 정도였죠."

"거기 유령들이 있었던 거예요?"

"네. 나는 유령들을 보았어요. 아버지는 보지는 못했지만 느꼈고요. 어쩌면 아버지도 나름 샤이닝이 있었는지 모르겠어요. 아마 그랬던 것 같아요. 알코올 중독적인 성향뿐 아니라 많은 게 유전이 되니까요. 그들이 아버지를 꼬드겼어요. 아버지는 그들(유령인간들)의 표적이 아버지인 줄 알았지만 그건 착각이었죠. 그들이 눈독을 들인 건 엄청난 샤이닝을 갖춘 남자아이였거든요. 트루 낫 일당이 아브라에 눈독을 들이는 것처럼."

그는 하던 말을 멈추고, 그가 속이 빈 악마들이 어디 있느냐고 물었을 때 딕이 죽은 엘리너 울렛의 입을 통해 뭐라고 대답했는지 기억을 더듬었다. *네 어린시절 속에. 모든 악마들이 거기 살잖아.*

"댄? 괜찮아요?"

"네." 댄은 대답했다. "아무튼 나는 문을 열고 들어가기 전부터 그 빌어먹을 호텔이 이상하다는 걸 알았어요. 우리 세 식구가 볼더의

70

이스턴 슬로프에서 하루 벌어 하루 먹고사는 식으로 살았을 때부터 알았어요. 하지만 아버지가 쓰고 있던 각본을 끝내려면 일자리가 필요했기 때문에……"

7

그가 존에게 오버룩의 보일러가 어떤 식으로 폭발했고, 그 낡은 호텔이 휘몰아치는 눈보라를 맞으며 어떤 식으로 잿더미가 되었는지 이야기하고 있었을 때 아데어가 나왔다. 아데어는 신호등 두 개 짜리 마을이었지만 홀리데이 인 익스프레스가 있었고 댄은 그곳의 위치를 눈에 담아두었다.

"앞으로 서너 시간 뒤에 저기 체크인할 거예요." 그가 존에게 말했다. "백주 대낮에 보물을 캐러 갈 수는 없잖아요. 게다가 나 지금 졸려 죽겠어요. 요 며칠 동안 잠을 별로 못 잤더니."

"그게 다 실제로 있었던 일이라고요?" 존이 숨을 죽이고 물었다.

"실제로 있었던 일이에요." 댄은 미소를 지었다. "믿겨져요?"

"아브라가 말한 곳에 야구 장갑이 있으면 많은 걸 믿어야겠네요. 그 이야기를 나한테 한 이유가 뭐예요?"

"아브라가 어떤 아이인지 알면서도 여기까지 찾아오다니 정신 나간 짓이라고 생각하는 마음이 있잖아요. 게다가 세상에…… 이런저런 존재들이 있다는 걸 알 자격이 있기도 하고. 나는 그들과 마주친 적이 있지만 선생님은 그런 적 없잖아요. 천장에 숟가락을 매단다든지 하는 식의 잡다한 초능력을 갖춘 여자아이를 본 게 전부잖아요. 이건 어린애들 보물찾기 게임이 아니에요, 존. 트루 낫이 우리 속셈을 알아차리면 우리도 아브라 스톤과 함께 곧바로 그들의 표적이 될 거예요. 이쯤에서 그만두겠다고 하면 선생님 앞에 성호를 긋고 신의 가호가 있길, 하고 빌어줄게요."

"그리고 당신 혼자 계속 하려고요?"

댄은 그를 향해 씩 웃어보였다.

"뭐…… 빌리도 있잖아요."

"빌리는 족히 일흔세 살은 될 텐데."

"빌리는 말로는 그래서 좋대요. 늙어서 좋은 게 뭔가 하면 요절할까 봐 걱정할 필요가 없는 거라고 말하고 다니는 양반이니까."

존이 손가락으로 가리켰다. '프리먼 웁 경계선.' 그는 댄을 돌아보며 살짝 긴장된 미소를 지었다.

"내가 이런 짓을 하고 있다니 믿기지가 않네요. 그 에탄올 공장이 없어졌으면 어쩔 거예요? 구글 어스에 찍힌 뒤에 헐려서 옥수수로 뒤덮였으면요?"

"아직 있을 거예요." 댄이 말했다.

8

정말로 있었다. 녹슨 골함석 지붕이 달린 거무칙칙한 회색 콘크리트 블록이 줄줄이 늘어서 있었다. 굴뚝 하나는 지금도 서 있었고 나머지 두 개는 쓰러져서 힘 빠진 뱀처럼 바닥에 누워 있었다. 창문들은 깨졌고 담벼락은 스프레이로 얼룩덜룩 그린 낙서로 뒤덮였다. 어느 대도시의 그래피티 전문가가 보더라도 웃을 만한 수준이었다. 여기저기 움푹 파인 이면도로가 2차선 대로에서 갈라져 나와 주차장까지 이어지는데, 제자리를 이탈한 종자용 옥수수가 그곳에서 싹을 틔웠다. 아브라가 보았던 급수탑이 H. G. 웰스의 작품의 나오는 화성인들의 전쟁 무기처럼 지평선을 등지고 서 있었다. 옆면에 '프리먼, 아이오와'라고 적혀 있었다. 지붕이 무너진 창고의 존재도 확인됐다.

"만족하십니까?" 댄이 물었다. 그들은 기어가는 수준으로 속도를 늦추었다. "공장, 급수탑, 창고, 출입 금지 표지판. 아브라가 말한 그대로잖아요."

존은 이면도로 끝에 달린 녹슨 대문을 가리켰다.

"저 문이 잠겨 있으면요? 나는 중학교 이후로 철책 담장을 넘어본 적이 없는데."

"살인범들이 아이를 이곳으로 데리고 왔을 때 잠겨 있지 않았어요. 잠겨 있었다면 아브라가 말했을 거예요."

"확실해요?"

맞은편에서 농사용 트럭이 달려왔다. 댄은 살짝 속도를 높였고 트럭 옆을 지나갈 때 한쪽 손을 들었다. 트럭 운전자(초록색 존 디어 모자, 선글라스, 오버올 작업복)도 화답하는 뜻에서 손을 들었지만 그들 쪽을 흘끗 쳐다보지도 않았다. 다행이었다.

"묻잖아요. 만약……"

"뭐라고 물었는지 들었어요." 댄이 말했다. "잠겨 있으면 열면 돼요. 어떤 식으로든. 이제 모텔로 돌아가서 체크인하죠. 피곤해 죽겠네."

9

존이 홀리데이 인에서 나란히 붙은 객실을(현금으로) 잡는 동안 댄은 아데어 트루 밸류 철물점을 찾아갔다. 거기서 삽, 갈퀴, 괭이 두 개, 모종삽, 장갑 두 짝, 새로 장만한 물건들을 넣을 더플 백을 샀다. 정말로 필요한 공구는 삽 하나뿐이었지만 무더기로 사는 것이 좋을 듯했다.

"아데어에는 어쩐 일로 오신 거예요?"

댄이 산 물건들을 계산하며 점원이 물었다.

"그냥 지나가던 길이에요. 누이가 디모인에 사는데 정원이 제법 넓거든요. 거의 대부분 있는 공구들이겠지만 선물을 하면 더 잘해 주더라고요."

"그럼요, 당연하죠. 손잡이가 짧은 이 괭이는 잘 사왔다고 할 거예요. 이보다 더 편리한 게 없는데 아마추어 정원사들은 살 생각을 안 하거든요. 신용카드는 마스터카드, 비자……"

"신용카드는 됐고요." 댄은 이렇게 말하며 지갑을 꺼냈다. "FBI 앞으로 청구하게 영수증이나 챙겨 주세요."

"알겠습니다. 손님이나 누이분의 성함과 주소를 알려 주시면 카탈로그 보내드릴게요."

"그것도 오늘은 패스할게요."

댄은 말하면서 부채꼴로 접은 20달러짜리 지폐 몇 장을 카운터에 내려놓았다.

10

그날 밤 11시, 댄의 방문을 나지막이 두드리는 소리가 들렸다. 그는 문을 열고 존을 안으로 들였다. 아브라의 담당 의사는 안색이 창백했고 흥분한 모습이었다.

"좀 잤어요?"

"조금요." 댄은 대답했다. "선생님은요?"

"자다 깨다 했어요. 주로 깨어 있었지만. 나 지금 불안해서 미치겠어요. 경찰한테 붙잡히면 뭐라고 하죠?"

"프리먼에 조그만 술집이 있다는 소리를 듣고 찾으러 왔다고 하죠."

"프리먼에는 옥수수밖에 없잖아요. 옥수수밭만 3500만 제곱킬로미터잖아요."

"우리는 그런 줄 모르는 거예요." 댄은 부드럽게 말했다. "그냥 지나가던 길에 내린 거라. 그리고 경찰한테 붙잡힐 염려도 없어요, 존. 아무도 우리한테 신경 쓰지 않을 거예요. 그래도 모텔에 있고 싶으면……"

"모텔에서 제이 레노(미국의 코미디언—옮긴이)나 보려고 이 나라 절반을 건너서 여기까지 온 줄 알아요? 화장실이나 빌려줘요. 방금 전에 다녀왔는데 또 가고 싶네. *빌어먹을, 이렇게 긴장이 돼서야.*"

프리먼까지 가는 길이 댄에게는 멀게 느껴졌지만 두 사람은 아데 어를 떠난 이래 마주친 차량이 한 대도 없었다. 농부들은 일찍 잠자리에 들었고 그들은 트럭이 다니는 길을 피해서 달렸다.

에탄올 공장에 도착하자 댄은 렌터카의 전조등을 끄고 이면도로로 방향을 틀어 닫힌 대문을 향해 천천히 다가갔다. 두 사람은 차에서 내렸다. 포드의 실내등이 켜지자 존이 욕설을 내뱉었다.

"모텔에서 출발하기 전에 실내등을 껐어야 하는 건데. 스위치가 없으면 전구를 부수는 한이 있더라도."

"긴장 풀어요." 댄이 말했다. "겁쟁이 우리 둘 말고는 여기 아무도 없으니까."

그래도 대문을 향해 걸어가는 동안 그의 심장이 터질 듯이 두근 거렸다. 아브라의 말이 맞다면 어린 소년이 여기서 잔인하게 고문을 당한 뒤 살해돼 묻혔다. 어떤 공간에 유령이 깃들 수도 있다면······

문을 열려 나선 존이 뒤로 밀었다가 다시 앞으로 잡아당겼다.

"소용없네. 이제 어쩌죠? 담을 넘어야겠죠? 도전할 용의는 있지만 그랬다가는 아마 어디 한 군데 부러질 텐데······"

"잠깐만요."

댄이 재킷 주머니에서 펜라이트를 꺼내 대문에 대고 비춰 보니 부서진 맹꽁이자물쇠 위아래 쪽을 몇 겹의 철사가 칭칭 감고 있었다. 그는 다시 차로 돌아갔고 트렁크 불이 켜지자 이번에는 그가 움찔하고 놀랐다. 젠장. 모든 걸 치밀하게 계산할 수는 없는 법이잖아? 그는 새로 산 더플 백을 홱 꺼내고 트렁크를 닫았다. 다시 어둠이 깔렸다.

"여기." 그는 존에게 말하며 장갑을 한 짝 내밀었다. "이거 껴요."

댄은 장갑을 끼고 철사를 푼 다음 나중에 다시 동여맬 수 있도록 철책 구멍에 매달아두었다. "됐어요. 들어갑시다."

"또 오줌이 마려운데."

"맙소사. 참아요."

11

댄은 적재장을 향해 허츠에서 빌린 포드를 천천히, 조심스럽게 몰았다. 움푹 파인 구멍이 수두룩했고 어떤 곳은 제법 깊었는데 전조등을 꺼놓았으니 하나같이 잘 보이지 않았다. 포드가 구멍에 처박혀서 차축이 박살나는 사태는 무슨 일이 있더라도 피해야했다. 공장 뒤편 바닥은 맨땅과 바스러진 아스팔트의 뒤범벅이었다. 15미터 앞에 또다시 철책 담장이 서 있었고 그 너머로 옥수수밭이 끝없이 이어졌다. 적재장이 주차장만큼 넓지는 않았지만 그래도 꽤 넓었다.

"댄? 무슨 수로 정확한 위치를……?"

"조용히." 댄은 눈썹이 핸들에 닿도록 고개를 숙이고 눈을 감았다.

(아브라.)

응답이 없었다. 당연히 자고 있을 터였다. 애니스턴은 이미 수요일 새벽이었다. 존은 그의 옆에 앉아서 입술을 씹었다.

(아브라.)

희미한 꿈틀거림이 느껴졌다. 그의 상상일 수도 있었다. 댄은 상상이 아니길 바랐지만.

(아브라!)

그의 머릿속에서 그녀가 눈을 떴다. 아직 잠이 덜 깬 듯 시야가 몽롱하더니 잠시 후 아브라가 그와 함께 앞을 쳐다보았다. 의지할 만한 게 별빛밖에 없는데도 적재장과 무너진 굴뚝의 잔해가 갑자기 더 선명해졌다.

(아브라의 시력이 나보다 훨씬 좋군.)

댄은 차에서 내렸다. 존도 따라 내렸지만 댄은 알아차리지도 못했다. 그는 1770킬로미터 멀리 있는 어느 집 침대에 누워 있는 소녀에게 핸들을 넘긴 상태였다. 그는 인간 금속 탐지기가 된 듯한 기분이 들었다. 그가(아니, 그들이) 찾는 것은 금속이 아니기는 했지만.

(저 콘크리트 건물 쪽으로 걸어가요.)

댄은 적재장 쪽으로 걸어가 그곳을 등지고 섰다.

(이제 왔다 갔다 해요.)

그녀는 잠깐 말을 멈추고 원하는 바를 정확하게 전달할 방법을 고민했다.

(「CSI」에서 하듯이.)

그는 왼쪽으로 15미터 정도 갔다가 오른쪽으로 방향을 틀어 적재장에서 대각선 방향으로 움직였다. 존은 더플 백에서 삽을 꺼내 놓고 렌터카 옆에 서서 지켜보고 있었다.

(그 사람들이 여기다 캠핑카를 세워 놓았어요.)

댄은 다시 왼쪽으로 방향을 틀어 이따금 앞길을 방해하는 벽돌이나 콘크리트 조각을 발로 차가며 천천히 걸음을 옮겼다.

(거의 다 왔어요.)

댄은 걸음을 멈추었다. 불쾌한 냄새가 느껴졌다. 썩은 내가 훅 하고 올라왔다.

(아브라? 너도.)

(네, 으악, 아저씨.)

(진정해.)

(너무 많이 갔어요. 천천히 뒤로 돌아요.)

댄은 대충 명령에 따르는 군인처럼 한쪽 발뒤꿈치를 딛고 몸을 돌렸다. 그런 다음 적재장 쪽으로 되짚어 갔다.

(살짝 왼쪽으로요, 천천히.)

그는 이제 그쪽으로 방향을 틀어서 한 발짝 옮길 때마다 걸음을 멈추었다. 여기서도 그 냄새가 느껴지는데 좀 더 강했다. 그의 눈에 아브라의 눈물이 맺히자 비정상적으로 선명했던 밤 풍경이 갑자기 흐릿해지기 시작했다.

(거기 야구하는 아이가 있어요. 아저씨 바로 아래에.)

댄은 심호흡을 하고 뺨을 훔쳤다. 온몸이 부들부들 떨렸다. 추워서 그런 게 아니라 그녀가 떨고 있기 때문이었다. 그녀는 뭉글뭉글한 토끼 인형을 안고 침대에 앉아서 죽은 나무에 매달린 오래된 잎사귀처럼 부들부들 떨고 있었다.

(아브라, 이제 그만 여기서 나가.)

(아저씨, 아저씨는.)

(응, 괜찮아. 하지만 너는 볼 필요 없잖아.)

쨍하도록 선명했던 시야가 문득 어두워졌다. 아브라가 연결을 끊은 것이었다. 다행이었다.

"댄?" 존이 나지막이 그의 이름을 불렀다. "괜찮아요?"

"네." 아브라의 눈물 때문에 계속 코맹맹이 소리가 났다. "그 삽 들고 와요."

12

20분이 걸렸다. 댄이 먼저 10분 동안 땅을 파고 삽을 넘겼으니 실질적으로 브래드 트레버를 발견한 쪽은 존이었다. 그가 손으로 입과 코를 막고 고개를 돌렸다. 말소리가 웅얼거렸지만 알아들을 수는 있었다.

"맞아요, 시신이 있네요. *맙소사!*"

"그전에는 냄새 못 맡았어요?"

"그렇게 깊숙이, 2년 동안 묻혀 있었는데요? 당신은 맡았다는 거예요?"

댄이 아무 대답도 하지 않자 존은 다시 구멍 쪽으로 고개를 돌렸는데 이번에는 자신이 없어 보였다. 그는 다시 삽질을 하려는 것처럼 등을 구부리고 잠깐 서 있다가 두 사람이 파놓은 조그만 구멍 속으로 댄이 펜라이트를 비추자 뒷걸음질을 쳤다.

"못 하겠어요. 할 수 있을 줄 알았는데 못 하겠어요. 저게…… 있는 한은. 양팔이 후들거려요."

댄은 그에게 펜라이트를 넘겼다. 존이 구멍에 대고 그의 정신을 쏙 빼놓은 물건을 향해 똑바로 불을 비추었다. 피가 엉겨 붙어서 지저분해진 운동화 한 짝이었다. 댄은 아브라가 말한 야구하는 아이의 잔해를 필요 이상으로 흐트러뜨리지 않도록 시신의 양쪽으로 조심스럽게 흙을 치웠다. 흙으로 덮인 유체가 조금씩 드러났다. 《내셔널 지오그래픽》에서 보았던 새김무늬 석관 발굴 작업이 연상되는 대목이었다.

이제는 썩은 내가 코를 찔렀다.

댄은 잠시 물러서서 가쁜 숨을 몰아쉬고 최대한 깊은 심호흡으로 마무리했다. 그런 다음 이제는 브래드 트레버의 운동화가 양쪽 다 V자 모양으로 드러난, 얕은 무덤가로 뛰어들었다. 그는 아이의 허리춤까지 무릎으로 기어가서 펜라이트를 달라고 손을 내밀었다. 존은 펜라이트를 건네고 고개를 돌렸다. 그가 흐느껴 우는 소리가 들렸다.

댄은 가느다란 펜라이트를 입에 물고 손으로 계속 흙을 치웠다. 푹 꺼진 가슴팍에 들러붙은 아이의 티셔츠가 보였다. 그다음으로 손이 보였다. 이제는 뼈다귀를 둘러싼 누런 살갗에 불과한 손가락이 무언가를 사이에 두고 깍지를 끼고 있었다. 댄은 숨이 막혀서 심장이 쿵쾅거렸지만 최대한 조심스럽게 트레버의 손가락을 떼어 냈다. 그랬는데도 한 손가락에서 뚝 하고 건조하게 부서지는 소리가 났다.

아이는 야구 장갑을 품에 안은 채 묻혔다. 반질반질하게 기름칠한 포켓 안이 꿈틀거리는 벌레들로 득실거렸다.

헉 하는 충격음과 함께 댄의 허파에서 공기가 빠져나갔고 썩은 내가 진동하는 공기가 그 자리를 메웠다. 그는 오른쪽으로 쏜살같이 튀어나간 덕분에 뼈만 남은 브래들리 트레버의 시신이 아니라 구덩이에서 파낸 흙더미에 대고 토악질을 할 수 있었다. 그 아이에게 죄가 있다면 괴물 같은 부족이 원하는 무언가를 가지고 태어난 죄밖에 없었다. 그마저도 죽어 가며 지른 비명에 실려서 빼앗겨 버렸다.

13

두 사람은 시신을 다시 묻었다. 이번에는 존의 주도 아래 깨진 아스팔트 덩어리로 어설프게나마 석관을 만들어서 덮었다. 여우나 들개들이 얼마 남지 않은 살점으로 포식하는 광경은 생각조차 하기 싫었다.

작업이 다 끝나자 두 사람은 차로 돌아가서 아무 말 없이 앉아 있었다. 이윽고 존이 입을 열었다.

"그 아이를 어떻게 할까요? 그냥 이렇게 내버려 둘 수는 없잖아요. 부모님도 있을 텐데. 할아버지, 할머니도 있을 텐데. 어쩌면 형과 누나도 있을 텐데. 다들 계속 궁금해하고 있을 거잖아요."

"당분간 그대로 두어야 해요. '흠, 정체불명의 남자가 아데어 철물점에서 삽을 사자마자 익명의 전화가 걸려 왔잖아?' 이렇게 의심할 사람이 없을 때까지. 그럴 가능성은 없겠지만 그래도 만전을 기해야죠."

"얼마나요?"

"한 달 정도요."

존은 고민을 하더니 한숨을 쉬었다.

"두 달은 어때요? 부모님이 그 때까지 아들이 가출했을지 모른다고 생각하게요. 그때까지 가슴 아픈 소식을 미룰 수 있게요." 그는 고개를 저었다. "그 아이 얼굴을 보았더라면 나는 아마 두 번 다시 잠을 이루지 못했을 거예요."

"인간의 적응력이 얼마나 뛰어난지 알면 놀랄 걸요?"

댄은 그를 괴롭히다가 이제는 그의 머릿속 깊숙한 곳에 꽁꽁 묻힌 메이시 부인을 생각하고 있었다. 그는 시동을 걸고 창문을 내려서 문짝에 대고 야구 장갑의 먼지를 털었다. 그런 다음 화창한 오후마다 아이가 손을 넣었을 그곳에 그의 손을 넣었다. 그는 눈을 감았다. 삼십 초쯤 지났을 때 눈을 떴다.

"뭐 느껴져요?"

"아저씨는 배리예요. 아저씨는 착한 사람이에요."

"그게 무슨 소리예요?"

"나도 몰라요. 그 사람이 아브라가 중국놈 배리라고 부르는 그 자인 것 같다는 것 말고는."

"그것 말고는 없어요?"

"아브라가 알아낼 거예요."

"확실해요?"

댄은 그의 머릿속에서 아브라가 눈을 뜨자 시야가 선명해졌던 것을 생각했다.

"확실해요. 장갑 포켓 위로 불 좀 비춰 줄래요? 뭔가가 적혀 있는데."

존이 불을 비추자 아이가 조심스럽게 쓴 글씨가 드러났다.

토메이 25.

"그게 뭐예요?" 존이 물었다. "아이 이름이 트레버인 줄 알았더니."

"짐 토메이라는 야구선수가 있어요. 등번호가 25번이죠." 그는 장갑 포켓을 잠깐 쳐다보다 두 사람 사이에 조심스럽게 내려놓았다. "아이가 가장 좋아한 메이저리그 선수였어요. 그래서 야구 장갑에다 그 선수 이름을 쓴 거예요. 내가 이 새끼들을 잡고 말 거예요. 하느님의 이름을 걸고 맹세하건대 꼭 잡아서 후회하게 만들 거예요."

14

모자 쓴 로즈가 샤이닝을 뿜어냈지만(트루 낫 전체가 샤이닝을 뿜어냈지만) 댄이나 빌리와는 방식이 달랐다. 서로 작별인사를 나눈 바로 그 순간, 그들에 대해 이미 너무 많은 것을 알고 있는 두 남자가 그들이 몇 년 전에 아이오와에서 해치운 아이의 무덤을 파헤치고 있을 줄은 로즈도 크로도 알지 못했다. 로즈가 깊은 명상에 돌입한 상태였다면 댄과 아브라가 나눈 대화를 포착했겠지만 그랬더라면 꼬마 아가씨가 그녀의 존재를 당장 알아차렸을 것이다. 게다가 그날 밤 로즈의 어스크루저에서 치른 작별 의식은 특별히 애정이 넘쳤다.

그녀는 깍지 낀 손을 뒤통수에 대고 누워서 옷을 입는 크로를 바라보았다.

"그 가게 가본 거지? 디스트릭트 X 말이야."

"내가 직접 움직인 건 아니야. 나는 몸 사리기 도사잖아. 지미 넘버스를 보냈지." 크로는 허리띠를 채우며 씩 웃었다. "15분이면 우리가 원하는 물건을 입수할 수 있었을 텐데 두 시간이나 있다 나오더라고. 지미가 새 보금자리를 찾은 모양이야."

"잘됐네. 당신들이 즐겁게 지내면 나도 좋지."

그녀는 명랑하게 말하려고 했지만 작별 의식을 정점으로 이틀 동안 플릭 할아범 추모식을 치르고 났더니 뭐든 명랑하게 말하기가 버거웠다.

"어떤 물건을 입수했든 당신하고는 비교도 안 될 거야."

로즈는 눈썹을 치켜세웠다.

"벌써 시사회를 한 거야, 헨리?"

"그럴 필요가 뭐 있나." 그는 새까만 부채처럼 머리카락을 펼치고 알몸으로 누워 있는 그녀를 쳐다보았다. 누워 있는데도 키가 컸다. 그는 키가 큰 여자를 좋아해 본 적이 없었다. "내 집 홈시어터의 대표작은 당신이고 그 사실은 영원히 변함없을 거야."

과장이 심하기는 했지만(현란한 수사가 크로의 전매특허였다.) 그래도 그녀는 기분이 좋았다. 그녀는 침대에서 일어나 몸을 바짝 갖다대고 그의 머리칼을 움켜쥐었다.

"조심해. 전원 무사히 데리고 돌아와야 해. 그리고 그 아이도."

"알았어."

"그럼 이제 얼른 출발하는 게 좋겠다."

"걱정 마. 금요일 오전에 EZ 메일 서비스가 문을 열 때쯤이면 우리가 스터브리지에 도착해 있을 테니까. 낮 12시면 뉴햄프셔에 도착할 테고. 그때쯤이면 배리가 그 아이의 위치를 파악할 수 있겠지."

"그 아이가 배리의 위치를 먼저 파악하지 않는 한."

"그건 걱정이 안 되는데."

그래. 로즈는 생각했다. 당신 몫까지 내가 걱정할게. 손목에는 수갑을, 발목에는 족쇄를 찬 그 아이를 볼 때까지 나 혼자 마음 졸이고 있을게.

"그랬을 때 좋은 게 한 가지 있다면." 크로가 말했다. "그 아이가 우리를 감지하고 방어벽을 칠 경우, 배리가 거기다 초점을 맞추면 된다는 거지."

"아이가 겁에 질리면 경찰에 신고할 수도 있어."

그는 씩 웃었다.

"그럴 것 같아? '그래, 꼬마 아가씨.' 경찰서에서는 이렇게 말하겠지. '그 끔찍한 사람들이 너를 쫓고 있구나? 그 사람들이 외계인인지 아니면 정원에 사는 갖가지 평범한 좀비인지 알려 줄래? 그래야 우리가 제대로 찾을 수 있지.'"

"장난치지 마. 그리고 이 일을 가볍게 생각하지도 마. 깔끔하게 들어가서 깔끔하게 처리하고 나와. 반드시 그래야 해. 외부인은 절대 끌어들이지 말고. 아무 죄 없는 구경꾼도 마찬가지. 필요하면 아이 엄마, 아빠는 죽여도 돼. 참견하려는 사람이 있으면 누가 됐건 죽여도 돼. 하지만 조용히 처리해."

크로는 장난스럽게 경례를 붙였다.

"알겠습니다, 대장님."

"이제 나가, 이 바보야. 그 전에 키스 한 번 더 해 주고. 이왕이면 아는 것 많은 그 혀를 살짝 넣어서."

그는 시키는 대로 했다. 로즈는 한참 동안 그를 꼭 끌어안았다.

15

댄과 존은 아데어의 모텔로 돌아가는 내내 거의 말이 없었다. 삽은 트렁크에 넣었다. 야구 장갑은 홀리데이 인 수건에 싸서 뒷좌석에 두었다. 이윽고 존이 말했다.

"이제는 아브라의 부모님께 알려야겠어요. 아브라는 싫어할 테고 루시와 데이비드는 안 믿으려고 하겠지만, 그래도 알려야 해요."

댄은 무표정한 얼굴로 그를 쳐다보며 물었다.

"선생님, 정체가 뭐예요? 독심술사예요?"

존은 독심술사가 아니지만 아브라가 독심술사였기에 댄의 머리에 대고 느닷없이 빽 하고 소리를 질렀다. 이번에는 존이 운전을 하고 있었기 망정이지 그가 운전대를 잡고 있었더라면 어느 집 옥수수 밭에 처박혔을 뻔했다.

(싫어요오오오오!)

"아브라." 그는 존도 대화의 절반이나마 들을 수 있게 입 밖으로 소리 내서 말했다. "아브라, 내 말 들어 봐."

(싫어요, 댄 아저씨! 엄마, 아빠는 내가 괜찮다고 생각한단 말이에요! 이제는 *거의* 정상에 가까워졌다고 생각한단 말이에요!)

"아브라, 이 사람들이 너희 엄마, 아빠를 죽여야 너를 데리고 갈 수 있겠다 싶으면 망설일 것 같니? 내가 보기엔 아니야. 우리가 좀 전에 거기서 뭘 찾았는지 생각해 봐."

이 말에는 반론의 여지가 없었고 아브라도 반론을 시도하지 않았
지만…… 문득 댄의 머릿속이 그녀가 느끼는 슬픔과 두려움으로 가
득 찼다. 그의 눈이 다시 촉촉이 젖었고 눈물이 두 뺨을 타고 흘러내
렸다.

젠장.

젠장, 젠장, *젠장*.

16

목요일 새벽.

방울뱀 앤디가 운전하는 스팀헤드 스티브의 위니바고가 시속
100킬로미터의 제한속도를 완벽하게 유지하며 네브래스카 서부에
서 80번 고속도로를 타고 동쪽으로 달리고 있었다. 지평선 위로 새
벽 첫 햇살이 비추기 시작했다. 애니스턴은 여기보다 두 시간이 늦
었다. 데이브 스톤이 가운 차림으로 커피를 끓이고 있었을 때 전화
벨이 울렸다. 말버러 가에 있는 콘체타의 아파트에서 걸려온 루시의
전화였다. 그녀는 기력이 거의 다한 목소리였다.

"상황이 악화되지만 않으면(앞으로 악화될 일만 남은 것 같지만) 다음
주에 당장 모모가 퇴원할 거야. 어제 저녁에 담당 의사 두 명이랑 이
야기 끝냈어."

"그럼 진작 전화하지 그랬어?"

"너무 피곤해서. 그리고 너무 우울해서. 하룻밤 자고 나면 좀 괜찮아질 줄 알았는데 별로 못 잤어. 여보, 이 집은 모모의 흔적들로 가득해. 모모의 작품뿐 아니라 *생동감* 하며……."

그녀의 목소리가 흔들렸다. 데이비드는 기다렸다. 그들은 15년 이상 함께 지낸 사이였기에 그는 루시가 심란해할 때면 뭐라고 말을 하기보다 기다리는 편이 가끔은 더 낫다는 것을 알고 있었다.

"이걸 다 *어쩌면* 좋을지 모르겠어. 책을 보기만 해도 피곤해져. 책꽂이에 수천 권이고 서재에도 쌓여 있는데 관리인 말로는 창고에도 수천 권이 더 있대."

"지금 당장 결정할 필요는 없잖아."

"관리인 말로는 *알레산드라*라고 적힌 여행가방도 있대. 우리 어머니 실제 이름인 거 알지? 어머니는 샌드라 아니면 샌디라고 줄인 이름을 썼지만. 모모가 어머니 유품을 보관하고 있는 줄 몰랐는데."

"시를 쓸 때는 모든 걸 구구절절 펼쳐 놓는 분이 그럴 때는 또 과묵하시네?"

루시는 그의 말을 못 들었는지 힘없고 살짝 신경을 긁는 말투로 피곤해 죽겠다는 분위기를 풍기며 계속 종알거렸다.

"모든 준비가 끝났어. 병원에서 모모를 토요일에 퇴원시키겠다고 하면 사설 구급차 스케줄을 다시 잡아야겠지만. 병원에서 그럴 수도 있다 그랬거든. 모모가 보험을 단단히 들어 놓았기 망정이지. 터프츠에서 학생들을 가르치던 시절부터 들어 놓으셨더라고. 시로는 땡전 한 푼 못 벌었어. 이 빌어먹을 나라에서 어느 누가 돈을 내고 시를 *읽겠어*?"

"루시……"

"리빙턴 하우스 본관에 괜찮은 병실 잡아 놨어. 조그만 스위트룸
이야. 내가 인터넷으로 둘러봤거든. 거기 오래 계시지는 않을 거야.
모모가 입원한 층 수석 간호사랑 친해졌는데 그 간호사 말로는 모모
가 이제 얼마 안 남았……"

"치아, 사랑해."

그 단어(콘체타가 예전에 그녀를 부를 때 썼던 애칭이다.)를 듣고서야
그녀는 하던 말을 멈추었다.

"인정하다시피 이탈리아하고는 전혀 상관없는 내 마음과 영혼을
담아서."

"알아. 그리고 사랑해 줘서 고마워. 정말 힘들었지만 이제 거의 다
끝났어. 아무리 늦어도 월요일이면 집에 갈 수 있을 거야."

"얼른 보고 싶다."

"당신은 어때? 아브라는?"

"우리 둘 다 잘 지내고 있어."

데이비드는 앞으로 60초 동안 계속 둘 다 잘 지낸다고 믿고 있을
수 있었다.

루시가 하품하는 소리가 들렸다.

"한두 시간 정도 다시 누워야겠다. 이제는 잠이 올 것 같아."

"그럼 눈 좀 붙여. 나는 아브라 깨워서 학교 보내야겠다."

서로 작별인사를 하고 데이브가 부엌 벽걸이 전화기에서 고개를
돌려보니 아브라가 벌써 일어나 있었다. 아직 잠옷 차림이었다. 머
리는 온 사방으로 뻗쳤고 눈은 빨갰고 안색은 창백했다. 그런 채로

낡은 토끼인형 호피를 꼭 끌어안고 있었다.

"아바-두? 아가? 어디 불편하니?"

네. 아뇨. 잘 모르겠어요. 하지만 내가 하는 말을 듣고 나면 아빠가 불편해질 거예요.

"드릴 말씀이 있어요, 아빠. 그리고 오늘, 학교 안 갈래요. 내일도요. 어쩌면 당분간요." 그녀는 머뭇거렸다. "문제가 생겼거든요."

그는 그 말을 듣고 맨 처음 떠오른 단어가 하도 끔찍해서 얼른 지워 버렸지만 아브라가 그 전에 알아차렸다.

그녀는 힘없이 웃으며 말했다.

"아이가 생긴 건 아니에요."

그는 딸을 향해 다가가느라 부엌을 반쯤 가로지르다 말고 입을 떡 벌렸다.

"너…… 지금……"

"네." 그녀가 대답했다. "아빠 생각을 읽었어요. 하지만 누구라도 아빠가 무슨 생각을 하는지 알아차렸을 거예요. 얼굴에 쓰여 있었거든요. 그리고 이건 독심술이 아니라 샤이닝이라는 거예요. 어렸을 때 아빠를 기겁하게 만들었던 능력이 대부분 다 남아 있어요. 전부 다는 아니지만 대부분요."

그는 아주 천천히 말했다.

"네 예감이 가끔 잘 맞는 건 알고 있어. 네 엄마도 그렇고 나도 그렇고, 둘 다."

"단순한 예감 수준이 아니에요. 저한테는 친구가 한 명 있어요. 이름은 댄이에요. 그 친구하고 존 선생님이 아이오와에 갔는데……"

"존 돌턴 말이냐?"

"네……"

"댄은 누군데? 존 선생님한테 치료를 받고 있는 아이니?"

"아뇨. 어른이에요." 그녀는 그의 손을 잡고 식탁으로 데리고 갔다. 두 사람은 의자에 앉았다. 아브라는 호피를 놓지 않았다. "어렸을 때 그 아저씨도 저랑 비슷했대요."

"아브라, 이게 다 무슨 소리인지 도무지 모르겠다."

"나쁜 사람들이 있어요, 아빠." 그들은 단순한 인간이 아니라 그보다 악독한 존재였지만 댄과 존이 옆에서 거들어 주기 전에는 뭐라고 설명할 방법이 없었다. "그 사람들이 저를 해칠지 몰라요."

"왜 너를 해친다는 거니? 말이 안 되잖아. 그리고 네가 예전에 했던 일들을 지금도 할 수 있다면 우리가 몰랐을……"

벽에 걸린 냄비 아래에서 서랍이 홱 하니 열렸다가 닫혔다가 다시 열렸다. 이제는 숟가락을 매달지는 못했지만 서랍만으로도 그의 주의를 환기하기에 충분했다.

"그것 때문에 엄마, 아빠가 얼마나 걱정하는지(얼마나 두려워하는지) 알고 난 뒤부터 감추어 왔어요. 하지만 더 이상 감출 수가 없어요. 댄 아저씨가 그러는데 이제는 말씀드려야 한대요."

그녀는 올이 다 드러난 호피의 털 속에 고개를 묻고 울음을 터뜨렸다.

92

12장

그 사람들은 그걸 스팀이라고 불러요

1

존은 댄과 함께 목요일 오후 늦게 로건 공항의 제트웨이를 빠져나오자마자 휴대전화를 켰다. 받지 못한 전화가 열 몇 통이라는 사실을 확인한 순간, 전화벨이 울렸다. 그는 액정 화면을 확인했다.

"스톤 씨죠?" 댄이 물었다.

"같은 번호로 부재중 전화가 여러 번 온 걸 보니 그렇겠죠."

"받지 마세요. 고속도로를 타고 북쪽으로 출발하면서 전화해서 우리가……" 댄은 동부시각 그대로 맞추어져 있는 손목시계를 흘끗 확인했다. "6시쯤 도착할 거라고 하세요. 가서 전부 다 설명하겠다고."

존은 마지못한 듯 전화기를 주머니에 넣었다.

"돌아오는 비행기 안에서 이 일로 의사면허증이 취소되지 않길 기도했는데. 이제는 데이브 스톤의 집 앞에 차를 세우는 순간 경찰한 테 잡혀가지 않길 기도해야겠네요."

대륙을 가로질러서 돌아오는 동안 아브라와 여러 번 의견을 주고 받았던 댄은 고개를 저었다.

"아브라가 기다리라고 설득해 놓았어요. 그런데 지금 그 집안에 워낙 이런저런 일들이 많은 데다 스톤 씨가 혼란스러워하고 있으니 말이죠."

이 말에 존은 유난히 침울한 미소를 지었다.

"스톤 씨만 그런 줄 아세요?"

2

댄이 스톤의 집 앞 진입로로 핸들을 꺾고 보니 아브라가 아버지와 함께 현관 앞 계단에 앉아 있었다. 그들은 일찍 도착했다. 이제 겨우 5시 30분이었다.

데이브가 붙잡기도 전에 아브라가 벌떡 일어나서 머리카락을 휘 달리며 진입로를 달려 내려왔다. 댄은 그녀가 자기를 향해 달려오는 것을 보고 수건으로 감싼 야수용 장갑을 존에게 건넸다. 그녀는 그 의 품속으로 뛰어들었다. 그러고는 온몸을 부들부들 떨었다.

(그 아이를 찾았네요. 그 아이를 찾았네요. 그 장갑을 찾았네요. 얼른 줘요.)

"아직은 안 돼." 댄이 그녀를 내려놓으며 말했다. "먼저 너희 아빠 께 전부 다 설명을 해야지."

"뭘 설명한다는 겁니까?" 데이브가 물으며 아브라의 손목을 잡고 댄에게서 떼어냈다. "아브라가 말하는 나쁜 사람들이라는 게 누굽니까? 그리도 당신은 도대체 뭐고요." 그의 시선이 존에게로 옮아 갔지만 따뜻한 기미라고는 조금도 찾아볼 수 있었다. "대체 이게 무슨 난리인지 모르겠네요."

"이쪽은 댄 아저씨예요. 저랑 비슷한 분. 말씀드렸잖아요."

존이 물었다.

"루시는요? 루시도 이 일에 대해 알고 있나요?"

"무슨 일인지 내 선에서 파악하기 전에는 아무 말도 하지 않을 겁니다."

아브라가 말했다.

"아직 모모랑 보스턴에 계세요. 아빠가 엄마한테 전화를 하려고 했지만 두 분이 오실 때까지 기다려 달라고 제가 설득했어요."

그녀의 시선은 수건으로 감싼 장갑에서 떠날 줄 몰랐다.

"댄 토런스." 데이브가 말했다. "그게 당신 이름이라고요?"

"네."

"프레이저의 호스피스에서 근무하고요?"

"맞습니다."

"언제부터 우리 딸을 만나기 시작한 거요?" 그는 주먹을 쥐었다 폈다 했다. "인터넷에서 만났겠죠? 당연히 그랬겠지." 그는 존에게로 시선을 옮겼다. "선생님이 태어난 날부터 아브라를 진찰한 의사가 아니었으면 이미 여섯 시간 전에 경찰을 불렀을 겁니다. 선생님이 전화를 받지 않았을 때."

"비행기를 타고 있었어요." 존이 말했다. "그래서 받을 수가 없었습니다."

"스톤 씨." 댄이 말했다. "존에 비하면 제가 따님과 알고 지낸 기간이 짧지만 거의 비슷합니다. 따님이 어린아이였을 때 맨 처음 만났거든요. 그리고 먼저 연락을 한 쪽은 따님이었어요."

데이브는 고개를 저었다. 그는 당혹스럽고 화가 난 얼굴이었고 댄이 하는 말을 믿을 생각이 전혀 없어 보였다.

"안으로 들어갑시다." 존이 말했다. "우리가 전부 다(거의 전부 다) 설명할게요. 우리 이야기를 듣고 나면 우리가 여길 찾아온 게, 아이오와에 가서 그런 일을 하고 온 게 고마워질 거예요."

"그랬으면 정말 좋겠지만 과연 그럴지 의심스럽네요."

그들은 안으로 들어갔다. 데이브가 아브라의 어깨를 감싸 안았고, 그 순간만큼은 아버지와 딸이 아니라 교도관과 수감자에 더 가까워 보였다. 존 돌턴이 그 다음, 댄이 맨 끝에 따라갔다. 그가 길거리를 내다보니 녹이 슨 빨간색 픽업트럭이 서 있었다. 빌리가 얼른 엄지손가락을 들어 보이고 나서…… 검지와 중지를 십자가 모양으로 포갰다. 댄도 똑같이 따라한 다음 안으로 들어갔다.

3

데이브가 정체를 알 수 없는 딸과 그보다 더 정체를 알 수 없는 손님들과 함께 리치랜드 코트의 거실에 앉았을 때 트루 습격대를 실은 위니바고는 털리도 동남쪽을 달리고 있었다. 이번에는 월넛이 운전대를 잡았다. 앤디 스타이너와 배리는 자고 있었다. 앤디는 시체처럼 잠이 들었고 배리는 이리저리 뒤척이며 잠꼬대를 했다. 크로는 거실용 공간에서 《뉴요커》를 뒤적였다. 마음에 드는 기사라고는 야크 털로 짠 스웨터나 삿갓처럼 생긴 베트남 모자, 가짜 쿠바산 시가 등 희한한 물건을 찾는 조그만 광고와 만화뿐이었다.

지미 넘버스는 그의 옆에서 노트북을 두드렸다.

"인터넷을 이 잡듯이 뒤졌어. 몇몇 사이트는 해킹을 해야 했지만…… 내가 뭐 하나 보여 줄까?"

"무슨 수로 고속도로에서 인터넷 서핑을 해?"

지미는 잘난 척 미소를 지어 보였다.

"4G로 연결하면 되지요, 아저씨. 요즘은 최첨단 시대랍니다."

"그렇군요." 크로는 잡지를 내려놓았다. "뭔데?"

"애니스턴 중학교 사진."

지미가 터치패드를 건드리자 사진이 한 장 떴다. 신문에 실린 희미한 사진이 아니라 퍼프소매가 달린 빨간색 원피스를 입은 어떤 여학생을 촬영한 고해상도 사진이었다. 땋은 머리는 밤색이었고 자신만만하게 활짝 웃고 있었다.

"줄리앤 크로스." 지미가 말했다. 그가 터치패드를 다시 한 번 건드리자 이번에는 장난꾸러기처럼 씩 웃고 있는 빨간 머리가 등장했다. "에마 딘." 다시 한 번 두드리자 이번에는 훨씬 더 예쁜 아이가 등장했다. 눈은 파란색이고 금발이 얼굴을 감싸며 어깨 너머로 쏟아졌다. 표정은 진지했지만 보조개에 웃음기가 담겨져 있었다. "이 아이는 아브라 스톤."

"아브라?"

"응, 요즘은 애한테 별 이름을 다 붙인다니까? 예전에는 제인과 메이블이면 얼뜨기들 이름으로 충분했는데. 어디선가 읽었는데 슬라이 스탤론 아이 이름이 세이지 문블러드래. 어이가 없어서, 원."

"이 셋 중 한 명이 로즈가 말한 그 아이라는 거지?"

"십 대 초반이라고 짐작한 게 맞다면 이 셋밖에 없어. 아마 딘 아니면 스톤일 거야. 지진이 났던 그 동네에 사는 아이가 그 둘이거든. 하지만 크로스일 가능성도 완전히 배제할 수는 없어. 바로 옆 동네에 사니까."

지미 넘버스가 터치패드에 대고 소용돌이를 그리자 세 장의 사진이 일렬로 나란히 떴다. 사진마다 아래에 동글동글한 글씨체로 '내 학창시절 추억들'이라고 적혀 있었다.

크로는 사진들을 유심히 들여다보았다.

"네가 여학생들 사진을 페이스북이나 뭐 그런 데서 슬쩍한 게 들통 날 염려는 없겠지? 얼뜨기들 세상에서는 그러면 여기저기서 경보음이 울릴 거야."

지미는 자존심이 상한 표정을 지었다.

"페이스북이라니 맙소사. 이 사진들로 말할 것 같으면 프레이저 중학교 컴퓨터에서 내 컴퓨터로 직접 공수 받은 거야." 그는 듣기 싫게 혀를 차는 소리를 냈다. "그리고 말이지, 국가안보국 컴퓨터에 통째로 접속할 수 있는 녀석이라도 내 컴퓨터는 추적 못 해. 그러니까 누가 짱이게?"

"너." 크로가 대답했다. "아마도."

"이 중에서 누구일 것 같아?"

"나더러 고르라면……" 크로는 아브라의 사진을 두드렸다. "눈빛에 뭔가 있어. 스팀이 담긴 눈빛이야."

지미는 그게 무슨 뜻인지 열심히 고민하다 추잡한 농담인가 보다고 결론을 내리고 껄껄 웃었다.

"도움이 됐나?"

"응. 이 사진들 인쇄해서 다른 친구들한테도 보여 줄 수 있지? 특히 배리. 이번 임무에서는 배리가 위치 추적 총사령관이니까."

"지금 당장 인쇄할게. 후지츠 스캔스냅 챙겨왔거든. 작지만 훌륭한 휴대용 프린터야. 예전에는 S1100을 썼는데 《컴퓨터월드》에 실린 기사를 보고……"

"인쇄나 해, 응?"

"알았어."

크로는 다시 잡지를 집어서 만화가 실린 맨 마지막 장으로 넘겼다. 독자가 말풍선에 넣을 대사를 생각해내는 만화였다. 이번 주에는 쇠사슬로 묶은 곰을 끌고 술집 안으로 들어가는 할머니가 등장했다. 그녀가 입을 벌리고 있었으니 그녀의 대사라야 했다. 크로는 심사숙고 끝에 이렇게 적었다.

"좋아, 어떤 새끼가 나더러 썩을 년이라 그랬어?"

상을 못 받을 수도 있었다.

위니바고는 점점 깊어 가는 저녁을 뚫고 달렸다. 운전석에 앉아 있던 월넛이 전조등을 켰다. 2층 침대에서 중국놈 배리가 뒤척이더니 잠결에 손목을 긁었다. 그곳에 빨간 반점이 있었다.

4

아브라가 뭘 가지러 2층에 올라간 사이 세 사람은 아무 말 없이
앉아 있었다. 데이브는 커피 마시겠느냐고 물으려다가 (두 사람 다 피
곤해 보였고 수염을 깎아야 할 상황이었다.) 설명을 듣기 전에는 말라비
틀어진 크래커 한 쪽 권하지 않기로 마음먹었다. 그와 루시는 머지
않은 미래의 어느 날, 학교에 갔다가 돌아온 아브라가 남학생에게
데이트 신청을 받았다고 선포하면 어떤 식으로 대응할지 이미 의논
을 끝냈지만 그들은 남학생이 아니라 *남자*였고, 초면인 남자는 그의
딸과 만나기 시작한 지 한참 된 듯했다. 적어도 어느 정도 된 것처럼
보였는데…… 그게 문제였다. 어느 정도 됐는지가.
　셋 중 한 사람이 어색할 수밖에 없는 (그리고 어쩌면 폭언이 오가는)
대화를 시도하는 무리수를 두기 전에 계단을 저벅저벅 내려오는 아
브라의 운동화 소리가 들렸다. 그녀가 방에 가서 들고 온 것은 《애니
스턴 쇼퍼》였다.
　"뒷면을 보세요."
　데이브는 페이지를 넘기며 얼굴을 찡그렸다.
　"이 갈색 얼룩은 뭐냐?"
　"마른 커피 찌꺼기요. 쓰레기통에 던졌다가 자꾸 생각이 나서 다
시 꺼냈거든요. 자꾸 그 아이 생각이 나서요." 그녀는 맨 아랫줄에

실린 브래들리 트레버 사진을 가리켰다. "아이 부모님도 생각났어요. 있을지 모르는 형제, 남매도 생각났고요." 그녀의 눈에 눈물이 고였다. "그 아이는 주근깨가 있었어요, 아빠. 그 아이는 싫어했지만 엄마는 행운의 상징이라고 했어요."

"네가 그걸 어떻게 아니?"

데이브는 이렇게 물었지만 자신 없는 목소리였다.

"알고서 하는 소리예요." 존이 말했다. "아버님도 아시잖아요. 우리가 하는 이야기를 믿어 주세요, 스톤 씨. 부탁입니다. 중요한 일이에요."

"나는 당신과 우리 딸에 대해서 알고 싶은데요." 데이브가 댄을 보면서 하는 말이었다. "얘기해 보시죠."

댄은 했던 이야기를 다시 반복했다. 알코올 중독자 모임 때 수첩에다 아브라의 이름을 끼적였던 것. 분필로 적혀 있었던 '안녕'이라는 글씨. 찰리 헤이스가 세상을 떠나던 날, 선명하게 느낀 아브라의 존재. "아브라에게 가끔 내 칠판에 글을 적는 꼬마 아가씨냐고 물었죠. 아브라는 아무 대꾸가 없었지만 조그맣게 피아노 소리가 들렸어요. 비틀스의 옛 노래였던 걸로 기억해요."

데이브는 존을 쳐다보았다.

"선생님이 말씀하신 거죠!"

존은 고개를 저었다.

댄이 말했다.

"2년 전에 아브라가 칠판에 이런 메시지를 남긴 적이 있어요. '그 사람들이 야구하는 아이를 죽이고 있어요.' 저는 그게 무슨 소리인지 알 도리가 없었고 아브라도 아마 마찬가지였을 거예요. 그걸로 끝일 수도 있었는데 아브라가 그걸 본 겁니다."

그는 우표 크기의 사진들이 실린《애니스턴 쇼퍼》뒷면을 가리켰다.

나머지 부분은 아브라가 이야기했다.

그녀의 이야기가 끝나자 데이브가 말했다.

"그러니까 열세 살짜리의 말만 믿고 아이오와까지 다녀왔다고요?"

"아주 특별한 열세 살짜리잖아요." 존이 말했다. "아주 특별한 재능이 있는."

"다 없어진 줄 알았더니." 데이브는 나무라는 눈빛으로 아브라를 노려보았다. "이제는 커서 예감이 잘 맞는 것 말고는 다 사라진 줄 알았더니."

"죄송해요, 아빠." 그녀의 목소리는 속삭임에 가까웠다.

"아브라가 미안해할 일이 아닐 수도 있습니다." 댄은 화가 난 마음이 목소리로 드러나지 않길 바라며 이렇게 말했다. "선생님과 부인이 싫어한다는 걸 알기에 능력을 감추고 있었으니까요. 두 분을 사랑하기에 착한 딸이 되고 싶은 마음에 감추고 있었으니까요."

"아브라가 그러던가요?"

"그런 이야기는 한 번도 한 적 없습니다." 댄이 말했다. "하지만 저에게는 끔찍이 사랑한 어머니가 계셨거든요. 어머니를 끔찍이 사랑했기에 저도 그랬습니다."

아브라는 고마움이 고스란히 묻어나는 눈빛으로 그를 흘끗 쳐다보았다. 그런 다음 다시 시선을 떨구고 그에게 텔레파시를 보냈다.

부끄러워서 입 밖으로 표현할 수 없는 말을 생각으로 전송했다.

"그리고 친구들한테 알리고 싶지 않은 마음도 있었고요. 그러면 친구들이 자기를 싫어할 거라고 생각했거든요. 자기를 무서워할 거라고. 아마 정말 그랬을 겁니다."

"자꾸 딴 데로 새지 말고 본론으로 돌아갑시다." 존이 말했다. "네, 그래서 아이오와로 찾아갔어요. 아브라가 말한 대로 프리먼이라는 마을에 에탄올 공장이 있더군요. 아이의 시신도 찾았어요. 야구 장갑도요. 아이가 가장 좋아했던 야구선수 이름을 주머니에 적어 놓았는데 끈에는 브래드 트레버라는 그 *아이의* 이름이 적혀 있더군요."

"그러니까 그 아이가 살해당했다는 거죠? 떠돌아다니는 정신병자들 손에."

"그 사람들은 캠핑카랑 위니바고를 타고 다녀요." 아브라가 말했다. 목소리가 나지막하고 가물가물했다. 그녀는 수건으로 만 야구 장갑을 보고 있었다. 무서운 한편으로 그 장갑을 껴보고 싶었다. 이런 심적 갈등이 어찌나 선명하게 댄에게 전해지는지 속이 메슥거릴 지경이었다. "이름들이 웃겨요. 무슨 해적 같아요."

애처롭다시피 한 목소리로 데이브가 물었다.

"정말 그 아이가 살해당했다는 거니?"

"모자 쓴 여자가 자기 손에 묻은 그 아이의 피를 핥았어요." 아브라가 말했다. 그녀는 계단에 앉아 있었다. 그러다 아버지에게로 다가가 가슴에 얼굴을 묻었다. "필요한 때가 되면 특이한 이가 생겨요. 그 사람들 전부 다요."

"너하고 비슷한 아이였다고?"

"네." 아브라는 웅얼웅얼 대답했지만 알아듣지 못할 정도는 아니었다. "자기 손을 통해서 느끼는 아이였어요."

"그게 무슨 소리냐?"

"어떤 공이 날아오면 손으로 먼저 느끼기 때문에 때릴 수 있었어요. 엄마가 뭘 잃어버렸을 때도 손으로 눈앞을 막고 그 손을 쳐다보면 어디 있는지 알 수 있었고요. 그런 능력에 대해서는 잘 모르겠지만 저도 가끔 손으로 그럴 때가 있어요."

"그래서 그 사람들한테 죽임을 당한 거라고?"

"확실합니다." 댄이 말했다.

"왜요? 무슨 초능력 비타민이 필요해서요? 그게 얼마나 말도 안되는 소리처럼 들리는지 아세요?"

아무도 대답이 없었다.

"그리고 아브라가 자기들을 노린다는 걸 안다고요?"

"알아요." 아브라가 고개를 들었다. 뺨이 빨갛게 상기됐고 눈물로 얼룩덜룩했다. "제 이름이나 어디 사는지는 모르지만, 저라는 존재가 있는 건 알아요."

"그럼 경찰에 신고해야지." 데이브가 말했다. "아니면…… 이런 사건은 FBI에 연락해야 되지 않나? 처음에는 못 미더워하겠지만 시신이 있으니까……"

댄이 말했다.

"그건 좋은 생각이 못 된다고 말씀드리고 싶지만 아브라가 야구장갑을 가지고 뭘 어쩔 수 있을지 확인한 다음으로 판단을 유보하겠습니다. 하지만 그게 어떤 결과로 이어질지 아주 신중하게 생각해 주셨으면 합니다. 저와 존, 선생님과 부인 그리고 어느 누구보다 아브라를 위해서요."

"당신과 존은 어째서 곤란해진다는 건지……"

존이 앉은 자리에서 조바심을 내며 꼼지락거렸다.

"잘 생각해 봐요, 데이브. 시신을 발견한 사람이 누굽니까? 무덤을 파헤쳐서 수사관들은 분명 결정적인 증거라고 할 유품을 꺼낸 다음 다시 덮은 사람이 누굽니까? 어느 중학교 2학년생이 점괘판처럼 쓸 수 있게 그걸 들고 그 먼 길을 온 사람이 누굽니까?"

댄도 옆에서 장단을 맞추었다. 그럴 생각이 없었는데 둘이서 작당하고 데이브를 공격하는 형국이 됐다. 다른 때 같았으면 마음이 불편했겠지만 이번에는 그렇지가 않았다.

"스톤 씨, 이미 집안에 이런저런 일들이 많지 않은가요? 처조모님은 살날이 얼마 안 남으셨고 부인께서는 슬퍼하느라 기진맥진이죠. 이런 사건이 벌어졌다고 하면 신문과 인터넷에서 폭발적인 반응을 보일 겁니다. 떠돌이 살인마 집단과 초능력이 있다고 하는 소녀의 대결. 방송국에서 취재 요청을 할 테고 스톤 씨가 안 된다고 하면 그쪽에서는 더욱 달려들겠죠. 이 일대가 공개 방송국으로 바뀔 테고 어쩌면 낸시 그레이스가 옆집으로 이사 올지도 몰라요. 1~2주 안으로 모든 언론에서 온갖 *거짓 정보*를 목청껏 떠들어 대겠죠. 열기구 소년의 아빠 기억하시죠(2009년에 미국의 콜로라도에서 리처드 부부가 헬륨 가스를 넣은 열기구를 하늘에 띄워 보내면서 그 안에 여섯 살 난 아들이 타고 있다고 거짓말을 하면서 벌어진 일대 해프닝. 언론에서 그 아이를 열기구 소년이라고 불렀고 열기구가 착륙한 덴버 공항을 중심으로 대대적인 수

색작업이 벌어졌지만 아이는 집 안에 숨어 있었던 것으로 밝혀졌다 ─ 옮긴이)? 아마 스톤 씨가 그 짝이 날 겁니다. 그러는 동안에도 보도진이 집 앞에 진을 치고 있을 테고요."

"그래서, 그 사람들이 쫓아오면 누가 우리 딸을 보호하는 겁니까? 두 분? 의사 선생님이랑 호스피스 잡역부가요? 아니, 잡역부가 아니라 그냥 경비인가?"

일흔세 살의 공원 관리인이 길에서 보초를 서고 있는 줄은 꿈에도 모르겠지. 댄은 이런 생각이 들자 웃음이 절로 나왔다.

"양쪽 다라고 보시면 됩니다. 저기요, 스톤 씨……"

"보아하니 우리 딸하고 절친한 사이인 것 같은데 그냥 데이브라고 부르시죠."

"좋습니다, 데이브라고 부를게요. 경찰에서 따님의 말을 믿어 줄 거라고 도박을 거느냐 마느냐에 따라서 데이브 씨의 다음 행보가 달라지지 않을까요?"

"망할." 데이브가 말했다. "이건 루시한테도 하지 못할 얘기요. 들으면 폭발할 테니까. *머리끝까지 폭발할 테니까.*"

"그러면 경찰에 신고할지 말지, 그 문제는 자동으로 해결된 셈이네요." 존이 짚고 넘어갔다.

잠깐 침묵이 흘렀다. 집 안 어디에선가 시계가 째깍거리는 소리가 들렸다. 집 밖 어디에선가 개가 짖는 소리가 들렸다.

"지진." 데이브가 퍼뜩 말했다. "그 가벼운 지진. 네 짓이었니, 아비?"

"그럴 거예요." 그녀가 조그맣게 속삭였다.

데이브는 그녀를 안아 주고 자리에서 일어나더니 야구 장갑을 감고 있던 수건을 벗겼다. 야구 장갑을 들고 슥 훑어보았다.

"이걸 아이와 함께 묻었단 말이죠." 그가 말했다. "아이를 납치해서 고문하고 죽인 다음에 야구 장갑이랑 같이 묻었단 말이죠."

"네." 댄이 말했다.

데이브는 딸을 돌아보았다.

"정말로 이걸 만져 보고 싶니, 아브라?"

그녀는 손을 내밀면서 말했다.

"아뇨. 그래도 한번 줘 보세요."

5

데이브 스톤은 망설이다 장갑을 건넸다. 아브라는 손바닥 위에 장갑을 올려놓고 포켓을 들여다보았다.

"짐 토메이." 그녀가 말했다. 댄은 그녀가 그 이름을 들어 본 적 없을 거라는 데 전 재산을 걸 수 있었는데(12년 동안 꾸준히 술을 자제하며 꾸준히 일을 했더니 돈이 제법 모였다.) 토메이라고 제대로 읽었다. "600홈런 클럽에 가입했죠."

"그래." 데이브가 말했다. "그리고……"

"쉿." 댄이 말했다.

다 같이 그녀를 지켜보았다. 그녀는 장갑을 들어서 포켓에 코를 대고 킁킁거렸다(댄은 벌레들이 생각나서 하마터면 움찔할 뻔했다.).

"배리 청크가 아니라 배리 칭크예요. 그런데 중국 사람은 아니에요. 눈꼬리가 올라가서 그런 별명으로 부르는 거예요. 그는 그들의…… 그들의…… 음…… 잠시만요……"

그녀는 장갑을 아이처럼 가슴에 품었다. 그녀의 호흡이 빨라지기 시작했다. 입이 저절로 벌어지면서 신음 소리가 새어 나왔다. 놀란 데이브가 그녀의 어깨에 손을 얹었다. 아브라는 그의 손을 떨쳤다.

"하지 마요, 아빠, 하지 *마요!*"

그녀는 눈을 감고 장갑을 끌어안았다. 그들은 기다렸다.

마침내 그녀가 눈을 뜨며 말했다.

"그 사람들이 나를 잡으러 오고 있어요."

댄은 벌떡 일어나 그녀의 옆에 무릎을 꿇고 앉아서 한 손으로 그녀의 두 손을 감쌌다.

(얼마나 돼? 몇 명만이야? 아니면 전부 다야?)

"몇 명이에요. 배리도 같이 있어요. 그래서 내 눈에 보이는 거예요. 세 명 더 있어요. 아니면 네 명. 한 명은 뱀 문신이 있는 여자예요. 그들은 우리를 얼뜨기라고 불러요. 그들에게는 우리가 얼뜨기예요."

(모자 쓴 여자도?)

(아뇨.)

"언제쯤 도착할까?" 존이 물었다. "알 수 있겠니?"

"내일요. 먼저 어디 들러서……" 그녀가 말을 멈추었다. 눈으로 거실을 훑는데 초점이 안 맞았다. 한쪽 손이 댄의 손아귀에서 스르르 빠져나와 입을 문지르기 시작했다. 다른 쪽 손은 글러브를 꽉 쥐고 있었다. "뭘 해야 하느냐면…… 음……" 눈물이 눈꼬리에 맺혔

108

다. 슬퍼서가 아니라 기를 쓰느라 나온 눈물이었다. "약인가? 아니면…… 잠깐, 잠깐, 나 놔줘요, 댄 아저씨, 내가…… 나 놔줘요……"

그는 손을 치웠다. 정전기가 일면서 타탁 하는 소리와 함께 파란 불꽃이 튀었다. 피아노에서 불협화음이 흘러나왔다. 현관으로 나가는 문가에 놓인 보조 테이블 위에서 험멜 도자기 인형들이 흔들리며 덜거덕거렸다. 아브라가 장갑을 손에 꼈다. 순간, 그녀의 눈이 휘둥그레졌다.

"한 명은 크로예요! 또 한 명은 의사인데 데려오길 잘했어요. 왜냐하면 배리가 병에 걸렸거든요! 그 사람이 병에 걸렸거든요!"

그녀는 미친 듯이 그들을 번갈아 쳐다보더니 웃음을 터뜨렸다. 그 소리에 댄의 목덜미 머리털이 쭈뼛 섰다. 약효가 떨어졌을 때 정신 병자들이 그런 식으로 웃지 않을까 싶었다. 그는 그녀의 손에 끼워진 장갑을 홱 벗기고 싶은 것을 기를 쓰고 참았다.

"홍역에 걸렸어! 플릭 할아범한테 옮아서 조만간 사이클할 거야! 그 망할 녀석 때문이야! 예방주사를 안 맞았나 봐! 로즈한테 알려야 해! 얼른……"

더 이상 참을 수가 없었다. 댄은 장갑을 벗겨서 거실 저쪽으로 던졌다. 피아노 소리가 멈추었다. 도자기 인형들은 마지막으로 한 번 덜거덕거리고 멈추었다. 한 인형은 테이블에서 떨어지기 직전이었다. 데이브는 입을 떡 벌린 채 딸을 쳐다보기만 했다. 존은 자리에서 일어났지만 더 이상 움직일 수 없는 듯했다.

댄은 아브라의 어깨를 붙잡고 세게 흔들었다.

"아브라, 나와."

그녀는 초점이 풀린 접시만 한 눈으로 그를 빤히 쳐다보았다.

(돌아와 아브라. 그래도 괜찮아.)

거의 귀에 닿을 만큼 솟아 있던 그녀의 어깨에서 천천히 힘이 풀렸다. 그를 알아보는 눈빛으로 바뀌었다. 그녀는 긴 숨을 내뱉으며 팔을 벌리고 있던 아버지의 품속으로 쓰러졌다. 티셔츠 옷깃이 땀에 젖어서 거무스름하게 변했다.

"아비?" 데이브가 불렀다. "아바-두? 괜찮니?"

"네, 그런데 그 이름으로 부르지 마세요." 그녀는 숨을 들이마셨다가 다시 길게 내쉬었다. "휴, 강렬했다." 그녀는 자기 아버지를 쳐다보았다. "제가 욕 쓴 거 아니에요, 아빠. 그 사람들이 쓴 거예요. 아마 크로였을 거예요. 저를 잡으러 오는 일당의 리더."

댄은 아브라 옆으로 소파에 앉았다.

"괜찮은 거 맞지?"

"네. 지금은요. 그런데 저 장갑은 두 번 다시 건드리고 싶지 않아요. 그 사람들은 우리하고 달라요. 겉모습은 우리처럼 생겼고 예전에는 인간이었던 것 같은데 지금은 머릿속이 도마뱀처럼 변했어요."

"배리가 홍역에 걸렸다고? 그렇게 말한 거 생각나니?"

"배리 맞아요. 별명이 칭크인 사람. 다 생각나요. 목말라 죽겠다."

"내가 물 갖다 줄게." 존이 말했다.

"아뇨, 달달한 거 갖다 주세요. 고맙습니다."

"냉장고에 콜라 있어요." 데이브가 말했다.

그는 아브라의 머리카락과 옆얼굴과 목덜미를 차례로 쓰다듬었다. 딸이 없어지지 않았는지 확인이라도 하려는 사람 같았다.

그들은 존이 콜라를 들고 올 때까지 기다렸다. 아브라는 콜라 캔을 잡고 벌컥벌컥 마시더니 트림을 했다.

"죄송해요." 그녀는 이렇게 말하면서 키득거렸다.

댄은 누군가의 웃음소리가 그렇게 행복하게 느껴진 것이 난생 처음이었다.

"존, 어른이 홍역에 걸리면 더 심각하죠?"

"그럼요. 폐렴으로 발전할 수도 있고 심지어 망막 손상으로 시력을 잃을 수도 있어요."

"죽을 수도 있고요?"

"물론. 하지만 그건 흔치 않은 경우죠."

"그 사람들은 달라요." 아브라가 말했다. "그 사람들은 병에 잘 안 걸리거든요. 배리만 걸렸어요. 그 사람들은 어디 잠깐 들러서 약을 챙길 거예요. 배리한테 쓸 약이겠죠. 주사나 뭐 그런 걸 맞히려고."

"사이클이라고 한 건 뭐니?" 데이브가 물었다.

"그건 저도 잘 모르겠어요."

"배리가 병에 걸렸으니까 포기할까?" 존이 물었다. "핸들을 돌려서 어딘지 모르겠지만 원래 살던 곳으로 돌아갈까?"

"아닐걸요? 그 사람들은 이미 배리한테 옮았을 수도 있고 그 사람들도 그걸 알아요. 잃을 건 없고 얻을 것만 있다고, 크로가 그래요." 그녀는 콜라를 좀 더 마시고 양손으로 캔을 감싸 쥔 채 그들을 한 사람씩 쳐다보다 마지막으로 자기 아버지를 바라보았다. "그 사람들은 내가 어느 동네에 사는지 알아요. 어쩌면 내 이름도 알고 있을 거예요. 심지어 사진까지 있을지 몰라요. 잘 모르겠지만. 배리의 머릿속이 온통 뒤죽박죽이거든요. 하지만 그 사람들은…… 그 사람들은 내가 만약 홍역에 안 걸리면……"

"네 정기로 자기들을 치료할 수 있을지 모른다는 거로구나." 댄이 말했다. "아니면 최소한 예방이라도 할 수 있다고."

"그 사람들은 그걸 정기라고 하지 않아요." 아브라가 말했다. "그 사람들은 그걸 스팀이라고 불러요."

데이브가 힘차게 손뼉을 한 번 쳤다.

"이제 그만. 경찰에 연락해야겠다. 그 자식들 체포하라고 해야지."

"안 돼요."

아브라가 우울증에 걸린 쉰 살짜리 여자처럼 김빠진 목소리로 말했다. (*마음대로 해봐요.*) 그 목소리는 이렇게 말했다. (*나는 경고했어요.*)

그는 주머니에서 휴대전화를 꺼냈지만 덮개를 열지는 않고 들고만 있었다.

"왜?"

"그 사람들은 왜 뉴햄프셔로 가는지 그럴 듯하게 둘러댈 핑계거리도 많고 그럴 듯한 신분증도 많거든요. 게다가 돈도 많아요. 정말 많아요. 은행이나 석유회사나 월마트만큼. 돌아가더라도 다시 올 거예요. 원하는 게 있으면 반드시 찾으러 오거든요. 거치적거리거나 자기들을 신고하는 사람이 있으면 죽여 버리고 돈으로 무마해야 할 상황이면 그렇게 해요." 그녀는 커피테이블 위에 콜라 캔을 내려놓고 한쪽 팔로 아버지를 감싸안았다. "부탁이에요, 아빠. *아무한테도 얘기하지 마세요.* 그 사람들 손에 엄마나 아빠를 다치게 하느니 제가 차라리 잡혀가고 말겠어요."

댄이 말했다.

"하지만 지금 당장은 네 명이나 다섯 명밖에 안 된단 말이지?"

"네."

"그럼 나머지는 어디 있지? 지금 알고 있니?"

"블루버드 캠핑장이라는 데 있어요. 아니면 블루벨. 그 사람들 거예요. 근처에 마을이 하나 있어요. 샘스 슈퍼마켓이 있는 곳. 이름은 사이드와인더예요. 로즈가 거기 있고 트루도 거기 있어요. 자기들을 부르는 이름이 그거거든요…… 댄 아저씨?"

댄은 아무 대꾸도 하지 않았다. 당장은 아무 말도 할 수가 없었다. 그는 죽은 엘리너 울렛의 입을 통해 딕 할로런이 했던 말을 떠올리고 있었다. 그가 속이 빈 악마들이 어디 사느냐고 물었을 때 딕이 했던 대답이 이제는 무슨 뜻인지 이해가 됐다.

네 어린시절 속에.

"댄?" 이번에는 존이 불렀다. 그의 목소리가 멀게 느껴졌다. "얼굴이 백지장처럼 하얘요."

섬뜩하게 앞뒤가 맞았다. 그는 처음부터 (눈으로 확인하기 전부터) 오버룩 호텔이 사악한 곳이라는 것을 알았다. 이제 그 호텔은 잿더미로 사라졌지만 악령들마저 불에 타서 사라졌다고 어느 누가 말할 수 있을까. 그는 그렇게 말할 수 없었다. 빠져나온 유령들이 어린시절의 그를 찾아오지 않았던가.

그들 것이라는 이 캠핑장이…… 예전에 호텔이 있던 그 자리에 있겠지. 분명해. 조만간 내가 그곳을 다시 찾게 될 거야. 그것도 분명해. 머지않아 다시 찾게 되겠지. 하지만 먼저……

"괜찮습니다." 그가 말했다.

"콜라 드실래요?" 아브라가 물었다. "제가 보기에는 설탕이 많은 문제를 해결해 주던데."

"나중에. 좋은 수가 생각났어요. 아직은 어설프지만 우리 넷이 힘을 합하면 그럴 듯한 계획으로 만들 수 있을 거예요."

6

방울뱀 앤디는 뉴욕 웨스트필드 근처 고속도로 휴게소의 화물차 공간에 차를 세웠다. 월넛이 열이 나고 목이 아파 죽겠다는 배리에게 먹일 주스를 사러 매점으로 들어갔다. 그가 돌아오길 기다리는 동안 크로가 로즈에게 전화를 걸었다. 그녀는 신호음이 떨어지자마자 전화를 받았다. 그는 최대한 간단하게 전후 상황을 설명하고 기다렸다.

"뒤에서 들리는 소리는 뭐야?" 그녀가 물었다.

크로는 한숨을 쉬고는 거뭇거뭇하게 수염이 난 턱을 손으로 문질렀다.

"지미 넘버스. 울고 있어."

"입 닥치라고 해. 야구선수는 울지 않는 거야(영화 「그들만의 리그」에 나오는 대사 — 옮긴이)."

크로는 로즈의 말을 전했지만 괴상한 유머 감각을 발휘한 부분은 뺐다. 젖은 수건으로 배리의 얼굴을 닦아 주던 지미는 시끄럽고 짜증나게(크로도 인정하는 부분이었다.) 흐느끼다 말고 참았다.

"이제 좀 괜찮네." 로즈가 말했다.

"우리가 어떻게 했으면 좋겠어?"

"잠깐만. 지금 열심히 생각하는 중이야."

크로는 로즈가 무언가를 열심히 생각하고 있다는 자체가 이제 배리의 온 얼굴과 몸으로 번진 빨간 반점만큼이나 심란했지만 시키는 대로 아이폰을 귀에 대고 아무 말도 하지 않았다. 땀이 났다. 열이 나는 걸까 아니면 단순히 이 안이 더운 걸까? 크로는 양쪽 팔을 훑어보았지만 빨간 반점은 없었다. 아직까지는.

"가는 건 시간표대로 되고 있어?" 로즈가 물었다.

"지금까지는. 심지어 조금 빨라."

문을 짧게 두 번 두드리는 소리가 들렸다. 앤디가 밖을 내다보더니 문을 열었다.

"크로? 내 말 듣고 있는 거지?"

"응. 월넛이 배리 먹일 주스 사 왔거든. 목이 죽도록 아프다고 해서."

"이거 마셔 봐." 월넛은 뚜껑을 돌리며 배리에게 말했다. "사과주스야. 냉장고에서 꺼낸 거라 시원해. 식도가 확 진정될 거야."

배리는 팔꿈치를 딛고 몸을 일으켰고 월넛이 입술에 대고 조그만 유리병을 기울여 주자 벌컥벌컥 들이켰다. 크로는 그런 그의 모습을 보고 있기가 힘겨웠다. 그는 그렇게 나 혼자서는 아무것도 못 한다는 듯이 힘겹게 젖병을 빠는 어린양들을 본 적이 있었다.

"말은 할 수 있겠대, 크로? 할 수 있다고 하면 바꿔 줘."

크로는 지미를 팔꿈치로 밀치고 배리 옆에 앉았다.

"로즈야. 너랑 통화하고 싶대."

그는 배리의 귀에 전화기를 대고 잡아 주려고 했지만 배리가 전화기를 건네받았다. 주스 덕분인지 월넛이 먹인 아스피린 덕분인지 기운을 차린 모양이었다.

"로즈." 그가 쉰 목소리로 말했다. "미안해." 그는 고개를 끄덕이며 로즈가 하는 말을 들었다. "알아. 이해해. 나도……" 그는 로즈가 하는 말을 좀 더 들었다. "아냐, 아직은 괜찮아. 하지만…… 할 수 있어. 할게. 응. 나도 사랑해. 바꿔 줄게."

그는 전화기를 크로에게 건네고 잠깐 폭발했던 기운이 다했는지 쌓아 놓은 베개 위로 쓰러졌다.

"전화 바꿨어." 크로가 말했다.

"아직 사이클 시작 안 했어?"

크로는 배리를 흘끗 쳐다보았다.

"응."

"그나마 다행이네. 그래도 그 아이 찾을 수 있겠대. 제대로 찾을 수 있어야 할 텐데. 배리가 못하면 당신이 찾아야 해. *그 아이를 반드시 잡아야 하니까.*"

크로는 그녀가 그 아이(줄리안일지 에마일지 아니면 아브라일지 모르는)에게 눈독 들이는 나름의 이유가 있다는 걸 알았고 그로서는 그거면 충분했지만, 그보다 더 중요한 게 걸린 문제이기도 했다. 어쩌면 트루의 생존이 걸린 문제일 수 있었다. 위니바고 뒷칸에서 나지막이 상의했을 때 월넛이 말하길 그 아이는 아마 홍역에 걸린 적이한 번도 없겠지만 아이가 어렸을 때 받은 예방접종이 그들을 지켜

줄지 모른다고 했다. 확실하지는 않았지만 그래도 믿을 구석이 전혀 없는 것보다는 나았다.

"크로? 뭐라고 말 좀 해봐."

"찾을게." 그는 트루의 컴퓨터 전문가를 흘끗 쳐다보았다. "지미가 반경 한 블록 안에 사는 세 명으로 좁혀 놨어. 사진도 찾았고."

"잘했어." 잠시 말을 멈추었다 다시 꺼냈을 때 그녀의 목소리는 좀 전보다 나지막하고 따뜻하고 아주 살짝 흔들렸다. 크로는 로즈가 불안해하고 있다고 생각하기 싫었지만 그런 것 같았다. 그녀가 불안해하는 이유는 자기 자신이 아니라 트루 낫을 지켜야 하기 때문이었다. "당신도 알겠지만 배리도 아픈데 웬만한 일 같았으면 절대 강행하지 않았을 거야."

"당연하지."

"그 아이를 잡아서 완전히 기절시킨 다음 데려와. 알았지?"

"알았어."

"나머지도 병에 걸려서 전세기로 태워 가지고 와야 할 것 같으면……"

"그렇게 할게."

하지만 크로는 생각만 해도 끔찍했다. 그들은 멀쩡하다가도 비행기에서 내렸다 하면 병에 걸렸다. 평형감각이 무너지고 한 달 동안 환청이 들리고 마비 증상에 시달리고 구역질이 났다. 게다가 비행기를 이용하면 서류상으로 흔적이 남았다. 납치당해서 약에 취한 여자아이를 데리고 타야 하는 승객들 입장에서는 환영할 만한 일이 아니었다. 하지만 정 급하면 어쩔 수 없었다.

"이제 다시 출발해야지." 로즈가 말했다. "우리 배리를 잘 부탁해. 나머지 멤버들도."

"그쪽은 다들 아무 문제없지?"

"물론이지."

로즈는 말하고 그가 더 묻기 전에 전화를 끊어 버렸다. 상관없었다. 가끔은 텔레파시를 동원하지 않아도 상대방의 거짓말을 알아차릴 수 있는 법이었다. 심지어 얼뜨기들이라도 그 정도는 알았다.

그는 테이블 위로 전화기를 던지고 힘차게 손뼉을 쳤다.

"좋아, 이제 기름 넣고 출발하자. 다음 정거장은 매사추세츠 주 스터브리지. 월넛, 네가 배리 맡아. 앞으로 여섯 시간 동안 내가 운전할게. 다음은 지미, 네 차례야."

"집에 갔으면 좋겠는데." 지미 넘버스가 시무룩하게 말했다.

그가 뭐라고 또 말하려는 순간 뜨끈뜨끈한 손이 그의 손목을 잡았다.

"이 일은 선택의 여지가 없어." 배리가 말했다. 열 때문에 눈동자가 번들거렸지만 그래도 사리 분별이 또렷하고 지각 있는 눈빛이었다. 그 순간, 크로는 그가 그렇게 자랑스러울 수가 없었다. "선택의 여지가 전혀 없지. 그러니까 컴퓨터 보이, 남자답게 굴어. 트루가 먼저야. 늘 그렇듯이."

크로는 운전석에 앉아서 시동을 걸었다.

"지미." 그가 불렀다. "잠깐 이리 와서 앉아. 할 얘기가 있으니까."

지미 넘버스는 조수석에 앉았다.

"그 여자아이들 말이야, 몇 살이야? 혹시 알아?"

"아는 게 어디 그뿐이게? 사진을 다운받으면서 생활기록부를 해킹했거든. 일단 시작했으면 끝을 봐야지, 안 그래? 딘하고 크로스는 열네 살이야. 스톤은 한 살 어리고. 초등학교 때 한 학년 월반했거든."

"스팀이 느껴지는 대목이로군." 크로가 말했다.

"그렇지."

"셋 다 한 동네에 산다."

"응."

"그건 훈훈함이 느껴지는 대목이로군."

지미는 울어서 퉁퉁 부은 눈으로 웃음을 터뜨렸다.

"응. 여자애들이 어떤지 알잖아. 셋이서 똑같은 립스틱을 바르고 똑같은 인기 그룹에 대해 신음 소리를 낼지 몰라. 그래서 말하고 싶은 게 뭔데?"

"없어." 크로가 말했다. "그냥 정보 수집 차원에서. 정보가 힘이라고들 하잖아."

스팀헤드 스티브의 위니바고는 2분 뒤에 90번 고속도로로 다시 진입했다. 속도계 눈금이 100킬로미터에 고정되자 크로는 정속 주행 모드로 놓고 달렸다.

7

댄은 생각난 아이디어를 대충 설명하고 데이브 스톤의 반응을 기다렸다. 그는 고개를 숙이고 무릎 사이로 손깍지를 낀 채 한참 동안 아브라 옆에 앉아 있기만 했다.

"아빠?" 아브라가 불렀다. "제발 아무 말이라도 해봐요."

데이브는 고개를 들고 물었다.

"맥주 드실 분?"

댄과 존은 어안이 벙벙한 표정으로 서로 잠깐 쳐다보다 사양했다.

"나는 마시렵니다. 사실은 잭 더블샷이 마시고 싶지만 두 분이 말리지 않아도 오늘 저녁에 위스키를 마시는 건 좋은 생각이 못 된다고 내 손으로 선을 그을 거예요."

"제가 가지고 올게요, 아빠."

아브라가 부엌으로 달려갔다. 캔 따는 소리에 이어 쉭 하고 김이 빠져나오는 소리가 들렸다. 그 소리에 댄의 머릿속으로 추억들이 밀려들었다. 행복했다는 착각을 불러일으키는 추억들이 대거 밀려들었다. 그녀가 쿠어스 캔과 필스너 잔을 들고 돌아왔다.

"따라 드릴까요?"

"좋지."

댄과 존은 솜씨 좋은 바텐더처럼 무심하게 잔을 기울이고 거품이 최대한 나지 않게 옆면을 타고 흐르듯 맥주를 따르는 아브라의 모습을 감탄하며 묵묵히 바라보았다. 그녀는 잔을 아버지에게 건네고 캔은 그의 옆에 있는 바퀴 달린 트레이에 내려놓았다. 데이브는 꿀꺽한 모금 마시고 한숨을 쉬며 눈을 감았다가 다시 떴다.

"좋네요." 그가 말했다.

당연히 그렇겠지. 댄은 이렇게 생각하다가 그를 쳐다보는 아브라와 눈이 마주쳤다. 평소에는 모든 감정이 드러나던 그녀의 얼굴에서 표정을 읽을 수가 없었고 잠깐 동안은 그 얼굴 뒤로 어떤 생각들이 감추어져 있는지조차 파악할 수 없었다.

데이브가 말했다.

"말도 안 되는 아이디어지만 괜찮은 구석도 있네요. 그중에서도 가장 으뜸은 이…… 작자들을…… 내 눈으로 직접 확인할 수 있다는 거고요. 내 눈으로 직접 확인을 해야겠어요. 왜냐하면 (당신이 아무리 얘기해도) 그들의 존재를 못 믿겠거든요. 장갑이 있어도, 당신이 찾았다는 시신이 있어도."

아브라가 무슨 말을 하려고 입을 열었다. 하지만 그녀의 아버지가 가만히 있으라는 뜻에서 손을 들었다.

"*당신은* 믿는다는 걸 압니다." 그가 하던 말을 계속했다. "셋 다 믿는다는 걸요. 그리고 위험한 정신병자들이 우리 딸을 노리고 있을지 모른다는 것도 (강조하건대 그럴 수도 있다는 겁니다.) 믿고요. 당신의 계획에 적극 찬성합니다, 토런스 씨. 아브라를 동원하지 않는다면요. 내 아이를 미끼로 쓸 수는 없어요."

"아브라는 동원할 필요 없을 겁니다." 댄이 말했다.

그는 에탄올 공장 뒤 적재장에서 아브라의 존재로 인해 그가 어떤 식으로 시체 탐지견이 되었는지, 아브라가 그의 머릿속에서 눈을 뜨자 어떤 식으로 시야가 선명해졌는지 떠올리는 중이었다. 심지어 그녀를 대신해서 눈물까지 흘리지 않았던가. DNA 검사를 하면 그렇지 않다는 결과가 나오겠지만.

"그게 무슨 소리죠?"

"따님은 저희를 따라다니지 않아도 저희 곁에 있을 수 있거든요.

그런 쪽으로 특별한 능력이 있어서요. 아브라, 내일 학교 끝나고 갈 만한 친구네 집 있니? 하룻밤 자고 올 수도 있으면 좋은데."

"있어요. 에마 딘요."

흥분해서 눈을 반짝이는 것을 보면 그가 무슨 생각을 하고 있는지 벌써 짐작한 모양이었다.

"무슨 소리." 데이브가 말했다. "이 아이를 무방비로 방치할 수는 없어요."

"우리가 아이오와에 있는 동안 아브라를 항시 감시한 보초병이 있었는데요." 존이 말했다.

그 소리에 아브라는 눈썹을 쫑긋 세우고 입을 살짝 벌렸다. 댄은 아브라의 그런 반응을 보고 기뻤다. 그의 머릿속을 아무 때라도 뒤질 수 있었을 텐데 그의 부탁을 들어주었다는 뜻이었던 것이다.

댄은 휴대전화를 꺼내 단축번호를 눌렀다.

"빌리? 들어와서 이 자리에 끼지 그래요?"

3분 뒤, 빌리 프리먼이 스톤의 집 안으로 들어왔다. 그는 청바지에 뒷자락이 거의 무릎까지 내려오는 빨간색 플란넬 셔츠를 입고 티니 타운 철도청 모자를 쓰고 있다가 모자를 벗고 데이브, 아브라와 악수했다.

"아저씨가 이 분 위장에 문제가 생겼을 때 도와주셨죠?" 아브라가 댄을 돌아보며 말했다. "기억나요."

"결국에는 계속 내 머릿속을 뒤지고 있었군." 댄이 말했다.

그녀의 얼굴이 빨개졌다.

"일부러 그런 건 아니에요. 절대로. 가끔 나도 모르게 그럴 때가 있단 말이에요."

"그야 나도 모르지."

"송구스럽게 됐습니다, 프리먼 씨." 데이브가 말했다. "보디가드로 활동하기에는 연세가 조금 많은 게 아닌가 싶긴 합니다만. 이쪽이 문제의 저희 딸아이입니다."

빌리는 셔츠자락을 들어서 까만색의 너덜너덜한 케이스 안에 든 자동 권총을 보여 주었다.

"일-구-일-일 콜트요." 그가 말했다. "완전 자동. 제작 시기는 제 2차 세계 대전. 이 녀석도 늙었지만 제 몫을 한다오."

"아브라?" 존이 물었다. "그 인간들도 총에 맞으면 죽을까? 아니면 어린애들 전염병만 효과가 있을까?"

아브라는 총을 쳐다보고 있었다.

"그럼요." 그녀가 대답했다. "총에 맞으면 죽죠. 그 사람들, 유령 아니에요. 우리 같은 실제 인간이에요."

존은 댄을 보며 물었다.

"당신은 총 없죠?"

댄은 고개를 끄덕이고 빌리를 쳐다보았다.

"사슴 사냥용 소총 빌려줄 수 있는데." 빌리가 말했다.

"그걸로는…… 부족할 것 같은데요." 댄이 말했다.

빌리는 잠깐 생각하는 눈치였다.

"알았어, 내가 매디슨에 아는 친구가 있거든. 좀 더 큰 물건을 사고파는 친구야. 개중에는 아주 큰 물건도 있고."

"맙소사." 데이브가 말했다. "사태가 점점 심각해지고 있네."

하지만 그는 더 이상 아무 말도 하지 않았다.

댄이 말했다.

"빌리 아저씨, 내일 열차를 전세 낼 수 있을까요? 해 질 무렵에 클라우드 갭으로 소풍가고 싶다고 하면 말이에요."

"그럼. 특히 노동절이 지나서 요금이 저렴해지면 전세 내는 사람들 많아."

아브라는 미소를 지었다. 댄이 예전에도 본 적 있는 미소였다. 화가 났을 때 짓는 미소였다. 표적의 레퍼토리 안에 저런 미소도 들어있는 걸 알았더라면 트루 낫도 다시 한 번 생각해 보지 않았을까?

"훌륭해요." 그녀가 말했다. "훌륭해요."

"아브라?" 데이브는 당혹스러워하는 표정이었고 살짝 겁이 난 것 같기도 했다. "훌륭하다니 뭐가?"

아브라는 그의 말을 무시한 채 댄에게 말했다.

"야구하는 아이한테 한 짓을 생각하면 그 인간들은 당해도 싸요."

그녀는 그 미소를 지우려는 듯이 오므린 손으로 입술을 훔쳤지만, 손을 치웠을 때도 여전히 이 끝을 살짝 드러내며 웃고 있었다. 그녀는 주먹을 쥐었다.

"당해도 싸요."

3부

생사가 걸린 문제

13장
클라우드 갭

EZ 메일 서비스는 일렬로 늘어선 상가의 스타벅스와 오라일리 자동차 부품 판매점 사이에 있었다. 크로는 오전 10시가 되자마자 들어가서 헨리 로스먼의 신분증을 보여 주고 서명을 한 다음 신발상자만 한 꾸러미를 겨드랑이에 끼고 나왔다. 에어컨을 켰음에도 불구하고 위니바고 안이 배리의 몸에서 풍기는 환자 냄새로 진동했지만 그들은 익숙해져서 거의 느끼지 못했다. 상자의 발신인 란에는 뉴욕 플러싱에 있는 어느 배관부품업체의 주소가 적혀 있었다. 실제로 그런 회사가 존재하기는 했지만 이 꾸러미하고는 무관한 업체였다. 크로, 방울뱀, 지미 넘버스가 지켜보는 가운데 월넛이 스위스 아미 칼로 테이프를 가르고 덮개를 열었다. 그런 다음 안에서 빵빵한 비닐 충전재와 두 겹으로 접은 솜뭉치를 꺼냈다. 그 아래 스티로폼 상자 안에 아무 라벨도 없이 담황색 액체가 담긴 큼지막한 유리병과 주사기 여덟 개, 화살 여덟 개, 뼈대로만 이루어진 권총이 들어 있었다.

"맙소사, 반 전체를 중동으로 보내도 될 만한 분량이네."

지미가 말했다.

"로즈가 이 *치키타*(스페인어로 귀여운 꼬마라는 뜻 — 옮긴이)를 엄청 대접하는 거지." 크로가 말했다. 그는 진정제 투입용 권총을 스티로폼 상자에서 꺼내 살펴본 다음 다시 들여놓았다. "우리도 그럴 거고."

"크로!" 배리가 쉰 목소리로 외쳤다. "이리 와봐!"

크로는 상자 안에 든 물건들을 월넛에게 맡기고 침대에 누워서 땀을 흘리고 있는 사내에게 다가갔다. 배리는 이제 수백 개의 새빨간 반점으로 온몸이 뒤덮였고, 두 눈은 퉁퉁 부어서 거의 감길 지경이었고, 머리카락은 이마에 들러붙었다. 크로는 그에게서 뿜어져 나오는 열기가 느껴졌지만 플릭 할아범에 비하면 칭크가 훨씬 튼튼했다. 아직 사이클은 시작되지 않았다.

"다들 괜찮아?" 배리가 물었다. "열은 안 나고? 반점도 안 보이고?"

"괜찮아. 우리는 신경 쓰지 말고 쉬기나 해. 눈 좀 붙이든지."

"죽으면 잘 생각인데 아직 이렇게 살아 있잖아." 충혈된 배리의 눈이 반짝였다. "그 아이를 찾았어."

크로는 덥석 그의 손을 잡았다가 나중에 비누 거품을 많이 내서 뜨거운 물로 씻어야겠다고 생각했다가 *그래 봐야* 무슨 소용일까 생각했다. 그들은 모두 다 그와 한 공기를 마셨고 돌아가며 화장실 수발을 들었다. 손으로 그의 온몸을 구석구석 만졌다.

"셋 중 누구인지 알겠어? 이름이 뭔지 알아냈어?"

"아니."

"그 아이는 우리가 가고 있다는 걸 알아?"

"아니. 질문 그만하고 내가 알아낸 걸 들어 봐. 그 아이는 지금 로즈를 생각하고 있어. 그래서 내가 접속할 수 있었던 거야. 하지만 이름을 아는 건 아니야. '기다란 송곳니가 있는 모자 쓴 여자', 그렇게 불러. 이 아이는……" 배리는 옆으로 고개를 돌리더니 축축한 손수건에 대고 기침을 했다. "이 아이는 로즈를 무서워하고 있어."

"당연히 그렇겠지." 크로는 무뚝뚝하게 말했다. "또 없어?"

"햄 샌드위치. 데빌드 에그(삶은 달걀을 반으로 잘라서 노른자를 긁어낸 다음 이것을 여러 가지 재료와 섞어서 다시 채워 넣는 요리 — 옮긴이)."

크로는 기다렸다.

"확실하지는 않지만 아마…… 소풍을 가려고 하나 봐. 부모님이랑. 목적지는…… 장난감 기차?"

배리는 미간을 찌푸렸다.

"무슨 장난감 기차? 어디인데?"

"모르겠어. 좀 더 가까워지면 알 수 있을 거야. 분명히 알 수 있을 거야." 배리가 크로의 손을 잡더니 아플 정도로 세게 눌렀다. "그 아이라면 나를 살릴 수 있을지 몰라, 대디. 내가 버티는 동안 네가 그 아이를 잡아서…… 스팀을 토할 정도로 괴롭히면…… 그럼 어쩌면……"

"그럴 거야." 크로는 이렇게 말했지만 시선을 떨구자 (아주 잠깐 동안이지만) 그를 움켜쥔 배리의 손가락뼈가 보였다.

2

아브라는 금요일인 그날, 학교에서 유난히 말이 없었다. 평소에 명랑한 수다쟁이였던 그녀가 그런 모습을 보여도 교직원들은 아무도 이상하게 생각하지 않았다. 그녀의 아버지가 그날 아침, 보건교사에게 전화를 걸어 다른 선생님들에게 양해를 구해 달라고 부탁했기 때문이었다. 아브라가 학교에 가겠다고 해서 보내기는 했지만 그 전날 아브라의 증조할머니한테서 안 좋은 소식이 들렸다고 했다.

"아이가 아직 충격에서 벗어나지 못해서요." 데이브가 말했다.

보건교사는 이해한다고, 다른 선생님들에게 그렇게 전하겠다고 했다.

아브라는 그날 하루 종일 양쪽을 왔다 갔다 하는 데 집중했다. 머리를 두드리면서 동시에 배를 문지르는 것과 같아서 처음에는 어렵지만 요령을 터득하면 쉬워졌다.

그녀의 일부분은 육신과 함께 남아서 이따금 수업시간 때 질문에 대답하고(초등학교 1학년 때부터 손을 들고 발표하는 데는 도가 텄지만 지금은 양손을 단정하게 책상 위에 올려놓고 있는데도 이름이 불리면 짜증이 났다.), 점심시간에 친구들과 이야기하고, 레니 선생님에게 체육시간에 도서관에 있어도 되느냐고 물었다.

"배가 아파서요."

중학교에서 이 말은 *생리* 중임을 알리는 암호였다.

학교를 마치고 에마네 집에 가서도 똑같이 별 말을 하지 않았지만 크게 문제될 게 없었다. 에마는 책을 좋아하는 집안 출신이었고 지금 『헝거 게임』을 세 번째로 읽는 중이었다. 퇴근한 딘 씨가 말을 붙여 보려고 했지만 아브라가 단답형으로 대답하고 딘 부인이 경고의 눈빛을 보내자 포기하고 《이코노미스트》 최신호 속으로 빠져들었다.

아브라는 에마가 책을 치우고 잠깐 뒷마당으로 나가서 놀지 않겠느냐고 묻는 것을 어렴풋이 인식했지만 그녀의 대부분은 댄과 함께 있었다. 그의 눈을 통해 보고, 그의 손과 발을 통해 헬렌 리빙턴의 작은 엔진을 조종하는 것을 느끼고, 그가 먹는 햄 샌드위치와 곁들인 레모네이드 맛을 음미했다. 댄이 그녀의 아버지에게 말을 건넸을 때 실제로 이야기한 사람은 아브라였다. 존 박사는? 그는 열차 맨 뒷자리에 앉아 있었고 그러므로 그 열차 안에 존 박사라는 사람은 없었다. 그저 모모에 대해서 안 좋은 소식을 접한 그들 부녀가 단둘이서 단출한 시간을 보내고 있을 따름이었다.

가끔 야구하는 아이를 죽을 때까지 괴롭히다 그 흉측하고 탐욕스러운 송곳니로 아이의 피를 핥았던 모자 쓴 여자가 생각날 때도 있었다. 어쩔 수 없는 현상이었고 그래도 상관없지 않을까 싶었다. 배리가 그녀의 머릿속을 들여다보고 있더라도 로즈에 대한 공포를 이상하게 받아들일 리 없었다.

지금 트루 낫의 위치 추적 전문가가 건강했더라면 그녀가 쓰는 술수에 속아 넘어가지 않았을 테지만 배리는 지금 중환자였다. 그는 그녀가 로즈의 이름을 알고 있다는 걸 몰랐다. 심지어 2015년은 되어야 운전면허증을 딸 수 있는 중학생이 어떻게 티니타운 열차를 몰고 프레이저 서쪽의 숲 속을 달리고 있는지 그것조차 의아해하지 않았다. 만약 의아해했더라도 이 열차는 운전사가 필요 없나 보다고 판단했을 것이다.

그는 이걸 장난감이라고 생각하거든.

"……스크래블 할래?"

"응?"

그녀는 에마를 돌아보았고 처음에는 거기가 어딘지 알아차리지 못했다. 그런데 정신을 차리고 보니 그녀가 농구공을 잡고 있었다. 그래, 뒷마당이지. 두 사람은 호스 농구 게임을 하고 있었다.

"나랑 우리 엄마랑 같이 스크래블 하겠느냐고. 이거 너무 재미없어."

"네가 이기고 있구나?"

"뭐야! 세 게임 다 이겼는데. 너, 정신이 딴 데 가 있는 거 아니야?"

"미안, 모모가 걱정돼서. 스크래블 좋아."

사실은 좋은 정도가 아니었다. 에마와 그녀의 엄마는 온 우주를 통틀어서 가장 느려터진 스크래블 플레이어였고 시간을 재자고 하면 노발대발했다. 따라서 이곳에 신경 쓰는 시간을 최소화할 수 있는 기회가 무궁무진하게 주어질 것이었다. 배리가 아프기는 해도 죽은 것은 아니었기에 아브라가 일종의 텔레파시 복화술을 시도하고 있다는 것을 알아차리면 사태가 아주 심각해질 수 있었다. 그녀가 사실은 어디 있는지 알아낼 수도 있었다.

얼마 안 남았어. 조만간 그들이 일제히 들이닥칠 거야. 하느님, 제발 아무 일 없게 해 주세요.

에마가 1층 오락실의 테이블 위에 놓인 잡동사니를 치우고 딘 부인이 스크래블 판을 설치하는 동안 아브라는 화장실에 다녀오겠다고 했다. 정말 소변이 마려워서 그런 것이기는 했지만 얼른 거실로 빙 돌아가서 내닫이창 밖을 확인했다. 빌리의 트럭이 맞은편에 서 있었다. 그는 커튼이 흔들리는 것을 보고 그녀를 향해 엄지손가락을 들어보였다. 아브라도 똑같이 따라했다. 그런 다음 의식의 대부분은 헬렌 리빙턴에 남겨 둔 채 일부분만 들고 화장실로 갔다.

아빠랑 도시락 먹고 쓰레기 치우고 해 지는 거 본 다음 돌아갈 거야.

아빠랑 도시락 먹고 쓰레기 치우고 해 지는 거 본 다음……

생각지도 못했던 불쾌한 장면이 그녀의 머릿속을 비집고 들어왔는데 다시 원상회복하지 못할 만큼 충격이 컸다. 한 남자와 두 여자였다. 남자는 등에 독수리가 있었고 여자는 둘 다 허리춤에 문신을 새겼다. 아브라의 눈에 문신이 보인 이유는 그들이 한심한 옛날 옛적 디스코 음악을 틀어놓고 수영장 옆에서 알몸으로 섹스를 하고 있기 때문이었다. 여자들은 가짜로 계속 신음 소리를 내고 있었다. 도대체 무슨 광경을 맞닥뜨리게 된 걸까?

그들이 벌이는 행각으로 인한 충격 때문에 아슬아슬하게 유지되고 있던 균형이 무너졌고 잠깐 동안 아브라의 모든 의식이 한쪽, 그러니까 이곳으로 쏠렸다. 수영장 옆에 있는 사람들을 들여다보니 흐릿했다. 진짜가 아니었다. 거의 유령에 가까웠다. 그런데 왜 그렇게 보이는 걸까? 왜냐하면 배리 자체가 거의 유령에 가까운 인물이고 사람들이 수영장 옆에서 섹스하는 광경을 구경하는 데 전혀 관심이 없어서……

이 사람들이 실제로 수영장 옆에 있는 게 아니라 TV로 보이는 화

면이구나.

배리 칭크는 포르노 TV를 보면서 그녀의 시선을 느끼고 있을까? 그녀가 그와 다른 사람들을 지켜보고 있다는 것을? 아브라는 장담할 수 없었지만 그렇지는 않은 것 같았다. 하지만 그들은 그녀가 그러고 있을지 모른다는 일말의 가능성을 염두에 두기는 했다. 그건 의심할 여지가 없었다. 그녀가 접근할 경우 충격 요법으로 쫓아내거나 그녀의 존재를 들통 나게 만들려고 그런 수법을 동원한 것이었다.

"아브라?" 에마가 불렀다. "준비 다 됐어!"

게임은 이미 시작됐어. 스크래블보다 훨씬 엄청난 게임이.

얼른 균형을 되찾아야 했다. 쓰레기 같은 디스코 음악이 흐르는 포르노 TV는 신경 쓸 필요 없었다. 그녀는 조그만 열차를 타고 있었다. 조그만 열차를 몰고 있었다. 특별 선물이었다. 그녀는 재미있는 시간을 보내고 있었다.

아빠랑 도시락 먹고 쓰레기 치우고 해 지는 거 본 다음 돌아갈 거야. 모자 쓴 여자가 무섭기는 하지만 많이 무섭지는 않아. 집을 떠났으니까. 아빠랑 같이 클라우드 갭에 갈 거니까.

"아브라! 변기에 빠졌어?"

"나가!" 그녀는 큰소리로 외쳤다. "손 좀 씻을게!"

나는 아빠랑 같이 있다. 나는 아빠랑 같이 있다. 그뿐이다.

아브라는 거울 속에 비친 자신을 바라보며 속삭였다.

"계속 그 생각만 하고 있어."

3

지미 넘버스가 브레턴 우즈 휴게소에 차를 댔다. 문제의 그 아이
가 사는 애니스턴에서 엎어지면 코 닿을 데 있는 휴게소였다. 하지
만 아이는 거기 없었다. 배리의 말에 따르면 동남쪽으로 조금 더 가
면 나오는 프레이저에 있다고 했다. 아빠와 소풍을 떠났다. 위험을
모면하려고. 퍽이나 도움이 될 것이다.

방울뱀이 첫 번째 비디오를 DVD 플레이어에 넣었다.「수영장에서
펼쳐지는 케니의 모험」이라는 비디오였다.

"아이가 이걸 보면 교육이 되겠지."

그녀는 이렇게 말하면서 재생 버튼을 눌렀다.

월넛은 배리의 옆에 앉아서 가능한 한 주스를 좀 더 먹이려고 했
지만…… 쉽지 않았다. 배리가 실질적으로 사이클을 시작했기 때문
이었다. 그는 주스나 수영장 옆에서 펼쳐지는 3인의 정사에 거의 관
심이 없었다. 그것이 그들의 규칙이었기에 화면만 쳐다볼 따름이었
다. 온전한 상태로 되돌아올 때마다 신음 소리가 더 커졌다.

"크로." 그가 말했다. "이리 와봐, 대디."

크로는 당장 월넛을 팔꿈치로 밀치고 그의 옆에 앉았다.

"좀 더 가까이."

배리가 속삭였고 크로는 (잠깐 망설이다) 배리가 시키는 대로 했다.

배리가 입을 열었지만 뭐라고 말을 꺼내기도 전에 다시 사이클이
시작됐다. 그의 피부가 희부옇게 바뀌었다가 이내 투명해졌다. 앙다
물고 있는 그의 치아와 고통으로 얼룩진 눈동자가 매달린 눈구멍과

(가장 끔찍하게는) 어둑어둑하고 울퉁불퉁한 뇌가 보였다. 크로는 뼈다귀 둥지로 변한 손을 잡고 기다렸다. 저 멀리서 귀에 거슬리는 디스코 음악이 계속 이어졌다. 크로는 생각했다. *저 인간들 분명 약에 취했을 거야. 그렇지 않고서야 저런 음악에 맞춰서 떡을 칠 수가 없지.*

천천히, 천천히 배리 칭크의 몸이 불투명해졌다. 이번에 그는 돌아오면서 비명을 질렀다. 그의 이마 위로 땀이 맺혔다. 이제는 핏방울처럼 새빨개진 반점들도 맺혔다.

그가 입술을 축이고 말했다.

"내 말 잘 들어."

크로는 귀를 기울였다.

4

댄은 아브라가 채울 수 있도록 최선을 다해서 머릿속을 비웠다. 그는 헬렌 리빙턴을 몰고 클라우드 갭까지 워낙 자주 왔다 갔다 했기 때문에 거의 기계적인 운전이 가능할 정도였고 존이 총(자동 권총 두 자루와 빌리가 준 사슴 사냥용 소총)을 들고 뒤쪽 승무원실 앞자리에 타고 있었다. 눈에서 멀어지면 마음에서도 멀어지기 마련이다. 아니, 거의 그렇다. 잠이 들어도 의식은 완전히 죽지 않는 법인데 아브라의 기운이 어찌나 강력한지 조금 겁이 날 정도였다. 댄은 아브라가 계속 그의 머릿속에 머물며 지금과 같은 세기로 줄기차게 떠들어 대면 조만간 자신이 산뜻한 샌들과 거기에 잘 어울리는 액세서리를 사러 나설 것 같다는 생각이 들었다. 끝내주는 라운드 히어 멤버들을 떠올리며 넋을 잃는 건 물론이고.

그녀가 (막판에) 낡은 토끼 인형 호피를 들고 가라고 한 게 도움이 됐다.

"그러면 집중할 대상이 생기거든요."

그들은 전혀 몰랐지만 얼뜨기 시절의 이름이 배리 스미스였던, 인간이라고는 볼 수 없는 어떤 신사분이 이 말을 들었더라면 무슨 소리인지 완벽하게 이해했을 것이다. 그가 플릭 할아범에게 전수받아서 숱하게 써먹은 수법이 그것이었다.

데이브 스톤이 가족에 얽힌 추억을 (대부분 아브라는 처음 듣는 이야기였다.) 계속 끄집어낸 것도 도움이 됐다. 그래도 댄은 그녀를 찾아내는 임무를 책임진 자가 아프지 않았다면 이 방법이 과연 먹혀들었을지 자신할 수 없었다.

"다른 사람은 이 위치 추적이라는 걸 못 하니?"

그는 그녀에게 물었다.

"모자 쓴 여자는 이 나라의 절반만큼 떨어져 있어도 할 수 있는데 몸을 사리고 있어요." 그 심란한 미소가 아브라의 입가를 장식하자 이 끝이 드러났다. 그녀가 실제보다 몇 살 많게 보였다. "로즈는 나를 무서워하거든요."

아브라가 계속 댄의 머릿속에 눌러 앉아 있는 건 아니었다. 가끔 그녀가 저쪽으로 건너가서 바보처럼 브래들리 트레버의 야구 장갑을 껴보았던 그자에게 (정말이지 아주 조심스럽게) 접속을 시도하는 게 느껴질 때도 있었다. 그녀의 전언에 따르면 그들은 스타브리지(스타브리지가 아니라 분명 스터브리지일 테지만)라는 마을에 들렀다가 거기서 국도를 타고 그녀의 뇌파가 보내는 밝은 신호를 향해 달렸다. 그러다 국도변 식당에서 점심을 먹고 여유롭게 여행의 마지막 구간을 준비했다. 그들은 그녀의 행선지를 알고 있었는데 클라우드 갭이 외딴 곳이었기에 그대로 내버려 둘 작정이었다. 덕분에 일이 쉬워졌다는 게 그들의 생각이었고 그렇게 생각해 주니 다행이었지만, 이것이 워낙 텔레파시로 하는 레이저 수술 비슷한 작업이라 신중을 기해야 했다.

포르노의 한 장면(수영장에서 펼쳐지는 그룹 섹스 비슷한)이 댄의 머릿속을 가득 메우는 불안한 순간도 있었지만 금세 사라졌다. 댄은 (프로이트 박사의 말에 따르면) 온갖 원시적인 이미지들이 숨겨져 있다는 그녀의 무의식을 그가 엿본 모양이라고 생각했다. 그런 식으로 추측했던 것을 나중에 후회하게 되겠지만 그의 탓은 아니었다. 그는 사람들의 가장 사적인 부분은 기웃거리지 않도록 훈련을 쌓았던 것이다.

댄은 헬렌 리빙턴의 나비 모양 핸들을 한 손으로 움직였다. 다른 손은 무릎 위에 올려놓은 지저분한 인형을 잡고 있었다. 이제 화려하게 타오르기 시작한 울창한 숲이 양옆으로 지나갔다. 이른바 차장석이라고 불리는 오른쪽 좌석에서는 데이브가 가족들에 얽힌 옛날 이야기를 딸에게 조잘조잘 들려주며 무덤 속에서 잠자고 있던 조상의 유령을 한 명 넘게 깨웠다.

"네 엄마가 어제 아침에 전화했을 때 그러는데 모모네 아파트 지하실에 여행 가방이 하나 보관되어 있었대. 알레산드라라고 적힌 여행 가방이. 알레산드라가 누군지 알지?"

"샌디 할머니요." 댄이 대답했다. 맙소사, 심지어 그의 목소리마저 평소보다 높게 변했다. 더 어리게 변했다.

"그렇지. 이 이야기는 어쩌면 네가 모르는 것일 수도 있는데 그렇다면 아빠가 얘기한 적 없다는 뜻이야. 그렇겠지?"

"그렇죠, 아빠."

댄은 그의 양쪽 입 꼬리가 올라가는 것을 느낄 수 있었다. 몇 킬로미터 먼 곳에서 아브라가 지금까지 모아놓은 스크래블 블록을 보며 미소를 짓고 있기 때문이었다. S, P, O, N, D, L, A였다.

"샌디 할머니가 SUNY(뉴욕주립대학교 말이다.) 올버니 분교를 졸업하고 초등학교에서 아이들을 가르쳤을 때 일이야. 버몬트 주였나 매사추세츠 주였나 뉴햄프셔 주였나, 까먹었다. 아무튼 8주 동안 가르치기로 되어 있었는데 중간에 그만두셨지. 그래도 거기서 웨이트리스나 뭐 그런 아르바이트를 하면서 공연장과 파티장을 뻔질나게 드나드셨을 거야. 너희 할머니가 워낙……"

5

(놀기 좋아하는 아가씨였거든.)

그 소리에 아브라는 수영장 옆에서 흘러간 디스코 음악에 맞춰 헐떡이며 뒹굴던 세 명의 섹스 중독자가 생각났다. 으웩. 아주 이상한 방식으로 노는 사람들도 다 있었다.

"아브라?" 이번에는 딘 부인이 그녀를 불렀다. "네 차례야."

이런 식으로 한참 동안 계속했다가는 신경쇠약증에 걸릴 것 같았다. 집에 혼자 있었더라면 훨씬 쉬웠을 텐데. 아버지 앞에서 슬쩍 운을 떼보기도 했지만 아버지는 들은 척도 하지 않았다. 프리먼 씨가 감시하고 있을 거래도 소용없었다.

그녀는 게임판에 있던 U를 써서 POUND를 만들었다.

"고마워, 아바-두퍼스. 나 거의 끝나 간다." 에마가 말했다.

그녀는 게임판을 자기 앞으로 돌리고 기말고사를 보는 수험생처럼 눈을 반짝이며 연구하기 시작했다. 앞으로 최소한 5분, 어쩌면 10분 동안 계속 그럴 것이다. 그러다 RAP이나 PAD처럼 한심한 단어를 만들 것이다.

아브라는 헬렌 리빙턴 쪽으로 돌아갔다. 아버지가 하는 이야기가 재미있기는 했지만 아버지의 예상과 달리 그녀도 어느 정도 아는 이야기였다.

(아비? 내 말……)

6

"아비? 내 말 듣고 있니?"

"그럼요." 댄이 말했다. 단어를 만드느라 잠깐 다녀온 거예요. "재미있네요."

"아무튼 그때 모모는 맨해튼에서 살고 있었는데 그해 6월에 알레산드라가 모모를 찾아왔대. 임신한 몸으로."

"엄마를 임신한 몸으로요?"

"그렇지, 아바-두."

"그러니까 엄마가 *사생아*였어요?"

정말로 깜짝 놀란 목소리인데 살짝 과장된 기미가 없지 않았다. 대화에 동참하는 것도 아니고 엿듣는 것도 아닌 특이한 입장에 놓인 댄이 보기에는 가슴 뭉클하면서도 귀여운 코미디였다. 아브라는 자기 어머니가 사생아였다는 걸 알고 있었다. 어머니에게 작년에 들었던 것이다. 이상하게 들릴지 몰라도 아브라는 지금 순진한 아버지를 보호하느라 연극을 하고 있었다.

"그렇단다. 하지만 그게 죄는 아니야. 사람이 살다 보면…… 뭣이냐…… 헷갈릴 때도 있거든. 족보상 이상한 곁가지가 자랄 수도 있는 거고 너한테 그걸 비밀로 할 이유는 없잖니."

"샌디 할머니는 엄마가 태어나고 2~3개월 만에 돌아가셨죠? 교통사고로."

"응. 모모가 루시를 오후 반나절 동안 맡았다가 죽 키우게 되었지. 그래서 두 사람이 그렇게 가까운 거야. 너희 엄마가 늙고 병이 든 모모를 보며 그렇게 힘들어하는 것도 그 때문이고."

"샌디 할머니를 임신시킨 남자는 누구였어요? 할머니가 얘기 안 했어요?"

"그게 말이다." 데이브가 말했다. "재미있는 게, 샌디 할머니가 얘기했을지 몰라도 모모는 아무한테도 알려 주지 않았어." 그는 숲을 가르며 철길이 이어지는 앞쪽을 가리켰다. "봐라, 거의 다 왔대!"

그들은 '클라우드 갭 피크닉장, 앞으로 2분'이라고 적힌 표지판을 지나갔다.

7

크로 일당은 애니스턴에 잠깐 들러서 위니바고에 기름을 넣었지만 리치랜드 코트에서 최소한 1.5킬로미터는 떨어진 메인 가 남쪽에서 넣었다. 차가 마을을 벗어났을 때(이번에는 방울뱀이 운전대를 잡았고 DVD 플레이어에서는 「멋들어진 여학생 클럽 멤버들」이라는 장편 서사극이 흘러나왔다.) 배리가 지미 넘버스를 침대로 불렀다.

"좀 더 서둘러 줘." 배리가 말했다. "그들이 거의 도착했어. 클라우드 갭이라는 곳인데. 내가 얘기했던가?"

"응, 했어." 지미는 배리의 손을 토닥이려다 생각을 바꾸었다.

"조만간 도시락을 꺼낼 거야. 그때 덮치면 돼. 앉아서 도시락을 먹고 있을 때."

"우리가 알아서 잘 처리할게." 지미는 약속했다. "그리고 제때 스팀을 쥐어짜서 너한테 먹일게. 로즈도 안 된다고 하지 못할 거야."

"절대 그런 소리 안 하겠지." 배리가 말했다. "하지만 나는 이미 늦었어. 너라면 모를까."

"응?"

"네 팔을 봐."

지미가 팔을 쳐다보자 팔꿈치 아래쪽의 부드럽고 하얀 살 위로 제일 먼저 꽃을 피운 반점들이 눈에 들어왔다. 죽음의 빨간 반점. 보기만 해도 침이 말랐다.

"이런 젠장, 또 시작이다."

배리가 신음 소리를 내자 있지도 않은 몸 위로 옷가지가 풀썩 내려앉았다. 지미는 그가 침을 삼키는 것을 보았는데…… 다음 순간 목구멍이 사라져 버렸다.

"저리 가." 월넛이 말했다. "내가 돌볼게."

"그래? 뭘 어쩌려고? 이미 못 쓰게 돼 버렸는걸."

지미는 앞쪽으로 걸어가서 크로가 앉았던 조수석에 털썩 주저앉았다.

"14-A 대로로 프레이저를 빙 돌아서 가." 그가 말했다. "시내를 관통하는 것보다 그게 더 빨라. 소코 강변길에서……"

방울뱀이 GPS를 두드렸다.

"이미 입력해 놨어. 날 장님으로 아는 거야 아니면 바보로 아는 거야?"

지미의 귀에는 그녀가 하는 말이 거의 들리지 않았다. 이대로 죽을 수는 없다는 생각뿐이었다. 놀라운 컴퓨터 혁명이 이제 막 시작되려는 찰나인데 이렇게 젊은 나이에 죽을 수는 없었다. 게다가 사이클이 시작돼서 돌아올 때마다 느껴질 뼈가 으스러지는 고통을 생각하면……

안 돼. *안 돼*. 절대 안 돼. 그럴 수는 없어.

위니바고의 널찍한 앞 유리창을 통해 늦은 오후 햇살이 비스듬히 들어왔다. 아름다운 가을 햇살이었다. 가을은 지미가 가장 좋아하는 계절이었고 그는 내년 가을에도 살아서 트루 낫과 함께 여행하며 지낼 작정이었다. 내후년에도. 그 이듬해에도. 다행히 그는 적임자들과 함께 이번 임무를 맡았다. 크로 대디는 용감하고 임기응변에 능하고 약삭빨랐다. 트루는 과거에도 힘든 시절이 있었다. 이번에는 그의 인도 아래 극복할 수 있을 것이다.

"클라우드 갭 피크닉장이라고 적힌 표지판이 나오는지 잘 봐. 놓치지 말고. 배리 말로는 그들이 거의 도착했대."

"지미, 너 때문에 골이 지끈거린다." 방울뱀이 말했다. "조용히 기다려. 한 시간 아니면 그 전에 도착할 테니까."

"힘껏 밟아." 지미 넘버스가 말했다.

방울뱀 앤디는 씩 웃으며 시키는 대로 했다.

소코 강변길로 접어들었을 때 배리 칭크가 마지막 사이클을 끝으로 사라지고 옷가지만 남았다. 그의 열로 달구어져서 여전히 뜨끈했다.

8

(배리가 죽었어요.)

이 생각이 댄의 머릿속에 닿았을 때 그 안에 공포의 기미는 없었다. 일말의 동정심도 없었다. 오로지 만족감뿐이었다. 아브라 스톤이 겉보기에는 남들보다 좀 더 예쁘고 많이 똑똑한 미국의 평범한 여자아이 같을지 몰라도 속을 파헤쳐 보면(그것도 깊숙이 파헤칠 필요도 없었다.) 사납고 잔인한 바이킹 여전사가 들어 있었다. 그녀에게 형제

나 자매가 없는 것이 아쉬울 따름이었다. 있었더라면 그녀가 목숨을 바쳐서 보호했을 텐데.

열차가 울창한 숲에서 빠져나오자 댄은 헬렌 리빙턴의 기어를 일단으로 바꾸고 울타리가 쳐진 경사로를 달렸다. 아래에서는 소코 강이 저물어가는 햇빛을 받고 금빛으로 반짝였다. 물줄기를 양옆에 두고 가파른 내리막으로 이어지는 숲은 주황색, 빨간색, 노란색, 보라색으로 이글거렸다. 머리 위를 지나가는 뭉게구름은 손을 내밀면 닿을 듯이 가깝게 느껴졌다.

그는 '클라우드 갭 역'이라고 적힌 표지판 옆에서 치익 소리를 내며 에이브레이크를 당겨 열차를 세우고 시동을 껐다. 무슨 말을 하면 좋을지 알 수가 없었던 것도 잠시, 아브라가 그의 입을 빌려 그 대신 말을 했다.

"운전 맡겨 주셔서 고마워요, 아빠. 이제 우리 노략질 가요." 에마네 집 오락실에서 아브라가 방금 전에 만든 단어가 노략질이었다. "아니, 소풍 가자고요."

"열차 안에서 그렇게 먹어 놓고 배가 고프다니 믿기지가 않는다." 데이브가 놀렸다.

"하지만 배가 고픈걸요? 제가 거식증 환자가 아니라서 기쁘지 않으세요?"

"기쁘지." 데이브가 말했다. "정말로 기쁘지."

댄이 곁눈질로 훔쳐보니 존 돌턴이 고개를 숙이고 두툼하게 깔린 솔잎으로 발소리를 죽이며 피크닉장을 가로지르고 있었다. 한 손에는 권총을, 다른 손에는 빌리 프리먼의 소총을 들고 있었다. 자동차 주차장 주변을 나무들이 에워싸고 있었다. 존은 한 번 뒤를 돌아보고 나서 그 속으로 사라졌다. 여름 같았으면 손바닥만 한 주차장과 피크닉 테이블이 꽉 찼을 것이다. 하지만 지금은 9월 말 주중 오후라 클라우드 갭에 그들 말고는 개미 새끼 한 마리 없었다.

데이브가 댄을 쳐다보았다. 댄은 고개를 끄덕였다. 아브라의 아버지(성향 상으로는 불가지론자이지만 핏줄 상으로는 가톨릭 신자인)는 허공에 대고 성호를 긋고 존을 따라 숲 속으로 들어갔다.

"여기 참 예뻐요, 아빠." 댄이 말했다.

보이지 않는 그의 승객은 이제 호피한테 대고 말했다. 남은 게 호피밖에 없기 때문이었다. 댄은 우둘투둘하니 털은 다 빠지고 눈은 한쪽밖에 없는 토끼를 피크닉 테이블에 앉혀놓고 버들가지를 엮어서 만든 도시락 바구니를 가지러 일등석 객차로 돌아갔다.

"괜찮아요." 그는 아무도 없는 피크닉장을 향해서 말했다. "제가 가지고 올 수 있어요, 아빠."

9

에마네 집 오락실에서는 아브라가 의자를 뒤로 밀며 일어섰다.

"다시 화장실 좀 다녀올게요. 속이 메슥거려요. 화장실 갔다가 집에 가는 게 좋겠어요."

에마는 눈을 부라렸지만 딘 부인은 딱하게 여겼다.

"어머, 얘, 혹시 그날이니?"

146

"네. 그런데 많이 안 좋네요."

"필요한 물건은 있고?"

"가방에요. 괜찮을 거예요. 실례할게요."

"그래." 에마가 말했다. "이기고 있을 때 그만해야지."

"에-마!" 그녀의 어머니가 큰소리로 외쳤다.

"괜찮아요, 아주머니. 호스 농구에서는 에마가 이겼어요."

아브라는 연극인 게 티가 나지 않길 바라며 한 손을 배에 얹고 2층으로 올라갔다. 다시 한 번 밖으로 흘끗 시선을 던지자 프리먼 씨의 트럭이 보였지만 이번에는 굳이 엄지손가락을 들어 보이지 않았다. 그녀는 화장실 안으로 들어가서 문을 잠그고 변기 뚜껑을 내린 다음 그 위에 앉았다. 동에 번쩍, 서에 번쩍하던 게 끝나서 다행이었다. 배리가 죽었다. 에마와 그녀의 엄마는 1층에 있었다. 이제는 이 화장실에 있는 아브라와 클라우드 갭에 있는 아브라만 남았다. 그녀는 눈을 감았다.

(댄 아저씨.)

(나 여기 있다.)

(이제 저인 척할 필요 없어요.)

그녀는 그의 안도감을 느끼고 미소를 지었다. 댄 아저씨가 열심히 애를 쓰기는 했지만 계집애 역할에 어울리는 사람은 아니었다.

문을 조심스럽게 두드리는 소리가 들렸다.

"친구야." 에마였다. "괜찮아? 내가 못되게 굴었다면 미안."

"괜찮아. 그런데 집에 가서 진통제 먹고 좀 누워야겠어."

"자고 가는 줄 알았더니."

"별일 없을 거야."

"너희 아빠 어디 가시지 않았어?"

"아빠 오실 때까지 문 잠그고 있으려고."

"흠…… 내가 바래다 줄까?"

"괜찮아."

그녀는 댄 아저씨와 아버지와 존 선생님이 그것들을 제거했을 때 환호성을 지를 수 있게 혼자 있고 싶었다. 그들은 제거될 것이었다. 배리가 죽었으니 그들은 장님이었다. 뭐든 잘못될 일이 없었다.

10

건조한 나뭇잎들을 흔드는 산들바람도 없고 헬렌 리빙턴의 시동도 껐기에 클라우드 갭의 피크닉장은 쥐 죽은 듯 고요했다. 저 아래에서 강물이 나지막이 속삭이는 소리, 까마귀 한 마리가 우는 소리, 자동차가 달려오는 소리가 들렸다. 그들이었다. 모자 쓴 여자가 보낸 이들이었다. 로즈가. 댄은 도시락 바구니 한쪽을 열고 손을 넣어서 빌리가 구해다 준 22구경 글록을 잡았다. 누굴 통해서 구해다 주었는지는 알지도 못했고 상관도 없었다. 그의 관심사는 그 총이 재장전을 하지 않아도 열다섯 발을 발사할 수 있다는 것과 열다섯 발로도 부족하면 그가 큰코다치게 생겼다는 것뿐이었다. 아버지의 환영이 떠올랐다. 잭 토런스가 특유의 매력적이고 삐딱한 미소를 지으며 말했다. *그걸로 안 되면 나도 뭐라 할 말이 없네.* 댄은 아브라의 낡은 인형을 쳐다보았다.

"준비됐니, 호피? 준비됐으면 좋겠는데. 우리 둘 다 준비됐으면 좋겠는데."

11

빌리 프리먼은 트럭 운전석에 구부정하니 앉아 있다가 아브라가 에마네 집에서 나오는 것을 보고 얼른 몸을 일으켰다. 그녀의 친구(에마)가 문 앞에 서 있었다. 두 아이는 작별 인사를 하고 머리 위에서 하이파이브를 한 다음 다시 내려서 한 번 더 했다. 아브라가 길을 건너서 네 집 지나면 나오는 자기 집을 향해 걷기 시작했다. 계획에 없던 일이라 그녀가 흘끗 쳐다보자 그는 무슨 일이냐고 묻는 뜻에서 두 손을 들었다.

그녀는 웃으며 얼른 엄지손가락을 들어 보였다. 모든 게 아무 문제가 없다고 생각한다는 것을 빌리도 분명 알 수 있었지만 그녀 혼자 밖에 나와 있는 것을 보았더니 괴물들이 남쪽으로 30킬로미터 떨어진 곳에 있다 해도 불안했다. 그녀가 엄청난 능력의 소유자이고 뭐가 뭔지 다 알지 몰라도 이제 겨우 열세 살이었다.

그녀가 집을 향해 걸어가면서 열쇠를 찾느라 주머니를 뒤지며 배낭을 짊어지자 지켜보고 있던 빌리는 옆으로 몸을 기울여 조수석 사물함에 달린 단추를 눌렀다. 그의 22구경 글록이 안에 들어 있었다. 로드 세인츠 뉴햄프셔 지구 명예 회원인 친구에게 빌린 무기였다.

젊었을 때 빌리도 그들과 가끔 어울리기는 했지만 절대 조직에 가입하지는 않았다. 그러길 잘했다 생각하지만 그들의 매력은 그도 이해하는 바였다. 그 동지애. 아마 댄과 존도 술을 사이에 두고 그런 심정일 것이다.

아브라가 집 안으로 들어가서 문을 닫았다. 빌리는 글록이나 휴대전화를 꺼내지 않았지만(아직은) 사물함을 닫지도 않았다. 이것이 댄이 말하는 샤이닝인지 알 수 없었지만 예감이 안 좋았다. 아브라는 친구네 집에 있어야 했다.

원래 계획대로 움직였어야 했다.

12

그 사람들은 캠핑카랑 위니바고를 타고 다녀요. 아브라는 이렇게 말했었는데 클라우드 갭의 진입로 끝에 마련된 주차장으로 위니바고가 들어섰다. 댄은 도시락 바구니에 손을 넣은 채 앉아서 지켜보았다. 결정적인 순간이 찾아오자 그는 마음이 충분히 가라앉는 것을 느낄 수 있었다. 그는 바구니 한쪽 끝이 이제 막 도착한 RV를 향하도록 돌리고 엄지손가락으로 글록의 안전장치를 풀었다. 위니바고의 문이 열렸고 아브라를 납치하려는 자들이 한 명씩 차에서 내렸다.

아브라 말로는 이름들이 웃기다고 했는데 (해적 이름 같다고) 댄이 보기에 생김새는 평범한 사람들과 다를 바 없었다. 남자들은 캠핑카와 RV 주변에서 방귀 뿡뿡 뀌고 다니는 노중년이었다. 여자는 젊고 전형적인 미국 스타일의 미인이라 졸업한 지 10년이 지났고 아이까지 한둘을 낳았어도 예전 모습 그대로인 치어리더들이 생각났다. 여자가 남자 일행의 딸일 수도 있었다. 그는 순간 의심스러워졌다. 이러니저러니 해도 여기는 관광지였고 뉴잉글랜드의 단풍놀이가 시작되는 시점이었다. 그는 존과 데이비드가 총을 쏘지 말고 참아 주길 바랐다. 만약 이들이 그냥 지나가는 관광객이라면 얼마나 끔찍할지……

그러다 그는 여자의 왼쪽 팔뚝 위에서 송곳니를 드러내고 있는 방울뱀과 오른손에 들린 주사기를 보았다. 그녀에게 바짝 붙어서 다가오는 남자도 주사기를 들고 있었다. 앞장선 남자는 허리춤에 권총처럼 생긴 물건을 차고 있었다. 그들은 피크닉장 입구를 알리는 자작나무 기둥 안으로 들어서자마자 걸음을 멈추었다. 앞장선 남자가 권총을 꺼내자 댄의 머릿속에 남아 있었을지 모르는 일말의 의구심마저 모두 사라졌다. 평범한 권총이 아니었다. 평범한 권총이라고 하기에는 너무 가늘었다.

"아이는 어디 있나?"

댄은 바구니 안에 넣지 않은 손으로 토끼 인형 호피를 가리켰다.

"그 아이한테 이 토끼 인형 이상은 접근 못 할걸?"

우스꽝스럽게 생긴 총을 든 남자는 키가 작았고 얼굴은 회계사처럼 순하게 생겼고 헤어라인이 V자 모양이었다. 영양 과잉으로 나온 말랑말랑한 배가 허리띠 위로 늘어졌다. 치노 바지에 '낚시하느라 쓴 시간은 할당된 수명에서 공제되지 않는다'라고 적힌 티셔츠를 입고 있었다.

"내가 물어볼 게 하나 있는데, 귀여운 아저씨." 여자가 말했다.

댄은 눈썹을 추켜세웠다.

"뭔데?"

"피곤하지 않아? 자고 싶지 않아?"

그랬다. 순간 눈꺼풀이 납덩이처럼 무거워졌다. 총을 잡고 있던 손에서 힘이 풀렸다. 2초만 더 지났어도 그는 곯아떨어져서 이름 머리 글자들이 새겨진 피크닉 테이블 위에 고개를 박고 코를 골았을 것이다. 하지만 그때 아브라가 비명을 질렀다.

(크로 어디 있어요? 크로가 안 보여요!)

13

댄은 잠이 드려는 찰나에 화들짝 놀란 사람이 그렇듯 벌떡 움직였다. 도시락 바구니 속에 들어가 있던 손이 뒤틀리면서 글록이 발사되자 버들가지 조각들이 자욱하게 사방으로 튀었다. 총알은 엉뚱한 곳으로 날아갔지만 위니바고를 타고 온 사람들은 움찔했고 댄의 머릿속에 남아 있던 잠기운은 환영처럼 사라졌다. 뱀 문신을 한 여자와 흰머리 끝이 팝콘처럼 생긴 남자는 뒷걸음질을 쳤지만 이상하게 생긴 권총을 든 남자는 소리를 지르며 앞으로 돌진했다.

"저놈 잡아! 저놈 잡아!"

"이거나 먹어라, 이 우라질 납치범들아!"

데이브 스톤이 고함을 지르며 숲에서 나와 총을 난사하기 시작했다. 총알은 대부분 엉뚱한 곳으로 날아갔지만 하나가 월넛의 목을 명중하자 트루의 의사는 손에 쥐고 있던 주사기를 떨어뜨리며 솔잎 위로 쓰러졌다.

14

트루의 리더에게는 책임이 따르지만 여러 가지 특전도 있었다. 오스트레일리아에서 입이 떡 벌어지는 값에 들여와서 왼손잡이용으로 개조한 초대형 어스크루저가 로즈에게 주어진 특전이었다. 블루벨 캠핑장의 여자 샤워장을 필요할 때마다 독차지할 수 있는 것도 마찬가지였다. 몇 달 동안 여행을 다니다 보면 두 팔을 쭉 뻗을 수 있고 내키면 춤도 출 수 있는 널찍한 공간에서 뜨거운 물로 한참 동안 샤워를 하는 것만 한 호사가 없었다. 4분이 지나도 뜨거운 물이 끊기지 않는 그런 곳에서 말이다.

로즈는 불을 끄고 어두운 데서 샤워하는 것을 좋아했다. 그럴 때 머리가 가장 잘 돌아가기 때문인데, 그녀가 산악시간 기준으로 오후 1시에 심란한 휴대전화를 받자마자 당장 샤워를 하러 간 것도 그 때문이었다. 그녀는 여전히 모든 게 아무 문제없다고 믿고 있었지만 그 전까지 티끌 하나 없었던 잔디밭에서 민들레가 싹을 틔우듯 의혹이 고개를 내밀기 시작했다. 그 아이가 그들이 예상했던 것보다 훨씬 영리하다면…… 누군가에게 도움을 청했다면……

아니다. 그럴 리 없었다. 그녀가 스팀헤드인 것만큼은(스팀헤드 중의 스팀헤드인 것만큼은) 분명했지만 그래도 어린아이였다. 게다가 얼뜨기 어린아이였다. 아무튼 로즈는 지금 당장으로선 새로운 소식이 들릴 때까지 기다리는 수밖에 없었다.

그녀는 15분 동안 상쾌하게 샤워를 하고 밖으로 나와서 몸을 닦고 폭신한 목욕 수건으로 몸을 감싼 뒤 옷을 들고 RV로 돌아갔다. 땅딸보 에디와 덩치 모가 또다시 근사한 점심식사를 마치고 야외 바비큐장을 치우고 있었다. 그 빌어먹을 빨간 반점 환자가 두 명 더 등장했으니 다들 입맛이 없는 게 그들의 잘못은 아니었다. 두 사람이 그녀를 향해 손을 흔들었다. 로즈도 화답하려고 손을 든 순간 그녀의 머릿속에서 다이너마이트가 폭발했다. 그녀가 대자로 쓰러지자 손에 들고 있던 바지와 셔츠가 떨어졌다. 목욕 수건이 펼쳐졌다.

그래도 로즈는 거의 알아차리지 못했다. 습격대에 무슨 일이 생겼다. 안 좋은 일이 생겼다. 그녀는 머릿속이 맑아지기 시작하자마자 구깃구깃한 청바지 주머니에서 휴대전화를 꺼냈다. 평생 크로 대디도 장거리 텔레파시가 가능하면 좋겠다고 이토록 간절하게 (그리고 이토록 쓰라리게) 원한 적이 없었는데 (그녀를 비롯해서 몇 명만 예외일뿐) 그런 재능은 뉴햄프셔에 사는 그 여자아이와 같은 얼뜨기 스팀헤드들에게만 주어지는 듯했다.

에디와 모가 그녀를 향해 달려오고 있었다. 그 뒤로 키다리 폴, 벙어리 새리, 토큰 찰리, 하프맨 샘이 보였다. 로즈는 단축번호를 눌렀다. 1600킬로미터 멀리에서 크로가 신호음이 떨어지자마자 받았다.

"안녕하세요, 헨리 로즈먼입니다. 저는 지금 전화를 받을 수가 없습니다. 전화번호와 메시지를 남겨 주시면······"

망할 음성사서함 같으니라고. 그러니까 전화기가 꺼져 있거나 수신이 안 되는 지역에 있다는 뜻이었다. 로즈는 후자일 거라고 믿었다. 그녀는 알몸으로 길바닥에 무릎을 꿇고 발뒤꿈치로 허벅지를 누르며 앉아서 전화기를 쥐지 않은 쪽 손으로 이마를 때렸다.

크로, 어디 있는 거야? 뭐 하는 거야? 무슨 일이야?

15

치노바지에 티셔츠를 입은 사람이 댄을 향해 희한하게 생긴 총을 발사했다. 푝 하는 압축 공기 소리가 들리는가 싶더니 화살 하나가 호피의 등을 관통했다. 댄은 엉망이 된 도시락 바구니에서 글록을 꺼내 다시 한 번 발사했다. 가슴에 맞은 치노 가이가 신음 소리와 함께 뒤로 쓰러지자 피 몇 방울이 그의 셔츠를 뚫고 흩날렸다.

마지막으로 앤디 스타이너가 남았다. 고개를 돌린 그녀는 데이브 스톤이 멍한 표정으로 얼어붙은 듯이 그 자리에 서 있는 것을 보고 그를 향해 달려들었다. 하나로 묶은 머리가 진자처럼 좌우로 흔들렸다. 그녀는 비명을 질렀다. 댄의 눈에는 모든 광경의 속도가 느려지고 선명해지는 것처럼 느껴졌다. 그래서 바늘 끝에 보호용으로 씌운 플라스틱 덮개도 벗기지 않은 주사기를 볼 수 있었고 그걸 보며 생각했다. *이 작자들은 뭐야, 코미디언인가?* 두말하면 잔소리지만 그들은 코미디언이 아니었다. 먹잇감의 반항에 결코 익숙하지 않은 사냥꾼이었다. 보통 아무것도 모르는 아이들을 노렸으니 그럴 수밖에.

데이브는 울부짖으며 달려오는 사나운 여자를 멀뚱멀뚱 쳐다보기만 했다. 총알을 다 써서 그랬을지 모른다. 그보다는 그 한 번의 폭발이 그의 한계였을 공산이 더 컸지만. 댄은 총을 들었지만 쏘지 않았다. 문신을 한 여자 대신 아브라의 아버지가 맞을 가능성이 너무컸다.

그때 숲 속에서 튀어나온 존이 데이브의 등으로 몸을 날려 달려오는 여자 쪽으로 떠밀었다. 그녀는 격한 숨을 토하며 비명을 질렀다 (당황해서 그랬을까 깜짝 놀라서 그랬을까?). 두 사람 다 바닥으로 동그라졌다. 주사기는 허공으로 날아갔다. 문신을 한 여자가 주사기 쪽으로 엉금엉금 기어가자 존이 빌리의 사슴 사냥용 소총 개머리판으로 여자의 관자놀이를 때렸다. 아드레날린의 기운을 빌리고 온 힘을 실어서 세게 후려쳤다. 턱이 으드득 하고 부서지는 소리가 들렸다. 얼굴이 왼쪽으로 뒤틀렸고 놀란 표정을 짓고 있던 한쪽 눈이 불룩 튀어나왔다. 대자로 쓰러진 그녀는 몸을 굴려 반듯하게 누웠다. 입가에서 피가 흘렀다. 그런 채로 주먹을 쥐었다 폈다, 쥐었다 폈다 했다.

존은 소총을 떨어뜨리고 겁에 질린 얼굴로 댄을 돌아보았다.

"그렇게 세게 때릴 생각은 아니었는데! 망할, 너무 *무서워서* 그랬어요!"

"저 곱슬머리 남자 좀 봐요." 댄은 이렇게 말하면서 일어섰다. 다리가 너무 길고 그 자리에 없는 것처럼 느껴졌다. "저 남자를 봐요, 존."

존은 고개를 돌렸다. 월넛이 찢어진 목을 한 손으로 감싸 쥐고 핏물 웅덩이에 누워 있었다. 그런 채 빠른 속도로 사이클을 하고 있었다. 옷이 납작해졌다 부풀었다. 손가락을 타고 흐르는 피가 사라졌다 다시 등장했다. 손가락도 마찬가지였다. 정신 나간 엑스레이가 된 것이었다.

존은 두 손으로 입과 코를 가리고 뒷걸음질쳤다. 댄은 여전히 모든 게 느리고 선명하게 느껴졌다. 그래서 문신을 한 여자의 핏자국과 레밍턴 펌프 개머리판에 묻은 그녀의 금발도 사라졌다 다시 등장했다 하는 것을 볼 수 있었다. 그 광경을 보자 그녀가 아브라의 아버지를 향해 달려갔을 때

(*댄 아저씨, 크로 어디 있어요?* **크로 어디 있어요?**)

하나로 묶은 머리가 진자처럼 앞뒤로 흔들렸던 게 생각났다. 아브라가 말하길 배리가 사이클을 하고 있다고 한 적이 있었다. 댄은 그게 무슨 뜻이었는지 이제 알 수 있었다.

"낚시용 셔츠를 입은 남자도 똑같은 현상을 보이고 있어요."

데이브 스톤이 말했다.

목소리를 아주 살짝 떨었지만 그뿐이었다. 댄은 그의 딸이 강철 심장을 누구한테서 물려받았는지 알 것 같았다. 하지만 지금은 그런 생각을 할 때가 아니었다. 아브라가 남은 멤버가 있다고 말하고 있었다.

그는 위니바고를 향해 달려갔다. 문이 아직 열려 있었다. 그는 계단을 달려 올라가서 카펫이 깔린 바닥 위로 몸을 날렸다가 식탁 다리에 머리를 하도 세게 부딪치는 바람에 눈앞에서 별이 왔다 갔다 했다. *영화에서는 이런 경우가 없던데.* 그는 생각하며 후방을 맡기 위해 남은 자가 총을 발사하거나 다리를 날리거나 주사기를 들이댈 경우에 대비해 몸을 굴렸다. 아브라가 크로라고 부르던 자였다. 알

고 보면 이들도 아주 멍청하고 천하태평이지는 않은 모양이었다.

위니바고 안에는 아무도 없었다.

아무도 없어 보였다.

댄은 일어나서 주방으로 달려갔다. 자주 써서 헝클어진 접이식 침대를 지났다. 에어컨이 돌아가고 있는데도 RV의 공기에서 신의 분노가 느껴졌다. 벽장이 있었지만 미닫이문이 열려 있었고 안에 옷 말고는 아무것도 없었다. 그는 허리를 숙이고 누군가의 발이 보이는지 찾았다. 없었다. 그는 위니바고 뒤편으로 걸어가 화장실 문 옆에 섰다.

그는 또 쓸데없는 영화가 떠오르네, 하고 생각하며 몸을 웅크리고 문을 열었다. 위니바고 화장실 안에는 아무도 없었고 그가 보기에는 그럴 만도 했다. 누가 그곳에 숨어 있었다 하더라도 지금쯤은 죽은 목숨이었다. 냄새가 그만큼 지독했던 것이다.

정말로 이 안에서 누가 죽었나 봐 이 크로라는 자가.

아브라가 당장 잔뜩 겁에 질린 목소리로 그의 머리에 대고, 그의 생각들이 뿔뿔이 흩어질 정도로 고래고래 고함을 질렀다.

(아니에요, 죽은 사람은 배리예요. **크로 어디 있어요? 크로 찾아요.**)

댄은 RV를 나섰다. 아브라를 잡으러 왔던 두 남자는 사라지고 옷만 남았다. 여자(그를 재우려고 했던)는 남았지만 머지않아 사라질 운명이었다. 지금 그녀는 망가진 도시락 바구니가 놓인 피크닉 테이블로 기어가서 벤치에 기대고 앉아 뒤틀린 얼굴로 댄과 존과 데이브를 빤히 쳐다보고 있었다. 코와 입에서 피가 흘러 빨간색 염소수염이 생겼다. 블라우스 앞섶이 흠뻑 젖었다. 댄이 다가가는 동안 그녀의 얼굴에서 살갗이 녹아내렸고 옷이 뼈대에 들러붙었다. 붙잡아 주는 어깨가 사라지자 브래지어 끈이 동그란 모양 그대로 털썩 떨어졌다. 말랑말랑한 부분 중에 눈만 남아서 댄을 쳐다보았다. 그러다 피부가 다시 짜맞추어지고 옷이 몸을 감싸며 불룩해졌다. 떨어졌던 브래지어의 끈이 그녀의 팔뚝을 파고들었는데 왼쪽에 걸쳐진 끈은 물지 못하도록 방울뱀의 입에 재갈을 물린 형상이었다. 부서진 턱뼈를 붙잡고 있던 손가락뼈에서 손이 생겨났다.

"너희가 우릴 엿 먹였네." 방울뱀 앤디가 말했다. 웅얼거리는 목소리였다. "얼뜨기들한테 엿 먹다니. 믿기지가 않네."

댄은 데이브를 가리켰다.

"저 얼뜨기가 너희가 납치하려고 했던 아이의 아버지다. 혹시 궁금해할까 봐서."

스네이크는 고통을 참으며 어렵사리 씩 웃었다. 잇새가 피로 물들었다.

"내가 쥐똥만큼이라도 관심 있을 줄 알아? 나한테는 덜렁거리는 물건 달고 다니는 인간에 불과해. 심지어 로마의 교황도 그 물건을 달고 다니지. 그리고 다들 그걸 아무데다 쑤셔 넣고. 우라질 남자새끼들. 꼭 이겨야 직성이 풀리지? 항상 꼭 이겨야……"

"다른 녀석은 어디 있어? 크로는 어디 있어?"

앤디는 기침을 했다. 그녀의 입가에 피가 거품처럼 맺혔다. 그녀는 한때 길을 잃고 헤매다 발견되었다. 어두컴컴한 극장에서 까만 머리를 뇌운처럼 드리운 여신에게 발견되었다. 이제 그녀는 죽어 가고 있고 그녀로 인해 달라지는 것은 아무것도 없을 것이다. 배우 출신 대통령에서 흑인 대통령까지 시절은 좋았다. 로즈와 보낸 마법 같았던 하룻밤은 그보다 더 좋았다. 그녀는 키가 크고 잘생긴 자를 올려다보며 환하게 웃었다. 웃으면 아팠지만 그래도 웃었다.

"아, 크로. 리노에 있어. 거기서 얼뜨기 쇼걸들 따먹고 있지."

그녀가 다시 사라지기 시작했다. 존 돌턴이 속삭이는 소리가 댄의 귀에 들렸다.

"맙소사, 저것 좀 봐요. 뇌에서 피가 나네. 그게 정말로 보여요."

댄은 앙심을 품은 여자가 다시 돌아오는지 지켜보았다. 한참 만에 그녀가 악다문 피투성이 잇새로 긴 한숨을 내뱉으며 다시 돌아왔다. 사이클이 개머리판에 맞은 것보다 훨씬 더 아픈 모양이었지만 댄이 나서면 고통의 순위를 바로잡을 수 있을 것 같았다. 그는 부서진 턱뼈를 붙잡고 있던 여자의 손을 떼어내고 그의 손가락으로 힘껏 눌렀다. 그러자 그녀의 두개골이 통째로 움직이는 것이 느껴졌다. 심하게 금이 가서 접착용 테이프 몇 가닥으로 붙여 놓은 꽃병을 옆으로 미는 것이나 다름없었다. 앙심을 품은 여자가 이번에는 신음 소리만 내지 않았다. 울부짖으며 힘없이 댄을 할퀴었다. 하지만 댄은 본 체만 체했다.

"크로는 어디 있어?"

"애니스턴!" 스네이크는 비명을 질렀다. "애니스턴에서 내렸어! 더 이상 괴롭히지 마, 아빠! 부탁이야, 시키는 대로 다 할게!"

댄은 이 괴물들이 아이오와에서 브래드 트레버에게 어떻게 했는지, 어떤 식으로 그를 고문했고 또 얼마나 많은 아이들에게 그랬는지 아무도 모를 거라고 아브라에게 들은 이야기가 생각나자 이 개 같은 살인마의 얼굴 절반을 완전히 떼어내고 싶은 충동에 사로잡혔다.

산산이 부서져서 피가 나는 그녀의 두개골을 그녀의 턱뼈로 후려갈기고 싶었다. 두개골과 뼈가 둘 다 사라질 때까지 그러고 싶었다.

그런데 이때(상황을 감안했을 때 뜬금없는 일이었다.) 브레이브스 티셔츠를 입고, 번들거리는 잡지 표지 위에 쌓여 있던 남은 코카인을 향해 손을 내밀던 아이가 생각났다. *아탕*. 아이는 그렇게 말했다. 이 여자는 그 아이하고 다르다고, *전혀* 다르다고 속으로 되뇌어도 소용없었다. 분노가 갑자기 사라지면서 속이 메슥거리고 맥이 빠지고 공허하기만 했다.

더 이상 괴롭히지 마, 아빠.

그는 일어나서 셔츠에 손을 닦은 뒤 무턱대고 헬렌 리빙턴을 향해 걸어갔다.

(아브라 내 말 들리니?)

(네.)

이제는 좀 전처럼 겁에 질린 목소리가 아니었다. 다행이었다.

(친구 엄마한테 부탁해서 경찰에 연락해 달라 그래. 네가 지금 위험한 상황이라고. 크로가 애니스턴에 있대.)

실질상 초자연적인 사건에 경찰을 끌어들이기는 정말 싫었지만 지금은 선택의 여지가 없어 보였다.

(저 지금⋯⋯)

아브라가 여기까지 말했을 때 어떤 여자가 있는 힘껏 분노의 고함을 지르는 바람에 아이의 모든 생각이 지워져 버렸다.

(*이 우라질 꼬맹아!*)

모자 쓴 여자가 문득 댄의 머릿속으로 다시 들어왔다. 이번에는 꿈속이 아니라 똑바로 뜨고 있는 그의 눈 뒤에서 그녀의 모습이 이글거렸다. 아찔한 미모의 소유자인데 지금은 알몸이고 젖은 머리카락이 메두사의 똬리처럼 어깨를 덮고 있었다. 그런데 그녀가 입을 벌리자 미모가 와르르 무너졌다. 시커먼 구멍 속에 누런 이 하나만 삐죽 튀어나와 있었던 것이다. 거의 코끼리의 엄니에 가까웠다.

(너 무슨 짓을 한 거야!)

댄은 비틀거리다 헬렌 리빙턴의 맨 앞 객차를 짚고 버텼다. 그의 머릿속 세상이 빙글빙글 돌고 있었다. 모자 쓴 여자가 사라지고 갑자기 걱정하는 표정을 짓고 있는 사람들이 그를 에워쌌다. 그에게 괜찮으냐고 물었다.

그는 《애니스턴 쇼퍼》에 실린 브래드 트레버의 사진을 보았을 때 세상이 어떤 식으로 회전했는지 설명하려고 애를 쓰던 아브라가 생각났다. 갑자기 아브라는 모자 쓴 여자의 눈으로 앞을 바라보고 모자 쓴 여자는 그녀의 눈으로 앞을 바라보게 되었다고 했다. 이제 알 것 같았다. 똑같은 현상이 다시 벌어지고 있는데 이번에는 그도 함께 경험하고 있었다.

로즈는 바닥에 쓰러져 있었다. 머리 위로 넓게 펼쳐진 저녁 하늘이 보였다. 그녀의 주변으로 모인 사람들은 아이들을 죽이는 그 부족일 것이다. 이것이 아브라 눈에 보인 광경이었다.

문제는, 로즈의 눈에는 어떤 광경이 보이냐는 것이었다.

16

방울뱀이 사이클을 했다가 다시 돌아왔다. 온몸을 불에 *지지는* 것 같았다. 그녀는 앞에 무릎 꿇고 앉은 남자를 쳐다보았다.

"내가 도울 방법이 있을까요?" 존이 물었다. "의사인데요."

방울뱀은 고통에도 불구하고 웃음을 터뜨렸다. 이 의사가, 좀 전에 트루의 의사를 쏴서 죽인 패거리와 한편인 그가 이제 와서 돕겠다고 하다니. 히포크라테스가 그 말을 들었으면 뭐라고 생각했을까?

"총이나 한 방 날려 주라, 등신아. 생각나는 게 그것밖에 없네."

월넛을 쏘았던 그 꺼벙한 작자가 의사라는 인간 옆으로 다가왔다.

"너희들이 자청한 거야." 데이브가 말했다. "너희들이 내 딸을 끌고 가도록 내가 그냥 내버려 둘 줄 알고? 아이오와에서 그 가엾은 아이한테 했던 것처럼 내 딸도 고문하다가 죽이라고?"

이자들이 그걸 알다니. 어떻게 알았지? 하지만 이제는 상관없었다. 적어도 앤디 입장에서는 그랬다.

"너희들도 돼지랑 소랑 양을 잡잖아. 그거랑 우리가 하는 거랑 뭐가 다르지?"

"내 짧은 생각으로 사람을 죽이는 건 많이 다른데요." 존이 말했다. "내가 한심하고 감상적으로 보일지 몰라도."

방울뱀의 입안은 피와 뭔지 모를 기분 나쁜 덩어리로 가득했다. 아마 치아일 것이다. 그것 역시 상관없었다. 따져 보면 배리가 겪은 과정보다 이게 더 다행일 수 있었다. 분명 더 짧게 끝날 테니까. 하지만 한 가지 바로잡아야 할 부분이 있었다. 그들에게 알려야 할 부분이 있었다.

"*우리도 인간이야. 너희는······ 그냥 얼뜨기고.*"

데이브는 미소를 지었지만 눈빛은 싸늘했다.

"*하지만 지금 흙투성이 머리를 하고 셔츠 앞면을 피로 적시면서 땅바닥에 누워 있는 쪽은 너지. 아주 뜨거운 지옥이 너를 기다리고 있었으면 좋겠군.*"

방울뱀은 다음번 사이클이 다가오는 것을 느낄 수 있었다. 운이 좋으면 이번이 마지막일 수 있었지만 그녀는 일단 육신을 꼭 붙들었다.

"*내가 어떻게 살았는지 너희들은 몰라. 그전에 어떻게 살았는지. 그리고 우리가 지금 어떻게 살고 있는지도. 몇 명 되지도 않는데 병에 걸렸어. 무슨 병인가 하면······*"

"무슨 병에 걸렸는지 나도 알아." 데이브가 말했다. "빌어먹을 홍역에 걸렸잖아. 한심한 너희 트루 낫이 홍역으로 전부 다 안에서부터 썩어 문드러졌으면 좋겠다."

방울뱀이 말했다.

"*우리도 이렇게 되고 싶어서 된 줄 알아? 입장이 바뀌었다면 너희도 똑같이 했을걸?*"

존은 좌우로 천천히 고개를 저었다.

"*천만에. 천만에.*"

방울뱀은 사이클을 시작했다. 하지만 그 전에 세 마디를 내뱉었다.

"*우라질 남자 새끼들.*" 그녀는 점점 희미해져 가는 얼굴로 그들을 올려다보며 마지막 숨을 내뱉었다. "*우라질 얼뜨기 새끼들.*"

그러고는 사라졌다.

17

댄은 피크닉 테이블을 짚어 가며 천천히, 조심스럽게 존과 데이브를 향해 걸어갔다. 자기도 모르는 새 아브라의 토끼 인형을 손에 쥐고 있었다. 머릿속이 맑았지만 그래서 좋기만 하지는 않았다.

"애니스턴으로 돌아가야겠어요. 얼른. 빌리하고 연락이 안 돼요. 전에는 됐는데 지금은 안 돼요."

"아브라는요?" 데이브가 물었다. "아브라는 어떻게 됐는데요?"

댄은 그의 얼굴을 마주하고 싶지 않았지만 (공포의 기미가 데이브의 얼굴 위로 고스란히 드러났던 것이다.) 그래도 마주보았다.

"아브라도 사라져 버렸어요. 모자 쓴 여자도 그렇고. 둘 다 감감무소식이에요."

"그게 무슨 소리예요?" 데이브가 댄의 셔츠를 두 손으로 움켜쥐었다. "그게 무슨 소리냐고요?"

"저도 모르겠습니다."

그 말은 진실이었고 그는 두려웠다.

14장

크로

1

"이리 와봐, 대디." 중국놈 배리가 말했었다. "좀 더 가까이."

방울뱀이 첫 번째 포르노를 튼 직후였다. 크로는 배리 옆에 바짝 붙어 앉았고, 심지어 죽어 가던 그가 다음 사이클을 견디느라 몸부림치는 동안 손까지 잡아 주었다. 그리고 다시 돌아왔을 때 그가 말하길……

"내 말 잘 들어. 그 아이가 우리를 계속 보고 있었어. 그 포르노가 시작됐을 때……"

위치 추적을 할 줄 모르는 자에게 설명하기가 쉽지 않은 데다 가뜩이나 설명하는 쪽이 중증 환자였으니 난감했지만 그래도 크로는 요지를 알아들었다. 로즈가 바라던 대로 수영장에서 시끄럽게 펼쳐지는 정사 장면을 보고 아이가 충격을 받긴 받았는데 그로 인해 염탐질을 멈추고 물러나는 데 그친 게 아니었다. 1~2초 동안 두 군데서 아이의 존재가 감지됐던 것이다. 아빠와 미니 기차를 타고 소풍 간다던 그곳으로 달려가고 있긴 한데 그 충격으로 인해 정체를 알 수 없는 고스트 이미지가 만들어졌다. 아이가 화장실에서 소변을 보는 장면이었다.

"네가 아이의 기억을 본 거 아냐?" 크로가 말했다. "그럴 수도 있지 않아?"

"그래." 배리가 말했다. "얼뜨기들은 온갖 말도 안 되는 것들을 떠올리니까. 아무것도 아닐 가능성이 커. 하지만 잠깐 동안 그 아이가 쌍둥이가 된 것처럼 느껴졌거든. 무슨 소리인지 알겠어?"

크로는 무슨 소리인지 알 수 없었지만 고개를 끄덕였다.

"그게 아니라면 아이가 무슨 술수를 쓰고 있는 것일 수도 있어. 지도 줘봐."

지미 넘버스의 노트북에 뉴햄프셔 전도가 있었다. 크로가 배리의 눈앞에 대고 노트북을 들어주었다.

"아이가 있는 곳은 여기야." 배리가 화면을 톡톡 두드리며 말했다. "아빠랑 클라우드 글렌이라는 곳으로 가고 있지."

"갭." 크로가 말했다. "클라우드 갭."

"아무튼." 배리가 이번에는 북동쪽으로 손가락을 옮겼다. "그리고 뭔지 모를 신호가 잡힌 곳은 여기."

크로는 노트북을 거두고, 배리의 병균으로 감염됐을 게 분명한 땀방울 사이로 화면을 쳐다보았다.

"애니스턴? 거긴 그 아이의 집이 있는 곳이야, 배리. 그러니까 그 아이의 정신적인 흔적이 온 사방에 남아 있겠지. 각질처럼."

"그렇겠지. 추억. 몽상. 뭐 그런 말도 안 되는 것들이. 나도 그럴지 모른다고 했잖아."

"게다가 지금은 없어졌다며."

"응. 하지만……." 배리는 크로의 손목을 붙잡았다. "로즈가 말한 것처럼 강력한 아이라면 정말로 술수를 쓰고 있는지 몰라. 복화술이나 뭐 그런 거 말이야."

"그런 짓을 할 수 있는 스팀헤드 본 적 있어?"

"아니. 하지만 뭐든 첫 번째가 있기 마련이잖아. 아이가 아버지와 함께 있을 거라고 거의 확신하지만 거의 확신하는 정도로 충분한지 결정하는 건 네 몫……"

이때 배리의 사이클이 시작되는 바람에 중요한 대화가 중단됐다. 크로에게 어려운 결정이 맡겨졌다. 이것은 그에게 주어진 임무였고 그는 성공할 자신이 있었지만 이것은 로즈의 계획이었고 그리고 (더욱 중요하게는) 로즈의 집착이기도 했다. 망쳤다가는 엄청난 대가를 각오해야 했다.

크로는 손목시계를 확인했다. 여기 뉴햄프셔 시각으로는 오후 세 시, 사이드와인더 시각으로는 오후 1시였다. 블루벨 캠핑장에서 이제 막 점심식사가 끝났을 테고 로즈와 연락이 가능할 것이었다. 그는 결정을 내리고 전화를 걸었다. 로즈가 그의 말을 들으면 좀생이라고 놀릴 줄 알았더니 그러지 않았다.

"이제는 배리를 전적으로 믿을 수 없는 상황이라는 거 알잖아."

그녀가 말했다. "하지만 당신은 믿어. 느낌이 어떤데?"

그는 아무 느낌이 없었다. 그래서 전화를 건 것이었다. 그는 그렇게 말하고 기다렸다.

"당신한테 맡길게." 그녀가 말했다. "망치지만 마."

정말 고마워, 로즈 달링. 그는 이렇게 생각했다가…… 그녀에게 생각을 읽히지 않았기를 바랐다.

그는 닫힌 휴대전화를 손에 쥐고 좌우로 흔들리는 RV의 움직임에 몸을 맡긴 채 배리가 남긴 환자의 냄새를 맡으며 그의 팔과 다리와 가슴에서는 언제쯤 첫 반점이 돋을지 생각했다. 그러다 결국 앞으로 가서 지미의 어깨에 손을 얹었다.

"애니스턴에 도착하면 차 세워."

"왜?"

"내리게."

2

크로 대디는 애니스턴 메인 가 남쪽의 개스 앤드 고 주유소에서 멀어져 가는 그들을 바라보며 주파수가 닿는 범위 밖으로 벗어나기 전에 방울뱀에게 단거리 텔레파시(그의 초능력은 그게 전부였다.)를 보내고 싶은 충동을 느꼈지만 꾹 참았다. *돌아와서 나 데리고 가. 착각이었어.*

하지만 착각이 아니라면 어쩔 것인가?

그들이 사라지자 그는 주유소 옆 세차장에 초라하게 일렬로 서 있는 몇 대 안 되는 중고차들을 탐나는 눈빛으로 잠깐 쳐다보았다. 애니스턴에서 어떤 일이 벌어지건 이곳을 빠져나가려면 이동 수단이 필요했다. 뭐가 됐건 87번 고속도로를 타고 가다 올버니 근처에서 만나기로 한 지점까지 타고 갈 이동 수단을 장만할 돈은 충분했다. 문제는 시간이었다. 매매를 진행하려면 못해도 30분은 걸릴 텐데 그럴 만한 시간이 없을 수 있었다. 허위 경보였던 것으로 밝혀질 때까지 그의 설득력에 기대서 그때그때 임기응변으로 대처하는 수밖에 없었다. 그의 설득력은 지금까지 그를 실망시킨 적이 없었다.

그래도 주유소 안으로 들어가서 레드 삭스 모자를 사는 데에는 시간을 투자했다. 보삭스(보스턴 레드 삭스의 줄임말—옮긴이) 동네에서는 보삭스 팬처럼 입어야 하는 법이었다. 선글라스까지 낄까 하다가 관두기로 했다. TV 덕분에 이 나라 인구의 일부분은 탄탄한 체격의 중년 남자가 선글라스를 끼면 청부 살인업자로 단정 지었다. 모자면 충분할 것이다.

그는 예전에 아브라와 댄이 만나서 긴급 대책 회의를 열었던 도서관 쪽으로 메인 가를 걸었다. 로비에서 당장 그가 노린 물건을 찾을 수 있었다. '우리가 사는 도시를 살펴봅시다'라는 제목 아래 모든 도로명이 꼼꼼하게 적힌 애니스턴 지도가 걸려 있었던 것이다. 그는 아이가 사는 동네 이름을 다시 한 번 머릿속에 담았다.

"어제 게임 정말 대단했어요, 그렇죠?" 어떤 남자가 말을 걸었다. 남자는 책을 한 아름 안고 있었다.

처음에 크로는 이게 무슨 소리인가 싶었지만 새로 산 모자가 떠올랐다.

"그럼요." 그는 계속 지도를 보며 맞장구를 쳤다.

그는 레드 삭스 팬이 사라질 때까지 기다렸다가 로비를 나섰다. 모자는 쓸모 있었지만 야구 얘기를 할 생각은 없었다. 그가 보기에 야구는 한심한 게임이었다.

3

리치랜드 코트는 쾌적한 뉴잉글랜드 식 소금통 모양 주택(앞에서 보면 2층, 뒤에서 보면 1층인 집 — 옮긴이)과 케이프 코드 식 작은 집(박공지붕 한가운데 굴뚝을 설치한 단층 목조 주택 — 옮긴이)들이 원형 로터리로 끝나는 짤막한 도로였다. 크로는 도서관에서 나오는 길에 챙긴 무가지 《애니스턴 쇼퍼》를 들고 가까운 데 있는 오크나무에 기대고 서서 신문을 읽는 척했다. 오크나무 덕분에 길가에서는 그의 모습이 잘 보이지 않아서 다행이었다. 어떤 남자가 운전석에 앉아 있는 빨간색 트럭이 도로 중간에 서 있었다. 짐칸에 공구와 회전 경운기로 보이는 기계가 실린 낡은 트럭인 것으로 미루어 보았을 때 남자가 도로 관리인일 수도 있었지만(이 동네 주민들은 관리인을 고용할 여력이 되어 보였다.) 도로 관리인이라면 왜 거기 가만히 앉아 있겠는가?

혹시 어떤 *아이*를 돌보고 있는 건 아닐까?

크로는 문득 배리의 말을 허투루 넘기지 않고 차에게 내리길 잘했다는 생각이 들었다. 문제는 이제 어떻게 하면 좋으냐는 것이었다.

로즈에게 전화해 볼 수도 있었지만 좀 전의 통화에서 거둔 소득이 매직 에잇 볼(점을 쳐주는 장난감 당구공 — 옮긴이)에 대고 물었을 때와 비교했을 때 나을 게 없었다.

그가 나무 뒤로 몸을 반쯤 숨긴 채 다음 행보를 고민하고 있을 때 운명의 여신이 얼뜨기가 아니라 트루 낫의 편을 들어주었다. 도로 중간쯤에 있는 어느 집 대문이 열리더니 여자아이 둘이 나온 것이었다. 크로(crow)는 까마귀라는 그의 이름에 걸맞게 눈이 좋았기에 그들이 빌리의 컴퓨터로 사진을 본 세 아이 중에서 두 명이라는 것을 한눈에 알아차렸다. 갈색 치마를 입은 아이가 에마 딘이었다. 까만 바지를 입은 아이가 아브라 스톤이었다.

그는 트럭을 흘끗 돌아보았다. 그와 마찬가지로 나이가 많은 운전자가 운전석에 구부정하게 앉아 있었다. 그런데 이제 똑바로 앉았다. 정신을 바짝 차렸다. 경계 태세를 갖추었다. 그러니까 아이가 정말 그들을 상대로 술수를 부리고 있었던 것이다. 둘 중에서 어느 쪽이 스팀헤드인지 아직은 알 수 없었지만 한 가지 사실만큼은 분명했다. 위니바고가 헛수고를 하고 있다는 것.

크로는 휴대전화를 꺼냈지만 그냥 손에 든 채 까만 바지를 입은 아이가 길을 걸어가는 모습을 지켜보았다. 치마를 입은 아이는 잠깐 쳐다보다 다시 안으로 들어갔다. 바지를 입은 아이(아브라였다.)가 리치랜드 코트를 건너자 트럭에 앉아 있던 남자가 무슨 일이냐는 듯이 두 손을 들었다. 아이는 엄지손가락을 들어 보였다. *걱정 마세요, 모든 게 아무 문제없어요.* 크로는 위스키를 원샷이라도 한 것처럼 뜨겁게 치밀어 오르는 환희를 느꼈다. 고민이 해결됐다. 아브라 스톤이 스팀헤드였다. 의심의 여지가 없었다. 그녀는 보호받고 있었고 딱 알맞은 픽업트럭을 몰고 나온 노인네가 보초병이었다. 그 트럭이 그와 어떤 어린 승객을 올버니까지 무사히 데려다 줄 것이다.

그는 방울뱀의 단축 번호를 눌렀고 연결이 안 된다는 메시지가 떴을 때 놀라거나 불안해하지 않았다. 클라우드 갭으로 말할 것 같으면 이 일대의 명승지인데 관광객의 사진을 망치는 휴대전화 송신탑은 안 될 말씀이었다. 그래도 상관없었다. 혼자서 늙은이와 어린 계집애조차 처리하지 못하면 배지를 반납해야 할 것이다. 그는 휴대전화를 잠시 쳐다보다가 꺼버렸다. 앞으로 20여 분 동안은 아무하고도 통화하고 싶지 않았고 로즈라 해도 마찬가지였다.

그에게 주어진 임무, 그에게 주어진 책임.

약으로 채운 주사기는 재킷 왼쪽 주머니에 두 개, 오른쪽 주머니에 두 개, 이렇게 모두 네 개였다. 크로는 가장 보기 좋은 헨리 로스먼의 미소를 지으며(트루를 대신해서 캠핑장을 예약하거나 모텔을 전세 낼 때 동원하는) 나무 뒤에서 나와 길거리를 따라 걸었다. 그의 왼손은 《애니스턴 쇼퍼》를 접어서 계속 들고 있었다. 오른손은 재킷 주머니 속에서 주삿바늘에 달린 플라스틱 덮개를 벗기고 있었다.

4

"죄송합니다, 선생님. 제가 길을 잃은 것 같아서요. 길 좀 물을 수 있을까요?"

빌리 프리먼은 신경이 바짝 곤두서서 불안했고 예감이라고는 할 수 없는 무언가에 사로잡혀 있었지만…… 그런데도 그 유쾌한 목소리와 밝고 믿음직한 미소에 넘어갔다. 단 2초였지만 그것으로 충분했다. 그가 열어 놓은 사물함 쪽으로 손을 내민 순간, 옆 목이 살짝 따끔했다.

벌레한테 물린 모양일세. 그는 생각하다 흰자위를 까뒤집으며 옆으로 쓰러졌다.

크로는 문을 열고 운전자를 옆으로 밀쳤다. 노인의 머리가 조수석 차창에 부딪쳤다. 크로는 축 늘어진 두 다리를 변속기 위로 넘긴 다음 슬그머니 운전석으로 올라가서 문을 닫았다. 심호흡을 한 뒤 어떤 사태에든 대처할 준비를 하며 주변을 둘러보았지만 대처할 만한 사태가 아무것도 없었다. 리치랜드 코트는 꾸벅꾸벅 졸며 오후 시간을 흘려보내고 있었다. 환상적이었다.

열쇠가 꽂혀 있었다. 크로가 시동을 걸자 라디오에서 토비 키스가 우렁차게 고함을 질렀다. 주여 미국을 축복하소서 그리고 맥주를 따르소서. 라디오를 끄려고 손을 내민 순간 소름 끼치는 하얀색 섬광 때문에 잠깐 앞이 안 보였다. 크로는 비록 텔레파시 능력은 거의 없었지만 그의 부족과 단단하게 연결되어 있었다. 어떻게 보면 멤버들은 한 유기체에서 뻗어 나온 곁가지라고 할 수 있는데 한 명이 방금전에 세상을 떠난 것이었다. 클라우드 갭은 단순한 헛걸음이 아니라 매복지였다.

그가 이제 어떻게 하면 좋을지 결정을 내리기도 전에 하얀색 섬광이 다시 비쳤고 잠시 후 또 다시 비쳤다.

세 명 다?

맙소사, *세 명 다?* 그럴 수가······ 그럴 수도 있을까?

그는 심호흡을 하고 또 했다. 억지로나마 현실을 직시하자면 그럴 수도 있었다. 만약 그렇다면 누구 탓인지 그는 알고 있었다.

우라질 스팀헤드.

그는 아브라의 집을 쳐다보았다. 잠잠했다. 사소하나마 이런 호의를 베푸는 하늘이 고마울 따름이었다. 처음에는 그녀의 집 앞까지 트럭을 몰고 갈 작정이었는데 문득 그러면 안 되겠다는 생각이 들었다. 적어도 지금은 그랬다. 그는 차에서 내려 안으로 몸을 숙이고 의식을 잃은 노인네의 셔츠와 허리띠를 붙잡았다. 그런 다음 확 잡아당겨서 다시 운전석에 앉히고 얼른 몸수색을 했다. 총은 없었다. 안타까운 일이었다. 앞으로 얼마 동안은 총이 있으면 좋을 텐데.

그는 노인네가 앞으로 쓰러져서 경적을 울리지 않도록 안전벨트를 채웠다. 그런 다음 아이의 집을 향해 천천히 걸어갔다. 어느 유리창에서 아이의 얼굴이 보였더라면, 커튼이 살짝 실룩이기만 했더라도 전력 질주했을 텐데 모든 게 잠잠했다.

아직까지 성공의 여지가 남아 있었지만 성공 여부는 그 끔찍한 하얀색 섬광이 비친 순간 우선순위에서 밀려났다. 지금 그가 가장 원하는 것은 이렇게까지 애를 먹인 미천한 계집년을 붙잡아서 넋이 나갈 때까지 흔드는 것이었다.

5

아브라는 몽유병 환자처럼 현관 앞 복도를 걸어갔다. 그 집 지하에 가족실이 있었지만 그들 가족에게는 부엌이 가장 편안한 곳이었기에 무의식적으로 그곳으로 향했다. 그녀는 부모님과 수천 번 식사를 함께 했던 식탁 위에 손을 펼쳐 놓고 서서 싱크대 위에 달린 창문을 멍한 눈으로 휘둥그레 바라보았다. 사실 그녀는 딴 데 있었다. 클라우드 갭으로 건너가 위니바고에서 쏟아져 나오는 악당들을 보고 있었다. 스네이크, 월넛, 지미 넘버스. 그녀는 배리를 통해 그들의 이름을 알고 있었다. 그런데 뭔가가 이상했다. 한 명이 없었다.

(크로 어디 있어요. 댄 아저씨, 크로가 안 보여요!)

대답이 없었다. 댄과 그녀의 아버지와 존 선생님은 바빴다. 그들은 악당을 한 명씩 쓰러뜨렸다. 1번은 월넛(아버지의 작품이었다. 잘했어요, 아빠.) 그 다음은 지미 넘버스, 마지막으로 방울뱀. 그들이 치명상을 입을 때마다 그녀의 머릿속 깊은 곳이 쿵 하고 울렸다. 묵직한 나무망치가 오크 판자를 연거푸 때리는 듯한 그 느낌은 최종 선고라는 점에서 끔찍했지만 전적으로 불쾌하지는 않았다. 왜냐하면……

왜냐하면 당해도 싸니까. 아이들을 죽이잖아. 이러지 않으면 그들을 막을 방법이 없어. 다만……

*(댄 아저씨, 크로 어디 있어요? **크로 어디 있어요?**)*

이제 댄이 그녀의 목소리를 들었다. 다행이었다. 위니바고가 보였다. 댄은 크로가 거기 있다고 생각했고 어쩌면 그럴 수도 있었다. 하지만……

그녀는 다시 복도로 달려 나가 현관 옆에 달린 유리창 밖을 내다 보았다. 인도에는 아무도 없었고 프리먼 씨의 트럭이 있어야 할 자리를 지키고 있었다. 앞 유리창에 햇빛이 비쳐서 그의 얼굴은 보이지 않았지만 운전석에 앉아 있는 그의 모습은 확인할 수 있었으니 아직까지는 아무 문제가 없다는 뜻이었다.

어쩌면.

(아브라 내 말 들리니.)

댄이었다. 그의 목소리를 들을 수 있어서 정말 좋았다. 그가 옆에 있으면 좋았겠지만 그녀의 머릿속에 들어 있었으니 옆에 있는 것과 거의 비슷했다.

(네.)

그녀는 아무도 없는 인도와 프리먼 씨의 트럭을 한 번 더 살피고 들어온 다음, 문을 잠갔는지 확인하고 다시 부엌 쪽으로 걸어가기 시작했다.

(친구 엄마한테 부탁해서 경찰에 연락해 달라 그래. 네가 지금 위험한 상황이라고. 크로가 애니스턴에 있대.)

그녀는 복도를 반쯤 지나다 말고 멈추었다. 불안할 때 동원되는 손이 입을 문지르기 시작했다. 댄은 그녀가 딘의 집에서 나온 걸 알지 못했다. 어떻게 그럴 수 있었을까? 정신없이 바빴으니까.

(저 지금……)

그녀가 여기까지 말했을 때 모자 쓴 로즈가 그녀의 머리에 대고 고함을 지르는 바람에 모든 생각이 지워져 버렸다.

(이 우라질 꼬맹아! 너 무슨 짓을 한 거야?)

현관에서 부엌까지 낮익은 복도가 옆으로 기울기 시작했다. 지난 번에 이런 식으로 돌았을 때 그녀는 마음의 준비가 되어 있었다. 이 번에는 아니었다. 아브라는 막으려고 했지만 역부족이었다. 그녀의 집이 사라졌다. 애니스턴도 사라졌다. 그녀는 바닥에 누워서 하늘을 쳐다보고 있었다. 아브라는 클라우드 갭에서 세 명이 사라지자 로즈 가 말 그대로 쓰러졌다는 사실을 깨닫고 잠깐 동안 잔인한 희열을 느꼈다. 그녀는 자기 방어책을 열심히 찾았다. 시간이 없었다.

6

로즈의 육신은 샤워장과 오버룩 산장 중간에 대자로 누워 있었지 만 로즈의 의식은 뉴햄프셔에서 아이의 머릿속을 헤집고 있었다. 이 번에는 긴 창을 들고 종마에 올라탄 여전사가 없었다. 깜짝 놀란 꼬 마 박새와 백전노장 로지뿐이었고 로지는 복수를 하고 싶었다. 워낙 값어치 있는 아이였기에 죽이는 건 최후의 방편으로 미뤄야겠지만 앞으로 어떤 일이 기다리고 있을지 맛보기로 보여 줄 수는 있었다. 로즈의 친구들이 이미 어떤 고통을 겪고 있는지 맛보기로 보여 줄 수는 있었다. 얼뜨기들의 마음속에는 말랑말랑하고 약한 부분들이 수도 없이 많았고 그녀는 그런 부분들에 대해 너무나 잘 알고······

(이 나쁜 년아, 나 건드리지 말고 꺼져.)

(안 그러면 확 죽여 버린다!)

눈 뒤에서 섬광탄이 터진 듯한 느낌이었다. 로즈는 홱 하고 몸을 뒤틀며 비명을 질렀다. 그녀를 건드리려고 손을 내밀고 있었던 덩치 모가 놀라서 움찔 뒤로 물러났다. 로즈는 알아차리지도 못했고 심지어 그녀를 보지도 못했다. 그녀는 이 아이의 능력을 계속 과소평가하고 있었다. 그녀는 아이의 머릿속에서 계속 버티려고 애를 썼지만 망할 계집애가 실제로 그녀를 계속 밀어냈다. 놀랍고 열 받고 겁이 나는 상황이었지만 진짜 그랬다. 그보다 더 끔찍한 일이 있다면 그녀의 얼굴을 향해 점점 올라오는 아이의 손을 느낄 수 있다는 것이었다. 모와 난쟁이 에디가 붙잡지 않았더라면 로즈는 계집애에게 조종당해 눈알을 뽑아냈을 것이다.

지금으로서는 포기하고 물러나는 수밖에 없었다. 하지만 그녀는 물러나기 직전에 아이의 눈을 통해 무언가를 목격하고 파도처럼 밀려오는 안도감을 느꼈다. 한 손에 주사기를 든 크로 대디가 그녀의 시야에 포착됐던 것이다.

7

아브라는 모든 초능력을 동원했는데도, 브래드 트레버를 찾으러 나섰을 때보다 더 많이, 평생 발휘한 초능력보다 더 많이 동원했는데도 간신히 될까 말까 했다. 모자 쓴 여자를 머릿속에서 쫓아내지 못하겠다는 생각이 들려는 찰나, 세상이 다시 돌아가기 시작했다. 그녀가 돌아가게 만들고 있는 것이었는데 정말 힘들었다. 커다란 돌바퀴를 미는 것 같았다. 하늘과 그녀를 내려다보던 사람들의 얼굴이 점점 멀어졌다. 잠깐 어둠이 찾아왔고 그녀가 아무 데도 아닌 곳의

중간에

낀 듯한 느낌이 들더니 그녀의 집 현관이 조금씩 시야에 들어왔다. 하지만 그녀는 혼자가 아니었다. 어떤 남자가 부엌 앞에 서 있었다.

아니, 어떤 남자가 아니야. 크로야.

"안녕, 아브라." 그가 웃으며 말하고는 그녀를 향해 달려들었다.

아브라는 로즈와의 만남 때문에 아직까지 정신적으로 휘청거렸기 때문에 마인드컨트롤을 동원해 밀어내려고 시도하지 않았다. 그냥 도망쳤다.

8

둘은 알 방법이 없겠지만 긴장감이 극에 달했을 때 댄 토런스와 크로 대디는 아주 비슷했다. 크로의 시야가 온통 선명해졌고 이 모든 게 근사한 슬로 모션으로 펼쳐지는 듯한 느낌이 그를 덮쳤다. 그는 아브라의 왼쪽 손목에 찬 분홍색 고무 밴드를 보고 여유롭게 유방암 예방 캠페인을 떠올렸다. 아이가 오른쪽으로 빙그르르 돌자 왼쪽으로 쏠리는 배낭을 보면서는 책으로 가득 찼구나 하는 생각을 했

다. 심지어 반짝이는 볏짚처럼 등 뒤로 쏟아지는 그녀의 머리칼을 보고 감탄하는 여유조차 있었다.

그는 그녀가 현관에서 잠금장치를 돌리려는 순간에 붙잡았다. 그가 목을 왼팔로 감싸고 홱 잡아당기자 마인드컨트롤로 그를 밀어내려 하는 그녀의 첫 번째 시도(마구잡이였고 약했다.)가 느껴졌다.

약을 다 넣으면 죽을 수도 있겠군. 아무리 많이 잡아도 몸무게가 52킬로그램도 안 되겠어.

크로는 몸을 비틀며 버둥거리는 그녀를 붙잡고 쇄골 바로 아래쪽에 주사기를 꽂았다. 까딱 잘못해서 약을 끝까지 넣어 버리면 어떻게 하나 걱정할 필요가 없었다. 그녀가 왼팔로 그의 오른손을 쳐서 주사기를 날려 버렸던 것이다. 주사기는 바닥으로 떨어져서 데구루루 굴렀다. 하지만 늘 그랬듯 운명의 여신은 얼뜨기들이 아니라 트루의 편이었다. 딱 필요한 양만큼 주사가 된 것이다. 그의 머릿속을 붙잡고 있던 그녀의 손아귀가 처음에는 살짝 미끄러지는가 싶더니 점점 더 멀어졌다. 그녀의 손도 마찬가지였다. 그녀가 충격에 휩싸인 멍한 눈빛으로 그를 물끄러미 쳐다보았다.

크로는 그녀의 어깨를 토닥였다.

"드라이브할 거야, 아브라. 재미있는 새로운 사람들을 만나게 될 거야."

놀랍게도 그녀는 미소를 지었다. 머리카락을 모자로 감추면 남자아이라고 해도 믿길 만큼 어린아이치고 상당히 섬뜩한 미소였다.

"네가 친구라고 부르는 그 괴물들은 다 죽었어. 다……"

그녀의 눈이 뒤집히고 무릎이 꺾이면서 마지막 단어는 혀가 풀린

웅얼거림으로 끝났다. 크로는 그대로 쓰러지도록 내버려 두고 싶은 충동을 느꼈지만(그런 꼴을 당해도 쌌다.) 꾹 참고 그녀의 겨드랑이 아래를 받쳤다. 이러니저러니 해도 소중한 자산이기 때문이었다.

트루의 자산이기 때문이었다.

9

그는 뒷문 틈새로 헨리 로스먼의 아메리칸 익스프레스 플래티넘 카드를 넣어서 있으나마나한 스프링 장치를 풀고 잠입했지만 그쪽으로 빠져나갈 생각은 없었다. 비탈진 뒷마당 끝에 있는 것이라고는 높다란 울타리뿐이었고 그 너머는 강이었다. 게다가 그의 이동 수단이 반대편에 있었다. 그는 아브라를 끌고 부엌을 지나 텅 빈 차고로 들어갔다. 부모가 양쪽 다 출근을 했던지…… 아니면 클라우드 갭에서 앤디, 빌리, 월넛을 보며 뿌듯해하는 모양이었다. 지금은 일이 그런 식으로 끝났다 한들 별 상관없었다. 아이를 도운 자가 누구였건 간에 기다리기만 하면 된다. 조만간 그들의 차례가 닥칠 테니까.

그는 아이 아버지가 쓰는 몇 개 안 되는 공구가 놓인 테이블 밑으로 축 늘어진 그녀를 밀어 넣었다. 그런 다음 차고 문을 여는 단추를 엄지손가락으로 누르고 사람 좋아 보이는 헨리 로스먼의 미소를 지으며 밖으로 나갔다. 얼뜨기들의 세상에서 가장 중요한 생존 전략은 그 사회의 일원이고 선량한 시민인 듯한 분위기를 풍기는 것인데, 크로만큼 거기에 능한 사람이 없었다. 그는 트럭 쪽으로 씩씩하게 걸어가서 노인네를 이번에는 긴 좌석 한가운데로 옮겼다. 크로가 스톤의 집 진입로 쪽으로 방향을 틀자 빌리의 머리가 어깨 위로 축 늘어졌다.

"노인장, 그쪽은 자리가 좀 불편하지?"

크로는 이렇게 묻고 나서 웃음을 터뜨리며 빨간 트럭을 차고 쪽으로 몰았다. 친구들이 죽었고 소름이 끼치도록 위험한 상황이었지만 한 가지 엄청난 보상이 있었다. 그는 아주 오랜만에 처음으로 완벽하게 살아 있고 깨어 있음을 느꼈고 온 세상이 온갖 빛깔로 터질 듯했고 전깃줄처럼 웅웅거렸다. 그가 그녀를 잡았다. 그녀가 별 희한한 능력과 고약한 술수를 부렸지만 그럼에도 불구하고 잡았다. 이제 그는 그녀를 로즈에게 데리고 갈 것이다. 사랑의 제물이었다.

"잭팟이지." 그는 이렇게 말하면서 기쁜 마음을 담아서 계기판을 한 대 세게 쳤다.

그는 아브라의 배낭을 벗겨서 작업대 아래에 두고 그녀를 안아서 트럭 조수석에 실었다. 선잠이 든 두 승객 모두에게 안전벨트를 채웠다. 노인네의 목을 꺾어서 차고에 시신을 버릴까 하는 생각도 들긴 했지만 쓸모가 있을 수 있었다. 수염이 희끗희끗하게 난 노인네의 옆 목에 손을 대고 맥을 짚어 보니 느리지만 강했다. 아이는 걱정할 필요도 없었다. 조수석 창문에 기대고 있는데 그녀의 입김으로 창문이 부옇게 변하는 게 보였다. 환상적이었다.

크로는 잠깐 재고 목록을 점검했다. 총은 없었지만(트루 낫은 절대 무기를 들고 여행하지 않았다.) 한 방에 꿈나라로 보내는 약물로 꽉 채워진 주사기가 두 개 있었다. 두 개로 얼마나 버틸 수 있을지 알 수 없었지만 아이가 우선 관리 대상이었다. 노인네의 효용 기간은 아무래도 극히 짧을 것 같았다. 뭐, 상관없었다. 있다가도 없고 없다가도 있는 게 얼뜨기들이었으니까.

그는 휴대전화를 꺼내서 이번에는 로즈의 단축번호를 눌렀다. 그가 포기하고 음성 메시지를 남기려는 순간 그녀가 전화를 받았다. 목소리가 낮고 발음이 꼬였다. 술 취한 사람과 살짝 비슷했다.

"로즈? 무슨 일이야?"

"아이가 예상했던 것보다 조금 심하게 나를 건드렸어. 하지만 괜찮아. 이제는 아이 목소리가 안 들리네. 당신이 잡았지?"

"응. 지금 쿨쿨 자고 있어. 그런데 이 아이 친구들이 있는데 만나고 싶지 않아. 곧장 서쪽으로 출발하려는데 지도 보고 어쩌고 할 시간이 없어. 국도로 버몬트를 지나서 뉴욕으로 가려는데."

"투데이 슬림을 투입할게."

"아무나 동쪽으로 보내서 당장 만날 수 있게 해 줘, 로지. 그리고 폭탄 아가씨를 잠재울 만한 게 있으면 뭐든 입수해 줘. 남은 게 별로 없거든. 월넛의 비축품 찾아봐. 분명히 뭔가……"

"나한테 이래라 저래라 하지 마." 그녀가 쏘아붙였다. "투데이가 전부 다 알아서 할 거야. 어디로 출발하면 되는지는 알지?"

"알지. 로지, 그 피크닉장은 함정이었어. 우라질 꼬맹이가 우릴 속인 거야. 아이 친구들이 경찰에 연락했으면 어쩌지? 내가 지금 좀비두 명을 실은 낡은 F-150을 몰고 있거든. 이마에 '살인범'이라고 문신을 새긴 거나 다름없다고."

하지만 그는 씩 웃고 있었다. 맹세코 웃고 있었다. 수화기 저편에서 침묵이 흘렀다. 크로는 스톤의 차고에서 운전대를 잡고 기다렸다.

잠시 후에 로즈가 입을 열었다.

"만약 뒤에서 파란 불이 보이거나 앞에 바리케이드가 등장하면 아이의 목을 조르고 스팀을 최대한 흡수해. 그런 다음 항복해. 우리가 뒷바라지해 줄게. 알잖아."

이번에는 크로가 침묵할 차례였다. 잠시 후에 그가 입을 열었다.

"그게 정답이라고 생각해?"

"응." 그녀의 목소리는 차가웠다. "그 아이 때문에 지미, 월넛, 방울뱀이 죽었잖아. 다 슬프지만 앤디를 생각하면 마음이 가장 안 좋아. 내가 직접 터닝시켰고 이제 겨우 사는 맛을 느꼈는데. 그리고 새리도 그렇고……."

그녀는 한숨을 쉬며 말끝을 흐렸다. 크로는 아무 말도 하지 않았다. 사실 할 말도 없었다. 앤디 스타이너는 초기에 여러 여자들과 몸을 섞었지만 (그럴 만도 한 것이 스팀이 있기에 신참은 늘 성욕이 하늘을 찔렀다.) 지난 10년 동안은 새리 카터와 커플로 지내며 서로 알뜰히 챙겼다. 어떻게 보면 앤디는 벙어리 새리의 애인이라기보다 딸에 가까웠다.

"새리가 얼마나 슬퍼하는지 몰라." 로즈가 말했다. "다크서클 수지도 월넛 때문에 마찬가지고. 그 꼬맹이는 그 셋을 우리한테서 앗아간 대가를 치러야 해. 이렇든 저렇든 얼뜨기로서 그 아이의 인생은 이제 끝이야. 궁금한 거 또 있어?"

없었다.

애니스턴에서 그래닛 주립 고속도로를 타고 서쪽으로 출발한 크로 대디와 선잠이 든 일행을 특별히 눈여겨보는 사람은 없었다. 몇몇 이례적인 경우는 있지만(매의 눈을 지닌 할머니와 꼬맹이들이 최악이었다.) 얼뜨기들이 사는 미국은 테러리즘의 암흑시대로 접어든 지 12년이 지나도록 충격적일 만큼 무신경했다. *수상하면 신고하자*, 참으로 기가 막힌 표어이긴 하지만 그러려면 먼저 눈여겨본 게 있어야 하지 않겠는가.

버몬트로 진입했을 무렵에는 날이 점점 어두워지기 시작했고 반대 방향에서 달려오는 차량들은 크로가 일부러 상향등으로 켜놓은 전조등밖에 보지 못했다. 투데이 슬림이 이미 세 번 전화해서 경로를 알려 주었다. 대부분 표지판도 없는 우회로였다. 투데이는 이 밖에도 디젤 더그, 지저분한 필, 앞치마 애니가 출발했다고 알렸다. 겉보기에는 볼품없지만 그 안에 400마력이 숨겨진 06년식 커프리스를 타고 온다고 했다. 과속은 걱정할 필요가 없었다. 그들에게는 모든 도로에서 써먹을 수 있는 국토안보부 신분증이 있었다. 이제는 고인이 된 지미 넘버스가 만들어 준 것이었다.

꼬맹이 쌍둥이 피와 파드가 트루의 최첨단 위성통신장치를 동원해 북동부에서 경찰들이 주고받는 무전 내용을 도청하는 중인데, 아직은 여학생 납치 소식이 없었다. 다행스러운 일이었지만 예상한 일이기도 했다. 매복 작전을 감행할 정도로 영리한 친구들이라면 사건을 공개했을 때 그들의 박새에게 어떤 일이 벌어질지 알고도 남을 것이었다.

다시 전화벨이 울렸다. 이번에는 벨소리가 저 멀리서 약하게 들렸다. 크로가 도로에 시선을 고정한 채 잠이 든 승객들 쪽으로 몸을 기울여 사물함에 손을 넣어보니 휴대전화가 있었다. 노인네의 전화일 것이다. 그는 눈앞으로 전화기를 갖다 댔다. 이름이 뜨지 않는 것을 보면 전화번호부에 저장이 되지 않은 번호인데 뉴햄프셔 지역 번호였다. 매복 공격을 감행했던 자가 빌리와 아이는 무사한지 알아보려고 전화한 걸까? 그럴 가능성이 컸다. 크로는 전화를 받을까 하다가 그만두었다. 하지만 상대가 메시지를 남겼는지는 확인할 생각이었다. 정보가 무기였다.

다시 몸을 기울여서 사물함 안에 휴대전화를 넣으려는데 손끝에 금속의 감촉이 느껴졌다. 그는 전화기를 집어넣고 자동 권총을 꺼냈다. 근사한 보너스이자 횡재였다. 만약 노인네가 예상보다 일찍 깨어났다면 크로가 그의 의도를 알아차리기 전에 총을 꺼낼 수도 있었다. 크로는 클록을 운전석 아래에 넣고 사물함을 닫았다.

총도 무기였다.

11

108번 고속도로를 타고 그린 산맥 깊숙이 진입했을 무렵에는 이미 짙은 어둠이 깔렸고 이때 아브라가 꿈틀거리기 시작했다. 여전히 생생하게 살아 있고 깨어 있음을 느끼던 크로는 유감스러워하지 않았다. 첫째로 그는 그녀의 정체가 궁금했다. 둘째로 이 낡은 트럭의 연료 게이지가 거의 바닥을 가리키고 있어서 누군가가 기름을 넣어야 했다.

하지만 도박을 감행할 필요는 없었다.

그는 오른손으로 주머니에 들어 있던 두 개의 주사기 중에서 한 개를 꺼내 허벅지에 갖다 댔다. 그런 채로 아이가 눈(여전히 초점이 안 맞고 흐리멍덩한)을 뜰 때까지 기다렸다가 말을 건넸다.

"안녕, 꼬마 아가씨. 난 헨리 로스먼이야. 내 말 잘 들리니?"

"당신은……" 아브라는 헛기침을 하고 입술을 축인 다음 다시 말했다. "당신은 헨리 어쩌고 아니야. 크로잖아."

"내 말 잘 들리는 모양이로군. 좋아. 지금 머릿속이 어지러울 텐데 앞으로 계속 그럴 거야. 왜냐하면 나는 네가 죽 그런 상태였으면 하거든. 하지만 네가 언행에 신경써 준다면 주야장천 기절시킬 필요는 없겠지. 알아들었니?"

"어디 가는 거지?"

"호그와트. 세계 퀴디치 토너먼트 보러. 마법의 핫도그랑 마법의 솜사탕 사줄게. 내가 묻는 말에 대답해. 언행에 신경 쓸 거지?"

"알았어."

"당장 말을 잘 들어주니 듣기는 좋다만 내가 그 말을 백 퍼센트 믿지 못하더라도 이해해 줘. 네가 나중에 후회하게 될 멍청한 짓을 저지르기 전에 중요한 정보를 하나 알려 줄게. 내가 들고 있는 주사기 보이지?"

"응." 아브라는 창문에 머리를 댄 채로 시선만 떨구어서 주사기를 확인했다. 그런 다음 눈을 힘없이 감았다가 천천히 다시 떴다. "목이 마른데."

"약 때문이겠지. 그런데 마실 게 없어서 어쩌나. 조금 급하게 출발하는 바람에……"

"내 배낭에 주스 있을 텐데."

목소리가 허스키했다. 낮고 느렸다. 눈을 감았다 뜨려면 아직도 힘이 들었다.

"너희 집 차고에 두고 왔어. 다음번에 나오는 동네에서 마실 거 사줄게. 네가 착한 골디락스처럼 말 잘 들으면. 말 안 들으면 밤새도록 침이나 삼켜야 할 거야. 알아들었지?"

"알았어……"

"네가 내 머릿속에서 까부는 게 느껴지거나(네가 그럴 수 있다는 걸 알거든.) 잠깐 차를 세웠을 때 소란을 부리면 이걸 노인네한테 맞힐 거야. 이미 맞은 게 있어서 그러면 에이미 와인하우스처럼 꼴까닥하게 돼. 그것도 알아들었지?"

"알았어." 그녀는 다시 입술을 축인 다음 손으로 문질렀다. "할아버지 다치게 하지 마."

"그건 너한테 달렸지."

"나를 어디로 데리고 간다 그랬지?"

"골디락스? 아가?"

"응?" 그녀는 멍하니 그를 쳐다보며 눈을 깜빡였다.

"입 다물고 드라이브 즐기기나 해."

"호그와트." 그녀가 말했다. "솜…… 사탕."

이번에는 감긴 눈의 눈꺼풀이 움직이지 않았다. 그녀가 가볍게 코를 골기 시작했다. 코고는 소리가 경쾌하고 듣기 좋았다. 크로가 보기에 그녀가 연극을 하는 것 같지는 않았지만 그래도 만일의 경우에 대비해서 주사기를 노인네의 다리에 대고 있었다. 예전에 골룸이 프로도 배긴스를 두고 했던 말처럼 방심할 수 없는 값진 기회였다. 정말 방심할 수 없는 기회였다.

12

아브라는 완전히 의식을 잃지는 않아서 트럭 엔진 소리가 들렸지만 멀게 느껴졌다. 그녀의 위에서 들리는 것처럼 느껴졌다. 무더운 여름날에 부모님과 함께 위니퍼소키 호수에 갔을 때 물속에 고개를 담그면 멀리서 웅웅거리는 모터보트 소리가 들릴 때와 비슷했다. 그녀는 납치되었다는 걸 알았고 따라서 걱정해야 하는 상황이라는 걸 알았지만 마음이 평온했고 자다 깨다를 반복하는 데 만족했다. 하지만 바싹 마른 입과 목은 끔찍했다. 혓바닥이 먼지투성이 카펫 조각처럼 느껴졌다.

무슨 수를 내야 하는데. 이자가 나를 모자 쓴 여자한테 끌고 가고 있으니까 무슨 수를 내야 하는데. 그러지 않으면 야구하는 아이처럼 저들 손에 죽을 텐데. 아니면 그보다 더 끔찍한 일을 겪든지.

그녀는 무슨 수를 낼 작정이었다. 일단 뭘 좀 마신 뒤에. 그리고 좀 더 눈을 붙인 뒤에…….

웅웅거리던 엔진 소리가 멀리서 들리는 콧소리처럼 희미해졌을 때 불빛이 감은 그녀의 눈꺼풀을 찔렀다. 잠시 후 소리가 완전히 멈추었고 크로가 그녀의 다리를 손가락으로 찔렀다. 처음에는 살살하다 점점 세게 찔렀다. 아플 정도로 세게 찔렀다.

"일어나, 골디락스. 잠은 나중에 더 자고."

그녀는 억지로 눈을 떴다가 밝은 빛에 눈을 찡그렸다. 그들은 어느 주유기 옆에 서 있었다. 주유기 위에 형광등이 달려 있었다. 그녀는 불빛을 손으로 가렸다. 이제 갈증에 두통이 보태졌다. 그러니까 꼭……

"뭐가 그렇게 재미있어, 골디락스?"

"응?"

"웃고 있잖아."

"내가 왜 그러는지 방금 전에 알아냈거든. 나 지금 취한 거야."

크로는 생각해 보더니 씩 웃었다.

"그럴지도. 전등갓을 쓰고 활보할 정도는 아니지만. 내 말 알아들을 수 있을 만한 상태인 거지?"

"응."

적어도 그녀가 생각하기에는 그랬다. 하지만 지끈거리는 머리는. 끔찍했다.

"이거 받아."

그가 몸을 움직여가며 왼손에 쥔 무언가를 그녀의 얼굴 앞으로 내밀었다. 오른손은 계속 프리먼 씨의 다리를 겨냥해서 주사기를 쥐고 있었다.

그녀는 실눈을 떴다. 신용카드였다. 그녀는 너무 무겁게 느껴지는 손을 들어 카드를 받았다. 그녀의 눈이 감기려 하자 그가 그녀의 얼굴을 때렸다. 충격에 눈이 번쩍 뜨였다. 어른에게 맞아보기는 평생 처음이었다. 물론 납치당하는 것도 평생 처음이었지만.

"아야! *아야!*"

"트럭에서 내려. 주유기에 적혀 있는 설명 잘 보고(똑똑한 아이니까 분명 할 수 있을 거다.) 기름 가득 넣어. 그런 다음 노즐을 걸고 다시 타. 착한 골디락스처럼 굴면 이 트럭을 몰고 저기 저 콜라 기계 앞으로 갈 거야." 그는 주유소 저쪽 모퉁이를 가리켰다. "그럼 500cc짜리 콜라 큰 캔을 살 수 있어. 물마시고 싶으면 물을 사도 되고. 내 이 변변찮은 눈으로 보니까 다사니 생수가 있던데. 못된 골디락스처럼 굴면 영감을 죽이고 주유소 안으로 들어가서 계산대 앞에 서 있는 아이도 죽일 거야. 식은 죽 먹기야. 네 친구가 총을 들고 왔는데 그게 지금 내 수중에 있거든. 너를 데리고 가서 아이의 머리가 철퍼덕 터지는 걸 보여 줄 거야. 그러니까 네 손에 달렸어. 알아들었지?"

"알았어." 아브라가 대답했다. 이제는 잠이 조금 더 깼다. "콜라랑 물이랑 둘 다 마시면 안 될까?"

그가 이번에는 근사하게 활짝 웃었다. 이런 상황에도 불구하고, 두통에도 불구하고, 심지어 그가 날린 손찌검에도 불구하고 아브라는 그 미소에서 매력을 느꼈다. 특히 여자들 중에서 그 미소에 매력에 느낄 사람이 많을 것 같았다.

"조금 욕심이 많군. 하지만 그게 꼭 나쁜 것만은 아니야. 네가 얼마나 언행에 신경을 쓰는지 어디 한번 보자."

그녀는 벨트를 풀고(세 번의 시도 끝에 간신히 풀었다.) 문손잡이를 잡았다. 그러고는 이렇게 말했다.

"앞으로는 골디락스라고 부르지 마. 당신은 내 이름을 알고 나는 당신 이름을 알잖아."

그녀는 쾅 소리 나게 문을 닫고 그가 뭐라고 대꾸하기 전에 (살짝 비틀거리며) 주유기로 다가갔다. 스팀뿐 아니라 투지도 넘치는 아이였다. 거의 감탄스러운 수준이었다. 하지만 방울뱀, 월넛, 지미가 당한 것을 생각하면 그 정도가 상한선이었다.

13

처음에 아브라는 설명을 읽을 수가 없었다. 글자가 계속 겹치고 좌우로 흔들렸다. 실눈을 뜨자 그제야 초점이 맞았다. 크로가 그녀를 지켜보고 있었다. 조그맣고 따뜻한 서진처럼 그녀의 뒷덜미를 누르고 있는 그의 시선을 느낄 수 있다.

(댄 아저씨?)

아무 응답이 없었고 그녀는 그러려니 했다. 이 바보 같은 주유기 쓰는 법도 알아내지 못하는 마당에 무슨 수로 댄에게 연락할 수 있겠는가. 그녀는 평생 이렇게 머릿속이 부예 본 적이 없었다.

마침내 그녀는 기름을 넣는 데 성공했지만 첫 번째로 시도했을 때 신용카드를 거꾸로 넣는 바람에 처음부터 다시 해야 했다. 기름이 한도 없이 들어가는 느낌이었지만 노즐 위에 고무 덮개가 달려 있어서 냄새가 위로 올라오지 않았고 밤공기를 쐬였더니 머리가 조금 맑아졌다. 별이 어마어마하게 많았다. 평소에는 그 장관과 숫자에 넋을 잃었지만 오늘 밤에는 보고 있으려니 겁만 났다. 그들은 너무 멀리 있었다. 그들은 아브라 스톤을 보지 못했다.

연료통이 가득 채워지자 그녀는 실눈을 뜨고 주유기 창에 뜬 새로운 메시지를 확인하고는 크로 쪽을 돌아보았다.

"영수증 필요해?"

"그건 없어도 되지 않을까?"

그는 예의 그 눈부신 미소를 지었다. 나로 인해 그렇게 웃는다는 데 행복해지는 그런 미소였다. 아브라가 보기에 그는 여자친구가 많을 듯했다.

아니야. 딱 한 명뿐이야. 그 모자 쓴 여자가 그의 여자친구야. 로즈. 다른 여자친구를 사귀면 로즈가 죽여 버릴 거야. 그 송곳니와 손톱으로.

그녀는 터벅터벅 트럭으로 돌아가서 올라탔다.

"아주 잘했어." 크로가 말했다. "최우수상 획득이다. 콜라하고 물. 그럼…… 대디한테 뭐라고 해야 하지?"

"고맙습니다." 그녀는 심드렁하게 말했다. "하지만 당신은 우리 아빠가 아니잖아."

"될 수도 있지. 내 말을 잘 듣는 여자아이들한테는 아주 좋은 아빠가 될 수 있거든. 언행에 신경 쓰는 애들 말이야." 그는 자동판매기 쪽으로 트럭을 몰고 가서 그녀에게 5달러짜리 지폐를 주었다. "나는 환타 있으면 환타 사다 줘. 없으면 콜라."

"당신도 다른 사람들처럼 탄산음료를 마신다고?"

그는 우스꽝스럽게 마음 상한 표정을 지었다.

"그대들이 찌르면 우리도 피를 흘리지 않겠는가? 그대들이 간질 이면 우리도 웃지 않겠는가?"

"셰익스피어지?" 그녀는 다시 입술을 훔쳤다. "「로미오와 줄리 엣」."

"「베니스의 상인」이다, 바부팅아." 크로는 이렇게 말했지만······ 미소 띤 얼굴이었다. "그 뒷부분도 당연히 모르겠군."

그녀는 고개를 저었다. 실수였다. 그러자 점점 가라앉기 시작했던 머리가 다시 지끈거리기 시작했다.

"그대들이 독을 먹이면 우리도 죽지 않겠는가?" 그는 프리먼 씨의 다리를 겨누고 있는 주사기를 톡톡 두드렸다. "음료수 사오면서 그 부분에 대해서 묵상해 봐."

14

그는 자동판매기를 작동하는 그녀를 유심히 지켜보았다. 이곳은 어느 조그만 마을에서 벗어난, 나무로 우거진 외곽의 주유소였고 그 녀가 노인네는 될 대로 되라며 숲 속으로 도망칠 가능성은 얼마든지 있었다. 그는 총을 꺼낼까 하다가 그냥 두었다. 아이의 흐리멍덩한 현재 상태로 보았을 때 별다른 수고를 들이지 않아도 따라잡을 수 있었다. 하지만 그녀는 그쪽을 쳐다보지도 않았다. 5달러짜리 지폐를 넣고 음료수를 하나씩 꺼낸 다음 물을 크게 한 모금 마시고는 그 만이었다. 그녀는 돌아와서 그에게 환타를 건넸지만 차에 타지는 않았다. 그 대신 건물 저쪽을 가리켰다.

"화장실 좀 다녀올게."

크로는 당황했다. 예상했어야 하는 상황인데 그러지 못했던 것이다. 약을 맞았으니 몸에서 독소를 배출하려고 할 텐데. "좀 참으면 안 될까?" 그는 좀 더 가서 갓길이 보이면 트럭을 세울 작정이었다. 그런 다음 숲 속에서 해결하라고 할 참이었다. 그녀의 머리꼭대기만 볼 수 있으면 상관없었다.

하지만 그녀는 고개를 저었다. 당연히 그렇겠지.

그는 곰곰이 생각해 보았다.

"좋아, 잘 들어. 문이 안 잠겨 있으면 여자화장실에 가도 좋아. 그렇지 않으면 뒤로 돌아가서 해결해야 해. 안에 들어가서 계산대 지키는 아이한테 열쇠 달라고 할 수는 없어."

"뒤로 돌아가서 해결하면 날 보고 있을 거지? 변태."

"쓰레기통이나 뭐 그런 걸로 가릴 수 있겠지. 네 귀엽고 깜찍한 엉덩이를 볼 수 없다니 가슴이 찢어지겠지만 어떻게든 참아 보마. 이제 차에 타."

"하지만 좀 전에는……"

"얼른 타. 안 그러면 다시 골디락스라고 부른다."

그녀가 차에 오르자 그는 트럭을 몰고 가서 화장실 문 앞에 바짝 댔다. 하지만 입구를 아예 막을 정도는 아니었다.

"이제 손 내밀어."

196

"왜?"

"내밀기나 해."

그녀는 머뭇거리며 손을 내밀었다. 그가 손을 잡았다. 주사기가 보이자 그녀는 손을 빼려고 했다.

"걱정 마, 한 방울만 넣을 거니까. 네가 못된 생각을 하면 안 되지 않겠니? 못된 생각을 누구한테 전달해도 안 되고. 이러나저러나 맞아야 할 텐데 난리 부릴 것 없잖아?"

그녀는 반항을 멈추었다. 그냥 흘러가도록 내버려 두는 편이 나았다. 그녀의 손등이 살짝 따끔거렸고 그가 손을 놔주었다.

"이제 가라. 쉬 싸고 얼른 돌아와. 고향집 모래시계에서 모래가 떨어지고 있다는 옛날 노래가사도 있잖아."

"나는 그런 노래 모르는데."

"어련하실까. 너는 「베니스의 상인」이랑 「로미오와 줄리엣」도 구분 못하잖아."

"못됐어."

"내가 뭐 하러 못되게 굴겠니?"

트럭에서 내린 그녀는 잠깐 옆에 서서 심호흡을 몇 번 했다.

"아브라?"

그녀는 그를 쳐다보았다.

"안에서 문 잠그지 마. 그러면 그 대가를 누가 치러야 하는 알지?"

그는 빌리 프리먼의 다리를 토닥였다.

그녀도 아는 바였다.

맑아지기 시작했던 머릿속에 다시 먹구름이 꼈다. 그 매력적인 미소 뒤에 끔찍한 인간이(끔찍한 것이) 숨어 있었다. 게다가 영리했다. 모든 경우의 수를 생각했다. 화장실 문을 당겨 보니 열렸다. 최소한 풀밭에서 해결할 걱정은 덜었으니 그것만으로도 다행이었다. 그녀는 안으로 들어가서 문을 닫고 볼일을 보았다. 그런 다음 어질어질한 머리를 숙이고 가만히 앉아 있었다. 에마네 집 화장실에서 바보처럼 모든 게 다 잘 될 거라고 생각했던 때가 떠올랐다. 얼마나 까마득한 옛날처럼 느껴지는지.

무슨 수를 내야 하는데.

하지만 약에 취해서 머리가 멍했다.

(*댄 아저씨.*)

그녀는 온 힘을 다해 그를 불렀지만…… 온 힘이라고 해봐야 많지도 않았다. 게다가 크로가 얼마의 여유를 주었던가. 절망이 엄습하면서 남아 있던 일말의 반항의 의지마저 꺾이는 게 느껴졌다. 바지단추를 채우고 다시 트럭에 올라타서 다시 잠을 자고 싶은 생각뿐이었다. 그래도 그녀는 다시 한 번 시도해 보았다.

(*댄 아저씨! 댄 아저씨, 제발요!*)

그러고는 기적을 기다렸다.

하지만 들리는 것이라고는 픽업트럭의 짧은 경적 소리뿐이었다. 거기에 담긴 뜻은 분명했다. *시간 다 됐다.*

15장
바꿔치기 게임

1

깜빡했던 걸 네가 기억하게 될 거야.

클라우드 갭에서 엄청난 희생을 치르고 승리를 거두고 난 뒤부터 그 문구가 댄을 계속 따라다니며 괴롭혔다. 짜증나고 어처구니없는 노래 한 소절이 머릿속에 박혀서 한밤중에 화장실에 가다 문득 정신을 차려보면 그 멜로디를 흥얼거리고 있는 것처럼 그랬다. 이 문구가 상당히 짜증이 나기는 해도 말이 안 되지는 않았다. 왜 그랬는지 몰라도 그는 이 문구를 토니와 연결시켰다.

트루 낫의 위니바고를 타고 그들이 차를 주차해 놓은 프레이저 공원의 티니타운 역까지 갈 수는 없었다. 그들이 거기서 내리는 광경을 누가 보거나 그 안에 법의학적으로 결정적인 증거를 남길까 봐 두려운 건 둘째 치고, 투표에 붙일 필요도 없을 만큼 절대 사절이었다. 그 안에서는 질병과 죽음을 넘어 악마의 냄새가 났다. 댄은 위니바고를 거부하는 또 다른 이유가 있었다. 트루 낫이 유령이 돼서 돌아올지 어쩔지 알 수 없는 상황에서 굳이 확인하고 싶지 않았던 것이다.

그래서 그들은 내팽개쳐진 옷가지와 약물 주입 용품을 소코 강에 던져서 가라앉거나 아니면 하류의 메인 주로 떠내려가게 만들고, 왔던 방식 그대로 헬렌 리빙턴을 타고 가기로 했다.

데이비드 스톤은 차장석에 앉았다가 댄이 아브라의 토끼 인형을 계속 잡고 있는 것을 보고 손을 내밀었다. 댄은 기꺼이 내주다 아브라의 아버지가 다른 손에 들고 있는 물건에 주목했다. 블랙베리를 들고 있었던 것이다.

"그걸로 뭘 하려고요?"

데이브는 좁은 선로 양옆으로 지나가는 나무들을 바라보다 댄 쪽으로 고개를 돌렸다.

"휴대전화가 터지는 곳으로 건너가자마자 딘네 집에 전화하려고요. 아무도 안 받으면 경찰에 연락할 거예요. 받는 사람이 있긴 한데 에마나 에마의 엄마가 말하길 아브라가 갔다고 해도 경찰에 연락할 거고요. 그 집에서 아직 연락을 안 했다면."

그의 눈빛은 차갑고 계산적이며 따스함과는 거리가 멀었지만 딸을 생각했을 때 드는 공포(더욱 정확하게는 두려움)를 드러내지 않는 것이 댄으로서는 존경스러웠다. 게다가 덕분에 논리적으로 설득하기가 한결 쉬웠다.

"이 일에 대한 책임은 토런스 씨, 당신한테 있어요. 당신이 세운 계획이었잖아요. 당신이 세운 말도 안 되는 계획이었잖아요."

그 말도 안 되는 계획에 모두 찬성하지 않았느냐고 따지고 들어봐야 부질없는 짓이었다. 그와 존도 아브라의 계속되는 침묵에 거의 아버지만큼 불안하다고 얘기해 봐야 부질없는 짓이었다. 근본적으로는 그의 말이 맞았다.

깜빡했던 걸 네가 기억하게 될 거야.

오버룩에 얽힌 기억을 말하는 걸까? 댄이 생각하기에는 그런 듯했다. 그런데 이제 와서 생각나는 이유가 뭘까? 여기서 생각나는 이유가 뭘까?

"데이브, 아브라는 끌려간 게 거의 확실해요." 존 돌턴의 목소리였다. 그가 그들 바로 뒤칸으로 어느새 자리를 옮겼다. 점점 기울어가는 햇살이 나무를 뚫고 그의 얼굴 위에서 어른거렸다. "만약 그런 상황에서 경찰에 연락하면 아브라한테 어떤 일이 벌어지겠어요?"

그대에게 신의 축복이 있을지어다. 댄은 생각했다. *내가 그런 말을 꺼냈다면 그가 과연 내 말을 들었을까? 나는 기본적으로 그의 딸과 공모한 낯선 사람이 아닌가. 그는 나 때문에 자기 딸이 이런 위험한 상황에 놓이게 됐다는 의심을 떨쳐 버릴 수 없을 거야.*

"달리 방법이 없잖아요." 데이브가 이렇게 말하는 순간 아슬아슬하게 유지하고 있던 평정심이 무너졌다. 그는 아브라의 토끼 인형을 얼굴에 대고 흐느껴 울기 시작했다. "아내한테는 뭐라고 합니까? 내가 클라우드 갭에서 총을 쏘는 동안 귀신이 우리 딸을 훔쳐갔다고요?"

"가장 중요한 일부터 먼저 처리하죠." 댄이 말했다. 지금 상황에서

'포기하고 하느님에게 맡기자'거나 '너무 조급하게 생각하지 말자'
는 식의 알코올 중독자 협회의 슬로건은 아브라의 아버지에게 먹힐
것 같지 않았다. "휴대전화가 터지는 곳에 가면 딘네 집에 전화하세
요. 전화해 보면 그 집 식구들은 무사할 거예요."

"왜 그렇게 생각하는데요?"

"마지막으로 아브라와 대화를 나누었을 때 내가 친구 엄마를 통해
서 경찰에 연락하라고 했거든요."

데이브는 눈을 깜빡였다.

"정말이에요? 아니면 면피하려고 그냥 하는 말이에요?"

"정말이에요. 아브라가 뭐라고 대답하려고 했어요. '저 지금', 그
런 다음 연락이 끊겼어요. 아무래도 지금 딘네 집이 아니라고 하려
던 것 같아요."

"살아 있나요?" 데이브가 시체처럼 싸늘한 손으로 댄의 팔꿈치를
잡았다. "우리 딸이 아직 살아 있나요?"

"연락은 끊겼지만 분명 살아 있을 겁니다."

"당연히 그렇게 말하겠지." 데이브가 속삭였다. "면피하려고, 안
그래요?"

댄은 되받아치고 싶었지만 참았다. 옥신각신했다가는 아브라를
구출할 수 있는 일말의 가능성마저 사라져 버릴 것이다.

"말이 되네요." 존이 말했다. 그는 아직 얼굴이 하얗게 질렸고 손
을 떨고 있었지만 목소리만큼은 환자를 대하듯 차분했다. "죽어 버
리면 남은 자에게 아무 쓸모가 없잖아요. 아브라를 잡은 자에게 말
이죠. 아브라는 살아서 인질로 붙잡혀 있어요. 게다가…… 그들이

노리는 것도 있고……"

"그들이 노리는 건 아브라의 정기예요." 댄이 말했다. "스팀이오."

"그리고 또 한 가지." 존이 말했다. "경찰한테 우리가 죽인 사람들에 대해서 뭐라고 할 수 있겠어요? 보였다 안 보였다 하더니 완전히 사라져 버렸다고요? 그래서 우리가 그들의…… 유품을 처리했다고요?"

"내가 당신한테 넘어가서 이런 일을 벌이다니 믿기지가 않네."

데이브는 토끼 인형을 이쪽에서 저쪽으로 비틀고 있었다. 조만간 낡은 배가 갈라져서 속이 쏟아질 것이다. 데이브는 그 광경을 감당할 수 있을지 자신이 없었다.

존이 말했다.

"있잖아요, 데이브. 딸을 위해서 머릿속을 비워요. 아브라는 《애니 스턴 쇼퍼》에서 그 아이 사진을 본 순간부터 그 아이에 대해서 알아내려고 했어요. 아브라가 모자 쓴 여자라고 부르는 그 여자는 아브라의 존재를 알게 되자마자 추적하러 나섰고요. 나는 스팀이 뭔지도 모르고 댄이 샤이닝이라고 부르는 게 뭔지도 잘 모르지만 우리가 상대하는 이런 인간들은 증인을 남기지 않는다는 건 알아요. 아이오와 아이의 경우, 당신의 따님이 증인이었던 거죠."

"딘네 집에 전화하되 아무 일 없는 척하세요."

"아무 일 없는 척? *아무 일 없는 척?*"

그는 스웨덴어로 말을 하려는 사람처럼 보였다.

"가는 길에 가게에서 빵이나 우유나 뭐 그런 거 살 필요 없는지 물어보려고 전화했다고 하세요. 그쪽에서 아브라는 집에 갔다고 하면 알았다고, 그럼 집으로 전화하겠다고 하고요."

"그런 다음에는?"

댄은 알 수 없었다. 그가 아는 것이라고는 생각할 시간이 필요하다는 것뿐이었다. 잊었던 것에 대해 생각할 시간이 필요했다.

존이 정답을 알고 있었다.

"그런 다음에는 빌리 프리먼한테 전화를 해보세요."

어스름이 깔렸고 헬렌 리빙턴의 전조등이 선로를 원뿔 모양으로 가르기 시작했을 때 데이브의 전화기에 안테나 표시가 떴다. 그는 딘네 집에 전화를 걸었고, 이제는 뒤틀려 버린 호피를 세게 움켜쥐고 구슬 같은 땀을 뚝뚝 흘리기는 했지만 댄이 보기에는 썩 잘 해냈다. 아비 잠깐 바꿔 주실래요? 스톱 앤드 숍에서 뭐 사갈 거 없는지 물어보려고요. 아? 그래요? 그럼 집으로 전화해야겠네요. 그는 조금 더 이야기를 들은 뒤 알겠다고 하고는 전화를 끊었다. 댄을 쳐다보는 그의 두 눈은 하얀 테두리가 달린 구멍과도 같았다.

"딘 부인이 아브라 몸이 좀 어떤지 물어봐 달래요. 생리통 어쩌고 하면서 집에 갔나 봐요." 그는 고개를 떨구었다. "생리를 시작한 줄도 몰랐는데. 루시가 아무 말 없었거든요."

"아빠들이 알 필요 없는 일들도 있잖아요." 존이 말했다. "이제 빌리한테 전화해 봐요."

"번호를 몰라요." 그는 하! 하고 외마디 웃음을 터뜨렸다. "완전 조졌네."

댄이 기억하고 있는 번호를 불러 주었다. 앞쪽에서 나무들이 점점 듬성듬성해졌고 프레이저의 중심가를 따라 늘어선 반짝이는 가로등 불빛들이 보였다.

데이브가 번호를 누르더니 귀를 기울였다. 그러다 잠시 후 전화를 끊었다.

"음성 사서함으로 넘어가요."

헬렌 리빙턴이 숲을 가르며 티니타운까지 남은 3.2킬로미터를 가는 동안 세 사람은 아무 말이 없었다. 댄은 남은 기운을 모두 끌어모아서 아브라에게 말을 걸었지만 아무 반응이 없었다. 크로라는 작자가 그녀를 기절시킨 모양이었다. 문신을 한 여자가 주사기를 들고 있었다. 아마 크로에게도 주사기가 있었을 것이다.

깜빡했던 걸 네가 기억하게 될 거야.

오버룩 호텔에 얽힌 끔찍한 기억과 그 속에 우글거리는 유령들을 자물쇠 상자에 가두어 놓은 그의 의식 저 깊은 곳에서 떠오른 생각이었다.

"보일러였어."

차장석에 앉아 있던 데이브가 그를 흘끗 쳐다보았다.

"네?"

"아무것도 아닙니다."

오버룩은 오래 된 난방시설을 썼다. 증기압을 주기적으로 낮추어 주지 않으면 계속 올라가서 보일러가 폭발해 호텔 전체가 하늘로 날아갈 수 있었다. 치매가 점점 심각해지는 와중에 잭 토런스는 이걸 깜빡했지만 그의 어린 아들은 경고를 받았었다. 토니에게서.

또 다른 경고일까 아니면 스트레스와 죄책감으로 인한, 사람 미치게 만드는 연상 작용일까? 그는 정말로 죄책감을 느꼈다. 존의 말마

따나 아브라는 이러든 저러든 트루의 타깃이 될 운명이었지만 감정 앞에서 이성은 속수무책이었다. 그가 세운 계획이었고 계획이 어긋 났으니 그의 입장이 난처하게 됐다.

깜빡했던 걸 네가 기억하게 될 거야.

오랜 친구가 현재 상황에 대해서 그에게 무언가를 알려 주려는 걸 까 아니면 축음기에서 나는 소리에 불과할까?

2

데이브와 존이 한 차로 스톤의 집으로 돌아갔다. 댄은 혼자 생각 할 수 있는 상황을 반기며 그의 차를 몰고 따라갔다. 그 상황이 도움 이 되지는 않는 듯했다. 뭔가가 떠오를 줄 알았는데, 뭔가 구체적인 게 떠오를 줄 알았는데 그렇지 않았다. 그는 심지어 사춘기 시절 이 후 처음으로 토니까지 소환하려고 했지만 소용없었다.

리치랜드 코트에 빌리의 트럭은 없었다. 댄이 보기에는 정황상 앞 뒤가 맞았다. 트루 낫 습격대는 위니바고를 몰고 들이닥쳤다. 그들이 애니스턴에서 크로를 내려 주었다면 이동 수단이 필요했을 것이다.

차고 문이 열려 있었다. 데이브는 존의 차가 완전히 멈추기도 전 에 내려서 아브라의 이름을 부르며 안으로 달려 들어갔다. 그러더니 서버번의 전조등이 무대 위에 오른 연극 배우를 비추는 스포트라이 트마냥 그를 비추는 가운데 뭔가를 집어 들고서 신음과 비명의 중간 쯤에 해당되는 소리를 냈다. 댄은 서버번 옆에 차를 댔을 때 그 물건의 정체를 파악했다. 아브라의 배낭이었다.

술을 마시고 싶은 욕구가 카우보이 부츠 술집 주차장에서 존에게 전화를 걸었을 때보다 강렬하게, 알코올 중독자 첫 모임에서 하얀색 칩을 집은 이래 그 어느 때보다 더 강렬하게 댄을 덮쳤다. 그들이 고함을 지르건 말건 진입로를 후진해서 프레이저로 달려가고 싶었다. 그곳에는 불 무스라는 술집이 있었다. 그는 그 앞을 숱하게 지날 때마다 회복 중인 알코올 중독자답게 자동반사적으로 궁금해했다. 저 안은 어떻게 생겼을까? 무슨 생맥주를 팔까? 주크박스에는 어떤 노래가 있을까? 선반에는 어떤 위스키가, 술통에는 무슨 술이 들어 있을까? 예쁜 여자 손님들도 있을까? 첫 잔은 어떤 맛일까? 익숙한 맛일까? 드디어 집에 온 듯한 기분이 들까? 데이비드 스톤이 경찰을 부르고 경찰이 그를 데리고 집 안으로 들어가서 어떤 여자아이가 실종된 사건에 대해 심문하는 동안 아무리 못해도 그중 몇 가지 궁금증은 해결할 수 있을 텐데.

그럴 때가 올 거야. 케이시는 두 주먹 불끈 쥐어 가며 참던 초창기 시절에 이렇게 말한 적이 있었다. *정신적인 방어선이 무너지고 자네와 술 사이에 높으신 그분밖에 안 남는 때가.*

그는 직접 경험한 바가 조금 있었기에 높으신 그분 어쩌고를 받아들이는 데 아무 문제가 없었다. 신의 존재는 입증이 안 된 가설로 남았지만 그는 또 다른 차원의 세상이 있다는 것을 알았다. 아브라처럼 댄도 유령을 본 적 있었다. 그러니까 신이 존재할 수도 있었다. 그는 심지어 이 세상 너머의 다른 세상을 언뜻 엿본 사람으로서 신이 존재할 가능성이 크다고 생각했다. 하지만 이런 뭣 같은 일이 벌어지고 있는데 가만히 앉아서 보고만 있는 신은 도대체 뭘까?

그런 질문을 하는 사람이 나 말고도 많겠지만. 그는 생각했다.

케이시 킹슬리는 하루에 두 번 무릎을 꿇고 앉아서 아침에는 도움을 구하고 밤에는 감사를 드리라고 했다. *맨 처음 3단계가 이거야. 나는 못한다, 신은 할 수 있다, 신께 맡겨야겠다. 너무 심각하게 생각할 것 없어.*

이 충고에 거부감을 보이는 신입이 있으면 케이시는 습관처럼 영화감독 존 워터스의 일화를 들먹였다. 그의 초기작 「핑크 플라밍고」에서 여장 남자 스타 디바인은 교외 잔디밭에서 개똥을 먹었다. 워터스는 그로부터 몇 년이 지난 뒤에도 영화 역사에 한 획을 그은 그 빛나는 순간에 대해 질문을 받았다. 그러자 결국 기자에게 이렇게 쏘아붙였다.

"그깟 개똥 한 덩이 가지고 뭘 그래요? 덕분에 그 배우, 유명해졌잖아요."

그러니까 내키지 않더라도 무릎 꿇고 앉아서 도와 달라고 해. 케이시는 말했다. *이러니저러니 해도 그깟 개똥 한 덩이에 불과하잖아.*

댄은 운전대가 앞을 막고 있어서 제대로 무릎을 꿇을 수 없었지만 아침저녁으로 기도를 드릴 때 취하는 기본자세를 자동적으로 취했다. 눈을 감고, 그의 20년 인생에 흉터를 남긴 악마의 독약을 단 한 방울도 허용하지 않겠다는 듯이 손바닥을 입술에 갖다 댔다.

하느님, 술을 마시지 않도록 도와……

거기까지 말했을 때 한 줄기 빛이 비쳤다.

클라우드 갭으로 가는 길에 데이브가 했던 말이 단서였다. 아브라의 화가 난 미소(댄은 크로가 그 미소를 보았는지, 보았다면 뭐라고 생각했을지 궁금했다.)가 단서였다. 무엇보다도 그의 이에 대고 입술을 누르는 맨살의 감촉이 단서였다.

"맙소사." 그는 속삭였다.

차에서 내리는데 다리가 풀렸다. 그는 결국 무릎을 꿇었다가 다시 일어나 두 남자가 서서 아브라가 두고 간 배낭을 쳐다보고 있는 차고로 달려갔다.

그는 데이브의 어깨를 붙잡았다.

"부인한테 전화하세요. 전화해서 지금 가겠다고 하세요."

"무슨 일인지 궁금해 할 텐데." 데이브가 말했다. 떨리는 입술과 내리뜬 시선으로 보건대 그런 대화를 얼마나 피하고 싶어 하는지 알 수 있었다. "아내는 지금 콘체타의 아파트에 있어요. 전화해서 얘기할게요…… 젠장, 뭐라고 얘기하면 좋을지 모르겠네."

댄은 그가 떨구었던 시선을 들어서 마주볼 때까지 그의 어깨를 잡은 손에 점점 더 힘을 주었다.

"다 같이 보스턴으로 갈 거예요. 하지만 존과 나는 거기서 다른 볼일이 있어요."

"다른 볼일이라니요? 무슨 소리인지 모르겠네."

댄은 알았다. 다는 아니지만 많이 알았다.

3

그들은 존의 서버번을 타고 갔다. 데이브가 조수석에 앉았다. 댄은 팔걸이에 머리를 대고 발을 바닥에 둔 채 반듯하게 누웠다.

"루시가 계속 무슨 일이냐고 물었어요." 데이브가 말했다. "나 때문에 무서울 지경이라면서. 당연히 아브라한테 무슨 일이 생겼나 보다고 짐작한 거죠. 아내가 아브라하고 비슷한 구석이 살짝 있거든요. 전부터 느낀 거지만. 아비는 에마네 집에서 자고 온다고 했어요. 내가 결혼하고 십 몇 년 동안 아내한테 거짓말을 한 게 몇 번인지 알아요? 한 손으로 꼽을 수 있을 정도이고 그중 세 번이 우리 학과장 주관으로 목요일 저녁에 열리는 포커 게임에서 잃은 금액을 숨긴 거예요. 이런 거짓말은 한 적이 없다고요. 게다가 세 시간 만에 말을 바꾸게 생겼으니."

댄과 존은 그가 아브라에 대해서 뭐라고 말했는지, 남편이 계속 전화상으로 얘기하기에는 너무 중요하고 복잡한 일이라고 하자 루시가 얼마나 불안해했는지 알고 있었다. 그가 전화를 걸었을 때 둘 다 부엌에 있었던 것이다. 하지만 그는 굳이 얘기하고 싶어 했다. 알코올 중독자 협회의 표현을 빌자면 공유하고 싶어 했다. 대꾸가 필요할 때마다 존이 *그렇죠, 알아요, 이해해요,* 하며 맞장구를 쳤다.

어느 시점에 이르렀을 때 데이브가 말을 멈추더니 뒤를 쳐다보았다.

"맙소사, 지금 자는 거예요?"

"아뇨." 댄은 여전히 눈을 감은 채 대답했다. "따님과 접속하려고 시도하는 중이에요."

이 말에 데이브의 독백이 끊겼다. 이제는 16번 고속도로를 타고 10여 개의 소도시를 관통하며 남쪽으로 달리는 서버번의 타이어 소리만 들릴 따름이었다. 도로는 한산했고 2차로가 4차로로 넓어지자 존은 시속 100킬로미터의 속도를 꾸준히 유지했다.

댄은 아브라를 부르려고 하지 않았다. 그래봐야 소용이 있을까 싶었다. 그 대신 그의 머릿속을 완전히 열어 놓으려고 했다. 자신을 청음초소(소리로 적의 동태를 파악하기 위해 전방에 세우는 초소 — 옮긴이)로 만들었다. 난생 처음 시도해 보는 일이었는데 결과가 섬뜩했다. 전 세계를 통틀어 가장 성능 좋은 헤드폰을 쓰고 있는 것과 비슷했던 것이다. 나지막한 북적거림이 끊임없이 이어지는데 인간들의 머릿속에 떠오른 생각의 소음 같았다. 그는 밀려드는 파도 속 어딘가에서 그녀의 목소리가 들리기만을 기다렸다. 정말 들릴 거라고 기대하지는 않았지만 달리 뾰족한 수가 없었다.

보스턴까지 100킬로미터를 남겨 두고 스폴딩 고속도로의 첫 번째 요금소를 막 통과했을 때 드디어 그녀의 목소리가 잡혔다.

(댄 아저씨.)

가물가물했다. 들릴락 말락 했다. 처음에는 상상이 빚은 소리인 줄 알았지만(하도 간절하다 보니 소원이 이루어진 줄 알았다.) 한 줄기의 서치라이트에 온 정신을 집중하며 그쪽으로 초점을 맞추었다. 그러자 또다시 들렸다. 이번에는 소리가 좀 전보다 컸다. 진짜였다. 아브라였다.

(댄 아저씨, 제발요!)

그녀는 분명 약에 취해 있었고 그는 이제 취하려는 조치와 비슷한 시도조차 한 적 없었지만…… 아브라는 경험이 있었다. 그녀가 약에 취했건 안 취했건 그에게 방법을 가르쳐 주어야 할 터였다.

(아브라, 힘내. 나를 도와줘야 해.)

(돕다니요? 뭘요? 어떻게요?)

(바꿔치기 게임.)

(???)

(내가 세상을 돌릴 수 있게 도와줘.)

4

데이브가 다음 요금소에 대비해서 컵 홀더를 뒤지며 잔돈을 챙기고 있었을 때 댄이 뒤에서 입을 열었다. 그런데 절대로 댄이 아니었다.

"잠시만요, 생리대 갈아야 해요!"

존이 똑바로 일어나 앉으며 핸들을 홱 돌리는 바람에 서버번이 휘청했다.

"이게 도대체 무슨?"

데이브가 안전벨트를 풀더니 무릎을 꿇고 몸을 돌려서 뒷좌석에 누워 있는 남자를 예의 주시했다. 댄은 눈을 반쯤 감고 있다가 데이브가 아브라의 이름을 부르자 번쩍 떴다.

"안 돼요, 아빠, 지금은 안 돼요. 도와줘야 해요…… 해봐야 해요……" 댄이 몸을 뒤틀었다. 그러고는 한쪽 손을 올리더니 데이브가 지금까지 숱하게 보았던 대로 입을 훔치고 다시 내렸다. "저 사람한테 내가 그렇게 부르지 말라고 하지 않았느냐고 해요. 그 사람한테……"

댄이 한쪽 어깨에 닿을 만큼 고개를 모로 꼬았다. 그런 채로 끙끙거렸다. 두 손이 정처 없이 실룩거렸다.

"무슨 일이에요?" 존이 큰 소리로 물었다. "나는 어떻게 하면 돼요?"

"모르겠어요." 데이브가 말했다.

그는 운전석과 조수석 사이로 손을 내밀어서 실룩이는 손을 꽉 붙잡았다.

"운전해요." 댄이 말했다. "계속 그냥 운전해요."

뒷좌석에 누워 있던 그의 몸이 들썩이고 뒤틀렸다. 아브라가 댄의 입을 빌려서 비명을 지르기 시작했다.

5

그는 꾸물꾸물한 그녀의 생각의 흐름을 따라 그들 사이에 통로를 구축했다. 아브라가 상상한 돌 바퀴가 그의 눈에 보였다. 하지만 그녀는 너무 기운이 없고 멍해서 바퀴를 돌릴 수가 없었다. 그녀는 지금 자기 쪽 통로의 끝을 닫히지 않도록 벌리는 데 모든 정신력을 쏟아 붓고 있었다. 그래야 그는 그녀의 머릿속으로 그녀는 그의 머릿속으로 들어갈 수 있었다. 하지만 그의 의식은 아직도 대부분 서버번에 머물고 있었다. 맞은편에서 달려오는 차량의 전조등 불빛이 푹

신한 천장을 훑고 지나갔다. 빛…… 어둠…… 빛…… 어둠.

바퀴가 너무 무거웠다.

어디에선가 갑자기 쿵쿵거리는 소리에 이어 누군가의 목소리가 들렸다.

"나와라, 아브라. 시간 다 됐어. 출발해야지."

아브라는 이 소리에 겁을 먹었고 조금 더 힘이 생겼다. 바퀴가 움직이면서 두 사람을 연결하는 배꼽 속으로 그를 좀 더 깊숙이 끌어당겼다. 댄은 이렇게 묘한 기분은 난생 처음이었다. 상황이 이렇게 끔찍한데도 짜릿했다.

저 멀리 어딘가에서 아브라가 외치는 소리가 들렸다.

"잠시만요, 생리대 갈아야 해요!"

존의 서버번 지붕이 스르르 멀어졌다. 돌아갔다. 터널 속에 있는 듯한 어둠이 찾아왔고 그는 그 틈에 이런 생각을 했다. *여기서 길을 잃으면 절대 돌아가지 못하겠지. 가망 없는 긴장증 환자로 낙인이 찍혀서 어디 정신병원에 입원하겠지.*

그때 세상이 스르르 제자리로 돌아갔는데 아까 그 자리가 아니었다. 서버번이 사라졌다. 그는 바닥에 우중충한 타일이 깔려 있고 세면대 옆에 '죄송합니다, 온수는 나오지 않습니다'라고 적힌 냄새나는 화장실에 있었다. 변기 위에 앉아 있었다.

그가 일어날 생각을 하기도 전에 오래된 타일에 금이 갈 정도로 세게 문이 열리는 소리가 들리더니 어떤 남자가 성큼성큼 들어왔다. 서른다섯 살쯤 되어 보이는데 새까만 머리를 뒤로 빗어 넘겼고, 얼굴은 각이 졌지만 투박하고 깡마른 매력이 있는 미남이었다. 한손에

214

권총을 들고 있었다.

"생리대를 간다고? 그러시겠지." 그가 말했다. "어디서 난 건데, 골디락스? 바지 주머니 안에 들어 있었나? 당연히 그랬겠지. 네 배낭은 아주 멀리 있으니까."

(저 사람한테 내가 그렇게 부르지 말라고 하지 않았느냐고 해요.)

"내가 그렇게 부르지 말라고 했잖아." 댄이 말했다.

크로는 걸음을 멈추고, 변기에 앉아서 좌우로 조금씩 몸을 흔들고 있는 아이를 쳐다보았다. 몸을 흔드는 건 약 때문이었다. 두말하면 잔소리였다. 하지만 목소리는 왜 그렇게 된 걸까? 그것도 약 때문일까?

"목소리가 왜 그래? 다른 사람 목소리 같잖아."

댄은 그녀의 어깨를 으쓱하려고 했지만 한쪽만 실룩이는 데 그쳤다. 크로가 아브라의 팔을 붙잡고 댄을 홱 일으켜 세웠다. 아파서 그는 비명을 질렀다.

어디에선가(여기서 수십 킬로미터 떨어진 데서) 누군가가 큰 소리로 묻는 게 희미하게 들렸다. 무슨 일이에요? 나는 어떻게 하면 돼요?

"운전해요." 그는 크로에게 문 밖으로 끌려가며 존에게 이렇게 말했다. "계속 그냥 운전해요."

"그래, 운전하지 뭐."

크로는 대답하면서 코를 골며 자고 있는 빌리 프리먼 옆으로 아브라를 쑤셔 넣었다. 그런 다음 그녀의 머리칼을 한 움큼 주먹에 감고 뒤로 잡아당겼다. 댄이 아브라의 입을 빌려 비명을 질렀지만 전적으로 그녀의 목소리가 아니라는 것은 알고 있었다. 거의 비슷했지만 전적으로 같지는 않았다. 크로는 차이점을 느꼈지만 어떻게 된 영문인지 알지 못했다. 모자 쓴 여자라면 알아차렸을 것이다. 아브라에게 머릿속을 서로 바꿔치기 하는 요령을 본의 아니게 가르쳐 준 사람이 그녀였으니까.

"하지만 출발하기 전에 우리 서로 합의를 보아야 할 사항이 있어. 거짓말은 더 이상 안 된다는 거, 그거야. 대디한테 또 거짓말하면 네 옆에서 코를 골며 자고 있는 이 노인네가 죽은 고깃덩어리가 될 거야. 약도 안 쓸 거다. 캠핑장에 차를 대고 노인네 배에다 총을 쏠 거야. 그러면 죽을 때까지 시간이 좀 걸리겠지. 너는 그의 비명 소리를 들어야 할 테고. 알아들었니?"

"알았어." 댄은 나지막이 속삭였다.

"아가, 정말로 알아들은 거면 좋겠다. 나는 같은 말을 두 번 반복하지 않거든."

크로는 문을 쾅 닫고 얼른 운전석 쪽으로 걸어갔다. 댄은 아브라의 눈을 감았다. 생일파티 때 천장에 매단 숟가락들을 생각했다. 서랍을 열고 닫았던 것, 그것도 생각했다. 아브라는 지금 운전석에 앉아서 시동을 거는 남자와 몸싸움을 벌일 기운이 없었지만 어느 부분인가에 힘이 숨어 있었다. 그 부분을 찾을 수만 있다면…… 숟가락을 움직이고 서랍을 여닫고 건반 없이 피아노를 연주했던 그 부분…… 수십 킬로미터 멀리에서 그의 칠판에 글을 썼던 그 부분…… 그 부분을 찾아서 조종할 수만 있다면…….

아브라가 여전사의 창과 말을 상상했던 것처럼 댄은 관제실 벽에 줄줄이 달린 레버를 상상했다. 어떤 레버는 그녀의 손을, 또 어떤 레버는 그녀의 다리를, 또 어떤 레버는 그녀의 어깨를 으쓱하게 만드는 역할을 담당했다. 하지만 이보다 더 중요한 레버들이 있었다. 그는 그걸 당길 수 있어야 했다. 그는 그녀와 일부분이나마 같은 회로를 공유했다.

트럭이 출발했다. 후진을 한 다음 방향을 틀었다. 잠시 후 그들은 다시 도로로 진입했다.

"그래." 크로가 험상궂은 목소리로 말했다. "다시 자라. 아까 거기서 도대체 무슨 짓을 저지르려고 한 거냐? 변기 속으로 뛰어들어서 물을 내리려고⋯⋯"

그의 목소리가 희미해졌다. 댄이 찾던 레버들이 여기 있었다. 빨간 손잡이가 달린 특수 레버였다. 그는 그런 게 정말 있을 줄도 몰랐고, 아브라의 동력과 정말로 연결이 되어 있을지 아니면 그가 머릿속으로 솔리테어 카드 게임을 하고 있는 것에 불과한지 그것도 알 수 없었다. 해봐야 한다는 것만 알고 있을 따름이었다.

환하게 빛나라. 그는 생각하며 레버를 모두 잡아당겼다.

6

빌리 프리먼의 픽업트럭이 주유소 서쪽으로 8~9킬로미터 멀리에서 108번 도로를 타고 버몬트 시골의 어둠을 가르고 있었을 때 크로는 맨 처음으로 통증을 느꼈다. 조그만 은반지가 왼쪽 눈 주변을 뱅글뱅글 도는 듯한 느낌이었다. 차갑고 묵직했다. 그가 만져 보려고 손을 올렸지만 그의 손이 닿기도 전에 반지가 마취 주사를 한 방 놓은 것처럼 콧날을 마비시키며 스르르 오른쪽으로 움직였다. 그러더니 그쪽 눈 주변에서도 뱅글뱅글 돌았다. 마치 금속 재질의 쌍안경을 끼고 있는 듯했다.

아니면 수갑이 아닌 안갑이랄까.

이제는 왼쪽 귀가 울리기 시작했고 갑자기 왼쪽 뺨이 마비됐다. 고개를 돌려 보니 꼬마아이가 그를 쳐다보고 있었다. 휘둥그레 뜬 눈을 깜빡이지도 않았다. 전혀 약에 취한 눈이 아니었다. 말이 나온 김에 짚고 넘어가자면 그녀의 눈 같지도 않았다. 좀 더 나이 들어 보였다. 좀 더 현명해 보였다. 그리고 그의 지금 얼굴 느낌처럼 싸늘했다.

(트럭 세워.)

크로는 주사기에 마개를 씌워서 치워 놓았지만 그녀가 화장실에서 너무 안 나온다 싶었을 때 의자 밑에서 꺼낸 총은 들고 있었다. 그는 노인네를 위협해서 뭔지 모를 그녀의 수작을 멈추게 하려고 총을 들었지만 그 즉시 얼음물 속에 손을 담근 듯한 기분이 그를 엄습했다. 총이 무거워졌다. 기껏해야 3킬로그램 아니면 5킬로그램 정도일 텐데 10킬로그램처럼 느껴졌다. 적어도 10킬로그램은 되는 것처럼 느껴졌다. 그는 총을 들려고 애를 쓰는 동안 F-150의 가속기를 밟고 있던 오른발을 떼고 왼손으로 핸들을 움직여서 오른쪽 앞뒤 바퀴가 배수로 쪽을 향하도록 만들고 (조심스럽게, 천천히) 비포장 갓길로 빠져나갔다.

"지금 나한테 무슨 짓을 하고 있는 거냐?"

"당신이 당해도 싼 짓을 하고 있지. *대디.*"

트럭이 쓰러진 자작나무를 들이받아서 두 동강을 내며 멈추었다.

아이와 노인네는 안전벨트를 했지만 크로는 깜빡했다. 그가 앞으로 팅기며 핸들에 부딪치자 경적이 울렸다. 아래쪽을 내려다보니 노인네의 자동 권총이 그의 손아귀 안에서 움직이고 있었다. 아주 천천히 그를 향해 움직이고 있었다. 이러면 안 되는 거였다. 약으로 이걸 막을 수 있어야 하는 거였다. 아니, 얼마 전까지만 해도 약으로 막고 있었다. 그런데 그 화장실 안에서 뭔가가 달라졌다. 그 눈 뒤에 누가 숨어 있는지 몰라도 우라지게 정신이 멀쩡했다.

그리고 소름이 끼치도록 강했다.

(로즈! 로즈, 당신이 필요해!)

"그녀가 그 소리를 들을 수 있을까?" 아브라의 것이 아닌 목소리가 이렇게 말했다. "너라는 개자식한테 몇 가지 재능이 있을지 몰라도 텔레파시 쪽으로는 별 볼일 없을 것 같은데. 여자친구랑 얘기하고 싶으면 전화를 해야 하지 않나?"

크로는 온 힘을 다해서 글록을 다시 아이 쪽으로 돌리기 시작했다. 이제는 무게가 20킬로그램이 넘는 것 같았다. 목의 힘줄이 전선처럼 튀어나왔다. 이마에 땀방울이 맺혔다. 한 방울이 눈 속으로 들어가 따끔거리자 크로는 눈을 깜빡였다.

"네…… 친구를…… 쏘겠어." 그가 말했다.

"안 되지." 아브라의 몸속에 있는 자가 말했다. "내가 허락하지 않을 거야."

하지만 그녀가 안간힘을 쓰는 것이 크로의 눈에 보였고 그래서 희망이 생겼다. 그는 립 밴 윙클(미국의 작가 워싱턴 어빙의 소설 속에 등장하는 주인공. 20년 동안 잠이 들었다가 깨어난다 —옮긴이)의 복부로 총구를 돌리는 데 모든 걸 쏟아 부었고 거의 성공했을 때 총이 다시 거꾸로 돌아가기 시작했다. 이제는 계집년이 숨을 헐떡이는 소리가 들렸다. 그도 마찬가지였다. 그들은 나란히 서서 결승선을 향해 달리는 마라톤 선수 같았다.

차 한 대가 쌩하니 지나갔다. 둘 다 알아차리지 못했다. 상대방만 쳐다보고 있었다.

크로가 총을 잡고 있는 오른손 위에 왼손을 얹었다. 이제 돌리기가 좀 더 쉬워졌다. 그가 그녀를 무찌르고 있었다. 하지만 눈이! 제기랄!

"빌리!" 아브라가 소리를 질렀다. "빌리, 좀 도와줘요!"

빌리가 코로 숨을 들이키더니 눈을 떴다.

"무슨⋯⋯"

잠시 크로가 집중력을 잃었다. 그의 힘이 살짝 풀리자 총이 당장 그를 향해 돌기 시작했다. 그의 손은 얼음장 같았다. 은반지들이 그의 눈을 누르며 곤죽으로 만들어 버리겠다고 협박하고 있었다.

둘이 이렇게 힘겨루기를 하고 있었을 때 첫 발이 발사돼서 라디오 바로 위의 대시보드에 구멍을 냈다. 펄쩍 깨어난 빌리가 악몽에서 빠져나오려는 사람처럼 양팔을 휘저었다. 한쪽 팔은 아브라의 관자놀이를 때렸고 또 다른 쪽 팔은 크로의 가슴을 때렸다. 트럭 운전석이 푸르스름한 연기와 화약 냄새로 가득 찼다.

"뭐야? 이게 도대체⋯⋯"

크로는 으르렁거렸다.

"하지 마, 이 망할 년아! 하지 마!"

그는 아브라 쪽으로 얼른 총을 돌렸고 그러는 동안 그녀의 힘이 스르르 풀리는 것을 느낄 수 있었다. 머리를 맞았기 때문이었다. 크로는 경악과 공포로 얼룩진 그녀의 눈빛을 보며 잔인하게 기뻐했다.

죽이는 수밖에 없겠어. 다시 기회를 주면 안 되겠어. 하지만 머리는 안 돼. 배를 쏴야지. 그래야 스팀을 마시……

빌리가 어깨로 크로의 옆구리를 가격했다. 총이 홱 하니 위로 움직이면서 다시 발사됐고 이번에는 아브라의 머리 바로 위 지붕에 구멍이 뚫렸다. 크로가 총을 다시 내리지도 못했을 때 거대한 손이 그의 손을 덮쳤다. 알고 보니 상대가 쓸 수 있는 능력을 전부 다 동원한 게 아니었다. 공포를 느끼면서 어쩌면 어느 정도일지 모를 만큼 어마어마하게 비축되어 있던 능력의 봉인이 풀렸다. 이번에는 총구가 그를 향해 움직이자 크로의 손목이 잔가지 다발처럼 부러졌다. 순간 그를 빤히 올려다보는 한 개의 검은 눈이 보였고 그는 끝내지 못할 생각을 했다.

로즈 사랑……

눈이 부시도록 하얀 빛이 번쩍이고 나서 어둠이 찾아왔다. 4초 뒤에 크로 대디는 옷가지만 남긴 채 흔적도 없이 사라졌다.

7

스팀헤드 스티브, 빨간 머리 바바, 구부러진 딕 그리고 욕심꾸러기 G가 욕심꾸러기와 지저분한 필이 같이 쓰는 바운더에서 카나스타라는 정신 사나운 게임을 하고 있었을 때 비명 소리가 들렸다. 네 명 모두 신경이 바짝 곤두선 상태였기에(모든 트루들이 그랬다.) 당장 카드를 내동댕이치고 달려 나갔다.

모두들 무슨 일인가 싶어 캠핑카와 RV에서 뛰쳐나왔지만 오버룩 산장을 에워싼 누르스름한 방범등의 환한 불빛을 맞으며 서 있는 모자 쓴 로즈를 보고 다들 걸음을 멈추었다. 그녀는 광인의 눈빛을 하고 있었다. 끔찍한 환영을 본 구약성서의 선지자처럼 머리를 쥐어뜯었다.

"그 우라질 계집년이 나의 크로를 죽였어!" 그녀는 비명을 질렀다. "내가 죽여 버릴 거야! 죽여서 심장을 먹어 버릴 거야!"

그러다 그녀는 무릎을 꿇으며 주저앉아 손에 대고 흐느껴 울었다.

트루 낫은 멍하니 그 자리에 서 있었다. 무슨 말을 하면 좋을지, 어떻게 하면 좋을지 아무도 알지 못했다. 마침내 벙어리 새리가 그녀에게 다가갔다. 로즈가 격하게 그녀를 밀쳤다. 새리는 뒤로 벌러덩 넘어졌지만 일어나서 일말의 머뭇거림도 없이 다시 로즈에게 다가갔다. 이번에는 로즈가 고개를 들고 위로하러 나선 자의 정체를 확인했다. 이 믿기지 않는 날 밤에 그녀처럼 사랑하던 사람을 잃은 여자였다. 로즈가 새리를 끌어안았다. 어찌나 세게 끌어안았던지 지켜보던 트루들의 귀에 뼈가 으스러지는 소리가 들릴 지경이었다. 하지만 새리는 꼼짝하지 않았고 잠시 후 두 여자는 서로 부축해 가며 일어섰다. 로즈가 벙어리 새리에서 덩치 모에게로, 그런 다음 묵직한 메리와 토큰 찰리에게로 시선을 옮겼다. 그들을 처음 보는 사람처럼 굴었다.

"가자, 로즈." 모가 말했다. "너 지금 충격 받았어. 가서 좀 누워야……."

"싫어!"

그녀는 벙어리 새리에게서 뒷걸음질치더니 모자가 떨어질 정도로 세게 자기 양쪽 뺨을 때렸다. 그런 다음 허리를 숙여서 모자를 줍고 그 자리에 모인 트루들을 다시 쳐다보았을 때 이번에는 조금 정신을 차린 눈빛이었다. 그녀는 대디와 그 아이를 맞이하러 보낸 디젤 더그와 일행들을 생각하고 있었다.

"디즈한테 연락해야겠어. 디즈하고 필, 애니한테 돌아오라고. 다 같이 있어야 해. 스팀을 마셔야겠어. 그것도 아주 많이. 배를 채운 다음 그 년을 잡을 거야."

그들은 걱정스럽고 불안한 표정으로 그녀를 쳐다보고만 있었다. 겁에 질린 눈빛과 바보처럼 떡 벌린 입을 보고 그녀는 폭발했다.

"나를 못 믿는 거야?" 벙어리 새리가 어느새 그녀의 옆으로 다가와 있었다. 로즈가 하도 세게 밀치는 바람에 새리는 또다시 거의 넘어질 뻔했다. "나를 의심하는 사람은 앞으로 나와."

"아무도 의심하지 않아, 로즈." 스팀헤드 스티브가 입을 열었다. "하지만 그 아이는 그냥 내버려 두어야 하지 않을까?" 그는 로즈의 시선을 피하면서 조심스럽게 말했다. "크로가 정말로 떠났다면 다섯 명이 죽은 거야. 우리가 하루 만에 다섯 명을 잃은 적은 없잖아. 심지어 두 명도……."

로즈가 앞으로 다가가자 스티브는 한 대 맞을 각오를 하는 아이처럼 어깨를 귀까지 움츠리며 당장 뒤로 물러섰다.

"쥐방울만 한 스팀헤드 계집애한테서 도망치겠다는 거야? 지금까지 버틴 세월이 얼만데 얼뜨기한테서 꽁무니를 빼겠다는 거야?"

스티브는 물론이고 아무도 대답이 없었지만 로즈는 그들의 눈빛에서 속마음을 느낄 수 있었다. 그들은 그러길 바랐다. 진심으로 바랐다. 그들은 오랫동안 호시절을 누렸다. 배부른 시절을. 쉽게 사냥하던 시절을. 그러던 중 어마어마한 스팀을 소유하고 있을 뿐 아니라 그들의 정체와 소행을 아는 자와 맞닥뜨렸다. 그들은 크로 대디(좋았던 시절과 힘들었던 시절을 로즈와 함께 한)의 복수를 하는 대신 꼬리를 내리고 깽깽거리며 도망치고 싶었다. 그 순간 그녀는 그들을 모두 죽여 버리고 싶었다. 그들도 그런 기미를 느끼고 발을 질질 끌며 뒤로 물러나 그녀와 거리를 두었다.

벙어리 새리만 최면에 걸린 사람처럼 입을 떡 벌리고 로즈를 쳐다보았다. 로즈는 뼈만 앙상한 그녀의 어깨를 붙잡았다.

"안 돼, 로즈!" 모가 꽥 소리를 질렀다. "해치지 마!"

"너는 어때, 새리? 그 계집애 때문에 네가 사랑하던 여자가 죽었잖아. 너도 도망치고 싶어?"

"아이."

새리가 대답하며 로즈를 올려다보았다. 모두가 쳐다보고 있는 지금 이 순간에도 새리는 그림자나 다름없어 보였다.

"갚아 주고 싶어?"

"아이." 새리가 말했다. "복슈."

그녀는 목소리가 작았고 (거의 안 들리다시피 했다.) 언어 장애가 있었지만 그들 모두 그녀가 뭐라고 하는지 들었고 무슨 뜻인지 알아차렸다.

로즈는 다른 이들을 둘러보았다.

"새리하고 원하는 바가 다른 사람은, 납작 엎드려서 꿈틀꿈틀 도 망치고 싶은 사람은……"

그녀는 덩치 모 쪽으로 고개를 돌리더니 축 늘어진 그녀의 팔을 잡았다. 놀란 모는 공포의 비명을 지르며 팔을 빼려고 했다. 로즈는 꼭 붙잡고 다른 이들도 볼 수 있도록 그녀의 팔을 들었다. 빨간 반점 들로 뒤덮여 있었다.

"이 증상에서도 꿈틀꿈틀 도망칠 수 있을까?"

그들은 중얼거리며 한두 걸음 더 물러섰다.

로즈가 말했다.

"이 병균이 우리 안에 있어."

"대부분 아무 이상 없잖아!" 상냥한 테리 픽퍼드가 외쳤다. "나는 아무 이상 없어! 내 몸에는 반점 하나 없다고!"

그녀는 보란 듯이 반질반질한 자기 팔을 내밀었다.

로즈는 눈물이 맺힌 이글거리는 두 눈을 테리에게로 돌렸다.

"지금이야 그렇겠지. 하지만 그게 얼마나 갈까?"

상냥한 테리는 아무 대답 없이 고개를 돌렸다.

로즈는 벙어리 새리를 감싸안고 다른 이들을 살폈다.

"월넛 말로는 우리 모두 감염되기 전에 그 병균을 없앨 수 있는 유일한 희망이 그 아이일지 모른다고 했어. 월넛보다 더 잘 아는 사 람 있어? 있으면 어디 한번 말해 봐."

아무도 없었다.

"디즈, 애니, 지저분한 필이 돌아오면 스팀을 마실 거야. 그 어느 때보다 배부르게. 남은 깡통을 다 비울 거야."

그들은 놀란 표정과 더욱 불안한 웅성거림으로 이 소식을 맞이했다. 그녀가 제정신이 아니라고 생각하는 걸까? 상관없었다. 트루 낫을 잠식한 홍역만 처리하면 되는 게 아니었다. 그들 사이로 번진 공포, 그게 더 끔찍했다.

"그들이 돌아오면 둥그렇게 모일 거야. 우리는 점점 강해질 거야. *로드삼 한티, 우리는 선택받은 자들이다. 너희들 그거 잊었어? 사바타 한티, 우리는 트루 낫, 우리는 인내한다. 따라해.*" 그녀가 눈으로 그들을 천천히 훑었다. "*따라해.*"

그들은 손을 잡고 둥그렇게 서서 따라했다. *우리는 트루 낫, 우리는 인내한다.* 그들이 조금 결의에 찬 눈빛으로 변했다. 조금 안도하는 눈빛으로 변했다. 어쨌든 반점이 생긴 환자는 대여섯 명뿐이었다. 아직 시간이 있었다.

로즈와 벙어리 새리가 동그라미 쪽으로 다가갔다. 테리와 바바가 잡았던 손을 놓고 자리를 마련해 주었지만 로즈는 새리를 데리고 한가운데로 갔다. 방범등이 두 여자를 비추자 바퀴살처럼 사방으로 그림자가 드리워졌다.

"우리가 강해지면(우리가 다시 하나가 되면) 그 아이를 찾아서 끌고 올 거야. 너희들의 리더로서 이 자리에서 선포한다. 그리고 그 아이의 스팀으로 우리를 갉아먹고 있는 이 병을 치료할 수 없다 하더라도 오늘이 그 망할 계집애의 제삿날……"

그때 그녀의 머릿속에서 그 아이의 목소리가 들렸다. 로즈는 아브라 스톤의 성난 미소를 보지는 못했지만 느낄 수 있었다.

(번거롭게 찾으러 올 필요 없어 로즈.)

8

존 돌턴의 서버번 뒷자리에서 댄 토런스가 아브라의 목소리로 또박또박 세 단어를 내뱉었다.

"내가 갈 테니까."

9

"빌리? 빌리!"

빌리 프리먼은 목소리가 이상한 아이를 쳐다보았다. 아이의 모습이 두 개로 보였다가 다시 하나로 합쳐졌다가 다시 두 개로 보였다. 눈꺼풀이 무겁고 생각들이 한데 뒤엉킨 것처럼 느껴졌다. 뭐가 뭔지 알 수가 없었다. 해가 졌고 그곳은 아브라의 동네가 아니었다.

"누가 총을 쏜 거야? 그리고 누가 내 입에다 똥 쌌어? *젠장.*"

"빌리, 정신 차려요. 지금……"

댄은 *지금 운전해야 한다*고 말할 생각이었지만 빌리 프리먼은 차를 몰 수 있는 상황이 아니었다. 당분간은 그랬다. 그의 눈이 스르르 다시 감겼는데 눈꺼풀이 제대로 닫히지도 않았다. 댄은 아브라의 팔꿈치로 노인의 옆구리를 찔러 다시 정신 차리게 만들었다. 적어도 지금 당장은 성공이었다.

맞은편에서 또 다른 차가 달려오자 트럭 운전석이 전조등 불빛에 잠겼다. 댄은 숨을 참았지만 이번 차량도 쌩하니 그냥 지나갔다. 여자 혼자 타고 있거나 아니면 급히 퇴근하는 직장인이었을지 모른다. 아무튼 누군지 몰라도 나쁜 사마리아인이었고 그들 입장에서는 나쁜 게 좋은 거였지만 세 번째에는 운이 안 따라 줄 수도 있었다. 시골 사람들은 친절한 경향이 있었다. 오지랖이 넓은 것은 물론이고.

"자지 마요." 그가 말했다.

"너 누구냐?" 빌리는 아이의 얼굴에 초점을 맞추려고 했지만 불가능했다. "분명 이건 아브라 목소리가 아닌데."

"이야기가 복잡해요. 지금 당장은 깨어 있는 데에만 집중하세요."

트럭에서 내린 댄은 몇 번씩 발을 헛디뎌가며 운전석으로 건너갔다. 처음 만났을 때는 그녀의 다리가 그렇게 길어 보이더니 지금은 우라지게 짧았다. 이 다리에 익숙해지기 전에 원위치할 수 있기만을 바랄 따름이었다.

크로의 옷가지가 운전석에 남아 있었다. 지저분한 바닥에 놓인 캔버스 운동화에는 양말이 들어 있었다. 그의 셔츠와 재킷 위로 튀겼던 피와 뇌수는 사이클을 통해 사라졌지만 축축한 흔적을 남겼다. 댄은 모든 유품을 수습한 다음 잠깐 고민 끝에 총을 더했다. 포기하고 싶지 않았지만 검문이라도 당하면…….

그는 꾸러미를 트럭 앞으로 들고 가서 오래된 낙엽더미 아래에 묻었다. 그런 다음 F-150이 동강낸 자작나무 한쪽을 끌고 와서 매장지를 덮었다. 아브라의 팔을 가지고 하려니 힘들었지만 그래도 용케 해냈다.

이제 보니 트럭에 그냥 탈 수도 없었다. 운전대를 잡고 올라타야 했다. 이렇게 해서 간신히 운전석에 앉기는 했지만 발이 페달에 닿을락 말락 했다. 망할.

빌리가 거칠게 코고는 소리를 내자 댄은 다시 팔꿈치로 찔렀다. 빌리는 눈을 뜨고 사방을 휘휘 돌아보았다.

"여기가 어디야? 그자가 나한테 약을 먹인 건가?" 그러더니 덧붙였다. "아무래도 다시 자야겠어."

막판에 총을 놓고 생사의 격투를 벌였을 때 뚜껑을 따지 않은 크로의 환타 병이 바닥으로 떨어졌다. 댄은 허리를 숙여서 집으려다가 심하게 흔들렸을 때 탄산음료가 어떻게 되는지 떠올리고는 아브라의 손을 뚜껑에 얹은 채 멈칫했다. 어디에선가 아브라가

(아, 맞다.)

하고 말하더니 미소를 지었다. 이번에는 성난 미소가 아니었다. 댄은 좋은 징조라고 생각했다.

10

"나, 자도록 내버려 두지 마요." 댄의 입에서 그런 소리가 흘러나오자 존은 폭스런에서 고속도로를 빠져나와 콜스 슈퍼마켓에서 가장 먼 곳에 차를 세웠다. 그런 다음 데이브와 함께 양쪽에서 댄을 부

축하고 왔다 갔다 걸었다. 그는 밤새 술을 마신 사람처럼 잊을 만하면 가슴에 닿도록 고개를 떨구었다가 홱 들었다. 두 사람이 번갈아가며 어떻게 된 건지, 지금은 어떻게 되고 있는지, 어디에서 어떻게 돌아가고 있는지 물었지만 아브라는 댄의 고개만 저었다.

"화장실에 가기 전에 크로가 내 손에 대고 주사를 맞혔어요. 그 뒤로 죄다 몽롱해요. 이제 쉿, 정신 집중해야 해요."

존의 서버번을 세 바퀴째 돌았을 때 댄의 입술이 양옆으로 벌어지더니 아브라와 아주 똑같이 킥킥 웃는 소리를 냈다. 데이브는 비틀거리며 어기적어기적 걷고 있는 댄을 지나서 궁금해하는 눈빛으로 존을 쳐다보았다. 존은 어깨를 으쓱하고 고개를 저었다.

"아, 맞다." 아브라가 말했다. "탄산음료."

11

댄은 환타를 기울여서 뚜껑을 열었다. 고압의 주황색 물보라가 빌리의 얼굴을 정통으로 강타했다. 그는 정신을 번쩍 차리고 기침을 하며 캑캑거렸다.

"맙소사! 얘야, 나한테 왜 이러는 거냐?"

"효과가 있었죠?" 댄은 그에게 아직까지 쉭쉭 소리가 나는 환타를 건넸다. "나머지는 드세요. 죄송하지만 아무리 졸려도 다시 주무시면 안 돼요."

빌리가 병을 기울여 환타를 벌컥벌컥 들이켜는 동안 댄은 몸을 뒤로 젖혀 좌석 높이를 조절하는 레버를 찾아냈다. 그는 한 손으로 레버를 당기면서 다른 손으로는 핸들을 틀었다. 좌석이 덜거덕 앞으로 움직였다. 그 바람에 빌리의 턱 위로 환타가 쏟아졌지만(그러자 그는 뉴햄프셔에 사는 여자아이가 옆에 있을 때 어른들이 잘 쓰지 않을 법한 단어를 중얼거렸다.) 이제 아브라의 발이 페달에 닿았다. 가까스로. 댄은 후진기어를 넣고 도로를 향해 천천히 후진했다. 포장도로에 다다르자 그는 안도의 한숨을 내쉬었다. 인적이 드문 버몬트의 고속도로 옆 도랑에 처박혀 있었다가는 일의 진전을 도모할 수 없었다.

"너 지금 뭘 알면서 이러는 거냐?" 빌리가 물었다.

"그럼요. 경력이 몇 년인데…… 플로리다 주 정부에 면허증을 빼앗기는 바람에 잠깐 빠진 기간이 있긴 해도. 저는 그때 다른 주에 있었지만 호혜 협정이라는 게 있거든요. 이 위대한 나라를 여행하는 술꾼들에게는 눈엣가시죠."

"자네, 댄이로구먼?"

"유죄를 인정합니다." 그는 대답하고, 핸들 너머를 가만히 쳐다보았다.

깔고 앉을 책이 있으면 좋겠지만 없었으니 가능한 한도 내에서 최선을 다하는 수밖에 없었다. 그는 기어를 넣고 트럭을 움직였다.

"어쩌다 그 안에 들어간 거야?"

"묻지 마세요."

크로가 캠핑장 어쩌고 말했었는데 (말은 않고 생각만 했던 건지 댄으로서는 알 도리가 없었다.) 108번 도로를 타고 6킬로미터쯤 달리자 소나무에 목가적인 분위기의 나무 간판이 달린 도로가 나왔다. 밥과 도트의 행복한 공간. 여기가 캠핑장이 아니면 뭐겠는가. 댄은 파워핸들이라는 데 감사하며 아브라의 팔로 핸들을 틀고 상향등을 켰다. 400미터쯤 갔을 때 묵직한 쇠사슬이 길을 가로막았고 거기에는 목가적이지 않은 분위기의 게시판이 걸려 있었다. 출입 금지. 쇠사슬이 반가웠다. 쇠사슬이 걸려 있으니 밥과 도트가 이 행복한 공간에서 주말을 보내고 있지 않다는 뜻이었고 고속도로에서 400미터면 일말의 프라이버시를 지키기에 충분했다. 거기다 또 한 가지 보너스가 있었다. 물이 흐르는 하수도가 있었던 것이다.

그는 상향등과 시동을 끈 다음 빌리를 돌아보았다.

"저 하수도 보이죠? 가서 얼굴에 묻은 환타 좀 씻어요. 여러 번 깨끗하게. 정신을 최대한 차려야 해요."

"정신 차렸어." 빌리가 말했다.

"그 정도로는 부족해요. 셔츠는 되도록 적시지 마세요. 그리고 세수 다 하면 머리도 빗으세요. 사람들을 만날 거거든요."

"여기가 어디야?"

"버몬트요."

"나를 납치한 작자는 어디 있고?"

"죽었어요."

"아주 우라지게 잘했네!" 빌리가 큰 소리로 외쳤다. 그러더니 잠시 생각한 뒤에 물었다. "시신은? 시신은 어디 있나?"

훌륭한 질문이었지만 댄이 대답하고 싶은 질문은 아니었다. 그는 이 일이 어서 끝나길 바라는 마음뿐이었다. 진이 빠지고 수천 가지 면에서 혼란스러웠다.

"없어졌어요. 그렇게만 알고 있으면 돼요."

"하지만……"

"나중에요. 세수하고 이 길을 몇 번 왔다 갔다 걸으세요. 팔을 흔들고 심호흡을 하면서 최대한 정신을 차리세요."

"그년 참 사람 골머리 아프게 만드네."

댄은 눈 하나 깜빡하지 않았다.

"그러고 나서 돌아오시면 아이가 다시 아이로 돌아가 있을 거예요. 그러니까 아저씨가 운전해야 한다는 뜻이죠. 멀쩡해 보일 정도로 정신이 차려졌다 싶으면 가장 가까운 마을의 모텔에 가서 체크인하세요. 아저씨는 지금 손녀랑 여행하는 중이에요, 알았죠?"

"응." 빌리가 말했다. "손녀딸. 아비 프리먼."

"체크인하면 휴대전화로 저한테 연락하세요."

"왜냐하면 자네는…… 어디인지 몰라도 다른 일행들이랑 함께 있을 테니까."

"그렇죠."

"일이 완전 어그러졌군."

"네." 댄이 말했다. "맞아요. 우리가 바로잡아야죠."

"알았어. 가장 가까운 마을이 어디지?"

"모르겠어요. 사고 내면 안 돼요, 빌리. 30~40킬로미터 운전해서 모텔에 체크인해도 카운터 직원이 경찰에 연락하지 않을 만큼 멀쩡할 자신이 없으면 오늘 밤은 아브라와 함께 이 트럭에서 보내야 해요. 편하지는 않겠지만 안전할 테니까요."

빌리는 조수석 문을 열었다.

"10분만 시간을 줘. 그럼 멀쩡해 보일 수 있을 거야. 전에도 해본 적 있거든." 그는 운전석에 앉아 있는 아이를 향해 눈을 찡긋했다. "내가 케이시 킹슬리 밑에서 일하잖아. 술 마시면 죽음이잖아, 안 그래?"

댄은 하수도 쪽으로 걸어가서 무릎을 꿇는 그를 보다 말고 아브라의 눈을 감았다.

폭스 런 몰 야외 주차장에서는 아브라가 댄의 눈을 감았다.

(아브라.)

(듣고 있어요.)

(정신 차렸니?)

(네. 그럭저럭요.)

(다시 바퀴를 돌려야겠는데, 도와줄 수 있겠니?)

이번에는 그녀가 도울 수 있었다.

12

"손 놓으세요, 두 분." 댄이 말했다. 이번에는 다시 그의 목소리였다. "이제 괜찮아요. 제가 생각하기에는."

존과 데이브는 그가 다시 비틀거리면 잡을 준비를 하면서 손을 놓았다. 그는 비틀거리기는커녕 자기 머리와 얼굴과 가슴과 다리를 만졌다. 그러더니 고개를 끄덕였다.

"됐어." 그가 말했다. "이쪽으로 건너왔군." 그는 주위를 둘러보았다. "그런데 여기가 어디죠?"

"폭스 런 몰이에요." 존이 말했다. "보스턴에서 90킬로미터쯤 멀리 있는."

"좋아요. 그럼 다시 출발합시다."

"아브라." 데이브가 말했다. "아브라는요?"

"아브라는 아무 일 없어요. 있어야 할 곳으로 돌아갔어요."

"그 아이가 *있어야 할* 곳은 집이에요." 데이브가 분개하는 투로 말했다. "자기 방이에요. 거기서 친구들이랑 채팅하거나 그 한심한 라운드 히어 노래를 아이팟으로 듣고 있어야 하는 거라고요."

아브라는 지금 집에 있어요. 댄은 생각했다. *사람의 몸이 집이라고 치면 집에 있는 거예요.*

"빌리랑 같이 있어요. 빌리가 돌봐줄 거예요."

"그 납치범은 어떻게 됐는데요? 크로인가 하는 작자는."

댄은 존의 서버번 뒷문 앞에서 걸음을 멈추었다.

"그자에 대해서는 더 이상 걱정할 필요 없어요. 이제 걱정해야 할 대상은 로즈예요."

13

크라운 모텔은 사실상 주 경계선을 넘어서 뉴욕 주 크라운빌에 있었다. '빈 방 있음'과 '케 l 블 채 ㄹ 다ᄼ 보유' 네온사인이 앞면에서 깜빡이는 낡아빠진 모텔이었다. 자리가 서른 개쯤 있는 주차장에 차가 네 대뿐이었다. 카운터 직원은 아래로 갈수록 점점 넓어지는 지방 덩어리였고 등 중간까지 간신히 명맥을 유지하는 말총머리를 하고 있었다. 그는 빌리의 비자카드를 긁고 두 군데 객실의 열쇠를 주는 동안 두 여자가 빨간색 벨벳 소파 위에서 격렬하게 입을 맞추고 있는 TV에서 시선을 떼지 않았다.

"서로 연결돼 있소?" 빌리가 묻고 나서 여자들을 보며 다시 말했다. "방들 말이오."

"네, 네, 다 연결돼 있습니다. 문만 열면 돼요."

"고마워요."

그는 23번과 24번 구역까지 트럭을 몰고 가서 세웠다. 아브라는 한쪽 팔에 머리를 기댄 채 웅크리고 앉아서 쌔근쌔근 자고 있었다. 빌리는 방문을 열고 불을 켠 다음 양쪽 객실을 연결하는 문을 열었다. 객실이 허름하기는 했지만 구제불능은 아니었다. 그는 지금 아브라와 함께 안으로 들어가서 눈 좀 붙이고 싶은 생각뿐이었다. 열 시간 동안 잘 수 있으면 얼마나 좋을까. 그는 늙은이가 된 듯한 기분을 느낀 적이 거의 없었는데 오늘 밤만큼은 상늙은이가 된 듯했다.

그가 침대에 눕히자 아브라가 살짝 잠에서 깼다.

"여기 어디예요?"

"뉴욕 주 크라운빌. 이제 안전해. 나는 옆방에 있으마."

"아빠 있었으면 좋겠어요. 그리고 댄 아저씨도."

"조만간 만날 수 있을 게다." 그 말이 맞기만을 바랄 따름이었다.

그녀는 눈을 감았다가 다시 천천히 떴다.

"그 여자한테 얘기했어요. 그 *나쁜 년* 말이에요."

"그래?" 빌리는 그게 무슨 소리인지 알지 못했다.

"우리가 무슨 짓을 했는지 알거든요. 느꼈어요. 그리고 아파했어요." 아브라의 눈빛이 잠깐 잔인하게 번뜩였다. 빌리는 춥고 음산한 2월의 어느 날이 저물 무렵 살짝 고개를 내민 햇빛 같다는 생각이 들었다. "기뻐요."

"자거라, 아가."

창백하고 지친 얼굴 위로 차가운 겨울 햇빛이 여전히 반짝였다.

"그 여자는 내가 자기한테 가고 있다는 걸 알아요."

빌리는 그녀의 눈을 덮고 있는 머리카락을 옆으로 치워 줄까 싶다가도 물리면 어쩌나 하고 생각했다. 말도 안 되는 걱정이기는 했지만 그래도…… 그 눈빛이 불안했다. 그의 어머니가 이성을 잃고 자식들 중에서 아무라도 후려치기 직전에 그런 눈빛을 보였다.

"날이 밝으면 좀 괜찮아질 거다. 오늘 밤에 돌아갈 수 있으면 좋겠지만(네 아빠도 분명 그렇게 생각하겠다만) 내가 지금 운전할 수 있는 상태가 아니라서. 도로에서 이탈하지 않고 여기까지 온 것만으로도 다행이었어."

"엄마, 아빠랑 얘기할 수 있으면 좋겠는데."

빌리의 어머니와 아버지(아무리 상태가 좋았을 때도 올해의 어버이상 후보는 절대 되지 못했던)는 오래전에 땅에 묻혔고 그는 지금 자고 싶은 생각뿐이었다. 그는 열린 문 너머로 저쪽 객실에 놓인 침대를 갈망하는 눈빛으로 바라보았다. 조만간 누울 수 있겠지만 아직은 그럴 때가 아니었다. 그는 휴대전화를 꺼내서 뚜껑을 열었다. 신호음이 두 번 울렸고 댄과 연결됐다. 잠시 후 그는 아브라에게 전화기를 건

넀다.

"아버지다. 얼른 받아."

아브라는 전화기를 움켜쥐었다.

"아빠? *아빠?*" 그녀의 눈에 눈물이 고였다. "네, 저는…… 그러지 마요, 아빠, 저 괜찮아요. 그냥 너무 졸려서……" 어떤 생각 하나가 머릿속을 강타하자 그녀의 눈이 접시만 해졌다. "*아빠*는 별일 없는 거죠?"

그녀는 가만히 듣기만 했다. 빌리는 스르르 눈을 감았다가 퍼뜩 떴다. 그녀는 이제 펑펑 울고 있었고 그는 그래서 왠지 반가웠다. 덕분에 번뜩이던 눈빛이 눈물 속에 잠겼던 것이다.

그녀가 휴대전화를 돌려주었다.

"댄 아저씨예요. 할아버지랑 다시 통화하고 싶대요."

그는 전화기를 받아들고 이야기를 들었다. 그러고 나서 이렇게 말했다.

"아브라, 댄이 묻는다. 다른 악당들이 있는 것 같으냐고. 오늘 밤에 여기로 들이닥칠 수 있을 만큼 가까운 거리에."

"아뇨. 크로가 다른 사람들이랑 만날 예정이었는데 아직 멀리 있어요. 게다가 그들은 우리가 어디 있는지 몰라요." 그녀는 말을 멈추고 입이 찢어져라 하품을 했다. "위치를 알려 줄 크로가 없으니까. 댄 아저씨한테 우리는 안전하다고 전해 주세요. 그리고 저희 아빠도 안심시켜 달라고."

빌리는 그녀의 말을 전했다. 그가 통화를 끝냈을 때 아브라는 무릎을 가슴에 대고 몸을 동그랗게 만 채 나지막이 코를 골고 있었다.

빌리는 벽장에서 담요를 꺼내 덮어 주고 문에 체인을 걸었다. 그런 다음 잠시 고민하다 추가로 책상 의자를 손잡이 아래쪽에 댔다. *유비무환이지.* 그의 아버지는 입버릇처럼 이렇게 말했다.

14

로즈는 바닥 아래에 있는 금고를 열고 깡통을 하나 꺼냈다. 그런 다음 어스크루저 앞좌석 사이에 무릎을 꿇고 앉은 채 깡통을 따서 쉭쉭 소리가 나는 뚜껑을 입으로 덮었다. 그녀의 입이 가슴까지 쩍 벌어졌고 얼굴 아랫부분은 송곳니 하나 튀어나온 까만 구멍이 되었다. 평소에 위로 치켜 올라갔던 두 눈은 밑으로 줄줄 흐르며 시커메졌다. 그녀의 얼굴은 아래 들어 있는 두개골이 선명하게 드러나는 구슬픈 데스마스크가 되었다.

그녀는 스팀을 마셨다.

스팀을 다 마신 그녀는 깡통을 들여놓고 RV 운전대 앞에 앉아서 앞을 똑바로 쳐다보았다. *번거롭게 찾으러 올 필요 없어, 로즈. 내가 갈 테니까.* 아이는 그렇게 말했다. 로즈 오하라, 모자 쓴 로즈에게 감히 그렇게 말했다. 그렇다면 그녀는 단순히 강력하기만 한 게 아니었다. 강력하고 복수심에 이글거렸다. 노여워했다.

"어서 오렴, 아가." 그녀가 말했다. "그리고 계속 화를 내. 화가 날수록 더 무모해질 테니까. 와서 로즈 이모를 만나야지."

뚝 소리가 났다. 내려다보니 그녀가 어스크루저의 운전대 아래 반

쪽을 부러뜨렸다. 스팀이 그녀에게 힘을 더한 것이다. 그녀의 손에서 피가 나고 있었다. 로즈는 삐죽빼죽한 반원 모양의 플라스틱을 옆으로 내던지고 손바닥을 들어서 핥기 시작했다.

16장

깜빡했던 것

1

댄이 휴대전화 덮개를 닫자마자 데이브가 말했다.

"얼른 루시 태우고 아브라 데리러 갑시다."

댄은 고개를 저었다.

"아브라 말로는 괜찮대요. 저는 아브라를 믿습니다."

"하지만 약에 취했잖아요." 존이 말했다. "판단이 흐려졌을 수도 있어요."

"나를 도와서 크로라는 자를 처리할 수 있을 만큼 의식이 또렷했어요." 댄이 말했다. "그리고 이 부분에 대해서는 아브라를 믿어요. 그 개자식이 주입한 뭔지 모를 약 기운을 자면서 없앨 수 있게 내버려 두세요. 우리는 다른 할 일이 있어요. 중요한 일 말이에요. 이제 저를 좀 믿어 주셔야 해요. 조만간 따님과 만날 수 있을 거예요, 데이브. 하지만 지금 당장은 내 말을 잘 따라 주셔야 합니다. 처조모의 집에 내려 드릴게요. 그러면 부인을 데리고 병원으로 가세요."

"오늘 있었던 일을 이야기한들 아내가 내 말을 믿어 줄지 모르겠어요. 나 자신도 잘 못 믿겠는데 내 말에 얼마나 설득력이 있겠어요."

"부인께 다 같이 한자리에 모이면 이야기를 할 테니까 그때까지 기다려 달라고 하세요. 아브라의 모모까지 모이면요."

"병원에서 면회를 허락할까요?" 데이브는 손목시계를 흘끗 확인했다. "면회 시간이 지나도 한참 지났고 할머님이 아주 위독하신데."

"병동 직원들은 환자가 임종을 앞두고 있으면 면회 규정에 별 신경 안 써요." 댄이 말했다.

데이브가 쳐다보자 존은 어깨를 으쓱했다.

"호스피스에서 일하는 분이잖아요. 그 부분에 대해서는 믿어도 될 것 같은데요?"

"어쩌면 의식이 없으실 수도 있어요." 데이브가 말했다.

"미리 사서 걱정하지는 말자고요."

"그런데 콘체타가 무슨 상관이죠? 이 일에 대해서 아무것도 모르는데!"

댄이 말했다.

"장담하지만 생각보다 많이 알고 계실 겁니다."

242

2

그들은 말버러 가의 아파트에 데이브를 내려주고, 계단을 올라가서 어느 집 초인종을 누르는 그의 모습을 길가에서 지켜보았다.

"헛간으로 끌려가서 바지 벗고 채찍으로 엉덩이 맞을 각오를 하는 어린애 같은 분위기인데요?" 존이 말했다. "어떤 식으로 결론이 나건 이 사건이 두 사람의 결혼생활에 엄청난 영향을 미칠 거예요."

"자연재해가 벌어지면 아무도 비난할 수 없는 거 아닌가요?"

"그런 식으로 받아들일 수 있게 루시 스톤을 한번 설득해 보세요. 루시는 이렇게 생각할 거예요. '당신이 당신 딸을 혼자 두는 바람에 미친놈한테 납치당한 거잖아.' 어느 정도까지는 끝내 그렇게 생각할 거예요."

"아브라가 엄마의 생각을 바꿔 놓을 수 있을지도 모르죠. 오늘을 기준으로 보자면 우리는 할 수 있는 데까지 했고 지금까지 성과가 나쁘지 않잖아요."

"하지만 아직 끝난 게 아니죠."

"아직 멀었죠."

데이브가 다시 한 번 초인종을 누르고 조그만 로비를 들여다보았을 때 엘리베이터가 열리더니 루시 스톤이 달려 나왔다. 얼굴이 굳었고 창백했다. 그녀가 문을 열자마자 데이브가 말을 꺼내려고 했다. 그녀도 마찬가지였다. 그녀가 그의 두 팔을 잡고 안으로(홱 하니) 잡아당겼다.

"아, 이런." 존이 나지막이 말했다. "내가 술이 떡이 돼서 새벽 3시에 귀가했던 수많았던 날들이 떠오르네요."

"그가 부인을 설득하는 데 성공하건 못하건 우리에게는 다른 할 일이 있어요." 댄이 말했다.

3

댄 토런스와 존 돌턴은 10시 30분 직후에 매사추세츠 종합병원에 도착했다. 집중치료실이 있는 병동은 휴지기였다. 화려한 색상으로 '쾌차하세요'라고 적힌 바람 빠진 헬륨 풍선이 복도 천장을 따라 건들건들 떠다니며 해파리 모양의 그림자를 드리웠다. 댄은 간호사실로 다가가서 레이놀즈 부인이 이송될 예정인 호스피스 직원이라고 밝히고 헬렌 리빙턴 하우스의 신분증을 보여 준 다음 존 돌턴을 이 집안의 주치의라고 소개했다(억지로 갖다 붙이기는 했지만 사실 거짓말은 아니었다.).

"이송에 앞서 부인의 상태를 확인할 필요가 있어서요." 댄이 말했다. "두 분의 가족이 저희에게 배석을 부탁하셨습니다. 레이놀즈 부인의 손녀와 손녀사위가요. 이렇게 늦은 시각에 죄송하지만 부득이하게 그렇게 됐습니다. 두 분은 곧 도착하실 거예요."

"스톤 씨 부부라면 저도 뵌 적 있어요." 수석 간호사가 말했다. "좋은 분들이죠. 특히 부인께서 할머니한테 얼마나 지극정성인지 몰라요. 콘체타는 특별한 분이에요. 그분이 쓴 시를 읽어 보았는데 대단하더라고요. 하지만 그분께 어떤 반응을 기대하면 실망하실 거예요. 혼수상태가 되셨거든요."

그건 두고 보면 알겠죠. 댄은 생각했다.

"그리고……" 간호사는 미심쩍은 눈빛으로 존을 보았다. "음……
제가 이런 말씀을 드릴 입장은 아니지만……"

"말씀하세요." 존이 말했다. "제가 아는 한 수석 간호사들은 실상
을 다 파악하고 있던데요."

그녀는 그를 향해 웃어 보이고 다시 댄에게로 시선을 돌렸다.

"리빙턴 호스피스에 대해서 좋은 얘기를 많이 들었지만 콘체타가
거기 갈 수 있을지 저로서는 잘 모르겠네요. 월요일까지 버틴다 한
들 거기로 옮기는 게 무슨 소용인가 싶어서요. 여기서 생을 마감하
도록 하는 게 어쩌면 나을 수도 있어요. 제가 주제넘은 말씀을 드린
거면 죄송하지만요."

"아니에요." 댄이 말했다. "저희도 그런 부분을 고려하겠습니다.
존, 로비로 내려가서 스톤 씨 부부가 도착하면 이리로 모시고 와 주
겠어요? 저 혼자 먼저 시작해도 돼요."

"정말 팬……"

"네." 댄은 그의 눈을 똑바로 쳐다보며 말했다. "괜찮아요."

"9호실에 계세요." 수석 간호사가 말했다. "복도 제일 끝에 있는
1인실이에요. 저희가 필요하면 호출 버튼을 눌러 주세요."

4

　9호실 문에 콘체타의 이름이 붙어 있기는 했지만 의학적인 조치를 입력하는 칸은 비어 있었고 머리 위에 달린 모니터도 희망적인 구석이 전혀 없었다. 댄이 들어서자 익숙한 향기가 그를 맞았다. 방향제, 소독약 그리고 불치병. 마지막 냄새가 코를 찌르며 한 음밖에 모르는 바이올린처럼 그의 머릿속을 때렸다. 벽은 사진들로 도배가 되어 있었다. 대부분 다양한 연령에 찍은 아브라의 사진이었다. 모자에서 흰 토끼를 꺼내는 마술사를 보고 옹기종기 모여 앉은 어린애들이 입을 떡 벌린 사진도 있었다. 그 유명한 생일 파티 때, 그러니까 숟가락의 날에 찍은 사진인 게 분명했다.

　해골처럼 비쩍 마른 여인이 이 사진들 속에 파묻혀서 입을 벌리고 진주로 만든 묵주를 손가락에 감은 채 잠을 자고 있었다. 남은 머리칼이 어찌나 가는지 베개에 묻혀서 거의 안 보일 정도였다. 한때는 올리브색이었던 피부가 이제는 누런색이었다. 여윈 가슴이 오르락내리락해도 보일락 말락 했다. 댄은 수석 간호사가 실상을 제대로 파악하고 있다는 것을 한눈에 알 수 있었다. 아지가 이 병원에 있었다면 이 병실의 노부인 옆에 웅크리고 앉아서, 고양이들만 볼 수 있는 것들 말고는 아무것도 없는 복도를 다시 야간 순찰하러 나갈 수 있게 닥터 슬립이 도착하길 기다리고 있었을 것이다.

　댄이 침대 가에 앉아서 보니 링거로 투입되고 있는 약이 생리 식염수뿐이었다. 지금 그녀에게 도움이 될 만한 약물은 하나뿐인데 병원 약국에는 없는 약물이었다. 튜브가 삐딱했다. 그는 튜브를 바로 잡았다. 그런 다음 그녀의 손을 잡고 잠이 든 얼굴을 들여다보았다.

(콘체타.)

그녀의 숨소리가 살짝 끊겼다.

(콘체타 돌아와요.)

얇고 푸르스름한 눈꺼풀 아래에서 눈이 움직였다. 그녀는 듣고 있었을지 모른다. 마지막 꿈을 꾸고 있었을지 모른다. 물론 이탈리아에 얽힌 꿈이었을 것이다. 자기 집 우물 위로 허리를 숙이고 양동이로 차가운 물을 긷는 꿈. 뜨거운 여름 태양 아래에서 허리를 숙이는 꿈.

(아브라를 위해서 돌아와 주세요. 그리고 저를 위해서도요.)

그로서는 이게 최선이었고 효과가 있을지 알 수 없었지만 천천히 그녀가 눈을 떴다. 처음에는 멍했지만 차츰 의식을 회복했다. 댄은 이런 과정을 예전에도 본 적이 있었다. 의식 회복의 기적. 의식이 어디 있다가 돌아오고 떠나면 어디로 가는지 다시금 궁금해졌다. 죽음도 탄생 못지않은 기적이었다.

그가 잡고 있던 손에 힘이 들어갔다. 콘체타는 댄과 시선을 맞춘 채 미소를 지었다. 수줍은 미소였지만 분명 웃는 얼굴이었다.

(오 미오 카로! 세이 투? 세이 투? 코메 에 포시빌레? 세이 모르토? 소노 모르타 안키오? …… 시아모 판타스미?)

댄은 이탈리아어를 할 줄 몰랐지만 상관없었다. 그녀가 뭐라고 하는지 완벽하게 알아들을 수 있었다.

(오 나의 소중한 사람, 자네인가? 어떻게 이럴 수가 있지? 자네, 죽었나? 나는?)

그러고 나서 잠시 후.

(우리, 유령인가?)

댄은 서로의 뺨이 맞닿을 때까지 허리를 숙였다.

그가 그녀의 귀에 대고 뭐라고 속삭였다.

그녀도 되받아서 뭐라고 속삭였다.

5

그들의 대화는 짧았지만 많은 도움이 되었다. 콘체타는 대부분 이 탈리아어로 이야기했다. 마침내 그녀가 손을 들어(엄청난 노력이 필요 했지만 해냈다.) 까칠까칠한 그의 뺨을 쓰다듬었다. 그러면서 미소를 지었다.

"준비되셨어요?" 그가 물었다.

"*시.* 준비됐어."

"두려워할 것 전혀 없어요."

"*시.* 알아. 자네가 와줘서 고마워. 이름이 뭐라고 했더라, *시뇨르?*"

"대니얼 토런스요."

"*시.* 자네는 하늘이 주신 선물이야, 대니얼 토런스. *세이 운 도노 디 디오.*"

댄은 진짜로 그렇길 바랐다.

"저한테 주시겠어요?"

"*시,* 당연하지. 아브라를 위해서 필요하다는 건데."

"저도 드릴게요, 콘체타. 우리 둘이서 같이 우물물을 마실 거예요."

248

그녀는 눈을 감았다.

(알아.)

"잠이 드실 거예요. 그리고 나서 눈을 뜨면……"

(모든 게 더 좋아지겠지.)

찰리 헤이스가 세상을 떠났던 날보다 훨씬 더 기운이 강했다. 조심스럽게 그녀와 손깍지를 끼자 반질반질한 묵주가 그의 손바닥에 닿는 감촉이 전해졌고, 그는 그들 둘 사이를 오가는 기운을 느낄 수 있었다. 어딘가에서 전등이 하나둘씩 꺼졌다. 그래도 괜찮았다. 이탈리아에서 갈색 원피스에 샌들을 신은 꼬마아이가 시원한 우물물을 긷고 있었다. 아브라를 닮은 아이였다. 개가 짖었다. *일 카네. 지나타. 일 카네 시 로톨라바 술에르바.* 짖으며 풀밭을 뒹굴었다. 웃기는 지나타!

콘체타는 열여섯 살이고 사랑에 빠졌거나, 서른 살이고 저 아래 길거리에서 아이들이 소리를 지르는 찜통 같은 퀸스의 아파트 식탁에서 시를 쓰고 있었다. 예순 살이고 비를 맞으며 서서 하늘에서 쏟아지는 10만 개의 가장 깨끗한 은색 빛줄기를 올려다보고 있었다. 그녀는 그녀의 어머니였고 증손녀였고 이제 위대한 변화의 시간, 위대한 여행의 시간이 찾아왔다. 지나타가 풀밭을 뒹굴었고 전등이

(서둘러 주세요.)

하나둘씩 꺼졌다. 문이 열렸고

(서둘러 주세요. 이제 시간이 됐어요.)

두 사람 모두 그 너머에서 신비롭고 향긋한 밤의 숨결을 느낄 수 있었다. 그 위에서는 여느 때처럼 별빛이 반짝였다.

그는 그녀의 서늘한 이마에 입을 맞추었다.

"모든 게 아무 문제없을 거예요, *카라*. 자기만 하면 돼요. 자고 일어나면 좋아질 거예요."

그러고 나서 그녀의 마지막 숨결을 기다렸다.

그녀가 마지막 숨결을 내뱉었다.

6

그가 그녀의 손을 잡고 그 자리에 그대로 앉아 있었을 때 문이 벌컥 열리면서 루시 스톤이 성큼성큼 들어왔다. 그녀의 남편과 딸의 담당 소아과 의사도 따라 들어왔지만 바짝 붙어서 오지는 않았다. 그녀를 둘러싼 공포, 노여움, 뒤죽박죽 얽힌 분노가 탁탁거리며 어찌나 강렬한 기운을 뿜어내는지 거기에 데일까 봐 두려워하는 듯해 보였다.

그녀가 댄의 어깨를 붙잡자 손톱이 맹수의 발톱처럼 그의 셔츠 아래 속살을 파고들었다.

"비켜요. 당신은 이분을 모르잖아. 할머니한테 관심 끊어. 우리 딸한테도 마찬가지……"

"조용조용 말씀하세요." 댄은 고개를 돌리지도 않고서 말했다. "지금 임종하고 계세요."

그녀를 팽팽하게 긴장시켰던 분노가 갑작스레 빠져나가면서 다리의 힘이 풀렸다. 그녀는 댄의 옆으로 풀썩 주저앉아서 밀랍 조각으로 변한 할머니의 얼굴을 바라보았다. 그러다 침대 가에 앉아서 묵주로 감싼 망자의 손을 잡고 있는 초췌하고 까칠까칠하게 수염이 난 남자를 바라보았다. 닭똥 같은 눈물이 자기도 모르는 새 루시의 뺨을 타고 뚝뚝 떨어졌다.

"저 두 사람이 하는 말을 반도 못 알아듣겠어요. 아브라가 납치됐는데 (아마도) 이제는 괜찮고, 빌리라는 남자와 어느 모텔에 있고, 둘 다 자고 있다는데."

"다 맞아요." 댄이 말했다.

"그럼 경건한 척 임종 어쩌고 하지 말아 줘요. 돌아가신 할머니에 대해서는 아브라를 보고 난 다음에 슬퍼할 테니까. 아이를 끌어안은 뒤에. 지금 당장은 뭘 알고 싶은가 하면…… 뭘 알고 싶은가 하면……" 그녀는 말끝을 흐리며 댄에게서 돌아가신 할머니에게로 시선을 옮겼다가 다시 댄을 쳐다보았다. 그녀의 남편이 옆에 있었다. 존은 9호실 문을 닫고 거기 기대고 서 있었다. "이름이 토런스라고요? 대니얼 토런스."

"네."

그녀는 다시 굳어 버린 할머니의 옆얼굴에서 그녀의 임종을 지킨 남자에게로 천천히 시선을 옮겼다.

"정체가 뭔가요, 토런스 씨?"

댄은 콘체타의 손을 놓고 루시의 손을 잡았다.

"같이 걸읍시다. 멀리는 말고요. 병실 끝까지만."

그녀는 계속 그의 얼굴을 쳐다보며 군소리 없이 자리에서 일어섰다. 그는 열려 있던 화장실 문 앞으로 그녀를 데리고 갔다. 그런 다음 불을 켜고, 액자처럼 그들의 모습을 담고 있는 세면대 위 거울을 가리켰다. 그렇게 놓고 보니 의심의 여지가 없었다. 전혀 없었다.

그가 말했다.

"내 아버지가 당신의 아버지였어요, 루시. 우리는 이복 남매예요."

7

그들은 수석 간호사에게 사망 환자가 있음을 알리고 어느 교파에도 속하지 않는 병원 예배실로 갔다. 루시가 길을 알았다. 그녀는 독실한 신자는 아니었지만 그곳에서 사색하고 옛일을 떠올리며 제법 많은 시간을 보냈다. 사랑하는 사람이 임종을 앞두고 있을 때 꼭 필요한 그런 시간을 보내기에 알맞은 곳이 예배실이었다. 지금 이 시각에는 그들 말고 아무도 없었다.

"먼저……" 댄이 말했다. "나를 믿느냐고 물을 수밖에 없겠네요. 시간 있을 때 DNA 검사를 해도 되지만…… 그럴 필요가 있을까요?"

루시는 그에게 시선을 고정한 채 멍하니 고개를 저었다. 그의 얼굴을 머릿속에 담으려고 하는 것 같았다.

"맙소사. 숨을 못 쉬겠네."

"어쩐지 처음 봤을 때 낯이 익다 했어요." 데이브가 댄에게 말했다. "이제 보니 왜 그랬는지 알겠네. 그런 일이 없었더라면…… 좀 더 일찍 알아차릴 수도 있었을 텐데……"

"이렇게 보고 있으니까 정말 안 믿을 수가 없네요." 존이 말했다.

"댄, 아브라도 알아요?"

"그럼요." 댄은 아브라의 상대성 이론을 생각하며 미소를 지었다.

"당신의 생각을 읽고서 안 거예요?" 루시가 물었다. "텔레파시로?"

"아뇨, 왜냐하면 나는 몰랐거든요. 아브라처럼 능력이 뛰어난 아이라도 없는 생각을 읽지는 못해요. 하지만 무의식 선상에서는 우리 둘 다 알고 있었죠. 아니, 심지어 말로 표현한 적도 있었어요. 누가 지나가다 우리더러 뭐 하느냐고 물으면 나를 삼촌이라고 소개할 작정이었거든요. 그런데 진짜 삼촌이었던 거죠. 의식 선상에서도 좀 더 일찍 알아차렸어야 하는 건데."

"이건 우연의 일치를 넘어선 우연의 일치네요." 데이브가 말하며 고개를 저었다.

"아니에요. 절대 우연의 일치가 아니에요. 루시, 지금 혼란스럽고 화가 난 거 이해해요. 내가 아는 걸 전부 다 들려줄게요. 하지만 그러자면 시간이 좀 걸릴 거예요. 존과 당신 남편과 아브라(일등 공신이죠.) 덕분에 쌓인 이야기가 많거든요."

"가면서요." 루시가 말했다. "아브라한테 가면서 들을게요."

"좋아요." 댄이 말했다. "가면서. 하지만 그 전에 세 시간만 자고요."

그녀는 그의 말이 끝나기 전부터 고개를 저었다.

"안 돼요, 지금은. 가능한 한 빨리 아이를 만나야겠어요. 내 심정 이해 못 하겠어요? 내 딸이 납치를 당했어요. 그러니까 *만나야겠다고요!*"

"납치를 당했던 건 맞지만 지금은 안전해요." 댄이 말했다.

"당신은 그렇게 말할 수 있겠죠. 당연히 그렇겠죠. 하지만 당신이 뭘 알겠어요?"

"*아브라가 한 말이에요.*" 그가 대답했다. "그리고 아브라는 알아요. 내 말 들어요, 스톤 부인(루시), 아브라는 지금 자고 있고 자야 해요." *나도 마찬가지예요. 긴 여행을 떠나야 하는데 힘든 여행이 될 것 같거든요. 아주 힘든 여행이.*

루시는 그를 유심히 들여다보았다.

"당신, 어디 아픈 거 아니에요?"

"그냥 피곤해서 그래요."

"우리 셋 다 그래요." 존이 말했다. "오늘 하루 종일…… 스트레스가 엄청 났거든요."

그는 짧게 웃음을 터뜨렸다가 나쁜 말을 한 아이처럼 두 손으로 입을 막았다.

"전화해서 아이의 목소리를 들을 수도 없잖아요." 루시가 어려운 계율을 읊기라도 하는 것처럼 느릿느릿 말했다. "당신 설명에 따르면 아이가 크로라고 부른다는…… 그 남자가 주입한 약물 때문에 둘 다 자고 있어서."

"조금만 기다려." 데이브가 말했다. "조만간 만날 수 있을 거야."

그는 루시의 손 위에 자기 손을 포갰다. 루시는 잠깐 뿌리치려는 기미를 보이다 그의 손을 꽉 잡았다.

"이제 할머니 댁까지 갈 수 있겠어요." 댄이 말하면서 일어섰다. 그것만으로도 힘에 겨워 보였다. "갑시다."

8

그는 길을 잃었던 사나이가 어쩌다 북부행 버스를 타고 매사추세츠를 벗어나게 되었는지, 어쩌다(뉴햄프셔 주 경계선을 넘자마자) 생애 마지막이 될 술병을 옆면에 "필요 없는 물건은 여기 두고 가세요"라고 스텐실로 적힌 쓰레기통에 던지게 되었는지 그녀에게 이야기했다. 버스가 프레이저로 진입했을 때 어렸을 적 친구인 토니가 어떤 식으로 아주 오랜만에 말을 걸었는지도 이야기했다. *바로 여기야*, 토니는 그렇게 말했었다.

그는 그때를 기점 삼아, 그가 댄(그리고 가끔은 *헤이 닥터*, 할 때의 그 닥터)이 아니라 대니라고 불렸고 상상 속의 토니가 절대 없어서는 안 되는 친구였던 시절로 거슬러 올라갔다. 샤이닝은 토니의 도움 아래 그가 감당했던 여러 짐 가운데 하나에 불과했고 그마저 가장 무거운 짐도 아니었다. 가장 무거웠던 짐은 알코올 중독자인 아버지, 대니와 그의 어머니가 (어쩌면 그의 결점에도 '불구하고'가 아니라 그의 결점 '때문에') 마음속 깊이 사랑했던, 불안하고 근본적으로 위험했던 그 남자였다.

"성질이 고약해서 폭발할 때가 되면 텔레파시가 없어도 알 수 있을 정도였어요. 우선, 대개 술에 취했을 때 그랬거든요. 내가 서재에서 아버지의 원고를 만졌던 날 밤에는 분명 머리끝까지 취했을 거예요. 그날 아버지가 내 팔을 부러뜨렸죠."

"그때 몇 살이었는데요?" 데이브가 물었다.

그는 아내와 함께 뒷자리에 타고 있었다.

"아마 네 살이었을 거예요. 어쩌면 그보다 더 어렸을 수도 있고. 아버지는 폭발하기 직전에 이런 식으로 입술을 문지르는 버릇이 있었어요." 대니는 어떤 식인지 보여 주었다. "불안할 때 이렇게 하는 사람이 또 있지 않아요?"

"아브라요." 루시가 말했다. "나한테서 물려받은 버릇인 줄 알았더니." 그녀는 오른손을 입술 쪽으로 가져가려다 왼손으로 오른손을 붙잡아서 다시 무릎 위에 올려놓았다. 댄은 애니스턴 공립 도서관 앞 벤치에서 둘이 처음 만났을 때 아브라가 똑같이 하는 걸 본 적 있었다. "성격도 나한테 물려받은 건 줄 알았어요. 내가 가끔…… 아주 날카로울 때가 있거든요."

"아브라가 입술 문지르는 걸 맨 처음 봤을 때 우리 아버지가 생각났어요." 댄이 말했다. "하지만 딴 생각을 하느라 잊어버렸죠." 이 말을 하고 났더니 오버룩의 못 미더운 연소식 보일러를 보여 주었던 관리인 왓슨이 생각났다. *잘 감시해야 해요.* 왓슨은 그렇게 말했었다. *온도가 조금씩 올라가거든요.* 하지만 결국에 잭 토런스는 잊어버렸다. 덕분에 댄은 이렇게 목숨을 부지했다.

"그 사소한 습관 하나로 혈연관계를 알아차렸다는 거예요? 추론의 비약이 상당히 심하네요. 무엇보다 닮은 사람은 당신하고 나지, 당신하고 아브라도 아닌데. 아브라는 아빠를 많이 닮았으니까요." 루시는 하던 말을 멈추고 생각에 잠겼다. "물론 두 사람이 공통으로 보유한 집안의 내력이 있긴 하지만. 데이브한테 들었는데 그걸 샤이닝이라고 한다면서요? 그걸 통해서 안 거죠?"

댄은 고개를 저었다.

"아버지가 돌아가시던 해에 친구가 한 명 생겼어요. 딕 할로런이라고, 오버룩 호텔의 주방장이었죠. 그도 샤이닝의 소유자였고 샤이닝을 다만 얼마라도 보유한 사람들이 많다고 알려 주었어요. 그의 말이 맞더라고요. 지금까지 살면서 다양한 수준으로 반짝이는 사람들을 숱하게 만났거든요. 빌리 프리먼도 그런 사람이에요. 그래서 그가 지금 아브라와 함께 있는 거예요."

존이 콘체타의 아파트 뒤편 조그만 주차 공간으로 핸들을 꺾었지만 잠깐 동안 아무도 내리지 않았다. 루시는 딸이 걱정되기는 했지만 그가 들려주는 역사 강의에 넋을 잃었다. 댄은 그녀를 보지 않아도 그렇다는 것을 알 수 있었다.

"샤이닝이 아니면 어떻게 알았는데요?"

"헬렌 리빙턴을 타고 클라우드 갭으로 가고 있었을 때 데이브가 당신이 콘체타의 아파트 창고에서 여행가방을 발견했다는 이야기를 꺼냈어요."

"맞아요. 어머니의 여행가방이었어요. 모모가 어머니의 유품을 보관하고 있는 줄 몰랐는데."

"데이브가 존과 나한테 그러던데 그 당시에 어머니가 워낙 놀기 좋아하는 아가씨였다면서요?"

사실은 데이브가 텔레파시로 연결된 아브라에게 들려준 이야기였지만, 새로 생긴 이복누이에게 적어도 당분간 그 부분은 비밀로 하는 게 나을 것 같다는 생각이 들었다.

루시는 가족의 비밀을 누설한 배우자를 나무랄 때 동원하는 특유의 눈빛으로 데이브를 노려보았지만 아무 소리도 하지는 않았다.

"게다가 알레산드라가 뉴욕주립대학교 올버니 분교를 중퇴하고 버몬트 아니면 매사추세츠의 초등학교에서 아이들을 가르쳤다고 하더군요. 우리 아버지도 버몬트에서 영어를 가르쳤거든요, 학생을 폭행해서 잘리기 전까지. 스타빙튼이라는 사립초등학교에서. 어머니 표현에 따르면 그 시절에 아버지는 놀기 좋아하는 *사내*였다고 했어요. 아브라와 빌리가 안전하다는 걸 알게 됐을 때 내가 머릿속으로 계산을 좀 해봤어요. 앞뒤가 맞는 것 같기는 했지만 확실히 아는 사람이 있다면 알레산드라 앤더슨의 어머니가 아닐까 싶더군요."

"아시던가요?" 루시가 물었다.

그녀는 이제 앞좌석 사이 콘솔을 짚고 몸을 앞으로 내밀고 있었다.

"전부 다는 아니고 우리 둘이 같이 보낸 시간이 길지도 않았지만 그 정도면 충분했어요. 당신 어머니가 아이들을 가르친 학교 이름은 모르지만 버몬트에 있는 학교였다는 건 알고 계시더군요. 그리고 지도 교사와 잠깐 만났다는 것도. 할머님 말로는 작품을 출간한 적 있는 작가였다고 했어요." 댄은 하던 말을 멈추었다. "우리 아버지가 작품을 출간한 적 있는 작가였어요. 단편 몇 개에 불과했지만 개중 몇 편은 《애틀랜틱 먼슬리》처럼 수준 높은 잡지에 실렸죠. 콘체타는 남자의 이름을 묻지 않았고 알레산드리아도 나서서 공개하지 않았지만 그 여행가방 안에 대학교 성적 증명서가 들어 있다면 지도 교사 항목에 존 에드워드 토런스라는 이름이 적혀 있을 거예요." 그는 하품을 하고 손목시계를 확인했다. "지금은 여기까지. 올라갑시다. 다 같이 세 시간 동안 눈을 붙이고 뉴욕 북부로 출발하는 거예요. 도로에는 아무도 없을 테고 우리는 즐거운 시간을 보낼 수 있을 거예요."

"아브라가 안전하다고 장담할 수 있어요?" 루시가 물었다.

댄은 고개를 끄덕였다.

"알았어요. 그럼 기다릴게요. 하지만 딱 세 시간이에요. 나더러 눈을 붙이라고 하면……"

그녀는 웃음을 터뜨렸다. 익살이라고는 전혀 느낄 수 없는 웃음이었다.

9

다 같이 콘체타의 아파트에 들어서자마자 루시는 부엌에 있는 전자레인지 앞으로 성큼성큼 걸어가서 타이머를 맞추고 댄에게 보여주었다. 댄은 고개를 끄덕이고 다시 하품을 했다.

"새벽 3시 30분에 출발합시다."

그녀는 정색하고 그를 뜯어보았다.

"내 솔직한 심정으로는 당신 없이 출발하고 싶어요. 지금 당장."

그는 살짝 미소를 지었다.

"먼저, 이야기의 나머지 부분을 듣는 게 좋지 않겠어요?"

그녀는 험상궂은 표정으로 고개를 끄덕였다.

"그것도 있고, 우리 딸 몸속에 들어간 뭔지 모를 약물을 잠으로 해독해야 하기 때문에 참는 거예요. 쓰러지기 전에 어서 가서 누워요."

댄과 존이 손님방을 차지했다. 벽지와 가구를 보면 한 소녀를 위해 꾸민 방인 게 분명했지만 다른 손님들도 가끔 들렀는지 트윈 베드가 놓여 있었다.

어두컴컴한 침대에 몸을 누이며 존이 물었다.

"당신이 어렸을 때 머물렀던 호텔도 콜로라도에 있었던 게 우연의 일치는 아니죠?"

"그렇죠."

"이 트루 낫이 지금 그 마을에 있는 거죠?"

"맞아요."

"그리고 그 호텔에는 유령들이 살았고요?"

유령 인간들이 살았죠. 댄은 생각했다. "네."

뒤이어 존이 한 얘기를 듣고 댄은 깜짝 놀라서 잠기운이 달아났다. 데이브의 말이 맞았다. 바로 눈앞에 있는 것을 놓치기가 가장 쉬운 법이었다.

"말이 되네요…… 초자연적인 존재들이 우리 틈바구니에 섞여서 우리를 양식 삼아 살고 있다고 믿으면. 사악한 기운이 감도는 곳에 사악한 존재들이 꼬이기 마련이겠죠. 이 나라의 다른 곳에도 이 트루 낫이라는 작자들의 집결지가 있을까요? 뭐랄까…… 은둔지랄까…… 그런 곳 말이에요."

"분명 있겠죠." 댄은 한쪽 팔을 눈 위에 얹었다. 온몸이 쑤시고 머리가 지끈거렸다. "존, 나도 밤샘 수다 파티에 동참하고 싶지만 눈좀 붙여야겠어요."

"그래요, 하지만……" 존은 한쪽 팔꿈치를 딛고 몸을 일으켰다. "루시가 원했던 것처럼 병원에서 곧장 출발했어야 하는 거 아니었을까요? 당신도 그들 부부 못지않게 아브라를 아끼잖아요. 아브라가 안전하다지만 잘못 생각한 것일 수도 있고요."

"아니에요."

잘못 생각한 게 아니길 바랄 따름이었다. 지금 당장 출발할 수 없는 상황이었으니 그러길 바라는 수밖에 없었다. 뉴욕이라면 이야기가 다를 수도 있었다. 하지만 아브라가 있는 곳은 뉴욕이 아니었고 그는 잠을 자야 했다. 그의 온몸이 잠 좀 자자고 울부짖고 있었다.

"어디 아파요, 댄? 얼굴이 말이 아닌데."

"아니에요. 피곤해서 그래요."

그 말을 끝으로 그는 곯아떨어졌다. 처음에는 어둠이 펼쳐졌고, 어떤 형체가 나무망치를 좌우로 흔들어 벽지를 찢고 석고반죽 먼지를 날려 가며 그를 쫓아오는 와중에 끝없이 복도를 달리는 뭔지 모를 악몽이 이어졌다. *나와, 이 쥐똥만 한 놈아!* 그 형체는 이렇게 고함을 질렀다. *나와, 이 새끼야, 나와서 약 먹어!*

잠시 후 이번에는 아브라가 그의 곁에 등장했다. 두 사람은 늦여름 햇살을 쪼이며 애니스턴 공립도서관 앞 벤치에 앉아 있었다. 그녀가 그의 손을 잡고 있었다. *괜찮아요, 댄 아저씨. 괜찮아요. 아저씨의 아버지가 돌아가시기 전에 그 형체를 내쫓았어요. 그러니까 아저씨가……*

도서관 문이 쾅 하고 열리면서 한 여자가 햇볕 속으로 걸어 나왔다. 새까만 머리칼이 그녀의 얼굴 주변에서 구름처럼 굽이치는데 멋을 부리느라 빼딱하게 쓴 실크해트는 떨어질 줄 몰랐다. 무슨 마술을 부린 것처럼 딱 붙어 있었다.

"아니, 이게 누구야." 그녀가 말했다. "자고 있는 여자의 돈을 훔치고 여자의 아이는 맞아 죽도록 내버려 둔 댄 토런스잖아."

그녀가 아브라를 향해 미소를 짓자 하나밖에 없는 송곳니가 보였
다. 총검만큼이나 길고 날카로워 보였다.

"그런 작자가 너한테는 어떻게 할까, 아가? 그런 작자가 너한테는
어떻게 할까?"

10

루시는 정확히 3시 30분에 그를 깨웠지만 그가 존을 깨우려고 하
자 고개를 저었다.

"좀 더 자게 내버려 둬요. 남편도 지금 천장이 꺼져라 코를 골고
있어요." 그녀는 아닌 게 아니라 미소를 지었다. "겟세마네 동산이
생각나는 거 있죠? 예수가 베드로를 이런 식으로 꾸짖잖아요. '나와
함께 고작 한 시간도 깨어 있을 수 없더냐?' 하지만 나는 데이비드
를 나무랄 근거가 없을 것 같아요. 그이도 그걸 봤거든요. 나와요. 스
크램블드에그 만들어 놨어요. 좀 먹어요. 쇠꼬챙이처럼 비쩍 말랐잖
아요." 그녀는 잠깐 말을 멈추었다가 덧붙였다. "오빠."

댄은 배가 그렇게 고프지 않았지만 그래도 그녀를 따라서 부엌으
로 들어갔다.

"봤다니, 뭘요?"

"모모의 서류를 살펴보는데(뭐라도 하면서 시간을 보내려고요.) 부엌
에서 쾅 소리가 들리더라고요."

그녀는 그의 손을 잡고 스토브와 냉장고 사이에 있는 싱크대로 데리고 갔다. 구식 약단지가 줄줄이 놓인 곳이었는데 설탕 단지가 뒤집혀져 있었다. 쏟아진 설탕 사이로 메시지가 적혀 있었다.

저 괜찮아요

다시 잘게요

사랑해요

☺

댄은 우울한 심정에도 불구하고 그의 칠판이 떠오르면서 미소가 절로 지어졌다. 정말이지 아브라다웠다.

"메시지를 남기려고 잠깐 일어났었나 봐요." 루시가 말했다.

"아닐걸요?" 댄이 말했다.

그녀는 스토브 앞에서 스크램블드에그를 담다 말고 그를 쳐다보았다.

"*당신이* 깨운 거예요. 당신이 걱정하는 소리를 듣고 일어난 거예요."

"정말 그렇게 생각해요?"

"네."

"앉아요." 그녀는 잠깐 머뭇거렸다. "앉아요, *댄.* 앞으로는 이렇게 부르는 데 익숙해져야겠다. 앉아서 좀 먹어요."

댄은 배가 고프지 않았지만 연료가 필요했다. 그래서 그녀가 시키는 대로 했다.

11

그녀는 맞은편에 앉아서, 콘체타 레이놀즈가 딘 앤드 델루카에서 배달시킨 마지막 병에 담긴 주스를 한 잔 따라서 홀짝였다.

"알코올 문제가 있는 나이 많은 남자, 그에게 홀딱 반한 젊은 여자. 나는 그렇게 이해했어요."

"나도 마찬가지예요."

댄은 맛을 제대로 음미하지도 않으면서 꾸준히, 기계적으로 달걀을 입속에 쑤셔 넣었다.

"커피 마실래요…… 댄?"

"좋죠."

그녀는 쏟아진 설탕을 지나서 번 커피머신 앞으로 갔다.

"그 남자는 유부남이지만 일 때문에 회식 자리에서 젊고 예쁜 아가씨들과 어울릴 기회가 많아요. 야심한 시각이 되고 음악 소리가 커지면 두말할 나위도 없이 상당한 양의 리비도가 분출되고요."

"그랬겠죠." 댄이 말했다. "예전에는 엄마도 그런 자리에 따라갔을지 모르지만 돌봐야 하는 아이가 생겼고 아이를 남한테 맡길 만한 여유는 못 됐을 거예요." 그녀가 커피를 건넸다. 그는 그녀가 설탕이나 크림을 넣느냐고 묻기도 전에 그냥 블랙으로 마셨다. "고마워요. 아무튼 두 사람은 거사를 치렀어요. 아마도 그 동네 어느 모텔에서. 아버지의 차 뒷좌석에서 그러지는 않았을 거예요. 그때 우리 차가 폭스바겐 비틀이었거든요. 발정난 곡예사 커플이라도 거기서는 그러지 못했을 거예요."

264

"필름 끊긴 떡판." 존이 부엌으로 들어오며 말했다. 자고 일어나서 뒤통수에 까치집이 생겼다. "옛날에는 그렇게 불렀죠. 달걀 남은 거 있어요?"

"많아요." 루시가 말했다. "아브라가 싱크대에 메시지 남겼어요."

"그래요?" 존은 다가가서 메시지를 보았다. "이게 아브라 글씨예요?"

"네. 아브라 글씨는 어디서든 알아볼 수 있어요."

"맙소사. 이러다 통신사 문 닫게 생겼네."

그녀는 웃지 않았다.

"앉아서 드세요, 존 박사님. 10분 드릴게요. 10분 뒤에 저기 소파에 쓰러져 있는 잠자는 미녀를 깨울 거예요." 그녀는 의자에 앉았다. "얘기 계속해요, 댄."

"그녀는 우리 아버지가 어머니를 버리고 자기한테 올 거라고 생각했는지 어땠는지 모르겠고, 여행 가방을 뒤진들 정답을 알 수 있을 것 같진 않아요. 일기를 남겼으면 모를까. 아무튼 그녀는 (데이브에게 들은 이야기와 나중에 콘체타에게 들은 이야기를 종합했을 때) 얼마 동안 계속 그의 주변을 맴돌았던 것 같아요. 희망을 품고서 아니면 그냥 파티를 즐기면서 아니면 둘 다. 그러다 아이가 생겼다는 걸 알게 되면서 포기하는 수밖에 없었겠죠. 내가 알기로 우리 가족은 그 무렵 콜로라도에 있을 거예요."

"당신 어머니도 알았을까요?"

"잘 모르겠지만 어머니는 분명 아버지를 의심했을 거예요. 특히 얼빠진 표정으로 밤늦게 들어온 날이면. 술꾼들은 조랑말에 돈을 걸

거나 트위스터 앤드 샤우트에서 웨이트리스의 가슴에 5달러를 쑤셔 넣는 수준을 넘지 않도록 선을 긋지 않는다는 건 어머니도 아셨을 거예요."

그녀가 그의 팔 위에 손을 얹었다.

"괜찮아요? 피곤해 보이는데."

"괜찮아요. 그런데 지금 새로운 정보를 받아들이느라 당신 혼자서만 애를 쓰는 건 아니에요."

"어머니는 교통사고로 돌아가셨어요." 루시가 말했다. 그녀는 댄에게서 고개를 돌려 냉장고에 달린 메모판을 뚫어져라 쳐다보고 있었다. 네 살쯤 되어 보이는 아브라가 콘체타와 손을 잡고 데이지 꽃밭을 걷는 사진이 한가운데 붙어 있었다. "어머니와 함께 타고 있던 남자는 나이가 한참 많았어요. 그리고 술에 취했고요. 두 사람은 과속으로 달리고 있었어요. 모모는 말하길 꺼렸지만 내가 열여덟 살 정도 됐을 때 궁금해져서 몇 가지만이라도 알려 달라고 졸랐어요. 우리 어머니도 술에 취했느냐고 물었더니 콘체타는 모르겠다고 하더라고요. 경찰에서 운전자라면 모를까, 교통사고로 사망한 동승자까지 음주 측정을 할 이유는 없다면서." 그녀는 한숨을 쉬었다. "상관없어요. 가족 이야기는 나중으로 미루기로 해요. 우리 딸한테 무슨 일이 있었는지 그걸 듣고 싶어요."

그는 들려주었다. 중간에 고개를 돌려보니 데이브 스톤이 부엌 입구에서 셔츠자락을 바지에 넣으며 그를 쳐다보고 있었다.

12

댄은 처음에 토니를 매개 삼아서 아브라가 어떤 식으로 그와 연락했는지, 거기에서부터 이야기를 시작했다. 그러고 나서 아브라가 어떤 식으로 트루 낫과 얽히게 되었는지 이야기했다. 그녀가 "야구하는 아이"라고 부르는 소년이 등장하는 악몽을 꾸었다고.

"그 악몽이라면 나도 기억해요." 루시가 말했다. "아브라의 비명소리에 깼거든요. 전에도 그런 적 있었지만 그때가 2~3년 만에 처음이었어요."

데이브가 미간을 찌푸렸다.

"나는 전혀 기억이 안 나는데."

"당신은 학회 때문에 보스턴에 있었어." 그녀는 다시 댄에게로 고개를 돌렸다. "내가 제대로 파악했는지 얘기해 볼게요. 이들은 인간이 아니라…… 뭐죠? 일종의 뱀파이어인가요?"

"어떻게 보면요. 낮 동안 관 속에 누워서 잠을 자거나 달빛을 받으면 박쥐로 변하지도 않고 십자가나 마늘을 질색하지도 않는 것 같지만 분명 인간은 아니에요."

"인간들은 죽어도 사라지지 않죠." 존이 딱 잘라서 말했다.

"사라지는 걸 실제로 봤어요?"

"봤어요. 우리 셋 다."

"아무튼……" 댄이 말했다. "트루 낫은 평범한 아이들한테는 관심 없어요. 샤이닝이 있는 아이들한테만 관심 있지."

"아브라 같은 아이들 말이죠." 루시가 말했다.

"네. 그리고 아이들을 죽이기 전에 고문을 해요……. 아브라 말로는 스팀을 정화하기 위해서래요. 위스키를 몰래 만드는 밀조업자들이 연상되는 대목이죠."

"그들이 아브라를…… 들이마시고 싶어 한다는 거죠?" 루시가 말했다. 그녀는 확실히 정리하기 위해서 계속 노력하는 중이었다. "아브라에게 샤이닝이 있어서."

"샤이닝이 있는 정도가 아니라 엄청나거든요. 내가 손전등이라면 그 아이는 등대예요. 게다가 아브라가 그들에 대해서 알고 있어요. 그들의 정체를 알아요."

"그리고 한 가지 더." 존이 말했다. "우리가 클라우드 갭에서 그들에게 한 짓이…… 이 로즈라는 여자가 보기에는 아브라의 소행인 거죠. 실제로 죽인 사람이 누구건 간에."

"그럼 어쩌라고요?" 루시가 버럭 물었다. "그 사람들은 정당방어도 모른데요? *생존*이라는 단어도?"

"로즈는……" 댄이 말했다. "자기한테 덤비는 꼬맹이가 있다는 것밖에 몰라요."

"덤비다니……?"

"아브라가 텔레파시로 접촉했어요. 접촉해서 로즈더러 자기가 찾아가겠다고 했어요."

"*뭐라고요?*"

"그 성질머리하고는." 데이비드가 조용히 말했다. "그러다 큰코다칠 거라고 귀가 따갑도록 얘기했건만."

"그 여자나 아이를 죽이는 그 친구들 근처에는 얼씬도 못 하게 할 거예요." 루시가 말했다.

댄은 생각했다. *그래야겠지만⋯⋯ 그럴 수가 없어요.* 그는 루시의 손을 잡았다. 그녀는 손을 빼려다 가만히 있었다.

"아주 단순한 사실 하나만 알고 있으면 돼요." 그가 말했다. "*그들은 절대 포기하지 않는다는 거.*"

"하지만⋯⋯"

"하지만은 없어요, 루시. 다른 때 같았으면 로즈가 손을 떼자고 할 수도 있었을지 모르지만(늙고 교활한 늑대거든요.) 또 다른 요인이 있어요."

"그게 뭔데요?"

"그들이 병에 걸렸거든요." 존이 말했다. "아브라 말로는 홍역이래요. 트레버라는 아이한테 옮은 것일 수 있어요. 그걸 하늘의 응징이라고 해야 할지 아니면 단순한 아이러니라고 해야 할지 모르겠지만."

"홍역이오?"

"우습게 들리겠지만 그렇지가 않아요. 옛날에는 홍역이 돌면 한 집 아이들 모두 걸릴 수도 있었던 거 알죠? 만약 트루 낫이 지금 그런 상황이라면 몰살당할 수도 있는 거예요."

"잘됐네요!" 루시가 외쳤다.

댄도 잘 아는 성난 미소가 그녀의 얼굴 위로 떠올랐다.

"그들이 아브라의 슈퍼스팀으로 치료할 수 있을 거라고 생각하는 이상 잘된 게 아니지." 데이브가 말했다. "그걸 알아야 해. 이건 소규모 접전이 아니야. 그 나쁜 년한테는 목숨이 걸린 전쟁인 거야." 그는 힘겹게 그다음 이야기를 꺼냈다. 해야만 하는 말이기 때문이었다. "로즈는 그럴 수만 있다면 우리 딸을 산 채로 잡아먹을 거야."

13

루시가 물었다.

"그 사람들 어디 있는데요? 이 트루 낫이라는 사람들 말이에요, 어디 있는데요?"

"콜로라도에요." 댄이 말했다. "사이드와인더 마을의 블루벨 캠핑 장이라는 데 있어요."

그가 바로 거기서 아버지의 손에 거의 죽을 뻔했다는 이야기는 하고 싶지 않았다. 그랬다가는 좀 더 많은 질문과 우연의 일치 어쩌고 하는 탄성으로 이어질 게 뻔했다. 댄이 장담할 수 있는 한 가지가 있다면 이 사건 안에 우연의 일치는 없다는 점이었다.

"그 사이드와인더라는 마을에 경찰서가 있겠죠." 루시가 말했다. "거기로 연락해서 처리해 달라고 하면 되겠네요."

"뭐라고 하면서요?" 존이 시비조가 아닌 다정한 말투로 물었다.

"음…… 그러니까……"

"경찰을 캠핑장으로 보낸다 하더라도," 댄이 말했다. "중년에서 노년으로 넘어가는 미국인들 말고는 아무것도 찾지 못할 거예요. 아무나 붙잡고 손자들 사진 보여 주지 못해서 안달이 난, 전혀 걱정할 필요 없는 RV족 말고는 말이에요. 서류는 반려견 등록증에서부터 땅 문서까지 완벽하게 갖추어져 있을 거예요. 수색영장을 발부받아서

(그럴 만한 이유가 없는 한 발부받지도 않겠지만.) 뒤진다 한들 총이 나오지도 않을 거예요. 트루 낫은 총이 필요 없거든요. 그들의 무기는 이거니까요." 댄은 이마를 톡톡 두드렸다. "당신은 뉴햄프셔에 사는 정신 나간 여자, 아브라는 정신 나간 가출 청소년, 우리는 정신 나간 친구들이 되겠죠."

루시는 양손바닥으로 관자놀이를 눌렀다.

"이런 일이 벌어지다니 믿기지가 않네."

"조사해 보면 트루 낫이 (그들이 설립한 뭔지 모를 회사 이름으로) 콜로라도의 그 마을에 아낌없이 퍼준 기록이 나올 거예요. 둥지는 똥을 싸는 곳이 아니라 잘 가꾸어야 하는 곳이잖아요. 그래야 힘든 시기가 닥쳤을 때 친구를 여럿 확보할 수 있죠."

"이 자식들은 오래전부터 우리 주변에서 얼쩡거렸던 것 같아요." 존이 말했다. "그렇죠? 스팀의 가장 큰 역할이 수명 연장이니까."

"아마도요." 댄이 말했다. "그리고 훌륭한 미국인답게 그동안 부지런히 돈을 벌었을 거예요. 사이드와인더보다 훨씬 더 큰 바퀴에 기름을 듬뿍 칠할 수 있을 만큼. 주 차원에서. 연방 정부 차원에서."

"그리고 이 로즈라는 여자는…… 포기하지 않을 거란 말이죠?"

"네." 댄은 예지몽에서 만난 그녀의 모습을 떠올리고 있었다. 삐딱하게 쓴 모자. 벌린 입. 하나밖에 없는 송곳니. "당신 딸한테 심장을 바쳤거든요."

"아이들을 죽여 가며 목숨을 연명하는 여자한테 무슨 심장이 있겠어요?" 데이브가 말했다.

"아, 있어요." 댄이 말했다. "까매서 그렇지."

루시가 자리에서 일어섰다.

"이야기는 이제 그만해요. *지금 당장* 아이한테 가고 싶어요. 다들 화장실 다녀오세요. 일단 출발하면 그 모텔에 도착할 때까지 쉬지 않고 달릴 거니까."

댄이 말했다.

"이 집에 컴퓨터 있어요? 출발하기 전에 잠깐 확인하고 싶은 게 있는데."

루시는 한숨을 쉬었다.

"서재에 있어요. 암호는 뭔지 알겠죠? 하지만 5분 내로 끝내지 않으면 우리들끼리 출발할 거예요."

14

로즈는 스팀과 분노로 부들부들 떨며 뜬눈으로, 쇠꼬챙이처럼 뻣뻣하게 침대에 누워 있었다.

2시 15분쯤 어느 차에 시동이 걸렸을 때 그녀는 그 소리를 들었다. 스팀헤드 스티브와 러시아에서 온 바바였다. 3시 40분에 또 다른 차에 시동이 걸렸을 때에도 그 소리를 들었다. 이번에는 꼬맹이 쌍둥이 피와 파드였다. 당연히 이들과 한 차에 오른 상냥한 테리 픽퍼드는 로즈가 보이는지 불안해하며 뒤 유리창을 계속 확인했다. 덩치 모도 함께 떠나고 싶어 했지만(데려가 달라고 *애원*했지만) 병에 걸렸기 때문에 거부했다.

로즈는 막을 수 있었지만 굳이 막지 않았다. 캠핑장에서 그들을 보호해 주거나 길을 떠나 있는 동안 뒤를 봐주는 트루 낫 없이 자기들끼리 살기에 이 미국이라는 나라가 어떤 곳인지 그들도 맛을 보아야 했다. *내가 투데이 슬림을 시켜서 그들의 신용카드를 말소하고 두둑했던 은행 잔고를 싹 비우면 어떻게 되겠어.*

투데이는 지미 넘버스가 아니었지만 그래도 그 정도는 식은 죽 먹기로 처리할 수 있었다. 그는 남아서 그 일을 처리해 줄 것이다. 도망치지 않을 것이다. 좋은 친구들은…… *거의 다* 남을 것이다. 지저분한 필, 앞치마 애니 그리고 디젤 더그는 귀환 길에 오르지 않았다. 그들은 투표 끝에 남쪽으로 기수를 돌리기로 했다. 디젤이 로즈는 더 이상 믿을 수 없다고, 트루 낫과의 인연을 끊을 때도 한참 지났다고 설득한 결과였다.

잘해 봐, 귀여운 것아. 로즈는 주먹을 쥐었다 폈다 하며 생각했다.

트루를 나누는 것은 끔찍한 발상이었지만 숫자를 줄이는 것은 긍정적인 발상이었다. 따라서 약한 것들은 도망치게 내버려 두고 아픈 것들은 죽게 내버려 두어도 상관없었다. 그 계집애도 죽여서 스팀을 마시면(그 아이를 포로로 붙잡아 놓겠다는 환상은 버렸다.) 남은 스물다섯 명 정도의 멤버들이 그 어느 때보다 강력해질 것이다. 크로의 죽음은 애석했고 그를 대체할 인물은 찾을 수 없겠지만 토큰 찰리가 최선을 다해 줄 것이다. 하프맨 샘도…… 구부러진 딕도…… 뚱보 패니와 키다리 폴도…… 욕심꾸러기 G도 아주 빠릿빠릿하지는 않지만 의리가 있고 군소리가 없었다.

게다가 몇 명이 떠났으니 남은 스팀으로 더 오랫동안 더 큰 힘을 불어넣을 수 있었다. 그들은 강해질 필요가 있었다.

오너라, 꼬맹이 계집애야. 로즈는 생각했다. 스물 몇 명을 상대로 네가 얼마나 강력한지 보자. 너 혼자 트루를 상대해야 하는데 어떤 기분일지 보자. 네 스팀을 마시고 네 피를 핥아 주마. 하지만 그 전에 네 비명부터 마셔 주마.

로즈는 의리 없는 도주자들이 멀어져 가는 소리를 들으며 어둠 속을 응시했다.

누군가가 조용히, 소심하게 문을 두드렸다. 로즈는 아무 말 없이 누운 채 잠깐 고민하다 획 하니 다리를 내렸다.

"들어와."

그녀는 알몸이었지만, 쥐색 앞머리로 눈썹을 넘어 거의 눈까지 덮은 벙어리 새리가 볼품없는 몸 위로 플란넬 잠옷을 걸친 채 들어왔을 때 몸을 가리려는 시도조차 하지 않았다. 새리는 늘 그렇듯 바로 옆에 있어도 존재감이 거의 없었다.

"슬퍼, 로즈."

"알아. 나도 슬퍼."

그녀는 슬프지 않았지만(화가 났다.) 그렇게 말을 하고 보니 듣기에 그럴듯했다.

"앤디 보고 싶어."

그렇지, 앤디. 얼뜨기 시절의 이름은 앤디 스타이너, 트루 낮에게 발굴되기 한참 전부터 아버지에게 성폭행을 당해 인간성을 잃은 그녀. 로즈는 영화관에서 그녀를 지켜보았던 그날과, 나중에 그녀가 어떤 식으로 근성과 의지만으로 터닝을 견뎌 냈는지 생각이 났다.

방울뱀 앤디는 남았을 것이다. 로즈가 트루 낫을 위해서 그래야 된다고 하면 불구덩이라도 걸어서 지나갔을 것이다.

그녀는 팔을 내밀었다. 새리가 종종걸음으로 달려와서 로즈의 가슴에 머리를 묻었다.

"앤디 엄쓰니까 죽고 시퍼."

"아니야. 그렇지 않아." 로즈는 가녀린 새리를 침대에 눕히고 꼭 끌어안았다. 그녀는 얼마 안 되는 살점이 뼈대를 잇고 있는 해골에 불과했다. "네가 정말로 원하는 게 뭔지 말해 봐."

텁수룩한 앞머리 아래에서 두 눈이 잔인하게 반짝였다.

"복슈."

로즈는 새리의 이쪽 뺨과 저쪽 뺨과 얇고 건조한 입술에 차례대로 입을 맞추었다.

"맞아. 그리고 복수를 하게 될 거야. 입 벌려, 새리."

새리는 고분고분 입을 벌렸다. 두 사람의 입술이 다시금 맞닿았다. 여전히 스팀으로 충만한 모자 쓴 로즈가 벙어리 새리의 목구멍 속으로 입김을 불어넣었다.

15

콘체타의 서재 벽은 메모, 시구, 영원히 답장할 수 없는 편지들로 가득했다. 댄은 알파벳 네 개로 이루어진 암호를 입력하고 파이어폭스를 띄워서 블루벨 캠핑장을 검색했다. 홈페이지에 정보가 어마어마하게 넘쳐나지는 않았다. 아마 소유주가 손님을 유치하는 데 별 관심이 없기 때문일 것이다. 이곳은 그들의 간판에 불과했다. 하지만 시설물을 소개하는 사진은 있었고, 댄은 얼마 전에 발견한 묵은 가족 앨범이라도 되는 것처럼 넋을 잃고 사진을 열심히 살폈다.

오버룩은 오래전에 사라졌지만 그는 그 일대를 알아볼 수 있었다. 눈보라로 겨울 동안 발이 묶이기 직전에 그와 어머니와 아버지가 호텔의 널찍한(그네식 흔들의자와 등나무 가구를 치웠더니 더 넓어 보였던) 입구 쪽 베란다에 서서 길고 매끈하게 비탈진 잔디밭을 한번 내려다본 적이 있었다. 사슴과 영양이 종종 놀러 나왔던 잔디밭 기슭에 이제는 오버룩 산장이라는 길쭉한 통나무 건물이 서 있었다. 소개 문구에 따르면 투숙객들이 식사를 하고 빙고 게임을 하고 금요일과 토요일 밤에는 라이브 음악에 맞춰 춤도 추는 곳이었다. 일요일에는 사이드와인더의 목사들이 돌아가며 그곳에서 예배를 집도했다.

눈이 내리기 전까지 아버지가 잔디를 깎고 그곳에 있었던 토피어리를 다듬었는데. 아버지는 그러면서 왕년에는 여자들 토피어리도 숱하게 다듬었다고 했지. 나는 그게 무슨 소리인지 알아듣지 못했지만 엄마는 웃음을 터뜨렸고.

"농담하고는." 그는 나지막이 중얼거렸다.

줄줄이 늘어선 반짝이는 RV 배선 시설은 전력은 물론이고 LP 가스까지 공급되는 럭셔리 모드였다. 리틀 아메리카나 페드로스 사우스 오브 보더처럼 어마어마하게 넓은 휴게소에 설치해도 될 만큼 널찍한 남녀 샤워장도 있었다. 어린애들을 위한 놀이터도 있었다(대니 토런스 '박사님'이 예전에 오버룩 놀이터에서 그랬던 것처럼 불길한 광경을 보거나 불길한 조짐을 느낀 아이가 있었을까?). 소프트볼 경기장, 셔플보드(판 위에 여러 장의 원반을 얹어 놓고 긴 막대를 이용해 숫자판 쪽으로 미는 게임 — 옮긴이)장, 테니스장, 심지어 보치(잔디에서 하는 이탈리아식 볼링 — 옮긴이)장까지 있었다.

하지만 로크(딱딱한 코트 위에서 나무망치로 나무 공을 치는 게임 — 옮긴이)*장은 없군. 그건 없어. 이제는.*

잔디밭 중간쯤(한때 동물 모양으로 깎은 생울타리가 옹기종기 모여 있었던 곳)에 이제는 새하얀 위성 안테나들이 일렬로 서 있었다. 호텔이 있었던 언덕 꼭대기에는 기다란 계단이 연결된 나무 단이 놓여 있었다. 이제 콜로라도 주에서 소유하고 관리하는 이 부지는 이름이 세계의 지붕이었다. 블루벨 캠핑장 투숙객은 무료로 얼마든지 이용하고 그 너머 오솔길에서 하이킹도 할 수 있었다. 소개 문구에는 이렇게 적혀 있었다. *오솔길은 경험이 많은 하이커용이지만 세계의 지붕은 누구나 이용할 수 있습니다. 풍경이 장관입니다!*

댄은 그럴 거라고 장담할 수 있었다. 오버룩의 식당과 연회실에서 내다본 풍경은 확실히 장관이었다…… 조금씩 쌓인 눈으로 창문이 막히기 전까지는. 서쪽에서는 로키 산맥의 최고봉들이 창처럼 하늘을 지그재그로 갈랐다. 동쪽으로 고개를 돌리면 볼더까지 보였다. 아니, 드물기는 하지만 공기가 비교적 맑은 날이면 덴버와 아바다까지 보였다.

이 땅이 주 정부 소유로 넘어갔다니 뜻밖의 소식은 아니었다. 누가 여기다 뭘 짓고 싶겠는가. 이 땅이 얼마나 꺼림칙한지 텔레파시가 없어도 느낄 수 있을 것이다. 하지만 트루는 최대한 옹기종기 모여 지냈고 댄이 생각하기에 지나가던 손님들(평범한 캠핑족)은 이곳을 다시 찾거나 친구들에게 추천할 일이 없을 것 같았다. *사악한 기운이 감도는 곳에 사악한 존재들이 꼬이기 마련이겠죠.* 존은 이렇게 말했다. 만약 그게 사실이라면 역도 성립될 것이다. 사악한 기운이 감도는 곳은 선한 존재들을 밀어낼 것이다.

"댄?" 데이브가 불렀다. "버스 출발해요."

"잠깐만요!"

그는 눈을 감고 양손바닥의 불룩한 부분에 이마를 얹었다.

(*아브라.*)

그의 목소리에 그녀는 당장 눈을 떴다.

17장
계집년

1

크라운 모텔 밖이 어두컴컴하고 날이 밝으려면 아직 한두 시간 정도 남았을 때, 24호실 문이 열리면서 여자아이가 나왔다. 짙은 안개가 껴서 세상이 그 속으로 아예 사라져 버린 것이나 다름없었다. 아이는 까만 바지에 하얀 셔츠를 입고 있었다. 머리는 하나로 묶었고 얼굴이 아주 앳되어 보였다. 그녀가 숨을 깊이 들이쉬자 서늘한 기운과 공기 중의 수분이 끈질기게 남아 있던 두통에 기적적인 효과를 발휘했지만 무거운 마음까지 어쩌지는 못했다. 모모가 돌아가셨다.

그렇다, 댄 아저씨의 말이 맞다면 정말로 돌아가신 건 아니었다. 다른 곳에 계실 따름이었다. 유령 인간으로 아니면 다른 형태로. 아무튼 지금은 그런 생각을 할 시간이 없었다. 이 문제는 나중에 고민

할 수 있을 것이다.

댄이 빌리 아저씨는 자느냐고 물었다. (네,) 그녀는 대답했다. (아직 쿨쿨 주무시고 있어요.) 이불 밖으로 삐져나온 프리먼 씨의 발과 다리가 열린 문 사이로 보였고 계속 코를 고는 소리가 들렸다. 꼭 시동만 걸어 놓은 모터보트 같았다.

댄이 이번에는 로즈나 다른 자가 그녀의 머릿속으로 들어오려고 시도한 적 있느냐고 물었다. 없었다. 그런 사람이 있었더라면 그녀가 알아차렸을 것이다. 덫을 설치했으니까. 로즈도 그런 줄 짐작했을 것이다. 바보가 아니니까.

그가 이번에는 객실에 전화가 있느냐고 물었다. 있었다. 댄 아저씨가 그녀에게 지시 사항을 전달했다. 아주 간단했다. 콜로라도에 있는 이상한 여자에게 전해야 하는 말은 무서웠다. 하지만 하고 싶었다. 야구하는 아이가 죽어 가면서 지른 비명 소리를 들은 이래, 마음속 한구석에는 그러고 싶은 욕망이 있었다.

(네가 계속 뭐라고 해야 하는지 알지?)

물론 알았다.

(그녀를 계속 자극해야 하거든. 그게 뭔지 알지?)

(네, 무슨 뜻인지 알아요.)

그녀를 미치게 만드는 것. 뚜껑이 열리게 만드는 것.

아브라는 안개에 대고 숨을 내뱉었다. 그들이 차를 타고 왔던 길은 실오라기 같은 흔적만 남았고 저편의 나무들은 완전히 사라졌다. 모텔 사무실도 마찬가지였다. 가끔 그녀도 그렇게 머릿속이 새하얬으면 좋겠다는 생각이 들 때도 있었다. 하지만 어쩌다 한 번씩이었

280

다. 마음 속 깊은 곳에서는 지금 모습에 전혀 아쉬움이 없었다.

(가능한 선에서 최대한) 마음의 준비가 됐다는 생각이 들자 아브라는 객실로 들어가서 큰 소리를 지르게 되더라도 프리먼 씨가 깨지 않도록 옆문을 닫았다. 그녀는 전화기에 붙은 설명서를 꼼꼼히 읽은 다음 외부 연결을 위해 9번을 누르고 전화번호 안내 서비스에 전화를 걸어 콜로라도 주 사이드윈더에 있는 블루벨 캠핑장의 오버룩 산장 전화번호를 물었다. *본관 번호는 알지만 거기로 걸면 자동응답기로 연결될 거야.* 댄은 그렇게 말했었다.

손님들이 식사와 게임을 하는 공간에서 한참 동안 전화벨이 울렸다. 댄은 아마 그럴 거라고, 그러면 진득하니 기다려야 된다고 했다. 어쨌거나 그곳이 여기보다 두 시간 빨랐다.

마침내 누군가가 짜증이 섞인 목소리로 전화를 받았다.

"여보세요? 사무소로 거신 거면 잘못 거……"

"사무소로 건 거 아니에요." 아브라가 말했다. 두방망이질 치는 심장이 목소리에서 드러나지 않기만을 바랄 따름이었다. "로즈 바꿔 줘요. 모자 쓴 로즈."

정적이 흘렀다. 잠시 후.

"누구시죠?"

"아브라 스톤이에요. 내 이름 알죠? 로즈가 찾는 아이요. 내가 5분 뒤에 다시 전화하겠다고 전해 줘요. 그 여자가 전화를 받으면 대화를 나눌 거예요. 안 받으면 확 뒈져 버리라고 해요. 내 쪽에서 두 번 다시 전화할 일은 없을 거라고."

아브라는 전화를 끊은 다음 고개를 숙이고 화끈거리는 얼굴을 손으로 감싼 채 심호흡을 했다.

2

로즈가 스팀 깡통을 저장해 놓은 비밀 금고 위에 발을 올려놓고 어스크루저 운전석에서 커피를 마시고 있었을 때 문을 두드리는 소리가 들렸다. 이 새벽에 문 두드리는 소리라니 또 골치 아픈 일이 생겼다는 뜻밖에 안 됐다.

"응." 그녀가 말했다. "들어와."

경주용 자동차가 그려진 유치한 잠옷 위에 가운을 걸친 키다리 폴이었다.

"산장에 있는 유료전화가 울리더라고. 처음에는 안 받았지. 잘못 걸린 전화겠거니 했고 부엌에서 커피를 끓이고 있었거든. 그런데 계속 울리길래 받았더니 그 여자아이였어. 너랑 얘기하고 싶대. 5분 뒤에 다시 건대."

벙어리 새리가 침대 커버를 숄처럼 어깨에 걸치고 일어나 앉아서 앞머리 사이로 눈을 깜빡였다.

"가." 로즈가 그녀에게 말했다.

새리는 군소리 없이 떠났다. 로즈는 새리가 방울뱀과 함께 썼던 바운더를 향해 맨발로 터벅터벅 걸어가는 모습을 어스크루저의 넓은 앞 유리창을 통해 지켜보았다.

그 여자아이라.

계집년이 달아나서 도망치기는커녕 전화를 걸다니. 뻔뻔하기도 하지. 그 아이가 한 생각이었을까? 그렇다고 믿기에는 조금 어렵지 않나?

"새벽부터 부엌에서 뭐 하느라 부스럭거렸어?"

"잠이 안 와서."

그녀는 그를 돌아보았다. 머리는 점점 벗어져 가고 콧잔등에 이중 초점안경이 얹혀 있는 키가 큰 노인네에 불과했다. 얼뜨기들은 1년 동안 지나가면서 매일같이 만나도 그를 눈여겨보지 않겠지만 그렇다고 그에게 아무 능력도 없는 건 아니었다. 폴은 방울뱀처럼 최면을 쓸 줄 몰랐고 죽은 플릭 할아범처럼 탐지 능력도 없었지만 남을 설득하는 데 제법 수완이 있었다. 그가 어느 얼뜨기를 붙잡고 부인의(아니면 모르는 사람의) 뺨을 때리라고 하면 그 얼뜨기는 있는 힘껏 상대방의 뺨을 때렸다. 트루는 누구든 이런저런 재주가 있었다. 그래서 조화롭게 잘 지낼 수 있었다.

"팔 좀 보여 줘, 폴리."

그는 한숨을 쉬더니 우글쭈글한 팔꿈치 위로 가운과 잠옷 소매를 올렸다. 빨간 반점들이 있었다.

"언제부터 그랬어?"

"어제 오후부터 두세 개 나기 시작했어."

"열도 나고?"

"응. 조금."

그녀는 솔직하고 믿음직한 그의 눈빛과 마주치자 안아 주고 싶은 생각이 들었다. 달아난 사람들도 있었지만 키다리 폴은 여기 남았다. 대부분이 그랬다. 그 계집년이 멍청하게 얼굴을 내밀면 그 정도 숫자로도 충분히 처치할 수 있었다. 어쩌면 그 아이는 정말 그럴 수 있었다. 세상에 멍청하지 않은 열세 살짜리 계집애가 어디 있겠는가?

"괜찮아질 거야." 그녀는 말했다.

그는 다시 한숨을 쉬었다.

"그랬으면 좋겠네. 그렇지 않다 하더라도 우라지게 재미있는 시간이었어."

"그런 소리하지 마. 남은 멤버들은 모두 괜찮아질 거야. 내가 약속해. 나는 약속을 지키잖아. 이제 뉴햄프셔에 사는 꼬맹이 친구가 뭐라고 하는지 들어 볼까?"

3

로즈가 (식어 가는 커피 잔을 그 옆에 놓고) 큼지막한 플라스틱 빙고 드럼 옆에 놓인 의자에 앉은 지 1분도 안 됐을 때 산장의 유료전화가 20세기 스타일로 귀청이 떨어져라 울려서 그녀를 화들짝 놀라게 만들었다. 그녀는 벨이 두 번 울릴 때까지 기다렸다가 수화기를 들고 가장 나긋나긋한 목소리로 이렇게 말했다.

"안녕, 아가. 내 머릿속으로 들어와서 연락을 하지 그랬어. 그럼 장거리 전화비도 안 들고 좋았을 텐데."

그랬더라면 계집년은 큰코다쳤을 것이다. 아브라 스톤만 덫을 놓을 수 있는 게 아니었다.

284

"내가 당신을 찾아갈 거야."

목소리가 정말이지 어리고 정말이지 생기발랄했다. 로즈는 그 넘치는 생기와 함께 여러 모로 쓰임새가 많은 스팀이 딸려 오겠다는 생각이 들자 풀리지 않은 갈증처럼 욕망이 솟구치는 것이 느껴졌다.

"그러겠다며? 정말로 찾아오려고?"

"내가 가면 당신이 나올 거야? 아니면 잘 훈련시킨 쥐새끼들만 내보낼 거야?"

로즈는 부르르 분노가 치밀었다. 도움이 안 되는 분노였지만 그녀는 절대 아첨형 인간이 아니었다.

"왜 안 나가겠니?"

그녀는 침착하고 살짝 응석을 받아 주는 듯한 목소리를 계속 유지했다. 짜증을 잘 부리는 어린애를 대하는 어머니처럼(혹은 아이를 낳아 본 적 없으니 그런 어머니라면 이러지 않을까 상상한 대로) 그랬다.

"당신은 겁쟁이잖아."

"무슨 근거로 그런 소리를 하는지 궁금하네?" 로즈가 말했다. 그녀는 여전히 침착하고 응석을 받아 주는 듯한 투로 이야기했지만 한 손으로 수화기를 꽉 쥐며 그녀의 귀에 대고 눌렀다. "나를 만난 적도 없으면서."

"만난 적이 왜 없어. 내 머릿속에서, 내가 당신을 꼬리 내리고 도망치게 만들었잖아. 그리고 당신은 아이들을 죽이잖아. 아이들을 죽이는 건 겁쟁이들뿐이야."

어린애한테 변명할 필요 없어. 로즈는 속으로 중얼거렸다. *게다가 얼뜨기잖아.* 하지만 이렇게 말하는 그녀의 목소리가 들렸다.

"너는 우리에 대해서 아무것도 모르잖아. 우리가 어떤 사람들인지, 목숨을 유지하려면 어떻게 해야 하는지."

"당신들은 겁쟁이 부족이야." 계집년이 말했다. "당신들은 자기가 아주 능력이 많고 아주 강력한 줄 알지만, 사실 정말 잘하는 거라고는 남을 잡아먹으면서 오래오래 사는 것밖에 없어. 하이에나랑 비슷하지. 약한 상대를 죽이고 도망치잖아. 겁쟁이들."

경멸하는 아이의 목소리가 로즈의 귀에 신랄하게 꽂혔다.

"아니야!"

"그리고 당신은 으뜸 겁쟁이야. 나를 잡으러 오지도 않잖아, 안 그래? 당신이 그럴 리 없지. 다른 친구들만 보내고."

"제대로 된 대화 나눌 거 아니면……"

"머릿속에 들어 있는 거 훔치겠다고 아이들 죽이는 건 제대로 된 거야? 그건 제대로 된 거냐고, 이 겁쟁이 갈보 할망구야. 당신, 친구들한테 할 일을 맡기고 그 뒤로 숨었지? 내가 보기엔 잘한 짓 같아. 그 친구들 다 죽었잖아."

"이 멍청한 계집년이 알지도 못하면서!" 로즈는 벌떡 일어섰다. 허벅지가 테이블에 부딪치는 바람에 커피가 쏟아져서 빙고 드럼 아래로 흘렀다. 키다리 폴이 부엌 입구에서 고개를 들이밀고 그녀의 얼굴을 한 번 쳐다보더니 물러갔다. "겁쟁이가 누군데? 진짜 겁쟁이가 누군데? 너, 전화로는 그런 소리 지껄여도 내 얼굴을 보면서는 입도 벙긋 못 할 거잖아!"

"내가 찾아갔을 때 몇 명 데리고 나올 거야?" 아브라가 비웃는 투로 말했다. "몇 명 데리고 나올 거냐고, 이 겁쟁이 아줌마야."

로즈는 아무 말도 하지 않았다. 흥분하면 안 된다는 거야 알고 있었지만 학교에서나 쓰는 더러운 말을 함부로 지껄여 대는 얼뜨기를 상대하려니…… 게다가 그녀는 아는 게 너무 많았다. *너무너무* 많았다.

"당신이 감히 일대일로 나랑 만날 수 있을까?" 계집년이 물었다.

"두고 보면 알 거다." 로즈는 내뱉었다.

수화기 너머로 정적이 흐르더니 잠시 후 계집년이 생각에 잠긴 투로 중얼거렸다.

"일대일? 아냐, 설마. 당신 같은 겁쟁이가 설마 그럴 리 없지. 아무리 상대가 어린애라도 말이야. 당신은 사기꾼에 거짓말쟁이야. 가끔 예뻐 보일 때도 있지만 나는 댁의 본모습을 알지. 새가슴 갈보 할망구."

"너…… 너……"

하지만 그녀는 더 이상 아무 말도 할 수 없었다. 머리끝까지 치민 분노에 목이 졸리는 듯했다. 이동 수단이라고는 자전거밖에 모르고 지난주까지만 해도 언제쯤이면 젖가슴이 모기 물린 자국보다 커질까 그 걱정밖에 없었던 어린애한테 그녀가(천하의 모자 쓴 로즈가) 야단을 맞다니 거기에 따른 충격도 있었다.

"하지만 기회를 줄까 봐." 계집년이 말했다. 그렇게 자신만만하고 무모하게 까불거리다니 믿을 수가 없었다. "물론 네가 내 제안을 받아들이면 코가 납작해지겠지만. 나, 다른 사람들은 신경 안 쓸 거야. 이미 죽어 가고 있으니까." 그녀는 진짜로 웃음을 터뜨렸다. "야구하는 아이를 먹다 사레가 들었지? 얼마나 다행이야?"

"날 찾아오면 죽여 버릴 테다." 로즈는 한 손으로 그녀의 목을 움켜쥐고 리드미컬하게 쥐어짰다. 나중에 멍이 들 것이다. "도망치면 내가 찾아내겠어. 내 손에 잡히면 넌 몇 시간 동안 비명을 지르다 죽게 될 거야."

"난 도망치지 않아." 아이가 말했다. "그리고 누가 비명을 지르게 될지는 두고 봐야겠지?"

"*너*는 지원군으로 몇 명을 데리고 올 거니, *아가*?"

"혼자 갈 거야."

"안 믿어."

"내 머릿속을 읽어 봐." 아이가 말했다. "그것도 겁이 나서 못 하겠어?"

로즈는 아무 말도 하지 않았다.

"그러시겠지. 지난번에 그러려고 했다가 어떻게 됐었는지 기억할 테니까. 당신 수법으로 맞받아쳤는데 마음에 안 들었나 봐? 하이에나. 어린이 살인마. *겁쟁이.*"

"나를…… 그런 식으로…… 부르지 마."

"당신이 지금 있는 곳에서 언덕을 올라가면 괜찮은 곳이 있어. 전망대. 세계의 지붕이라고 불리는 곳이야. 내가 인터넷에서 찾았어. 월요일 오후 5시까지 거기로 나와. 혼자서. 혼자 나오지 않으면, 우리가 볼일을 보는 동안 다른 하이에나들이 그 만남의 집에서 빠져나오면 내가 알 수 있어. 그러면 가버릴 거야."

"내가 찾고 말 거야." 로즈는 했던 말을 반복했다.

"과연 그럴 수 있을까?" 아이는 실제로 그녀를 조롱했다.

로즈는 눈을 감고 아이를 떠올렸다. 입안 가득 말벌을 물고 눈에는 뜨거운 막대기가 꽂힌 채로 땅바닥 위에서 온몸을 비트는 아이를 떠올렸다. *나한테 이런 식으로 말하는 사람은 없어. 절대 없어.*

"나를 찾을 수는 있겠지. 그런데 나를 찾았을 때 지원군이 되어 줄 트루 낫이 몇 명이나 남을까? 열댓 명? 열 명? 아니면 기껏해야 서너 명?"

로즈도 이미 그런 생각을 한 적이 있었다. 한 번도 대면한 적 없는 아이가 같은 결론을 내리다니 여러 면에서 거기에 가장 부아가 치밀었다.

"크로가 셰익스피어를 알더라?" 아이가 말했다. "내 손에 죽기 얼마 전에 몇 문장 인용을 하더라고. 나도 조금 알아. 학교에서 셰익스피어 배우는 시간이 있거든. 「로미오와 줄리엣」 그거 하나밖에 안 배웠지만 프랭클린 선생님이 다른 작품에 나오는 유명한 구절을 전부 다 인쇄해서 나누어 주셨어. '죽느냐 사느냐 그것이 문제로다' 아니면 '내 귀에는 그리스어로 들렸다(「줄리어스 시저」에 나오는 구절로 무슨 소리인지 전혀 알 수 없을 때 쓰이는 관용구 — 옮긴이)' 뭐 이런 거. 그런 게 출처가 셰익스피어 작품이라는 거 알았어? 나는 몰랐거든. 재미있지 않아?"

로즈는 아무 말도 하지 않았다.

"셰익스피어 생각은 전혀 안 하네?" 계집년이 말했다. "나를 정말 죽이고 싶다는 생각만 하네? 머릿속을 읽지 않아도 그 정도는 알 수 있겠다."

"내가 너라면 도망칠 거야." 로즈는 상냥하게 말했다. "그 짧은 다리로 최대한 빨리, 최대한 멀리. 그래 봐야 소용없겠지만 그래도 목숨을 조금 연장할 수 있잖아."

계집년은 들은 척도 하지 않았다.

"또 하나 더 있어. 정확하게 기억은 안 나지만 '자기가 설치한 화약에 자기가 날아가다', 대충 이런 구절이었어. (「햄릿」에 나오는 구절로 자기 꾀에 자기가 넘어가다는 뜻이다 — 옮긴이) 당신네 겁쟁이 부족이 지금 그런 상황인 것 같아. 엉뚱한 스팀을 마시는 바람에 화약 옆에서 옴짝달싹도 못하게 됐는데 그 화약이 조만간 터지려고 하잖아." 그녀는 하던 말을 잠깐 멈추었다. "내 말 듣고 있는 거야, 로즈? 아니면 도망갔나?"

"찾아와라, 아가야." 로즈가 말했다. 평정심을 되찾은 목소리였다. "전망대에서 만나고 싶다고 하면 거기로 나갈게. 같이 경치 감상하자, 좋지? 그리고 누가 더 강한지도 보고."

그녀는 계집년이 뭐라고 더 지껄이기 전에 전화를 끊어 버렸다. 성질이 나도 참겠다는 다짐은 지키지 못했지만 그래도 마지막 결정타는 그녀가 날리고 끊었다.

하지만 어쩌면 아닐 수도 있었다. 계집년이 계속 한 말이 홈에 걸린 축음기 음반처럼 그녀의 머릿속에서 끊임없이 재생됐다.

겁쟁이. 겁쟁이. 겁쟁이.

4

아브라는 수화기를 조심스럽게 내려놓았다. 그녀는 수화기를 쳐다보았다. 심지어 손에 계속 쥐고 있느라 뜨끈하고 땀으로 축축해진 플라스틱 표면을 쓰다듬기까지 했다. 그러다 자기도 모르게 목 놓아 울음을 터뜨렸다. 폭풍처럼 그녀를 관통한 흐느낌에 위장이 뒤틀리고 온몸이 흔들렸다. 그녀는 계속 눈물을 흘리며 화장실로 달려가 변기 앞에 무릎을 꿇고 토악질을 했다.

나와 보니 회색 머리가 배배 꼬인 프리먼 씨가 셔츠자락을 늘어뜨리고 양쪽 객실을 연결하는 문가에 서 있었다.

"왜 그래? 주사로 맞은 약 때문에 속이 안 좋니?"

"그런 거 아니에요."

그는 창가로 다가가서 자욱한 안개를 내다보았다.

"그들 때문이냐? 그들이 오고 있어?"

그녀는 잠시 아무 말도 할 수 없었기 때문에 하나로 묶은 머리가 펄럭일 만큼 격하게 고개만 저었다. *그녀가 그들을 찾아가기로 했고 그래서 겁이 났다.*

그리고 자기 걱정만 하느라 겁이 나는 것도 아니었다.

5

로즈는 가만히 앉아서 길고 침착하게 숨을 쉬었다. 다시 진정이 됐을 때 그녀는 키다리 폴을 불렀다. 잠시 후 그가 부엌 입구에 달린 여닫이문 너머로 조심스럽게 고개를 들이밀었다. 그의 표정을 보고 그녀는 입가에 희미한 미소를 지었다.

"괜찮아. 들어와도 돼. 물지 않을게."

그는 안으로 들어와서 쏟아진 커피를 보았다.

"그건 내가 치울게."

"그냥 둬. 남은 멤버들 중에서 누가 위치 추적을 제일 잘하지?"

"너, 로즈." 일말의 망설임도 없었다.

로즈는 얼른 손만 대고 다시 도망치는 식일지라도 계집년의 머릿속으로 접근할 생각이 전혀 없었다.

"나는 빼고."

"음…… 플릭 할아범은 죽었고…… 그리고 배리도 그렇고……."
그는 고민에 잠겼다. "수도 탐지 능력이 좀 있고 욕심꾸러기 G도 마찬가지지만 내가 보기에는 토큰 찰리가 좀 더 나은 것 같아."

"지금 병에 걸렸어?"

"어제까지는 괜찮았어."

"찰리를 보내줘. 커피 닦으면서 기다릴게. 왜냐하면 (이게 중요한 부분인데 말이야, 폴) 어지러운 건 어지럽힌 사람이 치워야 하는 거거든."

그가 떠나자 로즈는 손끝을 탑 모양으로 붙여서 그 위에 턱을 얹고 잠시 그 자리에 앉아 있었다. 머리가 맑아졌고 그와 더불어 계획을 세우는 솜씨도 부활했다. 아무래도 오늘 다 같이 스팀을 먹지는 않는 게 좋을 듯했다. 월요일 아침으로 미루어도 될 것이다.

마침내 그녀는 종이타월을 가지러 조리실로 들어갔다. 그러고는 자기가 쏟은 커피를 치웠다.

6

"댄!" 이번에는 존이었다. "출발해야 해요!"

"알았어요." 그가 말했다. "찬물 좀 얼굴에 끼얹고요."

그는 아브라가 하는 말을 듣고 그녀가 곁에 있기라도 한 것처럼 살짝 고개까지 끄덕여 가며 복도로 나갔다.

(프리먼 씨가 왜 우느냐고 왜 토했느냐고 물어요. 뭐라고 해요?)

(지금 당장은 그냥 거기 도착하면 내가 트럭 좀 빌리고 싶어 한다고만 전해.)

(왜냐하면 우리가 떠나니까, 서쪽으로 가니까요.)

(……음…….)

복잡했지만 그녀는 이해했다. 말로 설명하지 않았는데도 이해했고 말로 설명할 필요도 없었다.

욕실 세면대 옆 칫솔걸이에 랩으로 싼 칫솔이 몇 개 걸려 있었다. 가장 작은 칫솔(랩으로 싸지 않은 것) 손잡이에 무지개 색 글자로 아브라라고 쓰여 있었다. 한쪽 벽에는 사랑이 없는 삶은 열매가 없는 나무와도 같다고 적힌 조그만 액자가 걸려 있었다. 그는 그 액자를 잠시 들여다보며 알코올 중독자 협회 프로그램 중에도 의미가 상통하는 구절이 있는지 떠올려보았다. 생각나는 것이라고는 '오늘 아무도 사랑하지 못한다 하더라도 최소한 아무한테도 상처를 주지 않도록 노력하고 볼 일이다'뿐이었다. 서로 비슷하다고 볼 수 없었다.

그는 찬물을 틀어서 얼굴 위로 몇 번 열심히 끼얹었다. 그런 다음 수건을 집으며 고개를 들었다. 이번에는 액자 속에 루시는 없었다. 잭과 웬디의 아들이자 지금까지 자기가 외동인 줄 알았던 댄 토런스만 있었다.

그의 얼굴이 파리들로 덮여 있었다.

4부

세계의 지붕

18장

서쪽으로

1

댄의 머릿속에 남은 그 토요일의 기억 가운데 보스턴에서 크라운 모텔까지의 여정은 별로 인상적이지 못했다. 존 돌턴의 SUV에 오른 네 사람 모두 거의 말이 없었기 때문이었다. 침묵이 불편하거나 냉랭하지는 않았지만 피곤했다. 생각할 것은 많은데 할 말은 절대 많지 않은 사람들의 침묵이었다. 가장 인상적인 기억은 그들이 목적지에 도착했을 때 펼쳐진 광경이었다.

댄은 여행하는 내내 아브라와 편안해진 방식으로(말과 그림을 반씩 섞어서) 줄곧 연락을 주고받았기 때문에 그녀가 자신들을 기다리고 있을 줄 미리 알았다. 차를 대고 보니 그녀가 빌리의 낡은 트럭 뒷칸에 앉아 있었다. 그들이 보이자 그녀가 벌떡 일어나서 손을 흔들었다. 바로 그 순간, 점점 엷어져 가던 구름이 갈라지면서 한줄기 햇살이 그녀를 비추었다. 마치 하느님이 그녀와 하이파이브를 하는 듯한 광경이었다.

루시가 비명이라고 볼 수 없는 탄성을 터뜨렸다. 그녀는 존이 차를 완전히 세우기도 전에 안전벨트를 풀고 차 문을 열었다. 5초 뒤에 그녀는 딸을 품에 안고 딸의 정수리에 입을 맞추었다. 아브라의 얼굴이 그녀의 젖가슴에 묻혀서 짜부라졌기 때문에 그 수밖에 없었다. 이제는 태양이 두 사람을 스포트라이트처럼 비추었다.

모녀의 재회로군. 댄은 생각했다. 그의 입가에 떠오른 미소가 낯설게 느껴졌다. 오랜만에 짓는 미소였다.

2

루시와 데이비드는 아브라를 데리고 뉴햄프셔로 돌아가고 싶어 했다. 댄은 그래도 상관없었지만 이제 여섯 명이 한자리에 모였으니 대화를 나누어야 했다. 말총머리를 한 뚱보가 다시 카운터를 지키고 있었는데, 오늘은 포르노 대신 케이지 격투 경기를 보고 있었다. 그는 기꺼이 24호실을 다시 내주었다. 그들이 거기서 밤을 보내건 말건 아무 관심도 보이지 않았다. 빌리가 크라운빌에 가서 피자를 사가지고 왔다. 잠시 후 그들은 자리를 잡고 앉았고, 댄과 아브라는 번갈아 가며 지금까지 있었던 모든 일과 앞으로 벌어질 모든 일에 대해 다른 이들에게 이야기해 주었다. 그들이 바라는 대로 진행됐을 때 앞으로 벌어질 모든 일에 대해.

"안 돼요." 루시가 당장 말했다. "너무 위험해요. 두 사람 다."

존은 음울한 얼굴로 씩 웃었다.

"무엇보다 위험한 판단은 뭔가 하면…… *이것들*을 무시하는 거예요. 로즈가 그러잖아요. 아브라가 찾아오지 않으면 자기가 찾아오겠다고."

"그 여자는 뭐랄까, 이 아이한테 집착합니다." 빌리가 말하면서 페퍼로니 앤드 머슈룸 피자를 한 조각 집었다. "제정신이 아닌 사람들이 그런 증상을 많이 보이죠. 「닥터 필」 프로그램을 보기만 해도 알 수 있다시피."

루시는 나무라는 눈빛으로 딸을 똑바로 쳐다보았다.

"네가 자극한 거잖아. 그게 얼마나 위험한 짓인지 아니? 하지만 그 여자도 흥분이 가라앉으면……"

그녀는 말허리를 자르는 사람이 없는데도 말꼬리를 흐렸다. 글쎄올시다, 하고 댄은 생각했다. 막상 말을 하고 보니 얼마나 설득력이 없는지 그녀도 느낀 것이었다.

"그들은 포기하지 않을 거예요, 엄마." 아브라가 말했다. "그 여자는 포기하지 않을 거예요."

"아브라는 충분히 안전할 거예요." 댄이 말했다. "바퀴가 있어요. 그보다 더 그럴듯하게 설명할 방법이 없네. 일이 잘못되면(일이 틀어지면) 아브라가 그 바퀴를 돌려서 도망치면 돼요. 거기서 빠져나오면 돼요. 아브라도 그러겠다고 약속했어요."

"맞아요." 아브라가 말했다. "약속했어요."

댄은 날카로운 눈빛으로 아브라를 똑바로 쳐다보았다.

"그리고 그 약속 지킬 거지?"

"네." 아브라가 대답했다. 마지못한 기미가 분명히 느껴지기는 했지만 그래도 딱 부러지게 말했다. "지킬게요."

"그리고 그 아이들도 생각해야죠." 존이 말했다. "이 트루 낫이 그동안 몇 명을 잡아갔을지 절대 알 방법이 없을 거예요. 아마 수백 명은 될걸요?"

댄이 생각하기에 그들이 아브라가 추측하는 것만큼 오래 살았다면 수백 명이 아니라 수천 명도 될 수 있었다. 그가 말했다.

"아브라는 건드리지 않는다 하더라도 앞으로 몇 명이나 더 잡아가겠어요?"

"그들이 홍역으로 전멸하면 얘기가 달라지죠." 데이브가 희망 어린 목소리로 말했다. 그러면서 존을 돌아보았다. "정말로 그럴 수도 있다면서요."

"그들은 저를 통해서 홍역을 치료할 수 있다고 생각하기 때문에 저를 잡으려는 거예요." 아브라가 말했다. "얼빵 없음."

"예쁜 말 씁시다, 아가씨." 루시는 이렇게 말했지만 멍한 목소리였다. 그녀는 마지막 남은 피자 한 조각을 집어들어서 쳐다보다 다시 내려놓았다. "다른 아이들은 관심 없어요. 내 관심사는 오로지 아브라예요. 내 말이 얼마나 소름 끼치게 들릴지 나도 알지만 진심이에요."

"《애니스턴 쇼퍼》에 실린 그 손톱만 한 사진들을 보면 엄마도 생각이 달라질 거예요." 아브라가 말했다. "그게 내 머릿속에서 떠나질 않아요. 가끔은 꿈에서도 나타나요."

"이 정신 나간 여자가 지능이라는 게 있다면 아브라가 혼자 올 리 없다는 걸 알고도 남을 거예요." 데이브가 말했다. "아브라가 어떻게 하겠어요? 덴버까지 비행기를 타고 가서 차를 빌리겠어요? 열세 살짜리가?" 그는 그러더니 살짝 우스꽝스러운 표정으로 자기 딸을 쳐다보았다. "얼빵 없음."

댄이 말했다.

"로즈는 클라우드 갭에서 있었던 일을 통해 아브라한테 친구가 있다는 걸 이미 알아요. 하지만 샤이닝 능력자가 한 명 이상이라는 건 모르죠." 그는 확인차 아브라를 쳐다보았다. 그녀는 고개를 끄덕였다. "내 얘기를 들어 봐요, 루시. 그리고 데이브. 아브라와 내가 힘을 합하면 이걸 없앨 수 있어요." 그는 적당한 단어를 고민하다 하나밖에 없다는 결론을 내렸다. "이 역병을요. 우리 둘 중 한 명의 힘으로는……" 그는 고개를 저었다.

"게다가……" 아브라가 말했다. "엄마, 아빠는 사실상 저를 막을 수 없어요. 저를 방 안에 가둘 수는 있을지 몰라도 제 머리까지 잠글 수는 없잖아요."

루시가 무시무시한 눈빛으로 그녀를 노려보았다. 엄마들이 반항하는 어린 딸한테 쓰는 용도로 아껴 두는 눈빛이었다. 아브라가 화가 머리끝까지 난 상태였더라도 평소에는 늘 효과가 있었는데 이번만큼은 아니었다. 그녀는 차분하게 어머니를 마주 보았다. 그 눈빛에 담긴 슬픔을 접하고 루시의 심장은 얼어붙었다.

데이브가 루시의 손을 잡았다.

"어쩔 수 없는 일인 것 같아."

방 안에 정적이 흘렀다. 그 정적을 깬 사람은 아브라였다.

"마지막 한 조각 아무도 안 드실 거면 제가 먹을게요. 배고파서 죽겠거든요."

3

그들은 계획을 몇 번씩 점검했고 두세 군데에서 언성이 높아지기는 했지만 기본적으로 모든 의논을 마쳤다. 그런데 다 같이 객실을 나섰을 때 한 가지를 빠뜨린 것으로 밝혀졌다. 빌리가 존의 서버번에 타지 않겠다고 거부한 것이다.

"나도 갈 거야." 그가 댄에게 말했다.

"빌리, 마음은 고맙지만 좋은 생각이 못 돼요."

"내 트럭이니까 내 맘이야. 게다가 월요일 오후까지 콜로라도 고지대에 도착해야 하는데 혼자 운전해서 가겠다고? 웃기지 마. 꼬챙이에 얹은 똥 같은 얼굴을 하고서는."

댄이 말했다.

"요 며칠 동안 여럿이 그런 소리를 했지만 그렇게 우아하게 표현한 사람은 아저씨가 처음이네요."

빌리는 웃지 않았다.

"내가 도움이 될 수 있어. 내 비록 늙었지만 죽지는 않았다고."

"같이 가세요." 아브라가 말했다. "할아버지 말씀이 맞아요."

댄은 그녀를 유심히 들여다보았다.

(뭔가 아는 게 있는 거니, 아브라?)

그녀의 대답은 신속했다.

(아뇨. 그냥 느낌상 그런 거예요.)

그렇다면 정말 다행이었다. 그가 팔을 벌리자 아브라가 그의 가슴
에 뺨을 대고 힘껏 끌어안았다. 댄은 한참 동안 그렇게 그녀를 안고
있을 수도 있었지만 손을 놓고 뒤로 물러섰다.

(가까이 오면 알려 줘. 댄 아저씨 제가 가요, 하고.)

(살짝 건드릴게요. 기억하죠.)

그녀는 말 대신 이미지를 보냈다. 배터리를 갈 때가 됐다고 삑삑
거리는 화재 탐지기였다. 그녀는 완벽하게 기억하고 있었다.

차를 세워 둔 곳으로 걸어가면서 아브라가 자기 아버지에게 말했다.

"가는 길에 잠깐 들러서 몸조리 잘하라는 카드 사야 해요. 줄리 크
로스가 어제 축구 연습하다 손목이 부러졌거든요."

그는 그녀를 쳐다보며 미간을 찌푸렸다.

"그걸 어떻게 알았니?"

"그냥 알아요." 그녀가 대답했다.

그는 묶은 그녀의 머리카락을 한 올 살짝 잡아당겼다.

"그동안 죽 그런 능력이 있었던 거지? 왜 우리한테 말을 안 했는
지 이해가 안 된다, 아바-두."

샤이닝과 더불어 자란 댄은 대신 대답할 수 있었다.

가끔은 부모님도 보호해야 할 때가 있기 때문이었다.

4

그렇게 그들은 헤어졌다. 존의 SUV는 동쪽으로 출발했고 빌리의 픽업트럭은 빌리의 운전 아래 서쪽으로 출발했다.

"정말 운전해도 괜찮겠어요, 빌리?" 댄이 말했다.

"간밤에 그렇게 자고 일어났는데? 어이, 캘리포니아까지도 운전할 수 있겠어."

"어디로 가면 되는지 알아요?"

"피자 나오기 기다리는 동안 시내에서 지도 사놨어."

"그럼 그때 이미 작정한 거였군요. 아브라하고 제가 어떻게 할 계획인지 알아차리고서요."

"뭐…… 대충."

"저한테 운전대 맡겨야겠다 싶으면 소리 지르세요." 댄은 그 말을 끝으로 조수석 창문에 머리를 대고 바로 잠이 들었다. 그러고는 점점 더 깊어져만 가는 불쾌한 장면들 속으로 빠져들었다. 맨 처음에는 다른 데를 보고 있으면 움직였던 오버룩의 동물 모양 생울타리가 나왔다. 그 뒤를 이어서 217호실의 메이시 부인이 삐딱한 실크해트를 쓰고 등장했다. 조금 더 내려가자 클라우드 갭의 교전이 다시 펼쳐졌다. 그런데 이번에는 위니바고 안으로 들이닥쳐 보니 목이 베인 아브라가 바닥에 쓰러져 있고, 로즈가 핏방울이 뚝뚝 떨어지는 면도칼을 들고 서 있었다. 로즈가 댄을 보고 얼굴 아래쪽 절반을 벌리며 흉측한 미소를 짓자 기다란 이 하나가 번뜩였다. *내가 이렇게 될 거라고 했는데 얘가 말을 안 듣더라고.* 그녀가 말했다. *아이들이 거의*

그렇잖아.

그 아래는 오직 어둠뿐이었다.

눈을 떠 보니 땅거미가 깔렸고 하얀 줄 하나가 그 한가운데를 가르고 있었다. 그들은 주간 고속도로를 달리고 있었다.

"내가 얼마나 잔 거예요?"

빌리는 손목시계를 흘끗 확인했다.

"꽤 잤지. 몸 좀 괜찮아졌나?"

"네." 사실은 그렇기도 하고 그렇지 않기도 했다. 머리는 맑았지만 뱃속은 미친 듯이 아팠다. 그날 새벽에 거울로 확인한 장면을 감안했을 때 놀랄 일도 아니었다. "여기 어디예요?"

"신시내티 동쪽으로 대충 230킬로미터 지점. 자네, 주유소에서 기름을 두 번 채우도록 잤어. 코까지 골면서."

댄은 벌떡 일어나 앉았다.

"오하이오라고요? 맙소사! 지금 몇 신데요?"

빌리는 손목시계를 흘끗 확인했다.

"6시 15분. 별것 아니야. 차도 없고 비도 안 왔거든. 천사가 이 차에 타고 있나 봐."

"그래도 모텔 찾아봐요. 아저씨는 좀 주무시고 저는 시원하게 볼일 좀 보게요."

"그럴 만도 하겠지."

빌리는 주유소, 식당, 모텔 표시판이 달린 다음 번 출구로 빠져나갔다. 그가 웬디스 앞에 차를 세우고 햄버거를 사는 동안 댄은 화장실에 다녀왔다. 다시 트럭으로 돌아갔을 때 댄은 더블 버거를 한입 먹은 뒤 봉투 안에 넣고 조심스럽게 커피 밀크셰이크를 한 모금 마셨다. 그건 속에서 거부 반응을 일으키지 않는 듯했다.

빌리는 깜짝 놀란 듯했다.

"어이, 좀 먹어야지! 왜 그래?"

"아침으로 피자를 먹은 게 안 좋았나 봐요." 그런데도 빌리는 계속 그를 쳐다보았다. "셰이크는 괜찮아요. 그것만 있으면 돼요. 앞을 보세요, 빌리. 응급실에 실려 가면 아브라를 도울 수 없잖아요."

5분 뒤에 빌리는 문에 달린 빈 방 있음 네온사인이 깜빡이는 페이필드 인의 차양 아래에 트럭을 세웠다. 그는 시동을 껐지만 차에서 내리지는 않았다.

"내가 자네한테 목숨을 건 이상 어디가 아픈 건지 알아야겠어."

댄은 하마터면 자청해서 목숨을 건 거 아니냐고 짚고 넘어갈 뻔했지만 그러면 안 되는 거였다. 그는 설명했다. 빌리는 눈을 휘둥그레 뜨고 아무 말 없이 들었다.

"예수님도 미치고 펄쩍 뛸 일이네."

댄의 이야기가 끝나자 그가 말했다.

"제가 못 보고 지나간 건지 모르겠지만……" 댄이 말했다. "신약에는 예수님이 펄쩍 뛰었다는 부분은 없는데요. 어렸을 때는 그랬을 수도 있겠지만요. 어렸을 때는 대부분 그러니까. 아저씨가 체크인하실래요 아니면 제가 할까요?"

빌리는 그 자리에 가만히 앉아 있었다.

"아브라도 아나?"

댄은 고개를 저었다.

306

"하지만 알아낼 수 있겠지."

"알아낼 수는 있지만 그러지 않을 거예요. 다른 사람도 아니고 아끼는 사람의 머릿속을 함부로 들여다보는 건 실례라는 걸 아니까요. 부모님이 사랑을 나눌 때 염탐하지 않듯이 남의 머릿속을 함부로 들여다보지도 않을 거예요."

"자네 어렸을 때 경험에서 터득한 건가?"

"네. 가끔 살짝 보일 때도 있지만(어쩔 수 없이요.) 얼른 고개를 돌려 버리죠."

"자네, 괜찮겠지?"

"당분간은요." 그는 그의 입술과 뺨과 이마 위에서 꾸물거리던 파리들을 생각했다. "시간은 충분해요."

"그 이후에는?"

"나중 일은 나중에 걱정할래요. 지금은 지금 일만. 체크인해요. 내일 아침에 일찍 출발해야 하잖아요."

"아브라한테서는 연락 있었어?"

댄은 미소를 지었다.

"별일 없어요."

아직까지는요.

5

하지만 사실은 그렇지가 않았다.

그녀는 안을 들여다보는 누군가와 맞닥뜨리지 않도록 창밖을 애써 외면하며, 반쯤 읽은 『수선공』을 손에 들고 책상 앞에 앉아 있었다. 그녀는 댄에게 무슨 문제가 생겼다는 것을 알았고 댄은 그게 무슨 문제인지 그녀가 몰랐으면 한다는 것도 알았지만, 오랜 세월 동안 어른들의 사적인 문제에는 간섭하지 않는 훈련을 쌓았음에도 불구하고 들여다보고 싶은 유혹을 느꼈다. 그런데도 망설이는 이유는 두 가지였다. 첫째는 좋든 싫든 간에 지금 당장은 그를 도울 수 없기 때문이었다. 둘째는 (이쪽이 더 큰 이유였다.) 그의 머릿속으로 들어가면 그가 알아차릴 수도 있기 때문이었다. 만약 그가 알아차리기라도 했다가는 그녀에게 실망할 것이다.

게다가 자물쇠를 채워 놨을 수도 있어. 그녀는 생각했다. *아저씨라면 그럴 수 있어. 제법 강력하니까.*

하지만 그녀만큼 강력하지는 않았다. 아니…… 샤이닝의 관점에서 이야기하자면 그녀만큼 밝지는 않았다고 해야 할까? 그녀는 그의 머릿속에 든 상자를 열고 안을 들여다볼 수 있었지만 자칫 그랬다가는 두 사람 모두 위험해질 수도 있다는 생각이 들었다. 구체적인 이유가 있다기보다 그냥 예감이었지만(프리먼 씨가 댄 아저씨를 따라가는 게 좋겠다고 생각했던 것처럼.) 그녀는 그 예감을 믿었다. 게다가 그녀의 예감이 그들에게 도움이 될 수도 있었다. 바라건대 그럴 수 있었다. *진실된 희망은 빠르고 제비 날개를 타고 날아간다.* 이것도 셰익스피어의 작품에 나오는 구절이었다.

창문 쪽은 보지 마. 절대 보지 마.

안 돼. 절대. 무슨 일이 있어도. 그녀가 창문 쪽으로 고개를 돌리자 로즈가 삐딱하게 걸친 모자 아래에서 그녀를 향해 씩 웃고 있었다. 나부끼는 머리와 도자기처럼 창백한 피부, 강렬한 까만 눈, 도톰하고 빨간 입술로 그 뻐드렁니를 가리고 있었다. 그 엄니를 가리고 있었다.

너는 비명을 지르면서 죽게 될 거야, 계집년아.

아브라는 눈을 감고 열심히 생각하다

저기 없다. 저기 없다. 저기 없다.

다시 눈을 떴다. 창문 앞에서 웃던 얼굴은 사라졌다. 하지만 정말로 사라진 건 아니었다. 높은 산 속 어딘가에서(세계의 지붕에서) 로즈가 그녀를 생각하고 있었다. 그녀를 기다리고 있었다.

6

모텔에 조식 뷔페가 있었다. 동행이 지켜보고 있었기에 댄은 시리얼과 요거트를 열심히 먹었다. 빌리는 안심하는 눈치였다. 그가 체크아웃을 하러 가자 댄은 로비의 남자화장실로 갔다. 안으로 들어가서 문을 잠근 다음 무릎을 꿇고 앉아서 먹은 것을 전부 다 게워 냈다. 소화되지 않은 시리얼과 요거트가 시뻘건 거품으로 물 위에 떴다.

"괜찮아?" 댄이 프런트데스크로 다가가자 빌리가 물었다.

"네." 댄이 말했다. "출발하죠."

빌리의 지도에 따르면 신시내티에서 덴버까지는 약 1930킬로미터였다. 거기에서 사이드와인더까지 가려면 급커브와 가파른 낭떠러지로 이루어진 도로를 서쪽으로 약 120킬로미터 더 달려야 했다. 댄은 일요일 오후에 잠깐 운전을 해보려고 했지만 금세 나가떨어져서 운전대를 다시 빌리에게 넘겼다. 그가 잠이 들었다 깨어 보니 해가 지고 있었다. 그들은 아이오와를 달리고 있었다. 죽은 브래드 트레버의 고향이었다.

(아브라?)

거리가 멀어지면 정신적인 대화가 어렵거나 불가능하지 않을까 걱정했던 게 무색하게 그녀는 당장 여느 때와 다름없이 강한 신호를 보냈다. 만약 라디오 방송국에 비유하자면 송출 전력이 10만 와트인 방송국이었다. 그녀는 자기 방에서 숙제인가 뭔가를 하느라 컴퓨터를 두드리고 있었다. 토끼 인형 호피를 무릎에 놓고 있다는 것을 알았을 때 그는 재미있기도 하고 슬프기도 했다. 그들이 벌이고 있는 일에 대한 압박감 때문에 적어도 정신적인 측면에서는 어린아이로 퇴행한 것이다.

두 사람을 연결하는 선이 뻥 뚫리자 아브라는 댄의 심정을 알아차렸다.

(제 걱정은 마세요. 괜찮아요.)

(다행이다. 왜냐하면 네가 전화를 걸어 주어야 할 데가 있거든.)

(네, 알았어요. 아저씨는 괜찮으세요?)

(응.)

그녀는 아니라는 걸 알았지만 캐묻지 않았고 그야말로 그가 바라던 바였다.

(그거 구하셨어요?)

그녀가 그림을 그렸다.

(아니, 아직 일요일이라서 가게들이 문을 닫았어.)

또 다른 그림에 그는 미소가 지어졌다. 월마트인데…… 앞에 달린 간판은 아브라의 슈퍼스토어였다.

(우리가 원하는 물건 안 팔겠다고 하면 다른 상점가서 살 거야.)

(그래요. 그러면 되겠죠.)

(그녀한테 뭐라고 하면 되는지 알지?)

(네.)

(그녀가 통화를 질질 끌려고 할 거야. 기웃거리려고 걸려들면 안 돼.)

(알았어요.)

(끝나면 연락해 줘. 걱정하지 않게.)

물론 그래도 무진장 걱정하겠지만.

(그럴게요. 사랑해요, 댄 아저씨.)

(나도 사랑한다.)

그는 키스를 날렸다. 아브라도 큼지막하고 빨간 만화식 입술로 화답했다. 그의 뺨에 닿는 그 입술의 감촉을 거의 느낄 수 있었다. 그리고 잠시 후 그녀는 사라졌다.

빌리가 그를 쳐다보고 있었다.

"그 아이랑 얘기하고 있었지?"

"맞아요. 앞을 보세요, 빌리."

"알았어, 알았어. 꼭 이혼한 마누라 같은 소리만 하는구먼."

빌리는 깜빡이를 켜고 1차로로 차로를 바꿔서 플릿우드 페이스 애로 캠핑카를 추월했다. 댄은 캠핑카를 보며 그 안에 누가 타고 있을지, 그들도 선팅한 차창 너머로 밖을 쳐다보고 있을지 궁금해했다.

"160킬로미터쯤 더 가서 숙소를 잡자고." 빌리가 말했다. "내일 가야 할 거리를 계산해 보니까 그래야 한 시간 정도 자네 볼일을 처리하고 자네와 아브라가 잡아 놓은 최후 결전의 시간에 늦지 않게 산 속에 도착할 수 있겠어. 하지만 날이 밝기 전에 출발해야 해."

"좋아요. 어떤 식으로 진행될 건지 이해하신 거죠?"

"어떤 식으로 진행되어야 *하는지* 아는 거지." 빌리는 그를 흘끗 훔쳐보았다. "저들에게 쌍안경이 있더라도 쓰지 않길 기도해야겠지. 우리가 살아서 돌아올 수 있을 거라고 생각하나? 솔직히 대답해 줘. 아니라고 하면 오늘 밤 묵는 데서 저녁으로 자네가 지금껏 본 적 없을 만큼 큼지막한 스테이크를 주문할 거야. 마스터카드사에서 마지막 카드값을 받아 내려고 내 친척들이 어디 사는지 조회하겠지. 그런데 나는 친척이 없거든. 이혼한 마누라밖에 없는데 그 여자는 내가 불길에 휩싸여 있어도 불을 끄겠답시고 오줌도 누지 않을 인간이야."

"살아 돌아올 거예요."

댄은 말했지만 목소리에 힘이 없었다. 속이 안 좋아서 연극을 할 기운조차 없었다.

"그래? 그래도 저녁으로 큼지막한 스테이크 먹어야지. 자네는?"

"수프는 조금 넘길 수 있을 것 같아요. 맑은 수프면."

먹으면서 신문을 처음부터 끝까지 읽을 수 있을 만큼 걸쭉한 수프
(토마토 비스크, 양송이 크림 수프)는 상상만 해도 속이 뒤틀렸다.

"좋아. 다시 눈 좀 붙이지그래?"

댄은 아무리 피곤하고 아무리 속이 안 좋아도(아브라가 여자의 형상
을 한 끔찍하고 오래된 괴물과 싸우고 있는 한) 숙면을 취하지 못할 것임
을 알았지만 그래도 꾸벅꾸벅 졸았다. 선잠이었지만 꿈을 키울 만한
정도는 돼서 맨 처음에는 오버룩(오늘은 한밤중에 혼자 움직이는 엘리베
이터가 있었다.)이, 그 다음에는 그의 조카가 꿈속에 등장했다. 이번에
는 아브라가 전깃줄로 목 졸려 죽었다. 불룩 튀어나온 그녀의 두 눈
이 비난하듯 댄을 빤히 쳐다보았다. 그 눈빛에 담긴 의미는 쉽게 알
아차릴 수 있었다. *나를 도와주겠다고 했잖아요. 나를 구해 주겠다*
고 했잖아요. 그런데 어디 있었어요?

8

아브라는 해야 할 일을 계속 미루다 이제 그만 자라고 어머니한테
들볶일 시간이 코앞으로 닥쳤음을 깨달았다. 내일은 학교에 가지 않
지만 엄청난 하루가 될 것이다. 그리고 아마도 긴 밤이 될 것이다.

해야 할 일을 미루면 점점 더 하기가 싫어진단다, 카라 미아(영
어권에서 사랑하는 사람을 부를 때 쓰는 'my dear'에 해당되는 이탈리아
어 ─ 옮긴이).

모모에게 그것은 절대 진리였다. 아브라는 창밖을 내다보며 로즈

대신 증조할머니를 볼 수 있었으면 좋겠다고 생각했다. 그러면 좋을 텐데.

"바보, 완전 겁에 질렸네."

하지만 그녀는 두 번 길고 침착하게 숨을 쉰 다음 아이폰을 집어서 블루벨 캠핑장의 오버룩 산장 번호를 눌렀다. 어떤 남자가 받았고, 아브라가 로즈를 바꿔 달라고 하자 누구냐고 물었다.

"내가 누군지 알잖아." 그녀는 말했다. 그런 다음 (짜증나게 꼬치꼬치 캐묻는 것처럼 들리길 바라며) 물었다. "아저씨는 병에 안 걸렸어?"

상대편 남자(투데이 슬림이었다.)는 아무 대답도 없었지만 누군가에게 중얼거리는 소리가 들렸다. 잠시 후 다시금 평정심을 찾은 로즈가 전화를 받았다.

"안녕, 아가. 어디니?"

"가는 중이야." 아브라가 대답했다.

"정말? 좋았어. 그럼 *69번으로 조회해도 뉴햄프셔 지역번호 안 뜨겠네?"

"당연히 뉴햄프셔 지역번호가 뜨지." 아브라가 말했다. "내 휴대전화로 걸고 있으니까. 21세기에 적응 좀 하셔야겠어, 아줌마."

"원하는 게 뭐야?" 로즈의 말투가 퉁명스러워졌다.

"아줌마가 규칙을 제대로 알고 있는지 확인하려고." 아브라가 말했다. "내일 5시까지 갈 거야. 빨간색 낡은 트럭을 타고."

"누가 운전하는데?"

"빌리 삼촌이." 아브라가 말했다.

"매복 공격을 감행했던 일행 중 한 명인가?"

"나랑 크로랑 같이 있었던 사람이야. 이제 질문은 그만. 입 다물고 듣기나 해."

"버릇없기도 하지." 로즈가 슬픈 목소리로 말했다.

"삼촌이 주차장 입구에 차를 댈 거야. 콜로라도 프로팀이 이기면 어린 이들에게 무료 식사를 제공합니다라고 적힌 광고판 옆에."

"진짜로 우리 홈페이지를 다녀간 모양이네? 고마워라. 아니면 네 삼촌이 다녀갔나? 운전사를 자청하다니 용감하기도 하지. 친삼촌이 야 외삼촌이야? 얼뜨기들 가족 관계를 파악하는 게 내 취미야. 내가 족보를 만들거든."

기웃거리려고 할 거야. 댄이 그러더니 정말 예상 적중이었다.

"입 다물고 듣기나 하랬더니 무슨 뜻으로 알아들은 거야? 만날 거 야, 안 만날 거야?"

아무 대답 없이 기다림의 정적만 흘렀다. 섬뜩한 기다림의 정적만 흘렀다.

"주차장에 있으면 전부 다 보이겠지. 캠핑장, 산장, 언덕 꼭대기에 있는 세계의 지붕까지. 삼촌하고 내가 확인했을 때 당신은 그 위에 있고 다른 트루 낫은 *어디에도* 없어야 해. 우리가 볼일을 보는 동안 그들은 그 회관 비슷한 데 있어야 해. 그 큰 방 말이야, 알지? 그들이 다른 데 있어도 빌리 삼촌은 모르겠지만 나는 알 수 있어. 한 명이라 도 다른 데 있는 게 들통 나면 가버릴 거야."

"네 삼촌은 트럭에 그냥 있을 거고?"

"아니. 확인이 끝날 때까지 *내가* 트럭에 있을 거야. 삼촌이 돌아오 면 내가 당신을 만나러 갈 거고. 삼촌은 아줌마 근처에 안 갔으면 하거든."

"알았어, 아가야. 네가 말한 대로 할게."

아니, 그러지 않을 거잖아. 거짓말.

하지만 아브라도 마찬가지였기에 어찌 보면 피장파장이었다.

"한 가지 정말 중요한 질문이 있는데, 아가야."

로즈가 명랑한 목소리로 말했다.

아브라는 하마터면 뭐냐고 물을 뻔했지만 삼촌의 충고가 생각났다. *진짜* 삼촌의 충고가 생각났다. 질문이라, 좋지. 하지만 한 개가 두 개가 될 테고…… 두 개가 세 개가 될 테고…… 세 개가 네 개가 될 테고.

"됐어."

그녀는 이렇게 말하고 전화를 끊었다. 손이 부들부들 떨리기 시작했다. 이윽고 다리와 팔과 어깨도 떨리기 시작했다.

"아브라?" 엄마가 계단 입구에서 부르는 소리였다. *엄마도 느낀 거야. 아주 조금이지만 느낀 거야. 엄마라서 그런 걸까 아니면 샤이닝일까?* "얘, 아무 일 없는 거지?"

"네, 엄마! 잘 준비하고 있어요!"

"10분 뒤에 올라가서 굿나잇 뽀뽀해 줄게. 잠옷 갈아입고 기다려."

"네."

내가 방금 전에 누구랑 통화했는지 엄마, 아빠가 알아차렸다면 어떤 반응을 보였을까. 아브라는 이런 생각이 들었다. *하지만 그들은 몰랐다. 뭐가 어떻게 되고 있는지 안다고 착각만 했다.* 아브라가 자기 방에 있고 집 안의 모든 문과 창문을 잠갔으니 안전하다고 생각

했다. 심지어 교전에 나선 트루 낫을 본 적 있는 아버지조차.

하지만 댄은 알았다. 그녀는 눈을 감고 그에게 연락했다.

9

댄과 빌리는 또 다른 모텔의 차양 아래에서 기다리고 있었다. 그
런데 아브라에게서 아무 소식이 없었다. 조짐이 안 좋았다.

"자, 자, 대장님." 빌리가 말했다. "안에 들어가서……"

바로 그때 그녀가 등장했다. 하느님 감사합니다.

"쉿, 잠깐만요."

댄이 말하고 귀를 기울였다. 2분 뒤에 그가 빌리를 돌아보았다. 빌
리는 미소 지은 그의 얼굴을 보며 마침내 다시 댄 토런스로 돌아갔
구나, 하는 생각을 했다.

"아브라였어?"

"네."

"어떻게 됐대?"

"아브라 말로는 잘 끝났대요. 만반의 준비가 끝난 거예요."

"나에 대한 질문은 없었고?"

"친삼촌인지 외삼촌인지, 그것만 궁금해하더래요. 그나저나 빌리,
삼촌 어쩌고는 실수인 것 같아요. 루시나 데이비드의 형이라고 하기
에는 아저씨 나이가 *너무* 많잖아요. 내일 볼일을 보러 갈 때 선글라
스를 사야겠어요. 큼지막한 걸로. 그리고 아저씨 야구 모자를 귀까

지 푹 눌러쓰세요. 머리카락이 보이지 않게."

"말이 나온 김에 염색약을 살까 봐."

"오버하지 마세요, 시원찮은 영감님."

그 소리를 듣고 빌리는 씩 웃었다.

"체크인하고 요기를 하자고. 자네, 안색이 좋아졌어. 그 정도면 뭘 좀 먹을 수 있을 것 같은데."

"수프요." 댄이 말했다. "더 이상 과욕을 부리지 않겠어요."

"수프. 그래."

그는 수프 한 접시를 비웠다. 천천히. 그러고는 (24시간 안으로 이렇게든 저렇게든 끝날 거라는 생각을 하며) 게우지 않고 참았다. 그들은 빌리의 객실에서 저녁을 먹었다. 식사가 드디어 끝났을 때 댄은 카펫 위에 대자로 뻗었다. 그러자 아픈 속이 조금 달래졌다.

"뭐하는 거야?" 빌리가 물었다. "그 요기 뭔가 하는 걸 흉내 내는 건가?"

"정답. 먹보 곰 요기 베어 만화를 보고 배웠어요. 이제 내 앞에서 다시 한 번 순서를 외워 보세요."

"알겠습니다, 대장님. 걱정 마세요. 자네 점점 케이시 킹슬리랑 비슷해지고 있어."

"무슨 그런 끔찍한 말씀을. 자, 다시 한 번 외워 보세요."

"아브라가 덴버 주변에서 신호를 보내기 시작한다. 그들 중에 귀가 밝은 사람이 있으면 아브라가 오고 있다는 걸 알게 될 것이다. 그녀가 근처에 있다는 걸. 우리는 일찌감치 사이드와인더에 도착해서 (이를테면 5시가 아니라 4시쯤) 캠핑장으로 직행한다. 그들은 트럭을 보지 못할 것이다. 고속도로 옆에 보초를 세워 놓지 않는 한."

"보초를 세워 놓을 것 같지는 않아요." 댄은 알코올 중독자 협회의 또 다른 잠언을 떠올렸다. *우리는 사람, 공간, 사물을 좌우할 아무 힘도 없다.* 알코올 중독자들이 애용하는 다른 명언들과 마찬가지로 이것 역시 70퍼센트는 사실이고 30퍼센트는 빤한 헛소리였다. "아무튼 우리가 모든 걸 통제할 수 없는 건 사실이죠. 계속하세요."

"그 길을 1.5킬로미터쯤 달리면 피크닉장이 있다. 겨울 동안 폭설로 발이 묶이기 전에 자네와 엄마가 몇 번 갔던 곳." 빌리는 말을 하다 말고 멈추었다. "엄마하고 자네하고 둘이서만 간 건가? 아빠는 간 적 없고?"

"아빠는 글을 쓰셨어요. 각본. 계속하세요."

빌리는 이야기를 계속했다. 댄은 귀 기울여 듣고 나서 고개를 끄덕였다.

"좋아요. 제대로 알고 계시네요."

"내가 그렇다고 했잖아. 이제 뭐 하나만 물어봐도 될까?"

"그럼요."

"내일 오후에 자네가 1.5킬로미터를 걸어갈 수 있겠어?"

"걸어갈 수 있을 거예요."

그래야 해요.

아침 일찍 출발한 덕분에(새벽 4시, 동이 트기도 한참 전에) 댄 토런 스와 빌리 프리먼은 오전 9시 직후부터 지평선 위로 넓게 퍼진 구름 을 볼 수 있었다. 그 뒤로 한 시간이 지나서 청회색 구름이 산줄기 속으로 녹아들었을 무렵, 그들은 콜로라도 주 마튼빌에 차를 세웠 다. 짤막한 (그리고 인적이 거의 없는) 그곳의 중심가에서 댄은 찾던 게 아니라 그보다 더 훌륭한 물건을 발견했다. 키즈 스터프라는 아동복 매장이 있었던 것이다. 거기서 반 블록을 걸어가면 칙칙해 보이는 전당포와 폐점 모든 상품 바겐세일이라고 된 비디오 가게 사이에 드러 그스토어가 있었다. 그는 빌리를 마튼빌 드러그스 앤드 선드라이스 로 보내서 선글라스를 사게 하고, 키즈 스터프 안으로 들어갔다.

그곳에는 우울하고 암울한 분위기가 감돌았다. 손님은 그 한 명뿐 이었다. 스털링이나 포트모건에 있는 대형 쇼핑몰 덕분에 어떤 이의 훌륭한 아이디어가 망가져 버렸다. 조금만 운전해서 가면 새 학기용 바지와 원피스를 더 저렴하게 살 수 있는데 뭐 하러 동네 가게를 이 용하겠는가. 메이드 인 멕시코나 코스타리카인들 무슨 상관일까. 피 곤해 보이는 헤어스타일을 한 피곤해 보이는 여자가 카운터 뒤에서 앞으로 나와 댄을 보며 피곤해 보이는 미소를 지었다. 여자는 찾는 물건이 있느냐고 물었다. 댄은 있다고 대답했다. 그가 찾는 물건의 정체를 밝히자 그녀의 눈이 접시만 해졌다.

"특이하다는 거 저도 알아요." 댄이 말했다. "하지만 부탁 좀 드릴 게요. 결제는 현금으로 하고요."

그는 원하던 물건을 손에 넣었다. 고속도로 근처의 조그맣고 암울한 가게에서는 현금이라는 단어가 엄청난 효과가 있었다.

11

덴버에 가까워지자 댄은 아브라와 접촉을 시도했다. 눈을 감고, 이제 두 사람 모두 잘 아는 바퀴를 머릿속에 그렸다. 애니스턴에서 아브라도 똑같이 했다. 이번에는 지난번보다 쉬웠다. 그가 다시 눈을 뜨자 스톤의 비탈진 뒷마당에서 반짝이는 오후 햇살을 맞으며 소코강을 내려다보고 있었다. 아브라가 눈을 뜨자 로키산맥이 보였다.

"와우, 빌리 삼촌. 저 산맥 정말 아름답지 않아요?"

빌리는 그의 옆에 앉아 있는 남자를 흘끗 쳐다보았다. 댄은 전혀 평소답지 않은 모습으로 다리를 꼬고 앉아서 한쪽 발을 흔들고 있었다. 뺨에 다시 혈색이 돌았고 서쪽으로 달려오는 동안 흐리멍덩했던 두 눈은 선명하게 반짝였다.

"그러네." 그가 대답했다.

댄은 미소를 지으며 눈을 감았다. 그가 다시 눈을 뜨자 아브라가 불어넣었던 생기가 사라졌다. 물을 주지 않은 장미 같군. 빌리는 생각했다.

"어때?"

"신호를 보냈어요." 댄이 말하며 다시 미소를 지었다. 하지만 이번에는 피곤에 지친 미소였다. "배터리를 갈 때가 된 화재 탐지기처럼."

"저들이 들었을까?"

"들었으면 좋겠는데 말이죠." 댄이 말했다.

12

로즈가 그녀의 어스크루저 근처를 왔다 갔다 걷고 있었을 때 토큰 찰리가 달려왔다. 트루가 그날 아침에 비축했던 스팀 깡통을 하나만 남기고 모두 비운 데다 지난 며칠 동안 혼자 마신 것도 있었기 때문에 로즈는 머리끝까지 흥분해서 앉아 있는다는 것은 생각할 수조차 없는 상태였다.

"뭐야?" 그녀가 물었다. "좋은 소식 좀 들려줘 봐."

"그 아이를 포착했어. 그 정도면 얼마나 좋은 소식이야?" 역시 흥분한 찰리는 로즈의 팔을 잡고 빙글빙글 돌려서 머리카락을 휘날리게 만들었다. "내가 *포착했어!* 단 몇 초밖에 안 됐지만 그 아이였어!"

"아이 삼촌도 봤어?"

"아니, 아이가 앞 유리창 너머로 산맥을 보고 있더라고. 아름답다면서⋯⋯"

"아름답지." 로즈가 말했다. 그녀의 입술 위로 웃음이 번졌다. "너도 그렇게 생각하지 않아, 찰리?"

"⋯⋯그러니까 그 삼촌이 그렇다고 대답했어. 그들이 오고 있어, 로즈! 그들이 정말 오고 있어!"

"그 아이는 너를 느꼈을까?"

그는 손을 놓고 미간을 찌푸렸다.

"잘 모르겠는데…… 플릭 할아범이라면 어떨지 알았겠지만……"

"네 생각을 말해 봐."

"못 느꼈을 것 같아."

"그 정도면 됐어. 조용한 데로 가. 아무 방해도 없이 정신을 집중할 수 있는 곳으로. 앉아서 귀를 기울여. 만약 그 아이가 다시 느껴지면 나한테 알려 줘. 가능한 한 그 아이의 흔적을 놓치고 싶지 않거든. 스팀이 좀 더 필요하면 말해. 남겨 놓은 것 있으니까."

"아냐, 아냐, 괜찮아. 귀 기울일게. *열심히 귀 기울일게!*"

토큰 찰리는 조금 정신 나간 사람처럼 웃음을 터뜨리고 달려갔다. 로즈가 보기에는 어디로 가는지 알고나 있을까 싶었지만 상관없었다. 그가 계속 귀를 기울이고만 있으면 상관없었다.

13

댄과 빌리는 정오 무렵 플래티론 산맥 기슭에 도착했다. 댄은 점점 가까워지는 로키 산맥을 보며 그 산맥을 피하느라 떠돌아다녔던 지난 세월들을 떠올렸다. 그러자 몇 년 동안 달려보지만 결국 종착지는 머리 위에 알전구가 하나 달려 있고 테이블 위에는 리볼버가 놓여 있는 호텔 객실이라는 어떤 시가 생각났다.

시간이 있었기에 고속도로를 벗어나 볼더로 들어갔다. 빌리는 배가 고팠다. 댄은 배가 고프지는 않았지만…… 궁금한 게 있었다. 하

지만 빌리가 샌드위치 가게 주차장에 트럭을 세우고 뭘 먹겠느냐고
물었을 때 댄은 고개만 저었다.

"정말? 앞으로 할 일 많은데."

"일이 다 끝나면 먹을게요."

"흠……"

빌리는 버팔로 치킨을 사러 서브웨이로 들어갔다. 댄은 아브라와
접속했다. 바퀴가 돌아갔다.

핑.

빌리가 나왔을 때 댄은 종이로 싼 30센티미터짜리 샌드위치를 보
고 고개를 끄덕였다.

"그건 조금 있다 드세요. 기왕 볼더에 왔으니까 확인하고 싶은 게
있어요."

5분 뒤에 그들은 아라파호 가로 갔다. 조그맣고 지저분한 술집
겸 카페 거리에서 두 블록 더 갔을 때 그가 빌리에게 차를 세우라
고 했다.

"어서 그 닭고기 맛있게 드세요. 금방 다시 올게요."

트럭에서 내린 댄은 금이 간 인도에 서서 이피션시 아파트 학생 대폭
할인 간판이 창문에 걸린 쓰러져 가는 3층짜리 건물을 쳐다보았다.
잔디밭이 듬성듬성해지고 있었다. 금이 간 인도의 틈새에서 잡초들
이 자랐다. 이 건물이 그대로 있을 줄은 몰랐다. 아라파호가 이제는
스타벅스에서 라테를 마시고, 하루에도 몇 번씩 페이스북을 확인하
고, 미친놈처럼 트위터를 해대는 돈 많은 게으름뱅이들이 북적대는
아파트촌으로 바뀌었을 거라고 생각했었다. 그런데 (그가 보기에는)

예전 그때와 똑같은 모습으로 이렇게 건재하다니.

빌리가 한 손에 샌드위치를 들고 그의 옆으로 다가왔다.

"아직 갈 길이 110킬로미터 남았어. 얼른 궁둥짝 움직여야지."

"그래야겠죠."

댄은 그렇게 대답하면서도 녹색 페인트가 벗겨져 가는 건물을 계속 바라보았다. 한때 꼬마 남자아이가 여기 살았다. 한때 그 아이가 지금 빌리 프리먼이 서서 30센티미터짜리 닭고기 샌드위치를 우적우적 먹고 있는 바로 그 길가에 앉아 있었다. 오버룩 호텔 면접을 보고 돌아올 아빠를 기다리고 있었다. 그 꼬마에게는 발사나무로 만든 글라이더가 있었지만 날개가 부러졌다. 하지만 상관없었다. 아빠가 돌아오면 테이프와 풀로 고쳐 주실 테니까. 어쩌면 아빠와 둘이서 글라이더를 날릴 수도 있었다. 아빠는 무서운 사람이었지만 그 꼬마는 아빠를 얼마나 사랑했던가.

댄이 말했다.

"제가 오버룩으로 이사 가기 전에 어머니랑 아버지랑 여기서 살았어요. 후줄근하죠?"

빌리는 어깨를 으쓱했다.

"이보다 더한 곳도 보았는걸."

떠돌아다니던 시절에 댄도 그랬다. 예컨대 윌밍턴에 있었던 디니의 아파트만 해도 그랬다.

그가 왼쪽을 가리켰다.

"저쪽에 술집들이 몰려 있었어요. 그중에 브로큰 드럼이라는 곳이 있었죠. 도시 재개발 계획이 이 일대만 비껴 간 것 같으니 어쩌면 아직도 있을지 몰라요. 나랑 둘이서 그 앞을 걸어갈 때마다 아버지는 항상 발걸음을 멈추고 창문 안을 들여다보았고 그러면 아버지가 얼마나 들어가고 싶어 하는지 느낄 수 있었어요. 어찌나 갈증을 느끼는지 *나까지* 갈증이 날 정도였죠. 그 갈증을 해소하느라 몇 년 동안 술을 마셨는데 절대 없어지지 않더라고요. 아버지는 그때부터 그걸 알고 있었던 거예요."

"그래도 자네는 아버지를 사랑했던 모양이군."

"네." 그의 시선은 쓰러져 가는 초라한 아파트에 계속 머물렀다. 별볼일 없는 곳이었지만 계속 거기서 살았더라면 그들의 인생이 얼마나 달라졌을까 하는 생각이 들 수밖에 없었다. 오버룩이라는 덫에 걸려들지 않았더라면 어떻게 됐을까. "아버지는 좋기도 하고 나쁘기도 했는데 저는 그 양쪽 면을 모두 사랑했어요. 아아, 지금도 그래요."

"자네뿐 아니라 대부분의 아이들이 그래." 빌리가 말했다. "부모님을 사랑하고 다 잘될 거라고 생각하지. 달리 어쩔 도리가 있겠나? 자, 가자고. 이 일을 끝내려면 떠나야 해."

30분 뒤, 그들은 볼더를 뒤로 한 채 로키 산맥을 올랐다.

19장

유령 인간들

1

(적어도 뉴햄프셔에서는) 저녁노을이 다가오고 있었지만 아브라는 여전히 뒤쪽 현관에 앉아서 강물을 내려다보고 있었다. 호피가 바로 옆, 퇴비를 담아 두는 통 뚜껑 위에 앉아 있었다. 루시와 데이비드가 나와서 그녀의 양옆에 앉았다. 존 돌턴은 차가운 커피 잔을 들고 부엌에서 그들을 바라보았다. 그의 까만 가방이 싱크대 위에 놓여 있었지만 오늘 저녁에 쓸 수 있는 도구는 그 안에 아무것도 없었다.

"들어와서 저녁 좀 먹어야지." 루시는 이렇게 말했지만 이 일이 끝나기 전에는 아브라가 아무것도 먹지 않으리라는 것을(아마 먹지 못하리라는 것을) 알고 있었다. 하지만 인간은 주지의 사실에 집착하는 법이었다. 모든 것이 아무 문제없어 보였기에, 위험한 상황이

1600킬로미터도 넘는 저 멀리서 벌어지고 있었기에 딸보다는 그녀
가 더 감당하기 수월했다. 전에는 아브라의 피부가 깨끗했는데(어렸
을 때 그대로 잡티 하나 없었다.) 이제는 양쪽 콧가에 여드름이 둥지를
틀었고 턱에는 보기 흉한 뾰루지들이 무더기로 났다. 호르몬의 작용
이 시작되면서 진정한 사춘기의 개막을 선포했다. 정상적인 과정이
기에 루시는 그런 거라고 믿고 싶었다. 하지만 스트레스 때문에 여
드름이 생기기도 했다. 그녀의 딸은 안색이 파리하고 눈 밑에 다크
서클이 생겼다. 괴로운 듯이 천천히 프리먼 씨의 픽업트럭에 오르던
댄의 마지막 모습 못지않게 아파 보였다.

"못 먹겠어요, 엄마. 그럴 시간이 없어요. 먹어 봐야 다 토할 거예
요."

"시작되려면 얼마나 남았니, 아비?" 데이비드가 물었다.

그녀는 두 사람을 쳐다보지 않았다. 계속 강물만 바라보았다. 하지
만 루시도 알다시피 강물을 보고 있는 것도 아니었다. 그녀는 그들
중에서 어느 누구도 도울 수 없는 먼 곳에 있었다.

"얼마 안 남았어요. 두 분 다 뽀뽀 한 번씩 해 주고 들어가세요."

"그래도……"

루시는 입을 열었다가 그녀를 향해 고개를 젓는 데이비드를 보았
다. 딱 한 번이었지만 아주 완강했다. 그녀는 한숨을 쉬고 아브라의
한쪽 손을 잡은 다음(어찌나 차가웠는지 모른다.) 왼쪽 뺨에 입을 맞추
었다. 데이비드는 오른쪽에 입을 맞추었다.

루시가 말했다.

"댄이 한 말을 기억해. 일이 잘못되면……"

"이제 들어가세요. 시작되면 호피를 집어서 무릎에 앉힐게요. 그게 보이면 방해하시면 안 돼요. 무슨 일이 있어도 절대로요. 그러다 댄 아저씨가 죽고 빌리 할아버지도 죽을 수 있어요. 제가 기절하는 것처럼 쓰러질 수도 있지만 기절한 거 아니니까 다른 데로 옮기지 마시고 존 선생님도 옮기지 못하게 하세요. 다 끝날 때까지 그냥 내버려 두세요. 우리 둘이 같이 있을 수 있는 공간을 댄 아저씨가 아는 것 같아요."

데이비드가 말했다.

"이 작전이 어떻게 먹혀들 수 있을지 이해가 안 된다. 로즈라는 그 여자 눈에 여자아이가 없는 게 보일 텐데……"

"이제 들어가세요." 아브라가 말했다.

두 사람은 아브라의 말에 따랐다. 루시가 애원하는 듯한 눈빛으로 존을 보았지만 어깨를 으쓱하며 고개를 젓는 것이 그가 할 수 있는 전부였다. 세 사람은 서로 감싸안은 채 부엌 창가에 서서, 무릎 위로 두 팔을 포개고 현관에 앉아 있는 아이를 지켜보았다. 위험할 일은 없어 보였다. 모든 게 평온했다. 하지만 아브라(그녀의 어린 딸)가 호피를 향해 손을 내밀더니 그 낡은 인형을 무릎 위에 앉히는 것을 보고 루시는 신음 소리를 냈다. 존이 그녀의 어깨를 지그시 눌렀다. 데이비드는 그녀의 허리를 감싼 팔에 힘을 주었고 그녀는 전전긍긍하며 그의 손을 꽉 잡았다.

제 딸은 무사하게 해 주세요. 무슨 일인가가 벌어져야 한다면…… 뭔가 안 좋은 일이 벌어져야 한다면…… 있는 줄도 몰랐던 제 이복 오빠가 겪게 해 주세요. 제 딸이 아니라.

"아무 일 없을 거야." 데이브가 말했다.

그녀는 고개를 끄덕였다.

"당연히 그렇겠지. 당연히 그렇겠지."

그들은 현관에 앉아 있는 아이를 지켜보았다. 루시는 아브라를 부른다 한들 대답이 없겠다는 것을 알아차렸다. 아브라는 그곳을 떠났다.

2

빌리와 댄은 산악 시간으로 3시 40분에 트루의 콜로라도 작전기지로 나가는 나들목에 도착했기에 상당히 여유가 있었다. 포장도로 위에 블루벨 캠프장에 오신 것을 환영합니다! 머물다 가세요, 여행의 동반자여! 라고 새겨진 목장 스타일의 목조 아치가 있었다. 도로 옆 게시판에 적힌 문구는 이보다 훨씬 쌀쌀맞았다. 추후 공지가 있을 때까지 폐쇄함.

빌리는 달리던 속도 그대로 그 앞을 지나쳤지만 눈길은 바빴다.

"아무도 안 보여. 심지어 잔디밭에도. 저 리셉션 어쩌고 하는 데 누군가를 숨겨 놓았을 수 있겠지만. 맙소사, 대니, 안색이 끔찍한데?"

"미스터 아메리카 선발대회까지 기간이 한참 남아서 얼마나 다행인지 몰라요." 댄이 말했다. "1.6킬로미터 아니면 그만큼도 안 남았어요. 풍경 감상지와 피크닉장 표지판이 나오는 곳까지요."

"거기다 사람을 심어 놨으면 어쩌지?"

"안 심어 놨을 거예요."

"무슨 수로 그렇게 장담하나?"

"아브라도 그렇고 빌리 삼촌도 그렇고 여기 와보지 않은 이상 그런 게 있다는 걸 알 수가 없거든요. 트루들은 저에 대해서 모르잖아요."

"모르길 바라는 게 좋겠지."

"아브라가 다들 제자리에 있다고 했어요. 계속 확인하는 중이에요. 이제 잠깐만 조용히 해 줘요, 빌리. 생각할 게 있어요."

그는 할로런에 대해서 생각하고 싶었다. 오버룩에서 악령의 겨울을 보내고 몇 년 동안 대니 토런스와 딕 할로런은 많은 대화를 나누었다. 얼굴을 보면서 대화를 나눈 적도 있었지만 머리로 대화를 나눈 때가 더 많았다. 대니는 어머니를 사랑했지만 어머니가 이해하지 않는(이해하지 못하는) 일들도 있었다. 예컨대 자물쇠 상자만 해도 그랬다. 가끔 샤이닝 때문에 꼬인 위험한 녀석들을 가두어 두는 그곳. 그 자물쇠 상자가 늘 효과가 있는 건 아니었다. 몇 번인가 술을 가두어 놓는 자물쇠 상자를 만들려고 했지만 번번이 비참하게 실패했다 (아마 그가 실패하길 *바라서* 그랬을 것이다.). 하지만 메이시 부인은……
그리고 호리스 드원트도……

지금 보관 중인 세 번째 자물쇠 상자는 어렸을 때 만든 것들만큼 강력하지는 않았다. 그의 능력이 약해져서 그런 걸까? 멍청하게 그를 찾아온 망령들과는 다른 게 들어 있기 때문일까? 아니면 둘 다일까? 그는 알 수 없었다. 단단히 밀봉이 되지 않았다는 것만 알고 있을 따름이었다. 상자를 열면 그 안에 든 것이 그를 죽일 수도 있었다. 하지만……

"그게 무슨 소리야?" 빌리가 물었다.

"예?"

댄은 고개를 휘휘 돌렸다. 그가 한 손으로 배를 누르고 있었다. 이제는 정말 아팠다.

"방금 전에 그랬잖아. '선택의 여지가 없어.' 그게 무슨 소리냐고."

"신경 쓰지 마세요." 피크닉장에 도착하자 빌리가 안쪽으로 방향을 돌렸다. 위편에 피크닉 벤치와 바비큐용 구덩이를 갖춘 공터가 있었다. 댄이 보기에는 강만 없다뿐이지 클라우드 갭과 비슷했다. "만의 하나…… 일이 잘못되면 트럭 집어타고 냅다 달리세요."

"그러면 도망칠 수 있을까?"

댄은 아무 대답도 하지 않았다. 뱃속이 타는 듯이 화끈거렸다.

3

9월 말의 그 월요일 오후 4시 직전에 로즈는 벙어리 새리와 함께 세계의 지붕으로 걸어갔다.

로즈는 길고 잘빠진 각선미를 강조하는 딱 붙는 청바지를 입고 있었다. 벙어리 새리는 쌀쌀한 날씨였는데도 아무 특징 없는 옅은 파란색의 홈드레스 하나만 걸쳤다. 홈드레스 자락이 잡스트 압박스타킹으로 감싼 단단한 허벅지 위에서 펄럭였다. 로즈는 걸음을 멈추고, 전망대로 오르는 서른 몇 개의 계단이 시작되는 입구의 화강암 기둥에 박힌 현판을 보았다. 이곳이 35년 전에 전소된 그 유명한 오버룩 호텔이 있었던 곳임을 알리는 현판이었다.

"여기 기운이 정말 강하다, 새리."

새리는 고개를 끄덕였다.

"땅바닥에서 김이 모락모락 나는 온천이라는 데가 있는 거 알지?"

"엉."

"여기가 그런 곳이야." 로즈는 허리를 숙이고 잔디와 야생화를 향해 킁킁거렸다. 그들의 향기 밑으로 아주 오래된 피에서 풍기는 쇠 냄새가 느껴졌다. "증오, 공포, 편견, 욕망…… 이런 강렬한 감정들. 살인의 울림. 먹을거리는 못 되지만(너무 오래돼서) 그래도 상쾌하다. 향기가 코를 찌르는 꽃다발 같아."

새리는 아무 말도 하지 않고 로즈를 열심히 쳐다보기만 했다.

"그리고 이거." 로즈가 전망대로 오르는 가파른 나무 계단을 향해 손사래를 치며 말했다. "교수대 비슷하지 않아? 뚜껑이 열리는 문만 있으면 딱인데."

새리는 아무 대꾸도 하지 않았다. 적어도 겉으로는 그랬다. 하지만 무슨 생각을 하고 있는지

(밧줄도 없어.)

또렷하게 전해졌다.

"그건 맞아. 그래도 둘 중 하나가 여기서 교수형을 당할 거야. 나 아니면 우리 일에 끼어든 계집년이. 저거 보여?"

로즈가 6미터 정도 멀리 있는 초록색의 조그만 헛간을 가리켰다.

새리는 고개를 끄덕였다.

로즈는 허리춤에 지퍼가 달린 가방을 차고 있었다. 그녀가 지퍼를 열고 안을 뒤져서 열쇠를 하나 꺼내더니 동행에게 건넸다. 새리는

두툼한 살색 스타킹에 부딪쳐 서걱거리는 잡초를 뚫고 헛간으로 걸어갔다. 문에 달린 맹꽁이자물쇠에 열쇠가 딱 맞았다. 그녀가 문을 열자 늦은 오후 햇살이 화장실만 한 폐쇄된 공간을 비추었다. 론보이 잔디 깎는 기계와 낫, 갈퀴가 든 플라스틱 양동이가 있었다. 뒤쪽 벽에는 삽과 곡괭이가 기대어 있었다. 그것 말고는 아무것도 없었고 몸을 숨길 만한 곳도 없었다.

"들어가." 로즈가 말했다. "너의 능력을 보자." 스팀을 그렇게 많이 마셨으니까 나를 깜짝 놀라게 할 수 있어야 해.

트루 낫의 다른 멤버들처럼 벙어리 새리도 조그만 능력을 하나 가지고 있었다.

그녀는 조그만 헛간 안으로 들어가서 코를 킁킁거리더니 말했다. "먼지."

"먼지는 신경 쓰지 마. 어디 한번 보자. 아니, 보지 말자고 해야 하나?"

그것이 새리의 능력이었다. 그녀는 투명인간이 될 수는 없었지만 (그런 능력은 그들 중 어느 누구에게도 없었다.) 눈에 띄지 않는 얼굴과 체격의 소유자답게 일종의 흐릿한 막을 칠 수 있었다. 그녀는 로즈를 돌아보았다가 다시 자기 그림자를 내려다보았다. 그녀가 움직이자(많이도 아니고 고작 반걸음이었다.) 그녀의 그림자가 론보이 손잡이가 드리운 그림자와 합쳐졌다. 그 상태로 그녀가 동작을 완전히 멈추자 헛간은 아무도 없는 공간이 되었다.

로즈가 눈을 꼭 감았다가 크게 뜨자 새리가 파티에서 남학생의 춤 신청을 기다리는 수줍음 많은 여학생처럼 두 손을 허리춤에 얌전하게 포개고 잔디 깎는 기계 옆에 서 있었다. 로즈가 산맥으로 시선을 돌렸다가 다시 돌아보자 이번에는 헛간 안에 아무도 없었다. 몸을 숨길 만한 곳이라고는 아무것도 없는 조그만 창고였다. 햇빛이 워낙 강해서 그림자조차 없었다. 잔디 깎는 기계의 손잡이 옆으로 드리워진 그림자만 예외였다. 그렇다면……

"팔꿈치를 안으로 집어넣어." 로즈가 말했다. "거기가 보여. 조금만 넣으면 돼."

벙어리 새리가 그녀의 지시에 따르자 순간 정말로 시야에서 사라졌다. 눈에 힘을 주고 보지 않는 한 그랬다. 로즈가 눈에 힘을 주고 쳐다보자 새리가 다시 등장했다. 하지만 그녀는 새리가 거기 있다는 것을 알기에 보이는 것이었다. 때가 되었을 때(얼마 남지 않았다.) 계집년은 그러지 못할 것이다.

"좋았어, 새리!" 그녀는 따뜻하게(혹은 그녀가 할 수 있는 한도 내에서 최대한 따뜻하게) 말했다. "어쩌면 네가 필요 없을 수도 있어. 필요하게 되면 낫을 써. 앤디를 생각하면서. 알았지?"

앤디의 이름이 등장하자 새리의 양쪽 입가가 시무룩하게 축 늘어졌다. 그녀는 플라스틱 양동이에 담긴 낫을 보며 고개를 끄덕였다.

로즈가 밖으로 나가서 자물쇠를 잡았다.

"이제 자물쇠를 잠글 거야. 계집년은 산장에 있는 멤버들 생각은 읽을 수 있어도 네 생각은 읽지 못할 거야. 너는 말이 없으니까, 그렇지?"

새리는 다시 고개를 끄덕였다. 그녀는 말이 없었다. 예전부터 그랬다.

(그런데 그건……)

로즈는 미소를 지었다.

"자물쇠? 그건 걱정 마. 가만히 있는 거나 신경 써. 아무 소리 없이 가만히 있는 거나. 알겠지?"

"엉."

"낫은 어떻게 쓰는지 알아?"

로즈는 트루의 수중에 총이 있더라도 새리에게 총을 맡기지는 않았을 것이다.

"암라. 엉."

"내가 그 아이를 처치하면(스팀을 배부르게 마셨으니까 식은 죽 먹기일 거야.) 꺼내 줄 때까지 여기 그대로 있어. 하지만 내가 소리를 지르면…… 음…… *내 손으로 널 혼내 주어야겠니*, 하고 소리를 지르면 도움이 필요하다는 뜻이야. 그 아이가 이쪽을 등지고 있도록 내가 손을 써놓을게. 그럼 어떻게 하면 되는지 알지?"

(계단을 올라가서.)

하지만 로즈는 고개를 저었다.

"아냐, 새리. 그럴 필요 없어. 그 아이는 저기 있는 전망대의 근처에도 가지 못할 거야."

원래 그녀의 성격이라면 그 계집년을 (한참 동안 괴롭힌 뒤에) 자기 손으로 직접 죽일 수 있는 기회를 놓치는 것보다 스팀을 놓치는 게 더 싫었을 것이다. 하지만 앞뒤 안 가리고 덤벼서는 안 될 일이었다. 그 아이는 *정말* 강했다.

"무슨 소리가 들릴 거라고, 새리?"

"내 손으로 널 혼내 주어야겠니."

"너는 뭘 생각하면 된다고?"

텁수룩한 앞머리로 반쯤 가려진 두 눈이 번뜩였다.

"복슈."

"맞아. 그 계집년의 친구들 손에 죽은 앤디를 위한 복수. 하지만 내가 필요하다고 할 때만 나오면 돼. 웬만하면 내가 직접 처리하고 싶거든." 로즈가 주먹을 쥐자 이미 손바닥 깊이 파여서 피가 맺힌 초승달 모양의 생채기 속으로 손톱이 파고들었다. "하지만 내가 필요하다고 하면 *나와*. 절대 머뭇거리거나 중간에 멈추지 말고. 저 낫을 그 아이의 목에 꽂아서 날이 그 빌어먹을 목구멍을 찢고 나오는 걸 볼 수 있을 때까지 멈추면 안 돼."

새리의 눈이 번뜩였다.

"엉."

"좋아." 로즈는 그녀에게 입을 맞춘 뒤 문을 닫고 자물쇠를 잠갔다. 열쇠를 지퍼 달린 가방에 넣고 문 쪽으로 고개를 숙였다. "내 말 잘 들어. 일이 잘 풀리면 너한테 맨 처음 스팀을 줄게. 약속해. 네가 지금까지 마신 중에서 가장 맛있는 스팀이 될 거야."

로즈는 전망대 쪽으로 다시 걸어가서 몇 번 길고 침착하게 숨을 쉰 다음 계단을 오르기 시작했다.

4

댄은 양손으로 피크닉 테이블을 짚고 고개를 숙인 채 눈을 감고 서 있었다.

"이건 정신 나간 짓이야." 빌리가 말했다. "내가 자네 곁을 지켜야 겠어."

"안 돼요. 아저씨도 할 일이 있잖아요."

"저 길을 내려가다 중간에 기절하면 어쩌려고? 기절하지 않는다 치더라도 그 떼거리를 무슨 수로 상대하게? 지금 자네 꼴로 봐서는 다섯 살짜리하고 2라운드도 치르지 못하게 생겼구먼."

"조만간 아주 많이 괜찮아질 거예요. 더 강해지기도 할 거고요. 가요, 빌리. 어디에다 주차하면 되는지 기억하죠?"

"주차장 저쪽 끝, 콜로라도 팀이 이기면 어린이들에게 무료 식사를 제공한다고 적힌 광고판 옆에."

"맞아요." 댄은 고개를 들고 빌리가 쓰고 있는 큼지막한 선글라스를 유심히 바라보았다. "모자를 푹 눌러쓰세요. 귀까지. 젊어 보이게."

"나한테 아주 많이 젊어 보이게 하는 재주가 있을지 몰라. 아직 그게 된다면 말이지."

댄은 이 말을 들은 체 만 체했다.

"필요한 게 또 한 가지 있어요."

그는 똑바로 서서 팔을 벌렸다. 빌리가 그를 끌어안았다. 마음 같아서는 세게(뼈가 으스러져라) 안아 주고 싶었지만 엄두가 나지 않았다.

"아브라가 얘기 잘했네요. 아저씨가 없었더라면 여기까지 절대 오지 못했을 거예요. 이제 아저씨 할 일 하세요."

"자네는 자네 할 일 하고." 빌리가 말했다. "추수감사절에 클라우드 갭까지 운전대를 자네한테 맡길 수 있을 거라고 믿고 있겠네."

"저도 그러고 싶어요." 댄이 말했다. "어렸을 때는 가져 보지 못했던 최고의 모형 기차거든요."

빌리는 두 손으로 배를 움켜쥐고 공터 저쪽의 표지판을 향해 천천히 걸어가는 그의 모습을 지켜보았다. 나무 화살표가 두 개 달려 있었다. 하나는 서쪽으로 포니 전망대를 가리켰다. 다른 하나는 동쪽으로 내리막길을 가리켰다. 이 화살표에 블루벨 캠핑장이라고 쓰여 있었다.

댄이 그쪽 길을 따라서 걷기 시작했다. 빌리는 발 딛는 곳을 살피느라 고개를 숙인 채 눈부신 노란색 사시나무 이파리 사이로 고통스럽게 천천히 걸어가는 그의 모습을 잠깐 동안 바라보았다.

"우리 아이를 잘 부탁해." 빌리가 말했다.

부탁한 상대가 하느님인지 아브라인지 확실치 않았지만 상관없었다. 오늘 오후에는 양쪽 다 바빠서 그 같은 인간에게 신경 쓸 겨를이 없을 것이다.

트럭으로 돌아간 그는 뻣뻣한 금발 고수머리를 하고 밝은 청록색 눈으로 빤히 쳐다보는 조그만 여자아이 인형을 침대에서 일으켰다. 무게가 거의 안 나갔다. 속이 비어서 그런 것일 수도 있었다.

"안녕, 아브라? 오는 동안 많이 부딪히지 않았지?"

인형은 콜로라도 로키스 티셔츠와 파란색 반바지를 입고 있었다. 발은 당연히 맨발이었다. 이 꼬마 아가씨(사실은 망하기 직전인 마튼빌의 아동복 매장에서 산 마네킹이었다.)는 단 한 걸음도 걸어 본 적이 없었다. 하지만 무릎을 구부릴 수 있었기에 아무 문제없이 그녀를 조수석에 앉힐 수 있었다. 빌리는 안전벨트를 채워 주고 문을 닫으려다 목을 건드려 보았다. 목도 아주 살짝이기는 했지만 구부러졌다. 그는 뒤로 한 걸음 물러서서 효과를 점검했다. 나쁘지 않았다. 무릎 위에 있는 무언가를 보는 듯했다. 아니면 결전을 앞두고 힘을 달라고 기도를 하든지. 전혀 나쁘지 않았다.

물론 저들에게 쌍안경이 있으면 얘기가 달라지겠지만.

그는 다시 트럭에 올라타서 댄이 서두를 필요가 없도록 기다렸다. 그가 블루벨 캠핑장으로 걸어가는 동안 중간 어딘가에서 기절하지 않았기만을 바랄 따름이었다.

5시 15분이 됐을 때 빌리는 시동을 걸고 왔던 길을 되짚어 갔다.

5

댄은 몸 한가운데가 점점 뜨거워지는 듯한 느낌에도 불구하고 꾸준히 비슷한 속도로 걸었다. 불길에 휩싸인 쥐 한 마리가 뱃속에 들어 있는데 불타는 와중에도 그의 속을 계속 갉아먹는 것 같았다. 만약 그 길이 내리막길이 아니라 오르막길이었다면 그는 절대 끝까지 가지 못했을 것이다.

그는 5시 10분 전에 길모퉁이를 돌아서 걸음을 멈추었다. 머지않은 곳에서 사시나무가 끝나고 깔끔하게 손질한 파릇파릇한 잔디밭이 테니스장으로 이어졌다. 테니스장 너머로 RV 주차장과 기다란 통나무 건물이 보였다. 오버룩 산장이었다. 그 뒤로 다시 오르막길이 시작됐다. 한때 오버룩이 있었던 자리에 높은 전망대가 무슨 지지대처럼 눈부신 하늘을 등지고 서 있었다. 세계의 지붕이었다. 그걸 보자 모자 쓴 로즈와 똑같은 생각이

(교수대 같군.)

댄의 머릿속에 떠올랐다. 남쪽으로 일일 입장객용 주차장을 바라보며 한 사람이 난간 앞에 서 있었다. 여자였다. 실크해트가 머리에 삐딱하게 얹혀 있었다.

(아브라, 내 말 들리니?)

(들려요, 댄 아저씨.)

목소리는 침착하게 느껴졌다. 그가 바라던 바였다.

(저들한테도 네 소리가 들릴까?)

그러자 간질간질한 느낌이 희미하게 전해졌다. 그녀의 미소였다. 성난 미소였다.

(안 들리면 귀가 먹은 거죠.)

(지금 건너와. 하지만 내가 떠나라고 하면 **떠나야** 한다.)

아브라는 대답이 없었고 그가 다시 한 번 다짐하기도 전에 건너왔다.

6

　스톤 부부와 존 돌턴은 아브라가 옆으로 스르르 쓰러져 현관 바닥에 머리를 눕히고 그 아래 계단으로 두 다리를 벌리며 뻗는 동안 속수무책으로 보고만 있었다. 손에 힘이 풀리면서 쥐고 있던 호피가 떨어졌다. 그녀는 전혀 잠이 든 것처럼 보이지 않았다. 깊은 혼수상태 아니면 죽은 사람처럼 흉측하게 대자로 뻗었다. 루시가 앞으로 달려가려고 했다. 데이브와 존이 붙잡았다.

　그녀는 몸부림을 쳤다.

　"놔요! 내가 가서 도와야겠어요!"

　"안 돼요." 존이 말했다. "지금은 아브라를 도울 수 있는 사람이 댄밖에 없어요. 둘이 서로 도와야 해요."

　그녀는 미쳐 버릴 듯한 눈빛으로 그를 쳐다보았다.

　"숨은 쉬고 있는 거예요? 알 수 있겠어요?"

　"쉬고 있어." 데이브가 말했지만 자신 없는 목소리였다.

7

　아브라가 합류하자 보스턴을 떠난 이래 처음으로 통증이 가라앉았다. 하지만 그것이 댄에게 많은 위안이 되지는 못했다. 이제는 아브라도 아픔을 같이 겪고 있기 때문이었다. 그녀의 얼굴을 보면 알 수 있었다. 하지만 자기 앞에 펼쳐진 방을 둘러보며 감탄하는 그녀의 눈빛도 느낄 수 있었다. 그곳에는 2층 침대와 마디가 많은 송판으로 만든 벽, 샐비어와 선인장을 수놓은 깔개가 있었다. 깔개와 1층 침대 위에 싸구려 장난감들이 널브러져 있었다. 한쪽 구석의 조그만 책상 위에는 여러 권의 책과 큼지막한 조각들로 이루어진 지그소 퍼즐이 어지럽게 널려 있었다. 저쪽 구석에서 라디에이터가 철커덕거리며 쉭쉭 소리를 냈다.

아브라는 책상 쪽으로 걸어가서 책을 한 권 집어들었다. 세발자전거를 탄 꼬마아이를 강아지가 뒤쫓는 그림이 표지를 장식하고 있었다. 제목은『딕과 제인과 함께 재미있는 읽기 놀이』였다.

댄은 어정쩡한 미소를 지으며 그녀 곁으로 다가갔다.

"표지 모델은 샐리야. 딕과 제인은 샐리의 오빠, 언니고. 개의 이름은 집. 한동안 그들이 내 가장 친한 친구였지. 아마 유일한 친구였을 걸? 물론 토니가 있었지만."

그녀는 책을 내려놓고 그를 돌아보았다.

"여기가 어디예요, 아저씨?"

"기억 속. 이 자리에 원래 호텔이 있었고 여기가 내 방이었어. 이제는 우리 둘이 같이 있을 수 있는 공간이지. 다른 사람의 머릿속으로 들어갈 때 돌리는 바퀴 알지?"

"네……"

"여기가 한가운데야. 바퀴통."

"아저씨랑 둘이서 여기 있었으면 좋겠다. 왠지…… 안전하게 느껴져요. *저것만 빼고요.*" 아브라는 기다란 판유리가 달린 프렌치 도어를 가리켰다. "저 문만 다른 부분들과 느낌이 달라요." 그녀는 나무라는 듯한 눈빛으로 그를 보았다. "원래는 없었던 거죠? 아저씨가 어렸을 때는."

"응. 내 방에는 창문이 없었고 관리인 숙소의 나머지 공간들과 연결된 문밖에 없었지. 내가 바꿨어. 어쩔 수 없이. 왜 그랬는지 아니?"

그녀는 심각한 눈빛으로 그를 살폈다.

"그건 그때고 지금은 지금이니까요. 과거가 현재를 규정하더라도 과거는 지나간 일이니까요."

그는 미소를 지었다.

"내가 말했더라도 그보다 더 근사하게는 못했겠다."

"굳이 말로 할 필요가 없었잖아요. 생각으로 전하면 됐지."

그는 예전에 없었던 프렌치 도어 쪽으로 그녀를 데리고 갔다. 유리 너머로 잔디밭과 테니스장, 오버룩 산장, 세계의 지붕이 보였다.

"그녀가 보여요." 아브라가 나지막이 속삭였다. "저 위에 있는데 이쪽이 아니라 다른 쪽을 보고 있네요, 맞죠?"

"그래야지." 댄이 말했다. "얼마나 아프니?"

"많이요." 그녀가 말했다. "하지만 상관없어요. 왜냐하면……"

그녀는 설명할 필요가 없었다. 그는 알아차렸고 그녀는 미소를 지었다. 이렇게 함께 있을 수 있어서 함께 딸려온 고통에도 불구하고 (온갖 고통에도 불구하고) 좋았다. 정말 좋았다.

"댄 아저씨?"

"응."

"저기 유령 인간들이 있어요. 보이지는 않지만 느껴져요. 아저씨도 그래요?"

344

"응."

그는 예전부터 그랬다. 과거가 현실을 규정하기에. 그는 그녀의 어깨를 감싸 안았고 그녀는 그의 허리를 감싸 안았다.

"이제 어떻게 해요?"

"빌리를 기다리자. 시간을 잘 맞추어 주어야 할 텐데. 그 이후에는 모든 게 순식간에 진행될 거야."

"댄 아저씨?"

"왜?"

"아저씨 안에 들어 있는 거 뭐예요? 유령이 아니에요. 무슨······" 그는 그녀가 몸서리치는 것을 느낄 수 있었다. "무슨 *괴물* 같아요."

그는 아무 말도 하지 않았다.

그녀는 허리를 똑바로 펴고 그에게서 떨어져 나왔다.

"보세요! 저쪽이에요!"

낡은 포드 픽업트럭이 일일 이용객용 주차장을 향해 달려가고 있었다.

8

로즈는 허리까지 오는 전망대 난간을 두 손으로 붙잡고 서서 주차장으로 들어서는 트럭을 유심히 들여다보았다. 스팀 덕분에 시야가 선명해졌지만 그래도 쌍안경을 가지고 오지 않은 게 후회됐다. 들새를 관찰하겠다는 손님들 용으로 마련해 놓은 게 비품실에 있었을 텐데 왜 안 들고 나왔을까?

머릿속이 너무 복잡해서 그랬지. 전염병…… 이탈하는 쥐새끼들…… 그 계집년 손에 크로를 잃은 것……

다 맞는 말이지만(그렇지, 그렇지, 그렇지.) 그래도 챙겼어야 하는 거였다. 그녀는 또 잊어버린 게 뭐가 있을지 잠깐 고민하다 그만 생각하기로 했다. 그녀는 여전히 주도권을 쥐고 있었고, 스팀으로 충만했고, 이런 게임은 그녀의 전문 분야였다. 모든 게 정확히 계획한 대로 흘러가고 있었다. 조만간 꼬맹이가 여기로 올라올 것이다. 십 대 특유의 어리석은 자신감으로 똘똘 뭉쳐서 자기 능력을 과신하고 있을 테니까.

하지만 내가 모든 점에서 유리하단다, 아가. 나 혼자서 널 처리하지 못하면 나머지 트루를 전부 다 동원할 거거든. 그들은 본관에 다 같이 모여 있어. 네가 그러면 좋겠다고 생각한 덕분에. 하지만 네가 생각하지 못한 부분이 있지. 한데 모여 있으면 우리는 하나로 연결돼서, 트루 낫이 돼서 거대한 배터리로 변신하거든. 필요하면 내가 그 힘을 끌어다 쓸 수 있는 거야.

다른 모든 조치가 실패하더라도 새리가 있었다. 그녀는 지금쯤 낫을 손에 쥐고 있을 것이다. 그녀가 천재는 아닐지라도 인정사정없고 잔인했고(임무를 제대로 이해하기만 하면) 말을 아주 잘 들었다. 게다가 계집년을 전망대 입구 바닥에 쓰러뜨릴 나름의 이유가 있었다.

(찰리.)

토큰 찰리가 당장 응답했다. 보통 때는 목소리가 희미한 편이었는데 지금은 (산장 본관에 모여 있는 다른 멤버들의 기운이 더해져서) 크고 또렷했고 흥분해서 거의 발광한 수준이었다.

(그 아이한테서 나오는 신호가 강렬하게 꾸준히 잡히고 있어. 모두 그렇대. 정말 가까이 있나 봐. 너도 느껴지지?)

로즈도 느껴졌다. 계집년이 들어와서 장난치지 못하도록 계속 머릿속을 잠가 놓으려고 애를 쓰는데도 그랬다.

(그건 됐고. 내가 도움이 필요할 때를 대비해서 준비하고 있으라고 전해 줘.)

수많은 음성들이 일시에 대답했다. 모두들 준비하고 있었다. 심지어 환자들마저 있는 힘껏 돕겠다고 대기 중이었다. 그녀로서는 고마울 따름이었다.

로즈는 트럭에 앉아 있는 금발 소녀를 물끄러미 바라보았다. 그녀는 아래쪽을 쳐다보고 있었다. 뭘 읽고 있나? 용기를 그러모으고 있나? 얼뜨기들의 신에게 기도를 하고 있는 걸까? 상관없었다.

오너라, 계집년아. 로즈 이모한테 오너라.

하지만 차에서 내린 사람은 여자아이가 아니라 삼촌이었다. 계집년이 그럴 거라고 하더니 정말이었다. 주변을 확인할 거라고 하더니. 그가 트럭 보닛을 돌아 나와서 천천히 걸어다니며 사방을 살폈다. 그런 다음 조수석 창문 안으로 고개를 숙여 아이에게 뭐라고 말을 하고 트럭에서 몇 걸음 걸어나왔다. 그가 산장을 바라보다 하늘을 배경으로 우뚝 서 있는 전망대 쪽으로 고개를 돌리더니…… 손을 흔들었다. 건방지게 그녀를 향해 손을 흔들었다.

로즈는 화답하지 않았다. 그녀는 미간을 찌푸리고 있었다. 삼촌이라. 아이의 엄마, 아빠는 왜 계집년을 직접 데려오지 않고 삼촌에게 맡겼을까? 말이 나왔으니 말인데, 왜 보내 준 걸까?

그러는 수밖에 없다고 아이가 엄마, 아빠를 설득했겠지. 자기가 오지 않으면 내가 찾아갈 거라고. 그랬겠네, 앞뒤가 맞잖아.

앞뒤가 맞았지만 그래도 점점 불안했다. 그녀는 아이에게 경기 규칙 결정권을 허락했다. 그만큼 조종당한 것이었다. 그녀가 그랬던 이유는 여기가 그녀의 홈그라운드이고 사전 조치를 취했기 때문이지만 가장 큰 이유는 화가 났기 때문이었다. 화가 머리끝까지 났기 때문이었다.

그녀는 주차장에 있는 남자를 뚫어져라 바라보았다. 그는 다시 어슬렁어슬렁 걸으며 그녀가 혼자 있는지 확인하느라 이쪽저쪽을 둘러보았다. 완벽하게 이치에 맞는 행동이었고 그녀라도 그랬겠지만 그가 사실은 시간을 버느라 그러고 있는 듯한 예감이 그녀를 괴롭혔다. 시간을 벌려는 이유는 오리무중이었다.

그녀는 더욱 열심히 쳐다보면서 이번에는 남자의 걸음걸이에 초점을 맞추었다. 그는 그녀가 처음 생각했던 것만큼 젊지 않았다. 걷는 품새로 보건대 절대 젊다고 볼 수 없는 나이였다. 관절염이 살짝 있는 수준이 아니었다. 그나저나 계집애는 왜 저렇게 꼼짝 않고 있는 걸까?

로즈의 머릿속에서 처음으로 진짜 경보가 울렸다.

뭔가가 이상했다.

9

"저 여자가 프리먼 씨를 보고 있어요." 아브라가 말했다. "이제 나가야겠어요."

그는 프렌치 도어를 열다 말고 머뭇거렸다. 그녀의 목소리에서 뭔가가 걸렸다.

"왜 그러니, 아브라?"

"모르겠어요. 아무것도 아닐 수도 있는데 마음에 안 들어요. 저 여자가 할아버지를 정말 *뚫어져라* 쳐다보고 있어요. 지금 당장 나가야 해요."

"먼저 취해야 할 조치가 있어. 마음의 준비를 하고 있어라. 놀라지 말고."

댄은 눈을 감고 그의 머릿속 뒤편에 있는 창고로 갔다. 진짜 자물쇠 상자라면 무수한 세월을 감안했을 때 먼지로 덮였겠지만 그가 어렸을 때 여기 보관한 두 개의 상자는 예전처럼 새것이나 다름없었다. 온전히 상상의 소산이었으니 그럴 수밖에 없었다. 세 번째 상자(새로 만든 상자) 주변으로 희미한 오라가 떠 있는 것을 보고 그는 생각했다. *이러니 내가 아플 수밖에.*

상관없었다. 그 상자는 당분간 여기 있어야 했다. 그는 만반의 준비를 하고 가장 오래 된 두 상자를 열었지만…… 아무것도 없었다. 아니, 거의 아무것도 없었다. 32년 동안 메이시 부인을 가두었던 상자 안에는 짙은 회색 잿더미만 쌓여 있었다. 하지만 다른 상자에는……

그는 아브라에게 놀라지 말라고 했던 게 얼마나 바보 같은 짓이었는지 깨달았다.

아브라가 비명을 질렀다.

10

애니스턴의 자기 집 뒤 현관에서 아브라가 움찔거리기 시작했다. 두 다리가 경련을 일으키자 발이 계단에 부딪치며 덜거덕 소리를 냈다. 한쪽 손이 (강가로 끌려나와 죽을 때까지 방치된 물고기처럼) 풀썩이다 후줄근해지도록 혹사당한 호피를 쳐서 날렸다.

"*왜 저러는 거예요?*" 루시가 소리를 질렀다.

그녀가 문을 향해 내달렸다. 데이비드는 그 자리에서 얼어붙었지만(발작을 일으킨 딸아이를 보고 오금이 붙어 버렸다.) 존이 오른팔로 루시의 허리를 감싸고 왼팔로는 가슴을 감쌌다. 그녀가 버둥거렸다.

"놔요! 아이한테 가야겠어요!"

"안 돼요!" 존이 소리쳤다. "안 돼요, 루시, 가면 안 돼요!"

웬만하면 그녀가 뿌리칠 수 있었겠지만 이제는 데이비드까지 가세했다.

그녀는 흥분이 가라앉자 먼저 존을 쳐다보았다.

"만약 아이가 저기서 죽기라도 하면 박사님은 철창신세를 각오하세요." 그러고 나서 (쌀쌀맞고 적의로 번뜩이는) 시선을 이번에는 남편에게로 돌렸다. "당신은 절대 용서하지 않을 거야."

"잠잠해지고 있어요." 존이 말했다.

현관에서 아브라의 떨림이 잦아들다 이내 멈추었다. 하지만 뺨이 축축했고 감은 눈꺼풀 아래로 눈물이 흘러내렸다. 눈썹에 매달린 눈물방울이 희미해져가는 저녁 햇살을 받고 보석처럼 반짝였다.

11

대니 토런스가 어렸을 때 썼던 방(오로지 기억으로만 이루어진 그곳)에서 아브라가 댄의 가슴에 얼굴을 묻고 그를 꼭 붙잡고 있었다. 그녀가 입을 열자 웅얼거리는 목소리가 흘러나왔다.

"그 괴물…… 갔어요?"

"응." 댄이 말했다.

"어머니의 이름을 걸고 맹세할 수 있어요?"

"응."

그녀는 고개를 들고 먼저 그를 쳐다보며 진짜인지 확인한 다음 용기를 내서 방 안을 둘러보았다.

"그 미소." 그녀는 몸서리를 쳤다.

"그러게." 댄이 말했다. "아마…… 집에 오니까 좋았나 봐. 아브라, 괜찮겠니? 지금 바로 시작해야 하거든. 시간이 없어."

"괜찮아요. 하지만…… 만약에…… 그 괴물이 되돌아오면 어떻게 해요?"

댄은 자물쇠 상자를 떠올려보았다. 지금은 열렸지만 언제든지 다시 닫을 수 있었다. 가뜩이나 아브라의 도움을 받으면 문제없었다.

"내가 보기에 그는…… 그 녀석은…… 우리하고 엮이고 싶어 하지 않아. 가자. 한 가지 사실만 명심해. 내가 뉴햄프셔로 돌아가라고 하면 *가야* 한다는 거."

이번에도 그녀는 아무 대답이 없었지만 고주알미주알 할 겨를이 없었다. 시간이 없었다. 그는 프렌치 도어 밖으로 나섰다. 거기에서 길이 끝났다. 아브라가 그의 옆에서 걸었지만 기억의 방 속에서와는 달리 견고함을 잃고 깜빡이기 시작했다.

여기서는 아브라가 유령 인간이나 다름없는 셈이지. 댄은 생각했다. 그러자 그녀가 얼마나 엄청난 위험한 시도를 감행하고 있는지 새삼 느낄 수가 있었다. 지금 자기 몸을 붙들고 있으려니 얼마나 힘이 들지 생각하고 싶지도 않았다.

그는 빠른 속도로 움직였지만 뛰지는 않았다. 오버룩 산장에 가려 전망대에서 안 보이는 곳까지 최소한 90미터는 가야 하는데 뛰었다가는 로즈의 눈에 띌 수 있었다. 댄과 동행한 유령 소녀는 잔디밭을 가로질러서 테니스장 사이로 난 판석 길로 접어들었다.

부엌 뒤편에 도착하자 마침내 전망대에서 보이지 않도록 산장 뒤로 숨을 수 있었다. 환기팬이 돌아가는 소리가 꾸준히 들렸고 쓰레기통에서 상한 고기 냄새가 스멀스멀 올라왔다. 뒷문을 확인해 보니 열려 있었지만 그는 문을 열기 전에 잠깐 짚고 넘어갔다.

(다들 여기.)

(네. 로즈만 빼고 모두 다요. 로즈는…… 서둘러요, 댄 아저씨, 얼른요. 왜냐하면)

오래된 흑백 영화 속 어린아이의 눈처럼 아브라의 눈이 실룩이는데 깜짝 놀라서 접시만 했다.

"그 여자가 이상한 낌새를 알아차렸거든요."

12

로즈는 고개를 숙이고 트럭 조수석에 미동도 없이 앉아 있는 계집년 쪽으로 시선을 돌렸다. 아브라는 삼촌을 보지 않았고(진짜 삼촌인지도 알 수 없었지만) 내릴 기미도 보지 않았다. 로즈의 머릿속에 달린 경보기의 경보 수준이 황색에서 적색으로 상승했다.

"어이!" 누군가가 외치는 소리가 희미한 바람을 타고 그녀에게로 전해졌다. "어이, 이 할망구야! 이것 좀 봐라!"

그녀는 주차장의 남자 쪽으로 얼른 시선을 돌렸고, 그가 머리 위로 손을 들더니 비틀거리며 옆으로 요란하게 재주넘는 광경을 경악하며 바라보았다. 저러다 엉덩방아를 찧겠다 싶었지만 땅바닥으로 떨어진 것은 모자뿐이었다. 그러자 칠십 대의 고운 백발이 드러났다. 어쩌면 팔십 대일 수도 있었다.

로즈는 고개를 숙이고 트럭에 꼼짝 없이 앉아 있는 여자아이 쪽으로 다시 고개를 돌렸다. 삼촌의 익살에는 전혀 아무 관심이 없었다. 순간 머릿속이 환해지면서 그렇게 어처구니없는 속임수만 아니었더라면 당장 알아차렸을 깨달음이 그녀의 뇌리를 스치고 지나갔다. 마네킹이었던 것이다.

하지만 아이가 여기 있어! 토큰 찰리도 느꼈다고 했고 산장의 모든 멤버들도 느꼈다고 했어. 거기 다 같이 모여 있는 멤버들이 말하길……

그들은 다 같이 산장에 모여 있었다. 다 같이 한곳에 모여 있었다. 그것이 로즈의 발상이었을까? 아니었다. 그 발상의 주인공은……

로즈는 계단을 향해 달려갔다.

13

트루 낫의 나머지 멤버들은 주차장이 내려다보이는 두 군데 창문 앞에 옹기종기 모여서 40여 년 만에 처음으로 재주넘기를 하는(마지막으로 묘기를 선보인 그때도 술에 취해서 저지른 짓이었다.) 빌리 프리먼을 구경했다. 중국년 페티는 웃음을 터뜨렸다.

"저게 도대체 무슨……"

그들은 등을 돌리고 있었기 때문에 부엌에서 방 안으로 건너오는 댄과 그 옆에서 깜빡이는 여자아이를 보지 못했다. 댄은 바닥에 떨어져 있는 두 꾸러미의 옷을 보고 브래들리 트레버의 홍역이 아직도 맹위를 떨치고 있다는 것을 알아차렸다. 그는 다시 그의 안으로 깊숙이 들어가서 마지막 자물쇠 상자를 찾았다. 밀봉이 완벽하지 않은 상자였다. 그가 상자를 홱 열어젖혔다.

(댄 아저씨, 뭐 하시는 거예요?)

그는 두 손으로 허벅지를 짚고 몸을 앞으로 기울여 달구어진 쇠처

럼 화끈거리는 속을 달래며, 마지막 입맞춤을 통해 그에게 아무 대
가 없이 건네진 노시인의 마지막 헐떡임을 내뱉었다. 그의 입에서
새어 나온 분홍색의 기다란 연기 기둥이 공기에 닿자 빨간색으로 짙
어졌다. 처음에 그는 독약이나 다름없었던 콘체타 레이놀즈의 흔적
이 그의 뱃속에서 빠져나갔다는 행복한 안도감 말고는 그 어떤 것에
도 집중할 수 없었다.

"모모!"

아브라가 비명을 질렀다.

14

전망대에 있던 로즈의 눈이 접시만 해졌다. 계집년이 산장 안에
있었다.

게다가 누군가가 함께 있었다.

그녀는 따지고 말고 할 것도 없이 새롭게 등장한 이 인물의 머릿
속으로 뛰어들었다. 그 안을 뒤졌다. 엄청난 스팀을 암시하는 표적
들을 무시한 채 그가 저지르려고 하는 짓을 막는 데에만 전념했다.
이미 늦었을지 모른다는 끔찍한 가능성을 무시한 채 거기에만 전념
했다.

아브라의 비명 소리를 듣고 트루 멤버들이 고개를 돌렸다. 누군가가(키다리 폴이었다.) 말했다.

"*저게 도대체 뭐지?*"

빨간 안개가 한데 뭉치면서 한 여인의 모습이 등장했다. 댄이 소용돌이치는 콘체타의 눈을 아주 잠깐(분명 아주 잠깐이었다.) 확인해 보니 젊어 보였다. 그는 아직 기운이 없었고 이 유령에 온통 정신이 팔려 있었기 때문에 머릿속으로 들어온 침입자를 전혀 감지하지 못했다.

"모모!" 아브라가 다시 외치며 팔을 뻗었다.

안개 속의 여인은 그녀를 보았을 것이다. 어쩌면 미소까지 지었을지 모른다. 하지만 잠시 후에 콘체타 레이놀즈의 형체는 사라졌고, 옹기종기 모여서 놀람과 두려움에 서로 부둥켜안고 있는 트루 낫을 향해 안개가 굴러갔다. 댄이 보기에는 그 빨간 안개가 물속으로 번지는 피처럼 느껴졌다.

"스팀이다." 댄이 말했다. "네 녀석들이 그걸 먹고 살았잖아. 이제 그걸 마시고 죽어라."

그는 원래 이 작전을 세웠을 때부터 얼른 해치우지 않으면 작전의 성공 여부를 확인할 수 있을 때까지 목숨을 부지하지 못하리라는 것을 알았지만, 그래도 이렇게 순식간에 진행될 줄은 미처 몰랐다. 홍역 때문에 약해진 게 영향을 미쳤는지 몇몇이 남들보다 오래 버티기는 했다. 그렇다 하더라도 몇 초 만에 끝나 버렸다.

그들이 죽어 가는 늑대처럼 그의 머릿속에서 울부짖었다. 그 소리에 댄은 오싹했지만 동행은 그렇지가 않았다.

"*좋았어!*" 아브라는 소리를 질렀다. 그러면서 그들을 향해 주먹을 흔들었다. "*맛이 어떠냐? 우리 모모의 맛이 어때? 좋지? 마음껏 마셔라! 다 마시라고!*"

그들이 사이클을 하기 시작했다. 빨간 안개 사이로 이마를 맞댄 채 끌어안은 두 사람이 댄의 시야에 들어오자 그들이 지금까지 저지른 짓에도 불구하고(그들의 정체에도 불구하고) 가슴이 뭉클했다. 땅딸보 에디의 입에서 흘러나온 *사랑해*라는 단어가 그의 눈에 보였고 덩치 모가 뭐라고 화답하려는 게 보였다. 하지만 잠시 후에 그들은 사라지고 옷가지만 나풀나풀 바닥으로 떨어졌다. 그렇게 순식간이었다.

그가 아브라를 돌아보며 한꺼번에 끝내야 한다고 말하려는 순간, 모자 쓴 로즈가 비명을 지르기 시작하자(아브라가 막아 주기 전까지.) 몇 초 동안 그 분노의 비명 소리와 미칠 듯한 슬픔에 모든 게 묻혀 버렸다. 고통이 사라졌다는 행복한 안도감까지 묻혀 버렸다. 고통과 더불어 암세포도 사라졌길 열심히 비는 마음도 묻혀 버렸다. 그건 거울에 비친 그의 얼굴을 확인하기 전까지 장담할 수 없는 부분이었다.

로즈가 전망대에서 내려오는 계단 꼭대기에 서 있는 동안 죽음의 안개가 트루 낫을 덮쳤고 아브라의 모모의 잔재는 필살의 작업을 잽싸게 해치웠다.

새하얀 고통의 장막이 로즈의 안을 가득 채웠다. 비명들이 파편처럼 그녀의 머릿속을 관통했다. 죽어 가는 트루의 비명에 비하면 클라우드 갭 습격대가 뉴햄프셔에서 지른 비명 소리와 크로가 뉴욕에서 지른 비명 소리는 우스운 수준이었다. 로즈는 곤봉에 얻어맞기라도 한 것처럼 뒤로 휘청거렸다. 그러다 난간에 맞고 튕겨 나와서 전망대 위로 넘어졌다. 저 멀리 어딘가에서 어떤 여자가(떨리는 목소리로 짐작컨대 나이가 많은 여자였다.) *안 돼, 안 돼, 안 돼, 안 돼.* 하고 읊조리는 소리가 들렸다.

내 목소리겠지. 나밖에 안 남았으니까.

자만심이라는 덫에 걸려든 쪽은 아이가 아니라 로즈였다. 그녀는 계집년이 했던 말이

자기가 설치한 화약에 자기가 날아가다.

생각났다. 분노와 경악에 데일 듯했다. 오랜 친구 겸 여행의 동반자들이 죽었다. 독살당했다. 달아난 겁쟁이들을 제외하면 트루 낫 중에서 모자 쓴 로즈만 남았다.

그런데 아니다, 그게 아니었다. 새리가 있었다.

전망대 위에 대자로 쓰러진 채 늦은 오후 하늘 아래에서 부들부들 떨고 있던 로즈는 그녀에게 연락했다.

(너 지금.)

당황과 공포로 얼룩진 생각 한 줄기가 그녀에게 전해졌다.

(응. 그런데 로즈, 그들이 정말 그럴 수가.)

(신경 쓸 것 없어. 그것만 기억해. 새리. 기억하지.)

("내 손으로 널 혼내 주어야겠니.")

(좋았어, 새리. 좋았어.)

아이가 달아나지 않았다면…… 살인이라는 오늘의 작업을 다 끝내고 가기로 작정하는 실수를 저질렀다면……

아마 그런 실수를 저질렀을 것이다. 로즈는 장담할 수 있었고 계집년의 동행인의 머릿속을 뒤진 결과 두 가지를 알아냈다. 그들이 어떤 식으로 이번 살인 공격에서 성공을 거두었고 그들의 연결고리를 어떤 식으로 역이용할 수 있는지를 알아냈다.

분노는 강력한 법이었다.

어린 시절의 추억들도 마찬가지였다.

그녀는 비틀거리며 일어나 무심결에 모자를 알맞은 각도로 삐딱하게 고쳐 쓰고 난간 쪽으로 걸어갔다. 픽업트럭을 타고 온 남자가 그녀를 올려다보고 있었지만 그에게는 일말의 관심조차 기울이지 않았다. 그의 깜찍한 기만 작전은 끝났다. 그는 나중에 처리하거나 말거나 지금 그녀의 관심사는 오로지 오버룩 산장이었다. 아이는 거기 있었지만 동시에 멀리 있기도 했다. 트루의 캠핑장에 등장한 그녀의 육신은 환영에 불과했다. 온전한 인간(진짜 인간, 얼뜨기)은 오늘 처음 보는 남자였다. 게다가 스팀헤드였다. 그녀의 머릿속에서 들린 그의 음성은 또렷하고 냉정했다.

(안녕, 로즈.)

근처에 아이가 깜빡임을 멈출 만한 곳이 있었다. 아이가 육신이라
는 껍데기를 입을 수 있는 곳이 있었다. 아이를 죽일 수 있는 곳이
있었다. 스팀헤드 남자를 처리하는 것은 새리에게 맡길 테지만 먼저
스팀헤드 남자로 하여금 계집년을 처리하도록 만들어야 했다.

(안녕, 대니. 안녕, 꼬맹아.)

스팀으로 무장한 그녀는 그의 안으로 들어가서 그를 찰싹 때려 가
며 바퀴통으로 데려갔다. 당황한 나머지 공포의 비명을 지르며 따라
오는 아브라의 소리는 들은 체 만 체했다.

로즈가 바라는 지점으로 끌려간 댄은 너무 놀라서 잠깐 방어가 무
너졌고 이때 로즈가 모든 분노를 그의 안으로 쏟아 부었다. 스팀처
럼 쏟아 부었다.

20장

바퀴통, 세계의 지붕

1

댄 토런스는 눈을 떴다. 두 눈 사이를 뚫고 지끈거리는 머릿속으로 들어온 햇살이 뇌를 태워 버리겠다고 으르렁거렸다. 모든 숙취를 끝장내는 숙취였다. 옆에서 시끄럽게 코를 고는 소리가 들렸다. 술에 취해 엉뚱한 데서 곯아떨어진 계집애만 낼 수 있는 듣기 싫고 짜증나는 소리였다. 댄이 그쪽으로 고개를 돌려보니 어떤 여자가 천장을 보고 대자로 누워 있었다. 아주 살짝 낯이 익었다. 까만 머리가 후광처럼 사방으로 펼쳐져 있었다. 아주 넉넉한 애틀랜타 브레이브스 티셔츠를 입고 있었다.

이건 진짜가 아니야. 나는 여기 없어. 나는 콜로라도에, 세계의 지붕에 있고 그 일을 끝내야 해.

여자가 몸을 굴려서 눈을 뜨더니 그를 빤히 쳐다보았다.

"아우, 머리야." 그녀가 말했다. "코카인 좀 갖다 줘, 아빠. 거실에 있어."

그는 어이없어하며 그녀를 쳐다보다가 점점 화가 치밀었다. 어디에서 비롯된 분노인지 알 수 없었지만 늘 그런 식이지 않았나 싶었다. 그것은 자기 혼자 자라는 존재, 수수께끼로 둘러싸인 알 수 없는 존재였다.

"코카인? 누가 코카인을 샀다고 그래?"

그녀가 씩 웃자 누렇게 변한 하나뿐인 이가 드러났다. 그러자 그는 그녀의 정체를 파악할 수 있었다.

"*아빠가* 샀잖아. 얼른 갖다 줘. 머리가 맑아지면 내가 신나게 한 번 대줄게."

웬일로 그가 윌밍턴의 이 지저분한 아파트로 돌아와서 알몸으로 모자 쓴 로즈 옆에 누워 있었던 것이다.

"무슨 짓을 한 거야? 내가 어쩌다 여기 와 있지?"

그녀는 고개를 뒤로 젖히고 웃음을 터뜨렸다.

"여기가 마음에 안 들어? 마음에 들 텐데. 네 머릿속에 있는 물건들로 꾸며 놨잖아. 이제 내가 시킨 대로 해, 새끼야. 가서 우라질 약 갖고 오라고."

"아브라는 어디 있어? 아브라는 어떻게 했어?"

"죽였지." 로즈는 심드렁하게 대답했다. "너를 걱정하느라 방심한 틈을 타서 내가 목구멍에서부터 배까지 쫙 찢어 줬지. 내 욕심만큼 스팀을 마시지는 못했지만 그래도 충분히……"

세상이 벌겋게 변했다. 댄은 그녀의 목을 두 손으로 잡고 조르기 시작했다. 딱 한 가지 생각이 그의 머릿속을 두드렸다. *천하에 쓸모 없는 년아 이제 약 먹을 시간이다 천하에 쓸모없는 년아 이제 약 먹을 시간이다 천하에 쓸모없는 년아 이제 네가 다 먹을 시간이다.*

2

스팀헤드 남자도 강력하기는 했지만 그 아이 같은 정기가 없었다. 그는 다리를 벌리고 고개를 숙이고 어깨를 수그린 채 두 주먹을 들고 서 있었다. 살의를 불러일으키는 분노로 이성을 잃어 본 남자의 자세였다. 화가 나면 남자들은 상대하기가 쉬워졌다.

온통 벌겋게 변해 버렸기 때문에 그의 생각의 흐름을 따라갈 수가 없었다. 그래도 상관없었다, 그래도 괜찮았다, 아이가 로즈가 원한 바로 그 자리에 있었으니까. 아브라는 충격을 받고 깜짝 놀라서 바퀴통까지 그를 따라갔다. 하지만 한참 동안 충격을 받거나 경악하지는 못할 것이다. 계집년은 목 졸린 아이가 될 것이다. 조만간 자기가 설치한 화약에 날아가서 죽은 아이가 될 것이다.

(댄 아저씨, 아니에요. 아니에요. 멈춰요. 그녀가 아니에요.)

나 맞아. 로즈는 생각하며 더욱 세게 밀어붙였다. 송곳니가 입 밖으로 삐져나와서 그녀의 아랫입술을 뚫었다. 턱을 타고 쏟아진 피가 그녀의 윗옷을 적셨다. 그녀는 숱 많은 까만 머리 사이로 불어오는 산바람을 느끼지 못하듯 그것도 느끼지 못했다. *나 맞아. 네가 내 아*

빠야, 술집에서 만난 아빠. 내가 네 지갑을 탈탈 털어서 못된 코카인을 샀는데 숙취 때문에 약을 먹어야 해. 윌밍턴에서 그 술 취한 갈보 옆에서 눈을 떴을 때 네가 이러고 싶었잖아. 배짱이 있었더라면 그렇게 했을 거잖아. 천하에 쓸모없는 그 여자의 애새끼까지 같이 엮어서. 네 아버지는 고분고분하지 않은 멍청한 여자들을 다루는 법을 알았지. 네 아버지의 아버지도 마찬가지였고. 가끔 여자는 약을 먹어야 해. 여자는……

요란하게 달려오는 차 소리가 들렸다. 욱신거리는 그녀의 입술과 입안에서 느껴지는 피 맛만큼이나 대수롭지 않은 일이었다. 목이 졸린 아이가 꾸르륵 소리를 냈다. 그때 어떤 생각 하나가 우레처럼 요란하게 그녀의 머릿속에서 폭발했다. 상처 입은 아우성이었다.

(우리 아버지는 아무것도 몰랐어!)

로즈가 그 고함 소리를 머릿속에서 떨쳐 버리려고 애를 쓰고 있었을 때 빌리 프리먼의 픽업트럭이 전망대 아랫부분을 들이받아 그녀를 쓰러뜨렸다. 그녀의 모자가 멀리 날아갔다.

3

윌밍턴의 아파트가 아니었다. 오래전에 사라진 오버룩 호텔의 그의 방이었다. 바퀴통이었다. 그가 그 아파트에서 눈을 떴을 때 옆자리에 누워·있던 사람은 디니가 아니었고 로즈도 아니었다.

아브라였다. 그가 목을 졸라서 아브라의 눈이 튀어나오려 하고 있었다.

로즈가 다시 댄의 머릿속으로 꿈틀꿈틀 들어와서 그의 분노에 자신의 분노를 보태려 하자 아브라가 잠깐 다시 바뀌려고 했다. 그 순간 무슨 일인가가 벌어지면서 로즈가 사라졌다. 하지만 다시 돌아올 터였다.

아브라가 기침을 하며 그를 쳐다보았다. 목 졸려서 거의 죽을 뻔했으니 충격을 받았을 텐데 신기하게도 침착해 보였다.

(뭐…… 쉽지 않을 줄 알고 있었잖아요.)

"나는 아버지가 아니야!" 댄이 그녀를 향해 외쳤다. "나는 아버지가 아니라고!"

"어쩌면 그래서 다행일지 몰라요." 아브라가 말했다. 그러면서 정말로 웃어 보였다. "댄 아저씨, 성질 한번 끝내주네요? 우리, *진짜* 친척인가 봐요."

"하마터면 내가 널 죽일 뻔했어." 댄이 말했다. "이제 그만하자. 네가 나갈 때가 됐어. 당장 뉴햄프셔로 돌아가."

그녀는 고개를 저었다.

"조만간 그래야겠지만 지금은 아저씨 곁에 내가 있어야 해요."

"아브라, 이건 명령이야."

그녀는 팔짱을 끼고 선인장 카펫 위에 그대로 서 있었다.

"아, 젠장." 그는 머리카락을 마구 헝클어뜨렸다. "너 진짜 연구 대상이다."

그녀가 손을 내밀어 그의 손을 잡았다.

"우리 둘이서 같이 끝내요. 이제 정신 차려요. 이 방에서 나가자고요. 아무래도 나는 이 방이 마음에 안 드는 것 같아요."

그들이 서로 손깍지를 끼자 그가 어렸을 때 한때 살았던 방이 분해됐다.

4

댄은 빌리의 픽업트럭 보닛이 세계의 지붕 전망대를 지탱하고 있는 두툼한 기둥을 감싸며 찌그러져 있고 부서진 라디에이터에서 김이 모락모락 나고 있는 것을 알아차렸다. 아브라 마네킹이 조수석 창밖으로 대롱대롱 매달려 있는데, 플라스틱으로 만들어진 한쪽 팔이 멋들어지게 뒤로 치켜 올라간 게 보였다. 찌그러진 운전석 문을 열고 나오려고 끙끙대는 빌리도 보였다. 노인네의 옆얼굴을 타고 피가 흐르고 있었다.

무언가가 그의 머리를 붙잡았다. 힘센 손이 그의 머리를 돌려서 목을 부러뜨리려고 했다. 그러자 아브라의 손이 등장해 로즈를 떼어냈다. 그녀가 위를 올려다보았다.

"그 정도로 해서는 안 될 거야, 이 겁쟁이 할망구야."

로즈는 난간 앞에 서서 아래를 내려다보며 보기 싫은 모자를 바로 썼다.

"삼촌이 목을 졸라 주니까 좋디? 이제는 삼촌을 보면 어떤 기분이 들어?"

"당신이 그런 거잖아, 삼촌이 아니라."

로즈가 씩하고 웃자 피로 얼룩진 입이 벌어졌다.

"그건 아니지, 아가. 나는 그의 안에 들어 있는 것을 활용했을 뿐이야. 너도 알 텐데. 너도 네 삼촌이랑 똑같으니까."

우리의 관심을 다른 데로 돌리려고 하고 있어. 댄은 생각했다. *하지만 뭣 때문일까? 저것 때문일까?*

초록색의 조그만 건물이 있었다. 옥외 화장실일 수도 있고 창고일 수도 있었다.

(*아브라, 혹시······*)

그는 생각을 끝까지 전달할 필요도 없었다. 아브라가 헛간 쪽으로 고개를 돌리더니 빤히 쳐다보았다. 맹꽁이자물쇠가 끼이익 소리를 내며 탁 끊어져서 풀밭 위로 떨어졌다. 문이 스르르 열렸다. 몇 가지 공구와 오래된 잔디 깎는 기계만 있을 뿐, 헛간 안에는 아무것도 없었다. 댄은 그 안에서 무언가가 느껴진 것 같았는데 너무 신경이 곤두서서 그랬나 보다고 생각했다. 다시 고개를 들어 보니 로즈가 더 이상 보이지 않았다. 난간에서 멀찌감치 물러난 것이었다.

빌리가 마침내 트럭 문을 열었다. 그는 비틀거리며 차에서 내려서 어렵사리 똑바로 섰다.

"대니? 자네 괜찮나?" 그러고는 다시 물었다. "저게 아브라야? 맙소사, 거의 보이지도 않는군."

"빌리, 산장까지 걸어갈 수 있겠어요?"

"아마도. 거기 있던 사람들은 어떻게 됐어?"

"죽었어요. 아저씨가 지금 *바로* 가주시면 정말 좋겠는데요."

빌리는 토를 달지 않았다. 취객처럼 허우적거리며 비탈길을 내려가기 시작했다. 댄은 전망대로 올라가는 계단을 가리키며 묻는 듯이 눈썹을 추켜세웠다. 아브라는 고개를 젓고는

(그녀가 원하는 바예요.)

세계의 지붕을 빙 돌아서 로즈의 실크해트 꼭대기가 보이는 곳으로 댄을 데리고 갔다. 그러자 비품 창고를 등지게 되었지만 댄은 그 안에 아무것도 없는 것을 확인했기 때문에 거기에 대해서 전혀 신경 쓰지 않았다.

(댄 아저씨 저 잠깐 다녀올게요. 재충전이 필요해요.)

그의 머릿속으로 그림이 하나 전송됐다. 벌판을 가득 메운 해바라기들이 일제히 꽃망울을 터뜨리는 장면이었다. 몸을 살피고 와야겠다는 뜻인데 잘 생각한 거였다. 맞는 생각이었다.

(다녀와.)

(최대한 빨리 돌아올게요.)

(가, 아브라. 나는 괜찮아.)

운이 따라 준다면 그녀가 돌아왔을 때 이미 상황 종료일 수 있었다.

5

애니스턴에서는 존 돌턴과 스톤 부부가 지켜보는 가운데 아브라가 깊은 숨을 들이쉬며 눈을 떴다.

"아브라!" 루시가 외쳤다. "다 끝났니?"

"곧 끝나요."

"목은 왜 그래? 멍든 거야?"

"엄마, 거기 가만히 계세요! 돌아가야 해요. 댄 아저씨 곁에 제가 있어야 해요."

아브라는 호피 쪽으로 손을 내밀었지만 낡은 인형에 손이 닿기도 전에 눈이 감기고 몸이 뻣뻣해졌다.

6

로즈가 난간 너머로 조심스럽게 확인해 보니 아브라가 사라지고 보이지 않았다. 꼬맹이 계집년이 이때까지 버티다 어쩔 수 없이 인공호흡을 받으러 돌아간 것이었다. 오늘 여기 블루벨 캠핑장에서 느껴지는 그녀의 기운은 그날 슈퍼마켓에 등장했을 때와 크게 다를 바 없었는데 이번이 훨씬 폭발력이 있었다. 이유가 뭘까? 저 남자가 도와주고 있기 때문이었다. 힘을 북돋워 주고 있기 때문이었다. 아이가 돌아왔을 때 그가 죽고 없다면……

로즈는 그를 내려다보며 크게 외쳤다.

"내가 대니, 너라면 기회가 있을 때 도망치겠다. 내 손으로 널 혼내 주어야겠니?"

벙어리 새리는 세계의 지붕에서 벌어지는 일에 촉각을 곤두세우고 있느라(인정하다시피 한계가 있는 그녀의 아이큐가 허락하는 한도 내에서 최대한 지적 능력을 동원해 가며 귀 기울이고 있느라) 처음에는 헛간 안으로 누가 들어온 줄도 몰랐다. 그러다 마침내 뭔가가 썩은 냄새를 맡고 정신을 번쩍 차렸다. 이것은 쓰레기 냄새가 아니었다. 감히 뒤돌아볼 수는 없었다. 문이 열려 있기 때문에 그랬다가는 저 남자의 눈에 띌 수 있었다. 그녀는 한 손에 낫을 든 채 가만히 서 있었다.

로즈가 남자에게 기회가 있을 때 도망치라고 말하는 소리가 들렸을 때 헛간 문이 저절로 닫히기 시작했다.

"내 손으로 널 혼내 주어야겠니?" 로즈가 외쳤다.

그녀는 이 신호가 떨어지면 뛰쳐나가서 골치 아프게 참견하는 아이의 목에 낫을 꽂기로 되어 있었는데, 아이가 없으니 남자가 대신 맞아야 했다. 그런데 그녀가 움직이기도 전에 누군가가 낫을 잡고 있는 그녀의 손 위로 차가운 손을 스르르 얹었다. 스르르 얹어서 꽉 잡았다.

그녀는 고개를 돌렸고(이제는 문이 닫혔으니 그러지 못할 이유가 없었다.) 낡은 널빤지 틈새로 들어온 희미한 빛에 비친 무언가를 보고, 평소에 말을 내뱉은 적이 별로 없었던 목청이 찢어져라 비명을 질렀다. 그녀가 딴 데 정신을 팔고 있는 동안 시신 하나가 헛간 안으로 들어왔던 것이다. 포식 동물 특유의 미소를 짓고 있는 그의 얼굴은 못 먹게 된 아보카도처럼 축축하고 허여멀건 초록색이었다. 두 눈은 눈구멍에 거의 매달려 있다시피 했다. 양복은 오래된 곰팡이로 얼룩덜룩했지만…… 어깨 위로 뿌려진 다채로운 색상의 색종이 조각들은 새것이었다.

"엄청난 파티였지, 그렇지?"

그가 말하면서 씩 웃자 입술이 갈라지며 벌어졌다.

그녀는 다시 비명을 지르며 그의 왼쪽 관자놀이를 향해 낫을 휘둘렀다. 굽은 날이 깊숙이 들어가 꽂혔지만 피가 나지 않았다.

"키스해 줘, 내 사랑." 호리스 드원트가 말했다. 하얀 혓바닥의 잔재가 꿈틀꿈틀 입술을 비집고 나왔다. "여자랑 있어 본 지 정말 오랜만이야."

썩어서 번들거리는 너덜너덜한 그의 혀가 새리의 혀에 닿았고 그의 손은 그녀의 목을 조였다.

8

로즈는 헛간 문이 닫히는 걸 보고 비명 소리를 들은 순간 이제 정말 혼자가 됐다는 걸 깨달았다. 조만간, 어쩌면 몇 초 안으로 아이가 돌아오면 2대1 싸움이 될 것이다. 그건 용납할 수 없었다.

그녀는 남자를 내려다보며 스팀으로 증폭된 능력을 모조리 소환했다.

(네 목을 졸라, **당장!**)

그의 손이 그의 목을 향해 올라갔지만 속도가 너무 느렸다. 그가 버티고 있기 때문인데, 그 정도로 잘 버티고 있다는 데 분노가 치밀었다. 계집년과의 결투는 예상했던 바였지만 저 아래 있는 얼뜨기는 어른이었다. 그에게 남아 있는 스팀 정도는 안개처럼 걷어낼 수 있어야 하는 것 아닌가.

그래도 그녀가 이기고 있기는 했다.

그의 손이 가슴을 지나고…… 어깨를 지나서…… 마침내 목에 다다랐다. 거기서 손의 힘이 풀렸다. 그가 힘겹게 헐떡이는 소리가 그녀의 귀에 전해졌다. 그녀가 더욱 밀어붙이자 그의 손이 그의 목을 잡고 기도를 눌렀다.

(그렇지, 이 참견쟁이야, 눌러 눌러 계속 **눌러**!)

무언가가 그녀를 때렸다. 주먹은 아니었다. 오히려 단단히 압축한 공기에 가까웠다. 그녀는 주변을 둘러보았지만 잠깐 어른거리다 사라진 빛줄기 말고는 아무것도 없었다. 3초도 안 됐지만 그녀의 집중력을 흐트러뜨리기에 충분했고 그녀가 난간 쪽으로 다시 고개를 돌려보니 아이가 돌아와 있었다.

이번에는 바람이 아니었다. 큼지막한 동시에 작게 느껴지는 여러 개의 손이었다. 그 손들이 그녀의 허리 잘록한 부분에 놓여 있었다. 그 부분을 잡고 그녀를 밀고 있었다. 계집년과 그 친구의 공동 작업이었다. 로즈가 피하고 싶었던 바로 그 상황이 닥친 것이었다. 그녀의 뱃속에서 공포라는 벌레가 스멀스멀 고개를 들기 시작했다. 그녀는 난간에서 멀어지려고 했지만 그럴 수가 없었다. 전력을 기울여야 제대로 설 수 있는 정도였고 힘을 북돋워 주는 트루가 없었으니 그마저도 오래 버틸 수 없을 것 같았다. 전혀 오래 버틸 수 없을 것 같왔다.

그 바람만 없었어도…… 그가 날린 것도 아니었고 아이는 아직 없었는데……

손 하나가 로즈의 허리에서 떨어져 나와서 그녀가 쓰고 있던 모자를 쳤다. 로즈는 모욕감에 울부짖었고(그녀의 모자를 건드린 사람은 아무도 없었다, *아무도!*) 잠깐 동안이나마 힘을 그러모아서 비틀비틀 전망대 한복판으로 뒷걸음질을 칠 수 있었다. 하지만 그 손들이 다시 로즈의 허리를 짚고 그녀를 다시 앞으로 밀기 시작했다.

그녀는 그들을 내려다보았다. 남자는 눈을 감고 어찌나 정신을 집중하고 있는지 목의 힘줄이 튀어나왔고 뺨 위로 땀이 비 오듯 쏟아질 정도였다. 하지만 휘둥그레 뜬 아이의 눈빛은 잔인했다. 아이가 그런 눈으로 로즈를 올려다보고 있었다. 그러면서 미소를 짓고 있었다.

로즈는 있는 힘을 다해 뒷걸음질을 치려고 했지만 돌담을 미는 것이나 다름없었다. 돌담이 인정사정없이 밀어붙이자 그녀의 배가 난간에 닿았다. 난간이 삐걱거리는 소리가 들렸다.

로즈는 아주 잠깐이지만 협상을 시도할까 고민했다. 아이에게 둘이서 새로운 트루 낫을 만들어 보자고 하는 거다. 그러면 아브라 스톤은 2070년이나 2080년에 죽지 않고 천 년을 살 수 있다고. 어쩌면 이천 년을 살 수도 있다고. 하지만 그런들 무슨 소용 있을까?

이 세상에 자기는 불사신이라고 생각하지 않는 십 대가 어디 있을까?

그래서 그녀는 협상을 시도하거나 애원하는 대신 그들을 향해 도

전적으로 외쳤다.

"엿 먹어라! 너희 둘 다 엿 먹어라!"

아이가 그 섬뜩한 미소를 더욱 활짝 지었다.

"아니지." 아브라가 말했다. "엿 먹게 된 쪽은 *아줌마잖아.*"

이번에는 삐걱하는 정도가 아니라 총성 비슷하게 날카로운 소리
가 들렸고 모자 쓴 로즈는 추락했다.

9

그녀는 머리부터 떨어졌고 그 즉시 사이클을 하기 시작했다. 산산
조각이 난 목 위로 삐딱하게 얹힌 머리(*모자하고 똑같잖아,* 댄은 이런
생각을 했다.)가 거의 무심하다 싶은 각도를 이루었다. 댄은 아브라의
손을 잡고(그녀도 자기 집 뒤 현관과 세계의 지붕을 오가며 나름의 사이클
을 하고 있었기 때문에 손이 느껴졌다 말았다 했다.) 둘이서 같이 지켜보
았다.

"아파?" 아브라가 죽어 가는 여자를 향해 물었다. "아팠으면 좋겠
다. 아주 많이 아팠으면 좋겠어."

로즈는 입꼬리를 늘리며 비웃음을 흘렸다. 인간의 치아는 사라지
고 누런 송곳니만 남았다. 그 위로 살아 있는 파란색 돌처럼 눈동자
가 둥둥 떠 있었다. 그러다 잠시 후 그녀는 사라졌다.

아브라가 댄을 돌아보았다. 여전히 웃고 있었지만 화가 났거나 심
술궂은 미소가 아니었다.

(아저씨를 얼마나 걱정했는지 몰라요. 혹시라도 저 여자한테……)

(거의 그럴 뻔했는데 도와준 사람이 있었어.)

그는 부러져서 위로 삐죽 튀어나온 난간 조각들을 가리켰다. 아브라는 그쪽을 보았다가 영문을 모르겠다는 얼굴로 댄을 돌아보았다. 그는 고개만 저을 따름이었다.

이번에는 그녀가 위가 아닌 아래를 가리켰다.

(예전에 저런 모자를 쓰고 다닌 마술사가 있었는데, 이름은 미스테리오였고요.)

(그리고 너는 천장에 숟가락을 매달았지.)

그녀는 고개를 끄덕였지만 시선을 들지는 않았다. 계속 그 모자만 물끄러미 바라보았다.

(네가 저걸 없애야 해.)

(어떻게요?)

(태워. 프리먼 씨는 담배를 끊었다고 하지만 계속 피우고 있어. 냄새가 나거든. 트럭에 보면 성냥이 있을 거야.)

"아저씨가 해 주세요." 아브라가 말했다. "그래 줄 거죠? 약속할 수 있죠?"

"알았어."

(사랑해요. 댄 아저씨.)

(나도 사랑한다.)

아브라가 댄을 끌어안았다. 그는 그녀를 팔로 감싸고 마주 안았다. 그러는 동안 그녀의 몸이 비로 변했다. 안개로 변했다. 그러다 사라졌다.

조만간 밤으로 깊어질 어스름이 깔린 뉴햄프셔 주 애니스턴의 어느 집 뒤 현관에서 여자아이가 허리를 펴고 앉았다가 일어서려다 기절하려는 것처럼 휘청거렸다. 굴러 떨어질 염려는 없었다. 엄마, 아빠가 당장 달려와서 아이를 안고 들어갔다.

"괜찮아요." 아브라가 말했다. "이제 내려놓으셔도 돼요."

그들은 조심스럽게 아이를 내려놓았다. 데이비드 스톤은 무릎이 살짝 꺾이기만 해도 당장 붙잡을 태세로 옆에 바짝 붙어 서 있었지만 아브라는 부엌에 똑바로 섰다.

"댄은?" 존이 물었다.

"무사해요. 프리먼 씨가 트럭으로 어딜 들이받아서 (그럴 수밖에 없었어요.) 상처가 났어요." 아브라는 그의 얼굴 옆면에 손을 얹었다. "하지만 괜찮으실 것 같아요."

"그들은? 트루 낫은?"

아브라는 한 손을 들어서 손바닥에 대고 입김을 불었다.

"사라졌어요." 그러고 나서는 이렇게 물었다. "먹을 거 있어요? 배고파서 쓰러지겠는데."

*무사하다*는 것은 댄의 상태를 살짝 과장한 진단이었다. 그는 트럭

쪽으로 걸어가서 문이 열린 운전석에 앉아 숨을 골랐다. 그리고 정신도 챙겼다.

우리는 휴가를 왔던 거야. 그는 이렇게 결론을 내렸다. 내가 어렸을 때 자주 놀았던 볼더를 다시 찾아가 보고 싶어서. 세계의 지붕에서 전망을 감상하려고 여기로 올라왔는데 캠핑장에 아무도 없었어. 나는 장난기가 동해서 빌리에게 그의 트럭을 몰고 전망대까지 직진할 수 있다고 내기를 걸었지. 그러다 너무 속력을 내는 바람에 제어가 안 돼서 기둥을 들이받았어. 정말 미안하네. 바보처럼 망할 허세를 부리다니.

벌금은 어마무지하게 때려 맞겠지만 다행스러운 면도 있었다. 음주 검사는 당당하게 무사통과할 수 있을 것이다.

사물함을 뒤져보니 라이터에 넣는 액체 연료가 있었다. 지포라이터는 없었지만(빌리의 바지 주머니 안에 들어 있을 것이다.) 반쯤 쓰다 만 성냥갑이 두 개 있었다. 그는 모자가 흠뻑 젖을 때까지 기름을 부었다. 그런 다음 쭈그리고 앉아서 성냥을 켜고 거꾸로 뒤집힌 모자의 움푹한 곳에 던졌다. 모자는 금세 타서 없어졌지만 그는 잿더미밖에 안 남을 때까지 바람과 반대 방향으로 움직였다.

냄새가 지독했다.

고개를 들어 보니 빌리가 소매로 얼굴에 흐르는 피를 닦으며 그를 향해 터벅터벅 걸어오고 있었다. 댄은 불씨가 하나라도 남아서 산불을 일으키지 않도록 빌리와 함께 잿더미를 밟으면서 콜로라도 주 경찰이 들이닥쳤을 때 뭐라고 말하면 되는지 이야기했다.

"수리비를 제가 부담해야겠죠? 제법 들 텐데 모아 놓은 돈이 좀 있어서 다행이네요."

빌리는 콧방귀를 뀌었다.

"누가 자네한테 수리비를 청구한대? 트루 낫인가 하는 인간들은 아무도 없고 옷가지만 남았더군. 내가 봤어."

"안타깝게도……" 댄이 말했다. "세계의 지붕이 콜로라도 주의 재산이거든요."

"아이구야." 빌리가 말했다. "콜로라도와 나머지 세상을 위해서 좋은 일을 하다가 그렇게 된 건데 너무하잖아. 아브라는?"

"집으로 돌아갔어요."

"다행이로군. 끝난 건가? 정말 끝난 건가?"

댄은 고개를 끄덕였다.

빌리는 로즈의 실크해트가 남긴 잿더미를 물끄러미 바라보았다.

"우라지게 빨리도 타버렸군. 거의 영화 속 특수 효과 수준인데?"

"엄청나게 오래 됐을 거예요." 그리고 마법으로 가득할 거예요. 댄은 굳이 이렇게 덧붙이지는 않았다. 흑마법으로요.

댄은 픽업트럭으로 다가가서 운전석으로 들어가 앉았다. 백미러에 비친 그의 얼굴을 확인하기 위해서였다.

"뭐 이상한 거라도 보이나?" 빌리가 물었다. "내가 거울에 비친 내 모습을 보면서 넋을 놓고 있으면 어머니가 늘 그렇게 물었는데."

"아무것도 안 보여요." 댄이 말했다. 그의 얼굴 위로 미소가 번졌다. 피곤해 보이지만 진심 어린 미소였다. "전혀 아무것도요."

"그럼 경찰에 연락해서 사고 소식을 전하자고." 빌리가 말했다. "내가 평소에는 경찰이라면 질색하지만 지금은 옆에 누가 있어도 괜찮겠다 싶어. 여기 있으니까 소름이 끼치네." 그는 댄을 약삭빠르게 쳐다보았다. "유령들이 우글거리지? 그래서 그들이 여길 택한 거지?"

그렇다, 의심의 여지가 없었다. 하지만 에버니저 스크루지가 아니라도 알다시피 세상에는 나쁜 유령도 있고 착한 유령도 있는 법이다. 댄은 오버룩 산장을 향해 걸어 내려가다 말고 세계의 지붕을 돌아보았다. 전망대 위 난간 옆에 서 있는 남자가 보였을 때 그는 그다지 놀라지 않았다. 그가 한 손을 들어서(손을 들어도 포니 산 정상이 전혀 가려지지 않고 그대로 보였다.) 댄의 어린시절 기억에 남아 있는 키스를 날렸다. 그는 그 키스를 똑똑히 기억하고 있었다. 하루를 마감할 때 치르던 그들만의 의식이었다.

이제 잘 시간이다, 닥터. 잘 자라. 용이 나오는 꿈을 꾸고 내일 아침에 어땠는지 들려줘.

댄은 울겠지만 지금은 아니었다. 지금은 울 때가 아니었다. 그는 한 손을 입에 갖다 대고 맞키스를 날려 보냈다.

그는 아버지의 잔영을 조금 더 지켜보았다. 그런 다음 빌리와 함께 주차장으로 발걸음을 옮겼다. 주차장에 도착했을 때 그는 다시 한 번 뒤를 돌아보았다.

세계의 지붕에는 아무도 없었다.

당신이 잠들 때까지

FEAR는 '모든 걸 받아들이고 극복할 것'*의 줄임말이다.

—— 알코올 중독자들 사이에서 전해 내려오는 명언

----

* Face Everything And Recover.

기념일

1

    토요일 정오에 프레이저에서 열리는 알코올 중독자 협회 모임은 뉴햄프셔에서 가장 오랜 역사를 자랑하는 것으로, 뚱보 밥 D로 알려진 이 프로그램의 설립자 빌 윌슨이 1946년에 직접 시작했다. 뚱보 밥은 간암으로 이미 오래전에 땅 속에 묻혔지만(초창기에 알코올 중독을 극복한 사람들은 대부분 줄담배를 피웠기에 새내기들은 입은 다물고 재떨이는 비워 놓으라고 주기적으로 세뇌 교육을 받았다.) 이 모임은 여전히 성황리에 이어지고 있었다. 오늘은 끝나면 피자와 시트 케이크를 먹는 날이기에 만원사례를 빚었다. 보통은 무언가를 기념하는 날에 만원사례가 빚어지는데 오늘은 한 회원의 금주 15주년을 축하하는 날이었다. 초창기에는 댄 아니면 댄 T라고 불렸지만 그가 그 동네 호스피스에서 어떤 일을 하는지 소문이 퍼지면서(알코올 중독자 협회에서 출간하는 잡지 이름이 아무 이유 없이 《그레이프바인》이 된 게 아니었다(포도 덩굴을 의미하는 grapevine에는 유언비어, 비밀 정보망이라는 뜻도 있다—옮긴이)) 대개 '닥터'라고 불리게 된 회원이었다. 댄은 부모님도 그를 그렇게 불렀기에 그의 별명이 아이러니컬하게 느껴졌지만…… 좋은 의미에서 그랬다. 인생은 수레바퀴이고 수레바퀴의 유일한 임무가 도는 것이다 보니 늘 처음 시작했던 지점으로 돌아오기 마련이었다.

진짜 의사인 존이라는 회원이 댄의 부탁으로 사회를 맡았고 모임은 평소처럼 진행됐다. 랜디 M이 마지막으로 음주 운전을 했을 때 그를 잡은 경찰에 대고 어떤 식으로 토악질을 했는지 고백하자 웃음꽃이 피었고, 1년 뒤에 이 프로그램에서 그 경찰을 만났다고 폭로하자 더 큰 웃음꽃이 피었다. 매기 M은 두 아이의 공동 친권 신청이 또다시 기각됐다는 이야기를 하며(알코올 중독자 협회의 표현을 빌자면 사연을 '공유'하며) 울음을 터뜨렸다. 평소처럼 상투적인 조언이 쏟아졌고(시간이 지나려면 시간이 걸린다, 노력하면 이루어지게 되어 있다, 기적이 일어날 때까지 포기하면 안 된다.) 매기의 울음은 이윽고 훌쩍이는 수준으로 진정됐다. 어떤 남자의 휴대전화가 울리자 평소처럼 높으신 그분께서는 전화기를 끄라 하십니다! 하는 야유가 쏟아졌다. 손을 떠는 아가씨가 커피를 엎질렀다. 커피를 쏟는 사람이 한 명도 없는 모임은 사실 거의 없었다.

12시 50분에 존 D가 바구니를 돌리면서 ("우리는 각자 부담하는 성금으로 자급자족한다.") 발표할 공지 사항이 있느냐고 물었다. 모임의 서막을 장식했던 트레버 K가 일어나서 (늘 그렇듯) 부엌 청소와 의자 정리를 도와줄 회원을 찾았다. 칩 클럽을 맡은 욜랜다 V가 하얀색 (24시간) 두 개와 보라색(5개월, 보통 바니 칩이라고 불렸다) 한 개를 나누어 주었다. 그러면서 늘 그렇듯 이런 말로 마무리를 지었다.

"오늘 술을 한 모금도 입에 대지 않았다면 여러분과 여러분의 높으신 그분께 박수를 쳐주세요."

그들은 박수를 쳤다.

박수갈채가 잦아들자 존이 말했다.

"오늘은 15주년 기념 행사가 있는 날이죠? 케이시 K와 댄 T는 앞으로 나와 주시겠습니까?"

댄이 앞으로 걸어가자(이제는 지팡이를 짚고 다니는 케이시와 보조를 맞추느라 천천히 걸었다.) 모인 사람들이 박수를 보냈다. 존이 케이시에게 앞면에 XV라고 새겨진 메달을 건네자 케이시는 사람들이 볼 수 있도록 메달을 높이 들었다.

"이 친구가 해낼 거라고는 생각도 못했어요." 그가 말했다. "왜냐하면 이 친구는 처음부터 알코올 중독자였거든요. 그러니까 반항기 다분한 후레자식이었단 말이죠."

사람들은 이 늙은이의 농담에 예의 바르게 웃어 주었다. 댄은 미소를 지었지만 심장이 두방망이질 치고 있었다. 지금 그는 그 다음 차례로 기다리는 일을 기절하지 않고 해치워야 한다는 생각뿐이었다. 가장 최근에 이 정도로 무서웠던 적이 있다면 세계의 지붕 전망대에 서 있는 모자 쓴 로즈를 올려다보며, 자신의 손에 목 졸려 죽지 않으려고 애를 썼을 때밖에 없었다.

빨리 끝내 줘요, 케이시. 제발. 내가 용기를 잃거나 아침으로 먹은 걸 토하기 전에요.

케이시는 샤이닝의 소유자였든지…… 아니면 댄의 눈빛에서 무언가를 읽은 모양이었다. 어느 쪽이 됐건 간에 간단하게 끝내 주었다.

"하지만 이 친구는 내 예상을 깨고 잘해 주었습니다. 우리 협회의 문을 열고 들어온 알코올 중독자들은 일곱 명 중에 여섯 명이 다시 걸어 나가서 술을 마시죠. 우리 모두는 그 일곱 번째 인물이라는 기적을 위해 사는 겁니다. 그 기적의 인물이 여기 이렇게 떡하니 못생긴 얼굴을 들고 서 있습니다. 받으시게, 닥터, 자네는 이걸 받을 자격이 있어."

그가 댄에게 메달을 건넸다. 순간 댄은 메달이 차가운 그의 손가락 사이로 빠져나가서 바닥으로 떨어지는 줄 알았다. 하지만 케이시가 떨어지기 전에 메달을 자기 손에 감고 그를 덥석 끌어안았다.

"1년 더 참아라, 이 망할 놈의 새끼야. 축하해."

케이시는 쿵쿵거리며 통로를 지나 뒤편으로 걸어가서 연장자의 권한으로 다른 고참들 곁에 앉았다. 앞쪽에 혼자 남겨진 댄은 손목의 힘줄이 튀어나올 만큼 세게 15주년 메달을 움켜쥐었다. 그 자리에 모인 알코올 중독자들은 그를 빤히 쳐다보며 오랜 금주자의 입에서 나올 경험과 용기와 희망의 증언을 기다렸다.

"몇 년 전에……" 그는 운을 뗐다가 헛기침을 해야 했다. "몇 년 전에 같이 커피를 마셨을 때 방금 전에 착석하신 저 절뚝발이 신사분이 저더러 5단계를 실천에 옮겼느냐고 물은 적이 있습니다. '하느님과 우리 자신과 타인에게 우리가 정확히 어떤 잘못을 저질렀는지

고백하라.' 저는 대부분 실천에 옮겼다고 대답했죠. 우리와 같은 이런 문제를 겪지 않는 사람들에게는 그 정도면 충분하겠지만…… 그래서 우리가 그들을 지구인이라고 부르는 것 아니겠습니까."

그들은 빙그레 웃었다. 댄은 심호흡을 하며 로즈와 트루 낫도 감당했으니 이것도 감당할 수 있다고 속으로 중얼거렸다. 하지만 이번은 달랐다. 지금의 그는 영웅 댄이 아니었다. 쓰레기 댄이었다. 그는 누구에게나 조금씩 쓰레기 같은 구석이 있다는 것을 알 만큼 나이를 먹었지만, 안다 한들 자기 쓰레기를 꺼내 보여야 할 때 별 도움은 되지 않았다.

"그는 저에게 너무 부끄러워서 이야기할 수가 없기에 극복하지 못하는 잘못이 하나 있는 것 같다고 했어요. 그걸 놓아야 한다고요. 그러면서 여러분이 모임에 참석할 때마다 거의 매번 듣는 가르침을 다시 한 번 알려 주었죠. 우리는 비밀의 숫자만큼 아픈 법이라고요. 내 잘못을 고백하지 않으면 언젠가는 나도 모르는 새 술잔을 손에 들고 있을 거라고도 했고요. 대충 그런 맥락이었죠, 케이시?"

케이시는 뒤편에서 지팡이 위로 양손을 포갠 채 고개를 끄덕였다.

댄은 눈물이 나오려고 눈 안쪽이 따끔거리는 게 느껴지자 생각했다. *하느님, 제가 울부짖지 않고 마칠 수 있도록 도와주세요. 제발요.*

"저는 고백하지 않았습니다. 오랫동안 그건 어느 누구한테도 절대 이야기하지 않겠다고 다짐하며 살아왔었거든요. 하지만 저는 그의 말이 옳았다고 생각하고, 제가 다시 술을 마시기 시작하면 죽을 거예요. 그건 싫어요. 요즘은 살아야 할 이유가 많거든요. 그래서……"

빌어먹을 눈물이 흘렀지만 너무 깊숙이 들어가 버렸기 때문에 이제 와서 발을 뺄 수는 없었다. 그는 메달을 쥐지 않은 쪽 손으로 눈물을 닦았다.

"약속의 장에 보면 뭐라고 되어 있는지 아시죠? 과거를 후회하지 않는 것을, 과거의 문을 닫아 버리고 싶어 하지 않는 것을 배우게 될 거라고 하잖아요. 이런 표현을 써서 죄송하지만 진실로 가득한 이 프로그램에서 그 부분만큼은 헛소리 같아요. 저는 후회를 많이 하거든요. 하지만 이제는 문을 제가 원하는 만큼 살짝 열 때가 된 것 같습니다."

그들은 기다렸다. 심지어 일회용 접시에 피자를 도르고 있던 두 여성 회원마저 부엌 입구에 서서 그를 보고 있었다.

"저는 술을 끊기 얼마 전에 술집에서 만난 여자 옆에서 눈을 뜬 적이 있습니다. 그곳은 그녀의 아파트였어요. 그녀가 가진 게 거의 없어서 쓰레기장 같은 곳이었죠. 저도 가진 게 거의 없었기에 남 일 같지가 않았는데, 우리 둘 다 아마 같은 이유로 빈털터리가 됐을 거예요. 이유는 여러분 모두 아실 테고요." 그는 어깨를 으쓱했다. "여러분도 그럴지 모르겠지만 술을 마시면 모든 똥밭을 잊을 수 있죠. 처음에는 조금, 그러다 많이, 그러다 전부 다.

그녀의 이름은 디니였어요. 다른 건 별로 기억이 안 나지만 이름은 기억해요. 저는 옷을 입고 그 집에서 나왔는데 나오기 전에 그녀의 돈을 훔쳤어요. 그런데 알고 보니 그녀는 저보다 가진 게 최소한 하나 더 많더군요. 그녀의 지갑을 뒤지면서 주변을 살피다 저쪽에 서 있는 그녀의 아들을 맞닥뜨렸거든요. 아직 기저귀를 찬 꼬맹이였어요. 그녀와 제가 그 전날 밤에 코카인을 좀 사가지고 들어왔는데 그게 아직 테이블 위에 남아 있었어요. 아이가 그걸 보더니 손을 내밀더군요. 사탕인 줄 알았던 거예요."

댄은 다시 눈을 훔쳤다.

"저는 그걸 집어서 아이의 손이 닿지 않는 곳으로 치웠어요. 최소한 그 정도 예의는 지켰어요. 별것 아니지만 그 정도 예의는 지켰어요. 그런 다음 그녀의 돈을 주머니에 넣고 밖으로 나왔죠. 그 일을 돌이킬 수만 있다면 뭐든 할 수 있는데. 그럴 방법이 없네요."

문가에 서 있던 여자들은 어느새 부엌으로 다시 들어갔다. 몇몇 사람들은 시계를 보고 있었다. 누군가의 뱃속에서 꼬르륵 소리가 났다. 댄은 90여 명의 알코올 중독자들을 보며 놀라운 사실을 깨달았다. 그들은 그가 저지른 짓을 혐오스러워하지 않는다는 것이었다. 그들은 심지어 놀라지도 않았다. 그보다 더 심한 경우도 들었기에. 그보다 더 심한 짓을 저지른 사람도 있기에.

"네." 그가 말했다. "제 이야기는 여기까지입니다. 들어 주셔서 감사합니다."

박수가 터지기 전에 뒷줄에 앉아 있던 고참이 판에 박힌 질문을 큰 소리로 던졌다.

"어떻게 견뎠다고, 닥터?"

댄은 웃으며 판에 박힌 대답을 했다.

"한 번에 하루씩이오."

2

댄은 주기도문을 외고, 꼭대기에 XV 숫자가 큼지막하게 그려진 초콜릿 케이크와 피자를 먹은 뒤 케이시의 턴드라 자동차까지 그를 부축해 주었다. 어느덧 진눈깨비 같은 비가 내리고 있었다.

"뉴햄프셔의 봄이 이렇다니까." 케이시가 퉁명스럽게 말했다. "멋지지 않은가?"

"빗방울은 떨어지고 오물은 철벅거리고." 댄이 웅변조로 말했다. "바람은 또 어찌나 때려 대는지! 버스는 미끄러지고 우리는 철벅거리고, 이런 젠장맞을, 제기랄이라고 노래해."

케이시는 그를 빤히 쳐다보았다.

"자네가 즉석에서 만든 건가?"

"아뇨. 에즈라 파운드예요. 언제면 그만 빈둥거리고 고관절 치환 수술 받을 거예요?"

케이시는 씩 웃었다.

"다음 달에. 자네가 그 가장 엄청난 비밀을 고백하면 고관절 수술을 받기로 나 혼자 마음먹었거든." 그는 하던 말을 잠시 멈추었다. "뭐 그렇게 우라지게 엄청나지도 않더구먼, 대노."

"그러게요. 사람들이 비명을 지르면서 저에게서 도망칠 줄 알았거든요. 그런데 그러기는커녕 모여서 피자를 먹으면서 날씨 이야기를 하더라고요."

"자네가 앞 못 보는 할머니를 죽였다고 했더라도 다들 남아서 피자랑 케이크를 먹었을 거야. 공짜는 공짜니까." 그는 운전석 문을 열었다. "내 엉덩이 좀 받쳐 줘, 대노."

댄은 그의 엉덩이를 받쳐 주었다.

케이시는 묵직하게 꿈지럭거리며 편안한 자세를 찾은 뒤 시동을 걸고 와이퍼를 움직여 진눈깨비를 처리했다.

"공개하면 뭐든 작아지는 법이야." 그가 말했다. "나중에 자네 피후견인들한테도 그걸 전해 주길 바라네."

"알겠습니다, 현인이시여."

케이시는 슬픈 눈빛으로 그를 바라보았다.

"가서 엿이나 드세요, 자기 씨."

"글쎄요." 대니는 말했다. "들어가서 의자 치우는 거 도울 생각인데요."

그는 정말로 의자를 치웠다.

당신이 잠들 때까지

1

올해 아브라 스톤의 생일파티에는 풍선도 없고 마술사도 없었다. 그녀는 열다섯 살이었다.

데이브 스톤이(빌리 프리먼의 능숙한 도움 아래) 야외에 설치한 스피커에서 온 동네를 뒤흔드는 록 음악이 쩌렁쩌렁 울려 퍼지기는 했다. 어른들은 스톤 부부의 집 부엌에서 케이크와 아이스크림을 먹고 커피를 마셨다. 아이들은 1층의 가족실과 뒷마당을 점령했는데, 들리는 소리로 짐작건대 즐거운 시간을 보내고 있었다. 아이들은 5시 쯤부터 집으로 돌아가기 시작했지만 아브라와 가장 친한 에마 딘은 남아서 저녁까지 같이 먹었다. 빨간색 치마와 어깨가 드러나는 페전트 블라우스로 한껏 미모를 뽐낸 아브라는 생기가 넘쳐흘렀다. 댄이 선물한 장식 달린 팔찌를 보더니 탄성을 지르며 그를 끌어안고 뺨에 입을 맞추었다. 그녀에게서 향수 냄새가 났다. 새로운 변화였다.

아브라가 에마를 집까지 바래다 주겠다고 나서 둘이 즐겁게 조잘 거리며 인도를 걸어가자 루시가 댄 쪽으로 몸을 기울였다. 입술을 오므리고 있는데, 눈가에 못 보던 주름이 생겼고 머리는 새치가 보이기 시작했다. 아브라는 트루 낫을 잊은 듯했다. 댄이 보기에 루시는 죽을 때까지 잊지 못할 것 같았다.

"아브라한테 얘기해 볼래요? 그 접시에 대해서."

"나가서 강 위로 해가 저무는 거 보고 있을게. 아브라가 딘네 집에 갔다가 돌아오면 나한테 잠깐 보내든지."

루시는 안도하는 눈치였고 댄이 생각하기에는 데이비드도 그럴 듯했다. 그들에게 그녀는 영원히 수수께끼일 것이다. 그에게도 영원히 수수께끼일 거라고 이야기해 주면 두 사람에게 도움이 될까? 아마 아닐 것이다.

"행운을 빌게, 대장님." 빌리가 말했다.

아브라가 한때 의식불명 같아 보이지만 그렇지 않은 상태로 누워 있었던 집 뒤 현관으로 나갔을 때 존 돌턴이 그의 옆으로 다가왔다.

"나도 정신적으로 도움을 주고 싶지만 이번 일은 당신 혼자 처리해야겠네요."

"아브라하고 얘기해 보셨어요?"

"네. 루시의 부탁으로요."

"소용없었어요?"

존은 어깨를 으쓱했다.

"그쪽에 대해서는 입을 열지 않아요."

"나도 그랬어요." 댄이 말했다. "그 나이 때는요."

"하지만 어머니의 골동품 찬장에 든 접시를 모조리 깨버린 적은 없잖아요, 안 그래요?"

"우리 어머니는 그런 찬장 없었어요." 댄이 말했다.

그는 비탈이 진 스톤 부부의 뒷마당 맨 아래쪽으로 걸어가서 저물어가는 태양 덕분에 이글거리는 진홍색 뱀으로 변한 소코 강을 바라보았다. 조만간 산들이 마지막 햇살을 삼키면 강물은 잿빛으로 변할 것이다. 한때 탐험에 나선 어린아이들이 참사를 당할 가능성을 차단하느라 철책 울타리를 쳐놓았던 곳에 이제는 장식용 덤불이 일렬로 서 있었다. 아브라와 친구들을 더 이상 보호할 필요가 없다며 데이비드가 작년 10월에 울타리를 없앴다. 모두들 수영 선수였던 것이다.

하지만 다른 위험 요소들은 여전히 존재했다.

2

강물의 빛깔이 아주, 아주 옅은 분홍색(이른바 잿빛 장미색)으로 희미해졌을 때 아브라가 그의 곁으로 다가왔다. 그는 돌아보지 않아도 그녀가 나왔다는 것을, 맨 어깨를 감추려고 스웨터를 입었다는 것을 알 수 있었다. 뉴햄프셔 주 중부의 봄은 마지막 눈발의 위협이 사라진 뒤에도 저녁이면 금세 쌀쌀해졌다.

(팔찌 정말 마음에 들어요, 댄.)

그녀는 이제 아저씨라는 호칭을 생략할 때가 더 많았다.

(다행이로구나.)

"엄마, 아빠가 아저씨더러 저랑 접시 얘기해 보라고 하신 거죠?" 그녀가 말했다. 그녀의 말투는 텔레파시와 달리 따스함이라고는 전혀 느낄 수 없었고 이제는 그녀의 생각을 읽을 수 없었다. 그녀가 진심을 담아서 아주 예쁘게 감사 인사를 전한 뒤에 마음의 문을 닫아 버린 것이었다. 그녀는 이제 그런 데 도통했고 날이 갈수록 실력이 늘었다. "맞죠?"

"너는 거기에 대해서 얘기하고 싶니?"

"엄마한테 죄송하다고 말씀드렸어요. 일부러 그런 거 아니라고도 말씀드렸고요. 날 안 믿으시는 것 같아요."

(나는 믿는다.)

"아저씨야 아니까 그렇죠. 엄마, 아빠는 모르잖아요."

댄은 아무 말도 하지 않고 딱 한 마디의 생각을 전달했다.

(?)

"엄마, 아빠는 나를 전혀 안 믿어요!" 그녀는 버럭 소리를 질렀다. "정말 너무해요! 나는 제니퍼의 집에서 열린 그 한심한 파티에 술이 있을 줄 몰랐고 한 모금도 마시지 않았다고요! 그런데도 엄마는 우라질 2주째 나를 들볶고 있어요!"

(? ? ?)

아무 대답이 없었다. 강물은 이제 거의 회색으로 변했다. 그가 용기를 내서 고개를 돌려 보니 그녀는 자기가 신은 운동화를 살피고 있었다. 치마와 똑같은 빨간색이었다. 그녀의 뺨도 치마와 비슷한 색깔이었다.

"알았어요." 그녀가 마침내 입을 열었다. 그를 쳐다보지는 않았지만 입 꼬리를 들어서 마지못한 듯 살짝 미소를 지었다. "아저씨를 속이지는 못하겠죠? 한 모금 마셨어요. 무슨 맛인지 궁금해서. 왜들 그렇게 난리인가 싶어서. 내가 집에 왔을 때 엄마가 술 냄새를 맡았나 봐요. 그런데 그거 알아요? 별것 아니더라고요. 맛이 *끔찍*했어요."

댄은 그 말에 아무 대꾸도 하지 않았다. 그가 나도 처음 마셨을 때 맛이 끔찍했다고, 별것 아니라고, 애지중지할 비밀이 못 된다고 믿었다고 얘기한들 그녀는 어른의 장황한 헛소리로 치부했을 것이다. 아이의 성장 과정을 놓고 훈계할 수는 없었다. 어른이 되는 법을 가르칠 수도 없었다.

"정말로 접시는 일부러 깬 거 아니에요." 그녀가 조그만 목소리로 말했다. "엄마한테도 얘기했다시피 어쩌다 보니 그렇게 된 거였어요. 너무 *화가* 났었거든요."

"네가 타고 나길 그렇게 태어났지." 그는 사이클을 하기 시작한 모자 쓴 로즈를 내려다보던 아브라를 떠올리고 있었다. *아파?* 아브라는 (끔찍하게 생긴 송곳니만 빼면) 평범한 여자처럼 생긴 죽어 가는 그것을 향해 그렇게 물었다. *아팠으면 좋겠다. 아주 많이 아팠으면 좋겠어.*

"저한테 설교하실 거예요?" 그녀는 이렇게 묻고, 경멸하는 투로 덧붙였다. "엄마가 바라는 건 그거라는 거 알아요."

"설교는 내 권한 밖의 일이지만 우리 어머니한테 들은 이야기를 들려줄 수는 있어. 너희 증조할아버지에 대한 이야기인데. 들어 볼래?"

아브라는 어깨를 으쓱했다. 얼른 하고 끝내시죠, 하는 뜻이 담긴 으쓱거림이었다.

"돈 토런스는 나 같은 잡역부는 아니었지만 그 비슷한 일을 했어. 남자 간호사였거든. 교통사고로 다리가 망가지는 바람에 말년에는 지팡이를 짚고 다녔지. 그런데 어느 날, 저녁을 먹다 말고 그 지팡이를 아내한테 휘둘렀단다. 아무 이유도 없었어. 그냥 갑자기 때리기 시작한 거야. 부인의 코가 부러지고 머리가 찢어졌지. 의자에 앉아 있던 아내가 바닥으로 쓰러지자 할아버지는 제대로 손을 봐주려고 자리에서 일어나 다가갔어. 내 아버지가 엄마한테 얘기한 바에 따르면 브렛과 마이크(내 삼촌들이란다.)가 끌고 갔기 망정이지, 안 그랬으면 할아버지의 손에 할머니가 맞아 죽었을 거래. 의사가 도착했을 때 네 증조할아버지는 조그만 구급상자 옆에 무릎을 꿇고 앉아서 할 수 있는 응급 조치를 취하고 있었단다. 의사한테는 아내가 계단에서 굴렀다고 했고. 증조할머니(아브라, 네가 만난 적 없는 모모 말이다.)는 그 말에 맞장구를 쳤단다. 아이들도 그랬고."

"왜요?" 아브라가 속삭이듯이 물었다.

"무서웠으니까. 나중에(돈 토런스가 죽고 나서 한참 뒤에.) 너희 할아버지가 내 팔을 부러뜨렸지. 그런 다음 오버룩(요즘은 세계의 지붕으로 바뀐 그 자리에 있었던 호텔)에서는 우리 어머니를 거의 죽도록 때렸고. 너희 할아버지는 지팡이가 아니라 로크용 망치를 썼지만 기본적으로는 그게 그거였어."

"무슨 말씀하고 싶으신지 알아들었어요."

"몇 년 뒤에 세인트피터즈버그의 어느 술집에서는……"

"그만하세요! 알아들었다고요!" 그녀는 부들부들 떨고 있었다.

"……내가 당구대로 어떤 남자를 때려서 기절시켰어. 내가 당구를 치다 삐끗했을 때 웃었다는 이유로. 그 일로 잭의 아들 겸 돈의 손자는 30일 동안 주황색 구속복을 입고 41번 고속도로변에서 쓰레기를 주웠단다."

그녀는 고개를 돌리면서 울음을 터뜨렸다.

"고마워요, 댄 아저씨. 덕분에 ……"

어떤 이미지 하나가 그의 머릿속을 가득 채우자 잠깐 강물이 시야에서 사라졌다. 검게 그을어서 연기가 나는 생일케이크였다. 다른 때 같았으면 재미있었겠지만 지금은 아니었다.

그는 그녀의 어깨를 살짝 잡고 자신의 쪽으로 돌렸다.

"알아들긴 뭘. 여기에 교훈 같은 건 없어. 그냥 우리 가문의 내력을 말한 거야. 불멸의 엘비스 프레슬리의 표현을 빌자면 '네 아기니까 네가 잘 달래'라고."

"무슨 말인지 모르겠어요."

"나중에 너는 콘체타처럼 시를 쓸 수도 있어. 아니면 네 초능력으로 누군가를 높은 데서 떨어뜨릴 수도 있고."

"절대 그럴 일 없을 거예요…… 하지만 로즈는 당해도 쌌잖아요."

아브라는 젖은 얼굴을 들어서 그를 올려다보았다.

"그건 나도 동감이다."

"그런데 내가 왜 그 꿈을 꿀까요? 왜 그때 일을 되돌리고 싶을까요? 안 그랬다면 그녀의 손에 *우리가* 죽었을 텐데 왜 그때 일을 되돌리고 싶은 걸까요?"

"살인을 되돌리고 싶은 거니 아니면 살인에서 느낀 희열을 되돌리고 싶은 거니?"

아브라는 고개를 떨구었다. 댄은 그녀를 안아 주고 싶었지만 참았다.

"설교나 도덕 교육을 하려는 게 아니야. 그냥, 피는 피를 부르기 마련이야. 잠 못 이루는 사람들의 바보 같은 충동을. 너는 지금 일생을 통틀어서 가장 정신이 또렷한 시기에 이르렀지. 힘들 거야. 나도 알아. 누구라도 힘들겠지만 너 같은 능력을 갖춘 십 대가 몇이나 되겠니. 너의 무기 말이다."

"어떻게 해야 해요? 제가 뭘 어쩔 수 있을까요? 가끔은 너무 화가 나서…… 그 여자뿐 아니라 선생님들도 그렇고…… 자기 똥이 엄청 굵은 줄 아는 학교 애들도 그렇고…… 운동 잘 못한다고, 이상한 옷 입었다고 웃는 그런 애들……"

댄은 케이시 킹슬리한테 예전에 들었던 충고를 떠올렸다.

"쓰레기장으로 가."

"에?"

아브라는 눈을 휘둥그레 뜨고 그를 쳐다보았다.

그는 그녀에게 사진을 한 장 보냈다. 아브라가 놀라운 능력(아직 완성 단계는 아니었다. 믿기지 않지만 사실이었다.)을 동원해 폐기 처분된 냉장고를 뒤집고, 고장 난 TV를 폭파하고, 세탁기를 내동댕이치는 사진이었다. 놀란 갈매기 떼가 푸드덕 날아올랐다.

이제 그녀는 눈을 휘둥그레 뜨고 그를 쳐다보지 않았다. 피식 웃었다.

"그러면 도움이 될까요?"

"어머니의 접시보다는 쓰레기가 낫지."

그녀는 고개를 모로 꼬고 명랑한 눈빛으로 그를 빤히 쳐다보았다. 그들은 다시 친구가 되었고 그래서 좋았다.

"하지만 그 접시들, 보기 싫었다고요."

"한번 노력해 보겠니?"

"네."

표정으로 보건대 얼른 해보고 싶어서 안달이 난 눈치였다.

"그리고 또 한 가지."그녀는 엄숙한 얼굴로 기다렸다. "그렇다고 동네북을 자청할 필요는 없어."

"다행이네요."

"그렇지. 네 분노가 얼마나 위험할 수 있는지, 그것만 기억하면 돼. 그것만 기억……"

그의 휴대전화가 울렸다.

"받으세요."

그는 눈썹을 치켜세웠다.

"누구 전화인지 아니?"

"아뇨, 하지만 중요한 전화인 것 같아요."

그는 주머니에서 전화기를 꺼내 수신창을 확인했다. 리빙턴 하우스였다.

"여보세요?"

"클로데트 앨버트슨이에요, 대니. 지금 와줄 수 있어요?"

그는 현재 그의 칠판에 적혀 있는 입소자 명단을 머릿속으로 훑었다.

"아만다 리커예요? 아니면 제프 켈로그?"

알고 보니 둘 다 아니었다.

"올 거면 서둘러 줘요." 클로데트가 말했다. "그가 의식을 잃기 전에." 그녀는 머뭇거렸다. "당신을 불러 달래요."

"갈게요." 그렇게 심각한 상황이라면 내가 도착하기도 전에 죽을 수도 있겠지만. 댄은 전화를 끊었다. "가봐야겠다."

"그 사람은 아저씨의 친구가 아닌데도 말이죠. 아저씨는 그 사람을 좋아하지도 않는데도 말이죠."

아브라는 생각에 잠긴 표정이었다.

"응."

"그 사람, 이름이 뭐예요? 못 들었는데."

(프레드 칼링.)

그는 메시지를 전송한 뒤 그녀를 품 안에 넣어서 꼭, 꼭, 꼭 끌어안았다. 아브라도 똑같이 했다.

"노력해 볼게요." 그녀가 말했다. "정말 열심히 노력해 볼게요."

"그럴 거라는 거 나도 알아." 그가 말했다. "그럴 거라는 거 나도 알아. 있잖니, 아브라, 정말 사랑한다."

그녀가 말했다.

"다행이네요."

3

45분 뒤에 도착해 보니 클로데트는 간호사실에 있었다. 그는 그전에도 수십 번 반복했던 질문을 던졌다.

"아직 떠나지 않았어요?"

무슨 버스라도 되는 듯이 그렇게 물었다.

"간당간당해요."

"의식은요?"

그녀는 손을 흔들었다.

"들락날락해요."

"아지는요?"

"얼마 동안 거기 있다가 에머슨 선생님이 들어가시니까 나왔어요. 지금은 에머슨 선생님이 나와서 아만다 리커의 상태를 확인하고 계세요. 선생님이 나오시자마자 아지가 다시 들어가더라고요."

"병원으로 이송할 방법은 없고요?"

"못 해요. 아직은. 캐슬록 시 경계선 너머 119번 도로 위에서 차량 네 대가 연쇄 추돌하는 사고가 났거든요. 부상자가 엄청 많아요. 구급차 네 대가 가고 있고 구급용 헬기도 동원됐어요. 부상자들 가운데 일부는 병원으로 이송하면 괜찮을 거예요. 하지만 프레드는……"

그녀는 어깨를 으쓱했다.

"어쩌다 그렇게 됐어요?"

"우리의 프레드가 어떤 위인인지 알잖아요. 패스트푸드 중독자. 맥도널드가 제2의 집. 그런데 크랜모어 가를 건너면서 주변을 살필

때도 있지만 살피지 않을 때도 있단 말이죠. 다른 차량들이 멈추어 주길 바라면서." 그녀는 맛이 고약한 음식을 방금 전에 한입 먹은 어린애처럼 콧잔등을 찡그리고 혀를 내밀었다. 방울 양배추일까? "얼마나 *건방진지* 알잖아요."

댄은 프레드의 일상을 알았고 얼마나 건방진지도 알았다.

"저녁으로 먹을 치즈버거를 사러 나선 길이었어요." 클로데트가 말했다. "경찰에서 그를 친 여자를 유치장에 가두었어요. 듣자하니까 술에 취해서 똑바로 서 있지도 못할 지경이었대요. 경찰에서 그를 여기로 데려왔어요. 얼굴은 스크램블드에그이고, 늑골과 골반은 으스러졌고, 한쪽 다리는 거의 떨어져 나가다시피 했죠. 에머슨 선생님이 회진을 돌고 있었기 망정이지 안 그랬으면 당장 죽었을 거예요. 응급 환자로 분류해서 지혈은 했지만 건강 상태가 최상이라도 될까 말까 한데…… 친애하는 우리의 프레디는 절대 그렇지가 않으니……" 그녀는 어깨를 으쓱했다. "에머슨 선생님 말로는 병원 측에서 난장판이 된 캐슬록을 정리한 다음에 구급차를 보내 줄 거라는데 그때쯤이면 이미 상황 종료일 거예요. 에머슨 선생님은 딱 잘라서 그렇게 말씀하지 않겠지만 나는 아즈리얼을 믿어요. 갈 거면 얼른 가 봐요. 당신이 그를 절대 좋아하지 않았다는 건 알지만……"

댄은 그 잡역부가 가엾은 찰리 헤이스의 팔에 남겼던 손자국을 떠올렸다. *딱해라……* 댄이 노인의 사망 소식을 알렸을 때 칼링이 한 말이었다. 평소 애용하던 의자를 뒤로 기우뚱하게 기대고 편안하게 앉아서 주니어 민츠를 먹으며 한 말이었다. *하지만 그 사람들이 여기서 지내는 이유가 그거잖아?*

그런데 이제 프레드가, 찰리가 눈을 감았던 그 방에 있었다. 인생은 수레바퀴와 같아서 늘 제자리로 돌아왔다.

4

앨런 셰퍼드 실의 문이 열려 있었지만 그래도 댄은 예의상 노크를 했다. 쌕쌕대고 꾸르륵거리는 프레드 칼링의 거친 숨소리가 복도에서까지 들렸지만 아지는 전혀 상관없는지 침대 발치에 웅크리고 앉아 있었다. 칼링은 피로 얼룩진 사각 팬티만 입고 온몸에 붕대를 감은 채 고무 시트 위에 누워 있었는데, 거의 모든 붕대에서 벌써 피가 배어 나오고 있었다. 얼굴은 일그러졌고 몸은 최소한 세 방향으로 뒤틀렸다.

"프레드? 댄 토런스야. 내 말 들리나?"

그가 남아 있던 한쪽 눈을 떴다. 켁 하고 숨을 멈추었다. 들린다는 의미인 듯한 쉿소리를 냈다.

댄은 화장실로 들어가서 수건에 따뜻한 물을 적신 다음 비틀어서 짰다. 지금까지 숱하게 반복한 과정이었다. 그가 칼링의 침대 가로 돌아가자 아지가 일어나서 고양이답게 등을 활처럼 굽히고 아주 편안하게 기지개를 켜더니 바닥으로 펄쩍 뛰어내렸다. 잠시 후에 녀석은 저녁 순찰을 다시 시작하러 사라졌다. 이제는 살짝 다리를 절었다. 아주 늙은 고양이었다.

댄은 침대 옆에 앉아서 비교적 멀쩡한 부분을 골라 프레드 칼링의 얼굴을 수건으로 부드럽게 닦아주었다.

"많이 아픈가?"

다시 쉿소리가 들렸다. 칼링의 왼손은 부러진 손가락들이 달린 뒤틀린 마디에 불과했기에 댄은 오른손을 잡았다.

"말할 필요 없이 하고 싶은 말을 생각만 하면 돼."

(이제는 참을 만해.)

댄은 고개를 끄덕였다.

"다행이네. 정말 다행이야."

(하지만 무서워.)

"무서워할 것 전혀 없어."

소코 강에서 형과 함께 헤엄치는 여섯 살의 프레드가 그의 눈앞에 떠올랐다. 그의 모든 물건들이 다 그렇듯 수영복도 물려받은 것이라 너무 컸기 때문에 벗겨지지 않도록 계속 뒷자락을 추켜올려야 했다. 브리지턴 드라이브인에서 여자아이에게 입을 맞추고, 그녀의 향수 냄새를 맡으며 가슴을 더듬고 이 밤이 영원히 끝나지 않았으면 좋겠다고 생각하는 열다섯 살의 프레드도 보였다. 로드 세인츠와 함께 정말 근사한 할리 FXB 스터지스 모델을 타고 햄프턴 해변을 달리는 스물다섯 살의 프레드도 보였다. 그의 뱃속은 각성제인 벤제드린과 레드 와인으로 가득했고, 엿 먹으라는 굉음을 내며 길을 가르면 모두들 기다랗고 번쩍번쩍한 세인츠의 행렬을 구경하던 그날은 망치 같은 느낌이었다. 인생이 폭죽처럼 펑펑 터졌다. 칼링이 브라우니라는 이름의 조그만 개와 함께 사는(살았던) 아파트도 보였다. 브라우니는 보잘것없는 잡종에 불과했지만 영리했다. 가끔 녀석이 그의 무룰 위로 펄쩍 올라오면 같이 TV를 보곤 했다. 프레드는 그가 돌아와서 잠깐 산책을 하고 그레이비 트레인으로 밥그릇을 채워 주길 기다리는 브라우니를 생각하며 심란해하고 있었다.

"브라우니 걱정은 하지 마." 댄이 말했다. "기꺼이 데려다 키울 아이가 한 명 있으니까. 내 조카인데 오늘 생일이거든."

칼링은 아직 멀쩡한 한쪽 눈을 들어 그를 올려다보았다. 이제는 거친 숨소리가 아주 크게 들렸다. 먼지가 낀 엔진 같았다.

(*도와줄 수 있지. 부탁이야, 닥터. 도와줄 수 있지.*)

그렇다. 그는 도와줄 수 있었다. 그것이 그의 서약이자 그가 태어난 이유였다. 이제 리빙턴 하우스는 고요했다. 쥐 죽은 듯이 고요했다. 가까운 데서 문이 스르르 열렸다. 그들은 이제 경계에 다다랐다. 프레드 칼링이 그를 올려다보며 뭐냐고 물었다. *어떻게 하면 되느냐*고 물었다. 하지만 정말 간단했다.

"잠만 자면 돼."

(*가지 마.*)

"안 가." 댄이 말했다. "여기 있어. 당신이 잠들 때까지 여기 있을 거야."

이제 그는 두 손으로 칼링의 손을 맞잡았다. 그러고는 미소를 지었다.

"당신이 잠들 때까지."

2011년 5월 1일 ~ 2012년 7월 17일

저자 후기

나와 스크라이브너 출판사의 첫 합작품은 1998년에 출간된 『자루속의 뼈』였다. 나는 새로운 파트너의 환심을 사고 싶은 마음에 그 소설을 들고 투어에 나섰다. 어느 곳에서 사인회를 하는데 한 독자가 물었다.

"저기, 『샤이닝』의 그 아이는 어떻게 됐나요?"

나도 예전 그 작품을 놓고 똑같이 자문하곤 했었는데 궁금했던 부분이 한 가지 더 있었다. 문제가 많았던 대니의 아버지가, 알코올 중독자 협회 회원들의 표현을 빌자면 "두 주먹 불끈 쥐어 가며" 참는 대신 그 협회의 도움을 받았더라면 어떻게 됐을까 하는 것이었다.

『언더 더 돔』과 『11/22/63』을 집필하는 동안에도 그 질문은 내 머릿속에서 계속 맴돌았다. 가끔, 샤워를 하거나 TV를 보거나 고속도로를 타고 한참 동안 드라이브를 할 때면 나도 모르게 대니 토런스의 나이를 계산하면서 지금쯤 어디에서 살고 있을까 궁금해하곤 했다. 두말하면 잔소리지만 천성은 선한데 잭 토런스의 자기 파괴적인 전철을 밟게 된 웬디의 안부도 궁금했다. 요샛말로 설명하자면 웬디와 대니는 사랑과 책임감 때문에 중독 성향의 가족에게 묶여 버린 종속 관계자였다. 2009년의 어느 날, 알코올 중독에서 회복 중이던 친구가 이 비슷한 우스갯소리를 한 적이 있었다. "종속 관계자가 물에 빠지면 다른 사람의 인생이 눈앞을 스쳐 지나갈 거야."

농담으로 간주하기에는 너무 정확한 표현이었고 바로 그때 『닥터 슬립』의 필연성이 부각되었던 것 같다. 나는 알아내야만 했다.

나는 이 작품에 착수하면서 두려움을 느꼈을까? 그렇지 않았다고 하면 거짓말일 것이다. 『샤이닝』은 사람들이 내 전작들 중에서 가장 등골이 오싹했던 작품을 꼽을 때 (『살렘스 롯』, 『애완동물 공동묘지』, 『그것』과 더불어) 항상 순위에 오르는 소설이다. 게다가 (나로서는 이유를 잘 모르겠지만) 스탠리 큐브릭의 영화 「샤이닝」을 가장 무서웠던 공포 영화로 꼽는 사람들도 많다(소설은 읽지 않고 영화만 접했던 독자를 위해 밝히자면 『닥터 슬립』은 내 개인적으로 토런스 가족의 진정한 역사라고 생각하는 소설의 속편이다.).

나는 내 솜씨가 아직 쓸 만하다고 자부하는 편이지만 괜찮은 공포 소설의 추억에 부응할 방법은 없다. 특히 젊고 감수성이 예민하던 시절에 읽은 경우라면 더더욱 *없다.* 앨프리드 히치콕 감독이 만든 「사이코」의 속편 중에는 훌륭한 작품이 적어도 한 편 이상 존재하지만(앤서니 퍼킨스가 다시 노먼 베이츠로 열연한 믹 개리스의 「사이코 4」) 그걸 본(혹은 다른 속편을 본) 사람들은 고개를 저으며 *아냐, 아냐, 그보*

다 못해,라고 할 것이다. 그들은 재닛 리를 처음 맞닥뜨린 순간을 기억하기에 그 어떤 리메이크작이나 속편도 커튼이 젖혀지고 칼이 휘둘러지던 그 순간보다 훌륭할 수 없다.

그리고 인간은 변한다. 『닥터 슬립』을 쓴 사람은 『샤이닝』을 썼던 그 사람 좋은 알코올 중독자가 아니다. 강렬한 이야기를 쓰고 싶어 한다는 관심사는 같지만. 대니 토런스를 다시 발견하고 그의 모험담을 추적하는 과정은 흥미로웠다. 여러분도 그렇게 느꼈으면 좋겠다. 꾸준한 팬들이 그래 준다면 누이 좋고 매부 좋은 일이다.

후기를 마감하기에 앞서 고맙다고 인사를 해야 할 사람들에게 인사를 하고 싶다.

낸 그레이엄은 이 책의 편집을 맡아 주었다. 올*바*른 방향으로. 고마워요, 낸.

에이전트 척 베릴은 이 책의 영업을 맡아 주었다. 그것도 중요한 일이지만 내 온갖 전화를 받아 주고 진정제 역할을 하는 시럽을 한 숟가락씩 먹여 주었다. 절대 없어서는 안 될 역할이었다.

러스 도어는 자료 조사를 맡아 주었는데, 틀린 부분이 있다면 잘못 해석한 내 탓이다. 그는 훌륭한 의료보조자였고 영감과 활력으로 똘똘 뭉친 북유럽 괴물이었다.

크리스 로츠는 이탈리아어가 필요할 때 이탈리아어를 조달해 주었다. 요, 크리스.

로키 우드는 『샤이닝』과 관련해서 내가 잊어버렸거나 잘못 알고 있는 이름이나 날짜가 있으면 척척 알려 주었다. 그런가 하면 이 세상의 모든 레저 차량과 캠핑카(로즈의 어스크루저가 가장 압권이었다)

에 대한 정보를 수집해 주었다. 내 작품에 대해 나보다 더 많이 아는 사람이 록이다. 가끔 인터넷에서 그를 찾아보기 바란다. 진짜 멋진 친구다.

아들 오언은 원고를 읽고 수정했으면 하는 부분을 짚어 주었다. 댄이 회복 중인 알코올 중독자들이 '바닥'이라고 부르는 상태를 경험한 것도 아들 녀석의 주장으로 탄생된 부분이다.

아내도 『닥터 슬립』을 읽고 더 나은 방향으로 발전하는 데 도움을 주었다. 고마워, 태비사.

내 작품을 찾아 주는 독자들도 고맙다. 기나긴 낮과 즐거운 밤들이 여러분을 기다리고 있길.

끝으로 경고의 한마디를 남길까 한다. 앞으로 미국의 고속도로나 국도를 달릴 일이 있거든 위니바고와 바운더를 예의 주시하기 바란다.

그 안에 누가 타고 있을지, 아니, *뭐가* 타고 있을지 알 수 없으니까.

메인 주, 뱅고어

옮긴이 | 이은선

연세대학교 중문과와 같은 학교 국제학대학원 동아시아학과를 졸업했다. 편집자와 저작권 담당자로 일했으며, 현재는 전문 번역가로 활동 중이다. 옮긴 책으로는 『탐정 아리스토텔레스』, 『헌책방마을 헤이온와이』, 『화성의 인류학자』, 『통역사』, 『포의 그림자』, 『누들메이커』, 『기적』, 『굿독』, 『몬스터』, 『그대로 두기』, 『워너비 재키』, 『마흔살 여자가 서른살 여자에게』, 『딸에게 보낸 편지』, 『노 임팩트 맨』, 『셜록 홈즈 실크 하우스의 비밀』, 『11/22/63』 등이 있다.

닥터 슬립 2

1판 1쇄 펴냄 2014년 7월 14일
1판 3쇄 펴냄 2019년 11월 21일

지은이 | 스티븐 킹
옮긴이 | 이은선
발행인 | 박근섭
편집인 | 김준혁
펴낸곳 | 황금가지

출판등록 | 2009. 10. 8 (제2009-000273호)
주소 | 135-887 서울 강남구 신사동 506 강남출판문화센터 5층
전화 | 영업부 515-2000 **편집부** 3446-8774 **팩시밀리** 515-2007
홈페이지 | www.goldenbough.co.kr

한국어판 ⓒ ㈜민음인, 2014. Printed in Seoul, Korea

ISBN 978-89-6017-876-2 04840 (2권)
ISBN 978-89-6017-877-9 04840 (set)

㈜민음인은 민음사 출판 그룹의 자회사입니다.
황금가지는 ㈜민음인의 픽션 전문 출간 브랜드입니다.